U0926403

Horizon

社科新知　文艺新潮

ON THE ROAD A NOVEL JACK KEROUAC

在路上↘

〔美〕杰克·凯鲁亚克／著　陶跃庆 何小丽／译

第 一 部

1

第一次遇到迪安是在我与妻子分手后不久。那时我刚刚生了一场大病，对此我不想再提及了，不过它的确与我那次痛苦而耗尽心力的分手有关，当时我觉得一切都完了。自从迪安·莫里亚蒂闯进了我的生活，你便可以称我的生活是“在路上”了。在这之前，我也曾不止一次地梦想着要去西部，但只是在虚无缥缈地计划着，从没付诸行动。迪安这家伙是个最理想的旅伴，因为他就是在路上出生的。那是 1926 年，当时他父母正开着一辆破车经过盐湖城往洛杉矶去。最初我是从查德·金那里知道他的。查德给我看了几封迪安从新墨西哥州的教养院给他写来的信。我对这些信颇感兴趣，因为他在信中非常天真可爱地请求查德把他所知道的有关尼采的一切以及其他美妙的知识都教给他。有一次，卡洛和我谈起这些信，我们都在想是否有一天我们会见到这个奇怪的迪安·莫里亚蒂。这已经是很久以前的事了，那时的迪安和现在判若两人，还是个笼罩着神秘色彩的小囚徒。后来某天传来消息，迪安从教养院出来了，他将第一次到纽约来。还有消息说，他刚与一位叫玛丽露的姑娘结婚。

一天我在校园里闲逛，查德和蒂姆·格雷告诉我，迪安住在东哈莱姆一幢没有热水的旧公寓里，也就是西班牙哈莱姆[1]。迪安和他的俏丽小妞玛丽露是前一天晚上到的。这是他第一次来纽约。他们在50街从灰狗巴士上下来，想抄近路去找吃的，然后径直走进了赫克托餐厅。在迪安眼里赫克托餐厅一直是纽约的一个重要标志。他们在那里品尝了熠熠生光的大蛋糕和奶油泡芙。

这些日子迪安总是这样告诉玛丽露:“亲爱的，现在我们终于到纽约了。我还没有完全告诉你在我们来纽约的路上我在想些什么。当我们经过密苏里，特别是经过那个让我想起我的教养院生涯的布恩维尔教养院的时候，我感触颇多。现在我们绝对应该放下一切个人偏好，开始一个切实可行的工作和生活计划……”最初几天他总在说诸如此类的话。

我们几个家伙去了迪安的冷水公寓。迪安穿着短裤出来开门。玛丽露一下从沙发上跳了下来。迪安把这间公寓的住客支到厨房去了，大概是在煮咖啡，而他正在忙着亲热，对他来说性是他生命当中唯一神圣而重要的事，即使他还得卖力工作维持生计。你看他站在那儿晃着头，眼睛盯着地面，还不住点头

---

[1] 东哈莱姆又被称为西班牙哈莱姆，是纽约曼哈顿区的一部分。该地区也是纽约主要的拉丁族裔社区之一。——中译注，下同

的样子，就像一个年轻的拳击运动员在听人训导。那模样让你觉得他每个字都在认真地听，然后给你扔过来一连串的“是，是，是”“对，对，对”。迪安给我的第一印象是像年轻时候的电影明星吉恩·奥特里[1]——身材修长，臀部精瘦，一双碧蓝的眼睛，再加上典型的俄克拉何马州口音—— 一个留着连鬓胡须、生活在多雪西部的英雄好汉。实际上，在与玛丽露结婚来东部之前，他曾在科罗拉多州埃德·沃尔的牧场干活。玛丽露是个漂亮的金发女郎，浓密的长卷发像金色的海洋。她坐在沙发的边缘，双手放在腿上，一双朦胧的、带着乡野气息的蓝眼睛警觉地注视着一切，因为她还在西部的时候就听说过纽约充满罪恶而又灰暗的破旧公寓，而她现在就住在这样的地方。她等待着什么，就像画家莫迪利亚尼[2]笔下超现实主义风格的女郎，细长的身体，忧郁的神色，待在一个沉闷的房间里。别看她外表是个甜美的小姑娘，其实非常沉默寡言，会做出一些令人惊骇的事情来。那天晚上，我们喝啤酒，掰手腕，聊天，一直玩到黎明。早上，在昏暗的光线中，我们围坐在一起，默默吸着烟灰缸里的烟蒂。迪安紧张地站了起来，在屋里踱着步子，思考着，然后决定让玛丽露去做早饭，并把地板打扫干净。“换句

[1] Orvon Gene Autry（1907—1998），美国乡村音乐歌手和演员，以“歌唱牛仔”（The Singing Cowboy）的形象走红。他是目前唯一一位在好莱坞星光大道上得到全部五种星的人，以表彰他在电影、电视、音乐、广播、戏剧领域的成就。

[2] Amedeo Modigliani（1884—1920），意大利画家、雕塑家，表现主义画派代表艺术家。以头颈颀长为特色的人物肖像画极具个人风格。

话说，我们必须立即行动，亲爱的，否则我们的计划就会泡汤，就不会有结果。”之后，我就离开了。

接下来的那个星期，他很坚定地告诉查德·金自己一定要向他学习写作。查德告诉他我是个作家，让他来找我，听听我的建议。与此同时，迪安还在一个停车场找到了工作，并且和玛丽露在霍博肯[1]的公寓闹翻了——天知道他们为什么搬去了那里——她简直气疯了，为了报复迪安，捏造了许多莫须有的罪名到警察那里歇斯底里地指控他。迪安不得不从霍博肯的公寓逃走。他无处安身，就直接去了新泽西的帕特森，我和我姑妈住在那里。一天晚上，我正在看书，突然有人敲门，来人正是迪安。他躬着腰，讨好地蹭蹭脚，在昏暗的门廊里说：“你——好，我是迪安·莫里亚蒂，你还记得我吗？我来这里是求你教我写作的。”

“玛丽露呢？”我问。迪安说她当婊子赚了几个钱就回丹佛[2]去了。“这个婊子！”然后我们就一起出去喝了几杯啤酒。因为我姑妈在客厅里看报，当着她的面我们不能随心所欲地交谈。我姑妈只看了迪安一眼就认定他是个疯子。

在酒吧里我对迪安说：“该死的，伙计，我非常清楚你来找我并不只是想当作家。毕竟，就我对这事的了解而言，除非有嗑兴奋剂上瘾的劲头，否则难以坚持。”他说：“是的，的确如

[1] Hoboken，新泽西州东北部城市，与曼哈顿隔哈得孙河相望。

[2] Denver，科罗拉多州首府。

此。我懂你的意思。你说的这些问题我都想过，我想知道的是，一个人要意识到这些因素是否要依靠叔本华的二分法，对任何内心意识而言……”等等诸如此类的话。他说的那些事我一点也不懂，他自己也不明白。在那些日子里他根本不知道自己在说些什么，也就是说，这个教养院出来的孩子是在设法让自己成为一个真正的知识分子，他喜欢用他所听来的那些“真正的知识分子”的腔调和方式说话，却学得很不着调。但是，我告诉你，在其他事情上他可不像这样幼稚，他后来只花了几个月的时间就从卡洛·马克斯那里真正弄懂了这些专业术语和行话。尽管如此，我们仍然能够在其他一些疯狂的事情上彼此理解。我答应在他找到工作之前可以一直住在我家，并且我们还打算一起去西部。那是1947年冬天的事了。

一天晚上，迪安在我家吃晚饭——他已经在纽约的某个停车场找到了工作——我当时正赶着打字，他靠在我肩上对我说：“快点啊，伙计，那些姑娘可等不及啦。快些打。”

我说：“再等我一会儿。我马上打完这一章就和你走。”这是我书中最精彩的章节之一。然后我换好衣服，就和迪安一起赶到纽约同那些姑娘约会去了。在巴士穿过闪着奇怪磷光的林肯隧道时，我俩靠在一起，手舞足蹈地大叫大嚷着，激动地谈论着。我也开始像迪安一样疯狂了。其实，迪安就是一个对生活充满了惊人激情的年轻人，尽管他是个骗子，他欺骗仅仅是因为他对生活有特别多的渴望，他想要结交那些对他不屑一顾的人。他也骗我，我都知道。（骗我的吃住，骗我“教他写作”等等。）他也知道我很清楚。（这也是我们交往的基础。）但是我不介意，我们相处得很好——既不互相干扰，也不互相讨好。我们彼此都小心翼翼的，就像一对伤心的新朋友。我们都在对方身上学到很多东西。只要一谈到我的工作，他总是说："放手干吧，伙计，你做的每一件事都很了不起。"我写作的时候，他就在我的背后一边看着，一边喊："好，写得好，哇，太好了！伙计！哇！"他拿起手绢擦擦脸。"哇，伙计，有这么多事情要做，有这么多东西要写！如何能不受任何规范限制，没有任何文学上的障碍和语法上的担心，一股脑把它们都写出来啊……"

"是的，伙计。你说得太对啦。"我能感到有某种神圣的光芒从他对未来充满激情的憧憬中迸发出来。他是那样激情四射地描述着，车上的人都在看着这两个"激动过度的傻瓜"。在西部，他三分之一的时间在台球厅，三分之一的时间蹲监狱，三分之一的时间在公共图书馆读书。冬天，人们总是看见他不戴帽子夹着书匆匆从街上走过，有时是去台球厅，有时是从树上爬到朋友家的阁楼里，为了潜心读书或是逃避警察。

我们去了纽约。当时的具体情况我已记不清了，好像他约了两个黑人姑娘见面，但一个也没来。他原本和那两个姑娘约好一起去吃晚饭的，然而到那儿却发现她们都没出现。我们就去了他工作的停车场，他在那儿有些活儿要干——他去后面的工棚里换了衣服，又在一面开裂的穿衣镜前整理一番，然后我们就开车离开了。就在这个晚上迪安和卡洛·马克斯会面了。迪安和卡洛·马克斯的相遇是一个伟大的事件。两颗敏感的心一碰撞便立刻互相吸引，两双敏锐的眸子一相遇便立即迸出火花——一个是心胸坦然的神圣骗子迪安，一个是心灵幽暗带着悲观诗人气质的骗子卡洛·马克斯。打那以后我就很少见到迪安了，为此我感到有些伤心。他们精力相当，相比之下我就像是个傻子，跟不上他们的节奏。接着，我周围的一切，我所有的朋友和家人都像尘云一样被一个疯狂的漩涡卷起，在美国的夜空盘旋。卡洛给他讲老布尔·李、埃尔默·哈斯尔、简的故事：李在得克萨斯州种大麻；哈斯尔在赖克斯岛[1]；简曾经在时代广场徘徊，沉浸在安非他命带来的幻觉当中，怀里还抱着自己的小女儿，最后进了贝尔维[2]。迪安给卡洛讲西部那些不知名的小人物，比如汤米·斯纳克，一个畸形脚的台球厅狠角色、玩牌好手、酷儿圣徒，还给他讲罗伊·约翰逊、大个子埃德·邓克尔，讲他儿时的伙伴、流浪时的伙伴，还有他遇到的数不清的姑娘，性爱派对，色情电影，以及他所崇拜的男英雄、女英雄，他所经历的冒险。他们一起冲上大街去追寻、体验那些有趣的事，不像两人后来的交往那样悲伤、多思、空洞虚无。然后他们就沿街跳舞，就像我喜欢的那类人，我摇摇晃晃地跟在后面，我一生都喜欢跟在令我感兴趣的人身后，那些有点疯狂的人，疯狂地生活，疯狂地表达，疯狂地渴望被救赎，同时

[1] Rikers Island，位于纽约皇后区与布朗克斯区之间，1935 年起市监狱一直设在此岛上。赖克斯岛监狱也一直以暴力和条件恶劣而闻名。

[2] Bellevue，纽约历史悠久的知名医院，擅长医治精神类疾病。曾接收过尤金·奥尼尔、威廉·巴勒斯及其夫人、艾伦·金斯堡，以及多位爵士音乐家。

渴望一切，不知疲倦，不落俗套，他们不停地燃烧，燃烧，就像惊人的能连射的黄色烟火筒迸发，如蜘蛛穿过星际，在天空中央你会看见蓝色的中心光点砰地爆裂，所有人都不禁惊呼。歌德时代的德国人怎么称呼这样的年轻人呢？由于渴望向卡洛学习如何写作，迪安所做的第一件事就是对他展开了猛烈的感情攻势，只有骗子能做出来的那样。“好了，卡洛，让我说，这就是我要说的……”我有两个星期没有见到他们，而这期间他们的友谊极速加深，没日没夜待在一起聊天。

春天来了，这是旅游的黄金季节。人们三三两两地组织起来准备出去旅行。我一直忙着写我的小说，在我写到一半的时候，也就是在我和姑妈从南方我的哥哥罗科家回来后，我就准备出发开始我的第一次西部之旅了。

迪安已经走了。卡洛和我去34街的灰狗巴士站为他送行。车站的楼上有个地方付二十五美分就可以拍些照片。卡洛照相时摘下了眼镜，看上去十分凶恶。迪安拍了张侧面照，显得有些害羞。我拍了一张正面照，看上去像个三十岁左右的意大利人，似乎谁要冒犯了他母亲，他就会将那人杀死。这张照片被卡洛和迪安用剃须刀片整齐地从中间切成两半，一人留了一半在钱包里。迪安穿着一套正宗欧陆风格的西装踏上了重返丹佛的伟大旅程，他在纽约的第一次风流之旅就这样结束了。我说他风流，其实他只是在停车场干活，累得像条狗。他是世界上最棒的停车场员工，他能将汽车以每小时四十英里的速度倒进墙边狭窄的车位，然后越过众多的障碍物，跳进另一辆车，以每小时五十英里的速度在拥挤的空间里绕圈，再迅速倒入一个狭小的车位，一个急刹车把车停住，你能看到当他跳出车子的时候那辆车弹了一下。然后他会像田径明星那样迅速跑向开票处，开好票，再向刚驶来的另一辆车跑去。车主才出来半个身子，他就已经钻了进去，门还没关上就启动车子，在一阵咆哮声中将车开向了另一个车位。弯腰进车，启动，刹车，从车里出来，跑步，他就这样马不停蹄地干着，晚上八个小时，几乎没有休息的时间。夜晚的高峰期，或是剧院散场时更是忙得不可开交。他穿着一条沾满油污的破裤子，一件磨坏了的皮夹克，一双破烂不堪的鞋子。如今他却在第三大道买了一整套崭新的西装，蓝色带条纹的面料，还包括一件西装背心，一共花了十一块钱。他又买了一块表、一根表带、一台手提打字机，一旦在丹佛找到工作，他就要在他租住的公寓里开始写作了。我们在第七大道的瑞克饭店吃了香肠配豆子作为告别宴。然后迪安搭上一辆去芝加哥的巴士，呼啸着消失在夜幕中。我们的牛仔走了。我对自己许诺等春天来临，万物复苏的时候，我也要沿着和迪安相同的路线到西部去。

我后来的整个旅行生涯就是从这里开始的，以后发生的一切简直精彩得难以言表。

当然，我渴望更多地了解迪安，不仅仅因为我是作家，需要不断获得新的经验，也因为我已经厌倦了大学校园无聊的日子，需要做一个了结，更因为尽管我们的个性不同，但迪安让我觉得他就是我某个失散已久的兄弟，他痛苦而瘦削的脸上留着长长的鬓角，肌肉紧绷汗水淋漓的脖子唤起了我对童年的回忆：我记起了帕特森以及帕塞伊克小镇上那些我们时常逗留的废弃染料堆、小溪流，以及我们经常游泳的小池塘。那件肮脏的工作服穿在他身上是如此优雅，就是最好的裁缝量身定做也没有这么合身，那是欢乐本性这个天然裁缝的恩赐。听着他那激动人心的谈话，我仿佛又听到了童年伙伴们的声音，当大哥哥们在工厂干活的时候，我们一群男孩子在大桥下，在摩托车上，在挂着晾衣绳的家门口，在午后令人昏昏欲睡的台阶上弹着心爱的吉他。我现在的其他朋友都是所谓的“知识分子”：查德是一位信奉尼采的人类学家，卡洛·马克斯是一位古怪的超现实主义者，说起话来嗓音低沉，严肃认真，老布尔·李总是拉长声音否定一切，还有像埃尔默·哈斯尔之类鬼鬼祟祟的罪犯，总是一脸玩世不恭的讥讽，简·李也一样，她总是躺在她铺着东方风格毯子的沙发上嘲讽着《纽约客》。但是迪安的智慧是有条理的、闪光的、全面的，没有令人生厌的学究气，甚至他的那些“犯罪行为”也不是那么的令人气愤和厌恶，那是美国式欢乐的一种狂野而积极的爆发，它是西部的，西部之风，来自西部大平原的颂歌，是某些新的、早已预言要发生的、令人期盼的东西。（他偷车也只是为了一时的驾驶乐趣。）而我那些纽约的朋友总是很负面地、噩梦般地否定这个社会，并给出无聊的书卷气十足的政治和心理学上的原因。迪安只是实实在在地为了面包和爱在这个社会中打拼，至于用什么方式，他并不在意。“只要我能得到那个小姑娘，在她大腿间得到我想要的，伙计。”“只要我有吃的，小子你听到了吗？我饿，我快饿死了。我们现在就去吃东西！”于是我们立刻去吃东西，就如同《传道书》上所说的，是你在日光下所得的份。

迪安是一个真正的西部男子汉。尽管我姑妈提醒我说他会给我带来麻烦，但是我听到的却是一个新的召唤，我看到崭新的地平线正出现在我的眼前。我当时很年轻，对这一切深信不疑。就算有一点小麻烦又如何，甚至迪安最终抛弃我这个好友、令我失望，就像他后来所做的那样，听任我在路边饿死，在病床上挣扎——这又算得了什么？我是一个年轻的作家，我渴望上路。

在路上的某个地方，我知道我会遇见姑娘，会看到奇异景象，会发生一切一切的事。在路上一直走下去，我会得到明珠。

2

1947年7月，我从退伍军人津贴中攒下五十几块钱，准备好了去西海岸。我的朋友雷米·邦克尔从旧金山写信给我，让我和他一起去环球航行。他发誓可以带我去轮机舱。我回信说无论什么破船都行，只要能进行几次长途的太平洋航行，挣回来足够的钱支撑我在姑妈家把小说写完。他说他在米尔城有间破木屋，我可以有足够的时间在那里一边安心写我的小说，一边等待办完航行所需的各种繁杂的手续。他和一个叫李·安的姑娘住在一起，他告诉我她做得一手好菜，厨房会很热闹。雷米是我念预科学校时就认识的旧友，是在巴黎长大的法国人，一个十足的疯子——我不知道现在他疯到什么程度了。他希望我十天之内赶到。姑妈对我去西部旅行十分支持，她说这对我有好处，那个冬天我工作十分努力，在家里也待得太久了。甚至当我告诉她我有时要在路上搭便车时，她也没有提出异议，唯一希望的就是我能完完整整地回来。一天早上，我将完成了一半的手稿在桌上放好，最后一次把我舒服的床铺铺好，把几件最基本的用品装进帆布包，口袋里揣着五十块钱，我向着太平洋出发了。

在帕特森的时候，我已经花了好几个月时间仔仔细细地研究了美国地图，甚至还读了些有关西部拓荒者的书，对诸如普拉特、锡马龙等地名很感兴趣。在公路交通图上有一条标成红色的 6 号公路，它由科德角[1] 直通内华达的伊利，然后往下直达洛杉矶。我要一直在 6 号公路上前行，直到伊利，我这样告诉自己，然后自信地出发了。为了去 6 号公路，我必须先爬上熊山[2]。一路上我都在想象到了芝加哥、丹佛，最后到洛杉矶的情景。我从第七大道乘地铁到 242 街终点站，然后再转电车去扬克斯[3]。在扬克斯的市中心我又坐了去往郊外的电车到了哈得孙河东岸的城市边界。如果你将一朵玫瑰花从哈得孙河神秘的源头阿第伦达克投入水中，想象一下它将顺流而下，漂过许多地方，最后投入大海的怀抱——想象一下这美丽的哈得孙河谷。我开始招手搭车。陆陆续续搭了五辆车，终于到了期待中的熊山大桥，从新英格兰地区延伸而来的 6 号公路在这里弯成拱形。我在那儿下车的时候下起了瓢泼大雨。这里是山区。6 号公路穿过大河，转过一个环形交叉路口，最后消失在荒野之中。这里不但没有车，在倾盆大雨中，我甚至连个躲雨的地方也找不到。

---

[1] Cape Cod，又称鳕鱼角，美国东北部马萨诸塞州伸入大西洋的一个钩状半岛。

[2] Bear Mountain，位于纽约市区以北六十公里。

[3] Yonkers，纽约州城市，位于哈得孙河的东岸，紧邻纽约市北部。

我不得不跑到几棵松树下避雨，但这根本无济于事。我开始哭喊咒骂起来，捶打着自己的头骂自己真是个大傻瓜。现在我在纽约以北四十英里的地方，事实上，最令我担心的是在这伟大旅行的开端，我所做的就是向北走了四十英里，而不是计划中的向西。现在我被困在了北边。我又跑了四分之一英里，到了一个废弃的但很别致的英式加油站。我站在还滴着水的屋檐下，翘首眺望，黑压压的熊山雷声轰鸣，我对上帝心生畏惧。放眼望去，只能看见一些朦胧的树影，阴沉沉的荒野伸向天际。“该死的，我到这儿来找死吗？”我咒骂着，哭喊着要去芝加哥。“现在他们一定都在享受美好时光呢，而我却不在。我什么时候才能赶到那里呢？”我在心里暗暗地思忖着。终于有一辆汽车停在了这个空荡荡的加油站里。车上有一男两女，他们停下来研究地图。我迎了上去，在雨中向他们招手。他们商量着是否带我。我头发滴着水，鞋子湿透了，看上去一定像个疯子。我真是个该死的傻瓜，穿着墨西哥式编织凉鞋，这种像筛子似的鞋根本不适合雨夜阴冷的美国。这些人把我带上了，向北到纽堡[1]去。我觉得相比之下这是个较好的选择，否则我就要整夜被困在这熊山的荒野之中了。“并且”那位男子说，“6号公路上不会有车的。如果你想去芝加哥，最好先从纽约穿过荷兰隧道去匹兹堡。”我知道他是对的。我的梦想被我搞砸了，只按照地图上标出的一条红线就能横穿美国的想法是愚蠢可笑的。相反，

[1] Newburgh，纽约州城市，位于哈得孙河的西岸，熊山以北。

要尝试不同的途径和路线，才能到达目的地。

到纽堡时雨终于停了。我沿河走了一段，然后不得不乘大巴回纽约，车上都是从山里度周末回来的学校老师，人声嘈杂。我责备自己浪费了这么多时间和金钱，东南西北地胡乱折腾了一天一夜，到头来却又回到了原地。我发誓明天一定要到芝加哥，乘巴士去，只要明天能到，无论花多少钱我都不在乎。

3

这就是一次普通的巴士旅行。车厢里充斥着婴儿的哭闹声，车外骄阳似火。宾夕法尼亚州的每一个小站都有些乡下人上上下下。车子慢慢地挪着，直到俄亥俄平原才真正开始正常行驶起来，经过阿什特比拉，夜里穿过印第安纳，第二天清晨就到了芝加哥。我在基督教青年会[1]找了个房间就睡下了，口袋里的钱已所剩无几。好好地睡了一天以后，我开始了芝加哥之旅。

风从密歇根湖上吹来，卢普区[2]响彻波普爵士乐。我沿着南霍尔斯特德街和北克拉克街漫步，午夜后走进了森林，以至一辆巡逻车看我可疑便跟了上来。这是 1947 年，当时波普爵士乐已风靡美国，卢普区的演奏却带着一种倦怠的气息，因为当时的波

---

[1] YMCA（Young Men's Christian Association），基督教非政府性质的国际社会服务团体。服务工作包括平民教育、青少年工作、社区服务等，一些青年会还开设有价格低廉的旅舍。

[2] Loop，芝加哥市的中心商业区。

普爵士乐正处于由查利·帕克[1]的《鸟类学》所引领的时期向迈尔斯·戴维斯[2]开创的另一个时期过渡。当我坐在芝加哥的夜色中听着这代表着我们所有人的波普爵士乐时，我想起了我全国各地的朋友们，想起他们其实是在同一个偌大的后院里做着疯狂的事，忙碌奔波。第二天下午，我平生第一次走进了西部。那天天气温暖宜人，路上容易搭到便车。摆脱了芝加哥错综复杂、难以想象的城市交通后，我搭巴士去往伊利诺伊州的乔利埃特[3]，途中经过了乔利埃特监狱，漫步过城中枝叶摇曳的街道，我在城外停下来，继续我的旅途。从纽约乘巴士到乔利埃特，我的钱已花去了一大半。

我搭的第一辆车是运炸药的卡车，上面插着警示红旗。它带着我在广袤的伊利诺伊绿色大平原上开了三十英里。司机指给我看，我们正行驶在 6 号公路上，它与 66 号公路交叉，然后共同向西延伸。在那里他把我放下。我在路边吃了一个苹果派和一个冰淇淋。大约下午三点钟，一个开着小轿车的女人在我

---

[1] Charlie Parker（1920—1955），绰号“大鸟”（Yardbird），现代爵士乐史上最重要的开拓者之一，并以其超人的演奏速度、敏感细腻的音色成为美国爵士乐史上最著名的中音萨克斯手。他让爵士乐摆脱了以往“伴舞音乐”的阴影，使得即兴成为爵士乐的定义与标准。

[2] Miles Davis（1926—1991），美国爵士音乐史上最著名的小号手，杰出的作曲家、指挥家，二十世纪最有影响力的音乐人之一。他作为乐队领导者推动了现代爵士乐史上几次重大的变革，参与创造了冷爵士（Cool Jazz）、硬波普（Hard Bop）、调式爵士（Modal Jazz），以及融合爵士（Fusion Jazz）等多种曲风。

[3] Joliet，伊利诺伊州东北部城市，位于 66 号公路沿线，芝加哥西南五十六公里处。老乔利埃特监狱是这座城市的地标性建筑。

面前停了下来。我一阵窃喜，因为刚才我追赶过这辆车。她是一位中年妇女，看上去儿子应该和我差不多大。她想找人替她开车去艾奥瓦。这正合我意。艾奥瓦！那里离丹佛可就不远了。到了丹佛，我就可以好好休息一下了。前几个小时由她开，在某个地方她坚持要去参观一个教堂，好像我们是出来旅游观光的。后来，我接过方向盘，虽然开车我不太在行，但仍然很顺利地穿过了伊利诺伊，经罗克艾兰到达了艾奥瓦的达文波特。在这里我第一次看到了我深爱的密西西比河。正逢干旱炎热的夏季，河水很浅，散发出非常难闻的臭气，就像它冲刷过的原始美洲大陆的气息。罗克艾兰镇上有铁路、破旧的小屋、小小的市中心，过桥就是达文波特，也是一样的小镇，在中西部夏日温暖的阳光下，散发着锯木屑的味道。这位女士要转另一条路去她艾奥瓦的老家，我就在这儿下车了。

太阳在慢慢落下。几杯冰啤酒下肚之后，我走了很远，来到城边上。下班的人开车回家，戴着铁路工作帽或棒球帽，同其他城市下班回家的人群一样。一位下班回家的人带了我一段山路，然后将我一人扔在大牧场边上的交叉路口。这里的景色美极了，只有几个农民开着小汽车从这里经过，他们用怀疑的眼光打量我，摇着铃，将成群的奶牛赶回家。这儿看不见卡车，偶尔有几辆小汽车与我擦肩而过。一个小伙开着改装车疾驰而过，围巾在晚风中飞舞。太阳终于落山了。我被越来越浓的夜色包围着，心里有些害怕。艾奥瓦乡村的夜几乎没有任何灯光，刹那间我就要被这一片黑暗吞噬了。正巧这时有人开车经过这里回达文波特，把我带回了市区。我又回到了起点。

我坐在汽车站，回想着刚刚发生的一切，又吃了一个苹果派和一个冰淇淋，这几乎成了我一路上的主食，我知道它们既有营养，又味道不错。在汽车站的餐厅里，我被一个女服务员迷住了，足足看了她半个小时后，我决定赌一把。我从达文波特市中心乘巴士到了小镇的边上，但是这一次我来到了一个加油站。这里的大卡车发狂似的鸣着笛来来往往，不到两分钟，一辆卡车就猛地停在了我面前。我赶紧跳上去，高兴得简直要发狂。这位卡车司机长得五大三粗，眼球突出，说话声沙哑刺耳，对一切东西摔摔打打。我在他的眼里几乎不存在。这样也好，我正好可以趁机让疲惫的灵魂得以休息。搭顺风车一个最大的麻烦就是你总得喋喋不休地和各种各样的人说话，好向他们证明没有带错人，甚至这是件乐事。这对长途旅行却又不愿花时间住旅店睡觉的人来说是最受不了的。这家伙在汽车的轰鸣声中大声喊叫着说话，我也就只能这样再喊回去。我们都很轻松愉快。他飞快地把车开到了艾奥瓦城[1]。一路上他给我讲他自己最有趣的故事，关于他怎样在每个有不合理车速限制的城市逃过法律处罚。他一遍又一遍地重复着:“那些该死的警察拿我一点办法也没有！”我们刚到艾奥瓦城，后面正好跟着一辆大卡车，因为他的车子要去别的地方，所以他打尾灯向后面的车示意，然后将车速放慢，我跳了下去，取出行李。那辆车懂

[1] Iowa City，艾奥瓦州中东部城市，曾是该州的首府，1857年被得梅因取代。

得了这个司机的意思，便将车停了下来。一眨眼的工夫，我已经坐在另一辆车上了，准备好赶几百英里的夜路了，我开心极了！这位卡车司机和上一位一样疯狂地大叫大嚷。我只管舒服地靠在座位上休息便是。现在丹佛就如同《圣经》中的应许之地，已经隐隐约约地出现在我的眼前。在静谧的星空下，我可以想象穿过广袤的艾奥瓦大草原和内布拉斯加大平原，我可以看到旧金山就如同一颗闪亮的明珠镶嵌在辽阔的夜幕之中。他一面飞快地开着车，一面又给我讲了两个小时的故事。然后我们在艾奥瓦州的一个小镇停了下来。许多年之后，我和迪安在这里又被警察拦下，因为怀疑我们开的好像是一辆被偷的凯迪拉克。他在座位上睡了几个小时，我也睡了一会儿。我还在小镇上转了转。唯一的一盏路灯照在寂寞的砖墙上，每一条小街的尽头都是茫茫草原，空气中弥漫着玉米的味道，就像夜的露珠。

黎明时分他醒了，发动引擎重新上路。一个小时后，在前方一片绿色的玉米地的上空已经能看见得梅因城[1]飘来的烟雾。司机要停车吃早饭，我正好在此下车去得梅因。这儿离市区还有四英里，我又搭上了两个艾奥瓦大学男生的车。坐在一辆崭新而舒适的小汽车里，听着他们谈论考试的事，我有种奇怪的感觉。我们顺利地到了市区。现在我只想美美地睡一整天，所以我去了青年会想找个房间，结果客满。我本能地沿着铁路找去——得梅因城铁路遍布——最后在一个机车库旁边找到了一

[1] Des Moines，艾奥瓦州首府，地处密西西比河支流得梅因河河岸。

家阴暗陈旧的小旅店。我在一张干净、坚硬的白色大床上睡了一整天。枕边的墙上被涂得乱七八糟，破旧的黄色百叶窗外是灰蒙蒙的调车场。我醒来的时候太阳已经渐渐地变红了。这是我人生当中一个不同寻常的时刻，也是一个最奇特的时刻，我甚至不知道自己是谁，我远离家乡，被旅行折磨得筋疲力尽，住在一个自己从来没有见过的、如此破旧简陋的小旅店里，听着窗外火车发出嘶嘶的吼叫，房间里陈旧的木制品吱吱嘎嘎作响，还有楼上的脚步声和其他各种糟糕的声音。看着房间裂开的天花板，有十五秒钟我不知道自己是谁，但我不害怕，我好像变成了另外一个人，一个陌生人，我全部的生活混乱得如同闹鬼一般，一种鬼魂的生活。我已经跨越了半个美国，现在正站在东西部的分界线上，东部是我的青春，西部是我的未来，也许这就是为什么这个奇特的黄昏天会这么红的原因吧。

但是我不能呻吟，必须继续前行。于是我拿起包，和坐在痰盂边的老店员说了声再见，就出去吃饭了。我吃了苹果派和冰淇淋——越往艾奥瓦走，苹果派越大，冰淇淋里的奶油也更多了。那天下午我在得梅因城看到到处都是漂亮的姑娘——她们都是放学回家的高中生——但是现在我没有时间去想这些。我对自己许诺等到了丹佛再去好好享受。卡洛·马克斯已经在丹佛了，迪安也在那里，还有查德·金和蒂姆·格雷，丹佛是他们的家乡，玛丽露也在那里。那里还有一大帮朋友，包括雷·罗林斯和他金发碧眼的漂亮妹妹贝比·罗林斯，还有迪安认识的两个女服务员贝当古姐妹，甚至我大学时的笔友罗兰·梅杰也在。我非常期待和他们一起的快乐时光，所以只好匆匆别过这些美丽的姑娘，这些生活在得梅因的、世界上最漂亮的姑娘。

一个家伙带我走了一段上坡路，这人的车上装满了各种各样的工具，站起来开车的样子像个现代送奶工。然后我立刻就又搭上了一个农民的车，他和儿子要去艾奥瓦州的埃德尔。在埃德尔一个加油站附近的一棵大榆树下，我与另一个想搭车的人混熟了。这人是个典型的纽约人，祖籍爱尔兰。他曾为邮局开了很多年卡车，现在要去丹佛看一个姑娘，并打算在那儿开始新的生活。我想这家伙一定是在纽约出了什么事逃出来的，很有可能触犯了法律。他是个典型的红鼻子酒鬼，三十几岁，平常我是最讨厌这种人的，可是现在我对任何的人类友谊都特别渴望。他穿着破旧的运动衫，宽松的长裤，甚至连个包也没有，只带了一支牙刷和几条手帕。他说我们可以一起搭车。我本来应该拒绝，因为他看上去让人厌恶。但我们还是凑在一起搭上了一个沉默寡言的人开的车，那人开车去艾奥瓦的斯图尔特。在那里我们真的被捆在一起了。我们站在斯图尔特火车站的售票亭前，等着西去的车辆，一直等到太阳落山，整整等了五个小时。开始我们谈论自己，然后讲一些下流的故事，接着就开始踢路边的石子，之后我们开始学各种可笑的声音，一种接一种。我们都感到无聊，于是我准备花钱买些啤酒喝。我们去了斯图尔特的一家破酒吧。我喝了几杯，他就像回到了纽约第九大道的夜总会，把自己喝了个烂醉，大喊大叫地给我讲他的那些肮脏故事。我都有些喜欢上他了，并不是因为他是个好人，就像后来所证明的那样，而是因为他对生活充满了激情。夜里我们又回到了路上，当然不会有车停下，也没有多少车经过，就这样一直等到凌晨三点。我们试图在火车站售票亭的长椅上睡一会儿，但是电报机咔嗒咔嗒的声音响了一夜，外边的大货运火车发出轰隆隆的声响。我们不知道怎样爬上火车，以前从来没做过。我们也不知道它们是向东还是向西，哪辆车可以坐。所以当黎明时分看见去奥马哈[1]的巴士经过，我们就跳了上去，加入那些昏昏欲睡的旅客行列。我付了我们两个人的车费。他的名字叫埃迪，他让我想起了我在布朗克斯的表姐夫，这就是为什么我俩黏在了一起的原因。就像我有了一个老朋友同行，有了一个天性乐观开朗的老友和我一起打发在路上的时光。

清晨我们到了康瑟尔布拉夫斯[2]，我向车窗外望去。去年整个冬天我都在看关于西部拓荒者的书，在出发前往俄勒冈和圣菲小道前，马车在这里聚集。当然，现在在灰蒙蒙的晨光中只能看到一些别致的小农舍。天啊，在奥马哈一家肉类批发市场昏暗的墙边，我看到了第一个牛仔。他戴着一顶宽檐高顶的牛仔帽，脚蹬得克萨斯皮靴，除了穿着之外，和东部的颓废青年没有什么区别。我们在这里下了车。爬上一座山丘，它是由密苏里河数千年的冲刷形成的，奥马哈城就坐落在山脚下。走出山野，

---

[1] Omaha，内布拉斯加州东部城市，位于该州与艾奥瓦州分界的密苏里河西岸，也是该州最大的城市。

[2] Council Bluffs，艾奥瓦州西南部城市，位于密苏里河东岸，与奥马哈隔河相望。

我们又伸手表示想搭车。这段短暂行程中载我们的车主也是一个戴着牛仔帽的阔气农场主。他告诉我们，附近的普拉特河谷[1]可以和埃及的尼罗河谷媲美。按他的指点放眼望去，远方绿色的树林蜿蜒环绕着河床，近处绿草如茵。我几乎同意了他的说法。我们继续往前走，到下一个交叉路口的时候，天气开始转多云。另一个牛仔截住了我们，这家伙一米八高，戴着小一点的牛仔帽。他一见我们就迎了上来，问我们会不会开车。当然埃迪会开，他有驾照，我没有。这牛仔有两部车要开回蒙大拿去，他妻子在格兰德艾兰[2]，他想让我们帮他开一辆过去，交给他妻子。到了那里，他们再往北开，他最远可以把我们载到那里，但这已足足在内布拉斯加行驶了一百英里了，我们当然欣然同意。埃迪单独开一辆车，我和牛仔开另一辆紧跟其后。突然，埃迪这家伙把速度开到了每小时九十英里，车子像箭一样飞了出去。"这个该死的家伙，他想干什么！"牛仔在后面大叫着猛追上去，就好像赛车一样。有一刻我甚至觉得埃迪是想把这车开跑——据我对他的了解，他会有这种打算的。可是牛仔紧追不放，在后面猛按喇叭，埃迪终于慢了下来，牛仔按喇叭让他停车。"该死的家伙，你开得这么快，要是车爆胎了，你要

---

[1] Platte River，内布拉斯加州最大的河流，由北普拉特河和南普拉特河交汇而成。北普拉特河发源于科罗拉多州，向北流经怀俄明州后向东进入内布拉斯加州。南普拉特河由科罗拉多州发源，直接向东进入内布拉斯加州。它为早期西去的移民提供了一条天然路线。

[2] Grand Island，内布拉斯加州偏东南部城市，位于普拉特河河畔。

负责。难道你不能开慢一点吗？”

“是的，我该死。我真的开到每小时九十英里了吗？路况这么好，我真的没觉得开得这么快。”

“你最好开慢些，让我们都能安全到达格兰德艾兰。”

“没问题。”我们又重新上路了。埃迪终于安静了下来，可能有些打瞌睡了。我们沿着绿草如茵的普拉特河谷在内布拉斯加州又开了一百英里。

“在大萧条时期，”牛仔告诉我，“我每月至少扒一次火车。那些日子里你可以看到上百人搭顺路的平板或箱式货运火车。他们不都是流浪汉，有些是失业的工人，从一个地方到另一个地方去找工作，有些人就是四处游荡。当时整个西部几乎都是这样。那时候，火车制动员不会找你的麻烦。我不知道现在怎样了。如今我已经找不到任何理由待在内布拉斯加了。我不知道为什么，1930 年代中期，这个地方你放眼望去到处都是雾霾，简直无法呼吸，地面都是黑色的。当时我正好在这里。他们真应该把内布拉斯加还给印第安人。我恨这个该死的地方超过世界上任何地方。现在蒙大拿的米苏拉是我的家乡。有时间你可以去看看，那儿像天堂一样。”傍晚的时候他说累了，我正好也休息了一下——跟他聊天真有趣。

我们停在路边准备吃点东西。牛仔去补一个备用胎。我和埃迪去一家家庭小饭店吃饭。突然我听到一声大笑，那简直是世界上最粗犷的笑声，一个带着牛皮皮鞭的内布拉斯加老农夫进来了。他身后跟了一帮小伙子。你能听见他粗犷的大叫声在整个内布拉斯加平原昏暗的天空下回响。其他人也跟着他一起笑着。他是那样无忧无虑，对别人又很义气。我对自己说，哇，快听这个男人的笑声。这就是西部，我就在西部。他兴冲冲走进小饭店，吆喝着老板娘给他做内布拉斯加最甜的樱桃派。我也要了些，并在派上加了一大勺冰淇淋。“老板娘，快点给我上吃的来，要不然我可要把我自己给生吞了，还要吃他几个愚蠢的傻瓜。”他一屁股坐在一张长凳子上呵呵呵地笑了起来，“再放点豆子！”这个代表着西部灵魂的人正好坐在我旁边。我真想了解一下这些年来在他大喊大笑的背后，真实的生活是怎样的。哇，我正想着，牛仔回来了，我们继续开车去格兰德艾兰。

很快我们就到了格兰德艾兰。他去找他妻子了，不论等待他的命运将会如何。埃迪和我继续往前走。一群年轻人载了我们一程，都是年龄不大的乡村男孩，挤在一辆破车里，然后在公路的某个地方，在蒙蒙细雨里把我们放下。接着一个老头又把我们捎上了，他什么话也不说——天知道他为什么要带我们——他把我们带到了谢尔顿。我和埃迪凄惨地站在路上，对面是一群矮小壮实的奥马哈印第安人，他们无所事事，无处可去。马路对面就是铁路。水塔上写着“谢尔顿”几个字。“该死的，”埃迪惊讶地叫了起来，“我以前来过这里，很久以前，是在战争时期。那是一天夜里，夜已经很深了，大伙儿都在睡觉，我到站台上去抽烟。外面伸手不见五指，黑得像地狱。我抬头看到水塔上写着‘谢尔顿’几个字。火车是开往太平洋沿岸的。

伙计们鼾声大作，这群该死的傻瓜全都睡着了。车停在这里是为了加燃料或是什么，只停了几分钟就开走了。真见鬼，这个谢尔顿。从那以后我就痛恨这个地方。”然而我们被困在了谢尔顿，就像在艾奥瓦州的达文波特一样，不知为什么，路上全是农民的车，只偶尔有游客开车经过，但那常常更糟，开车的往往是个老头，他的妻子会不断伸手指着路标，或是摊开地图，靠在座位上，满脸都是怀疑。

小雨越下越密，埃迪感冒了，他穿得太少了。我从帆布包里找出一件羊毛格子衬衫给他穿上。他感到好些了。我也感冒了。我去一家破烂的印第安人小铺买了些止咳糖，然后又去小邮局花了一分钱给我姑妈寄了张明信片，接着就重新踏上了这灰蒙蒙的公路。只见写在水塔上的“谢尔顿”在我们前面。罗克艾兰已经过去。我们看到一辆旅客列车呼啸而过，卧铺车上旅客们的面容飞速闪过。火车呼啸着穿过大平原，向着我们向往的方向开去。雨下得更大了。

一个戴着小牛仔帽的、笨拙的瘦高个儿把车逆向停在了马路边，然后向我们走来。他看上去像个州长。我们暗暗地编起了自己的故事。他走到我们面前：“你们两个小伙子要去哪儿，还是随便走走？”我们不知道他问的是什么，不过真是个该死的好问题。

“干什么？”我们问。

“是这样，我在离这儿几英里的地方开了个小游乐场。想找几个小伙子到那里干活挣钱。我有经营轮盘赌和木环赌的许可。

你们知道的就是用木环套玩具娃娃，碰碰运气。如果你们俩愿意给我干，你们可以拿我盈利的百分之三十。”

“包吃住吗？”

“你们可以住在我那里，但不包伙食，你们要到城里去吃饭。有时我们会去巡游。”我们想了想。“这是个好机会。”他说。站在那里耐心地等着我们答复。我觉得有点滑稽，不知道该说些什么。我不想把时间耗在游乐场。我现在心急如焚地想要去丹佛见我的那些哥们儿。

我说：“我不知道。我想尽快赶路，没有时间。”埃迪也是这么回答他的。这个老家伙向我们挥了挥手，漫不经心一摇一摆地回到车里，一溜烟把车开走了。这件事就这么过去了。我们想象着，如果去了游乐场将会发生什么，都不禁放声大笑。可以想象一下在大平原上一个昏暗的、尘土飞扬的夜晚，一家一家的内布拉斯加人带着他们的孩子们去游乐场，那些孩子可爱的小脸红扑扑的，看到每一样东西都发出惊叹。用这些游乐场的雕虫小技去欺骗他们，我会觉得自己简直就是个魔鬼。摩天轮在夜晚的平原上转动着，旋转木马响起忧伤的音乐，我一心想要达到自己的目的——在豪华的火车卧铺上舒服地睡上一觉。

我发现埃迪在路上是个心不在焉的家伙。这时一个可笑的新奇玩意儿开了过来，司机是个老头。这玩意儿好像是铝制的，像个四方的盒子，毫无疑问是一辆房车，但是是个奇怪的、疯狂的内布拉斯加房车。他开得很慢，然后停在了我们面前。我们赶紧跑过去。他说只能带一个人。埃迪二话没说就跳了上去，渐渐地从我的视线中消失了，身上还穿着我的那件羊毛格子衬衫。唉，我只能给我那件可爱的衬衫送上飞吻，道声再见了。这样的结果怎能不令人伤感。我独自在那该死的谢尔顿等了很久，有好几个小时。天色很暗，我甚至以为已经是夜里了，但其实才刚到下午。丹佛，丹佛，我何时才能走进你的怀抱？我已经等得不耐烦了。正准备去喝杯咖啡，突然一辆崭新的漂亮小汽车停了下来。开车的是个小伙子。我发疯似的跑了过去。

“你去哪里？”

“丹佛。”

“那好，我可以带你一百英里。”

“啊，太好了！太好了！你简直救了我的命。”

“我自己以前也常常搭车，所以我开车时也总带人。”

“如果我有车也会这样做的。”我们聊了起来。他给我讲他的生活，没多大意思，我便开始睡觉了，醒来的时候正好到了戈森堡[1]。他在那里把我放了下来。

[1] Gothenburg，内布拉斯加州中南部城市。

4

我一生当中最棒的旅行马上就要开始了。一辆大卡车开了过来，六七个小伙子横七竖八地躺在后面的平板挂车上。司机是两个留着亚麻色头发的农村小伙，来自明尼苏达。他们是你最渴望看到的那种开心快乐的乡下人，穿着棉布衬衫、工装裤，仅此而已。他们健壮真挚，用微笑与路上看到的每一个人、每一样东西打招呼，愿意让路上遇到的每个人都搭他们的车。我迎上去问："还有空位吗？"他们叫道："当然有，上来吧，每个人都有位置。"

我还没完全爬上挂车，大卡车就启动了。我摇晃了一下，不知是谁拉了我一把，我就势坐了下来。有人递过来一瓶劣质的威士忌，就剩瓶底儿了。在内布拉斯加充满乡野气息、热情奔放，还夹杂着蒙蒙细雨的旷野中，我抓过酒瓶喝了一大口。"喔，我们出发吧！"一个戴棒球帽的小伙儿叫道。他们开足马力，以每小时七十英里的速度超过了路上的每一辆车。"我们从得梅因开始就搭这辆车。他们从不停车。你要不时地喊他们停下来小便，否则你就只能对着空气撒尿了。忍着吧，伙计，忍着吧。”

我环视了同车的这些人。有两个从北达科他农场来的孩子，戴着红色的棒球帽，这种帽子是北达科他农场孩子的标配。他们向着农忙的地方前进，父母允许他们在夏天外出游荡。还有两个从俄亥俄州的哥伦布市[1]来的城里孩子，都是高中橄榄球队的。他们嘴里嚼着口香糖，眼睛不停地眨着，轻松地哼着小调。他们告诉我要搭顺风车游遍美国。“我们要到洛杉矶去！”他们叫道。

“你们去那里干什么？”

“见鬼，不知道，管他呢。”

这伙人中有个瘦高个儿，看上去鬼鬼祟祟的。我正好躺在他旁边，便问道：“你从哪里来？”在这个挂车上你要是不使劲儿就别想坐起来，因为没有扶手。他慢慢地转向我，张开嘴说：“蒙——大——拿。”

车上还有一个密西西比来的吉恩，他带着一个孩子。吉恩是个矮小黝黑的家伙，到处搭货运火车周游美国。虽然是个三十岁的游民，但长相却很年轻，所以你无法准确地看出他的年龄。他盘腿坐在车上，一言不发地望着四周的田野。就这样走了几百英里之后，他转过身来问我：“你去哪儿？”

我说丹佛。

[1] Columbus，俄亥俄州首府，位于该州中部。

“我有个姐姐在那里，但我有好几年没见过她了。”他说起话来悦耳动听，慢条斯理，很有耐心。他照顾的孩子大约十六岁，高高的个头，金发碧眼，也和他一样穿着流浪汉的破衣服。由于铁路上的煤烟、肮脏的车厢，以及长时间睡在地上的缘故，他们穿的那身旧衣服已经发黑了。这个金发碧眼的男孩也很安静，看上去好像是从什么事件中逃出来的。他呆呆地凝视着前方，忧心忡忡地用舌头舔着嘴唇，从他的样子看，这件事大概牵扯到法律。蒙大拿的瘦高个偶尔带着嘲讽又讨好的微笑同他们聊上几句。他们并不搭理他。瘦高个总是这么不怀好意，当他冲着你傻乎乎地张大嘴痴笑时，我感到有些毛骨悚然。

“你有钱吗？”他问我。

“该死，没多少。也许够我到丹佛之前买一品脱威士忌。你呢？”

“我知道哪儿能搞到些钱。”

“哪儿？”

“哪儿都成，只要能把一个人骗到小巷子里，不是吗？”

“当然，我想你会这么干。”

“如果我真的特别需要钱的话，会这么干一次。我是去蒙大拿看我老爹。我要在夏延[1]下车，走别的路了。这些傻小子是要去洛杉矶。”

“直走吗？”

---

[1] Cheyenne，怀俄明州首府，位于该州东南部，临近内布拉斯加州。

“一路直走——如果你要去洛杉矶，可以和他们同路。”

我想了一下，往前走一夜穿过内布拉斯加、怀俄明，第二天早上到达犹他沙漠，很有可能下午就到内华达沙漠了，实际上过不了多久就可以到洛杉矶了。这样想着，差点让我改变了原计划。但是我必须去丹佛，我也要在夏延下车，然后搭车向南走九十英里到丹佛。

很高兴这两个开卡车的明尼苏达农民小伙要在北普拉特停车吃饭。我很想见见他们。他们爬出驾驶室，对着我们大伙笑着。“撒尿啦。”其中一个说。“该吃饭了。”另一个说。但是我们这帮人中只有他们俩有钱买吃的。我们都跟在他们后面，来到了一家由几个女人开到饭馆。我们围坐在一堆汉堡和咖啡周围，看着这两个小伙狼吞虎咽地吃着这一大堆食物，那神情好像回到了他们妈妈的厨房里。他们是兄弟俩，这次他们是要把农用机械从洛杉矶运回明尼苏达，从中赚一大笔钱。因为去西海岸的一路上是空车，他们便在路上见人就带，这已经是第五次了。他们有大把的时间，对一切都感兴趣，脸上总是挂着笑容。我想跟他们说说话——我愚蠢地、一厢情愿地想和我们这条船的船长套套近乎——但我得到的回答却是两张充满阳光的笑脸和一口健康又土气的大白牙。

除了吉恩和他带的那个男孩，其他人都和司机一起跑到饭馆来了。当我们回来时，他们依然坐在车上，凄凉又哀伤。夜幕即将降临。司机们在抽烟，我趁机跳下车想去买一瓶威士忌，以便在寒冷的夜里喝两口暖暖身子。我对他们说了以后，他们笑了笑:“去吧，快点。”

“你们可以一起来喝两口。”我向他们保证。

“哦，不。我们从不喝酒。你去吧。”

我和蒙大拿的瘦高个，还有那两个高中生在北普拉特的街道上逛着，终于找到了一家卖威士忌的酒吧。两个高中生凑了些钱，瘦高个也凑了些，我买了瓶五分之一加仑装的威士忌。一群高大阴郁的男人盯着我们从西部特有的假立面式建筑前走过，大街上排列着许多这种像方盒子一样的房子。每一条街道的尽头都是广阔的田野。我感到北普拉特有一种异样的气氛，我也说不清哪里不一样。在几分钟之内，我的确有这个感觉。我们回到车上，卡车咆哮着继续上路了。天很快黑了下来。我们大家都喝了一些酒。我蓦然发现普拉特翠绿的田野渐渐隐去，取而代之的是一望无垠的黄沙和灌木丛生的荒原。我茫然不知所措。

“这到底是怎么回事？”我对瘦高个叫道。

“这是该到大牧场了，伙计。再给我喝一口。”

“哈哈！”两个高中生大呼小叫起来，“再见啦，哥伦布！要是斯帕克和那些家伙们在这里，他们会怎么说？”

司机换人了。兄弟俩中那个清醒一点的加足马力，把车开到了最快速度。道路也发生了变化，中间隆起，路肩变软，两边是四英尺深的水沟，卡车颠簸着从一边歪到另一边，幸好这时没有车从对面开来，否则我想我们都得翻个跟头不可。这些司机真是了不起，卡车竟然制服了内布拉斯加崎岖不平的道路——这颠簸不平的路也遍布科罗拉多。猛然之间我意识到，我们已经快要到科罗拉多了，虽然还没有正式进入。再向西南走几百英里就到丹佛了。我禁不住欢呼起来。酒瓶在我们中间传递着。天上出现了明亮的星斗，远远向后退去的沙丘变得模糊了。我觉得自己就像离弦之箭，能够一口气跨越剩下的距离。

忽然，密西西比的吉恩从他的盘腿冥想中回过神来，张开口对我说:“这个大平原让我想起得克萨斯。”

“你是得克萨斯来的？”

“不，先生。我是从密西——西比的格林——维尔来。”这就是他说话的口音。

“那孩子从哪里来？”

“他在密西西比惹了点麻烦，所以我答应帮他逃出来。男孩从没单独外出过，我尽力照顾好他，他还是个孩子。”尽管吉恩是个白人，但是他身上某些地方却很像一个聪明而劳碌的老黑人，还有些像埃尔默·哈斯尔，这个纽约的瘾君子。但他是一个生活在铁路上的哈斯尔，一个进行着史诗般旅行的哈斯尔。他每年都要一次次地穿越美国，冬天在南方，夏天在北方，只是因为没有可以停下来并且不感到厌倦的地方，因为他无处可去，所以可以去任何地方，在星空下流浪，在西部的星空下流浪。

“我去过几次奥格——登[1]。如果你想去奥格登的话，我那

---

[1] Ogden，犹他州北部城市。历史上是重要的铁路枢纽，也是举足轻重的商业和制造业城市。从夏延向南即到达丹佛，而如果去奥格登则需继续向西。

里有几个朋友，可以找他们帮忙。”

“我要从夏延去丹佛。”

“该死，那就要一直往前走。你不一定每天都能搭上像这样的顺风车。”

“你那个提议也很有诱惑力啊。奥格登有什么？奥格登是个什么地方？”我问。

“那是个很多年轻人都要经过的地方，很多小伙子在那里碰头。你可以在那里见到任何人。”

很久以前，我曾经同一个外号“大瘦子哈泽德”的人一起去海边，他高高的个儿，骨瘦如柴，真名叫威廉·霍姆斯·哈泽德，路易斯安那人。他自己选择当流浪汉。孩提时，他看见过一个流浪汉，这个人走过来向他母亲要一块甜馅饼，他母亲便给了一块，等流浪汉走了之后，小哈泽德问：“妈，这个人是干什么的？”“哦，那是个流浪汉。”“妈，我将来也要做个流浪汉。”“闭嘴，那不是哈泽德家人干的事。”但他一直没有忘记那天。长大后，在路易斯安那州立大学踢了几场橄榄球之后，他真的成了流浪汉。大瘦子经常和我在一起一边讲故事，一边嚼着装在纸盒里的烟叶子，就这样度过了无数夜晚。密西西比的吉恩有些行为举止让我真切地想起关于大瘦子哈泽德的往事，于是我问道：“你是否在哪里碰巧遇到过一个叫大瘦子哈泽德的人？”

他说：“你说的是一个喜欢高声大笑的高个儿吧？”

“大概是他，他是路易斯安那州拉斯顿人。”

“对，人们有时叫他‘路易斯安那的瘦子’。真的，先生，我肯定遇到过大瘦子。”

“他曾经在得克萨斯州东部的油田工作？”

“是在得克萨斯州的东部，但现在他是个牛仔。”

这可真是太巧了，但我仍然不能相信吉恩真的认识瘦子，这些年来我一直在找他，时断时续，找了很多年。“那么，他是不是曾经在纽约的拖船上干过？”

“可能，我并不知道这些。”

“我猜你只知道他在西部的事儿。”

“我承认我从来没去过纽约。”

“天呀，你竟然会认识他！这太让人吃惊了！这可是个很大的国家，但我知道你一定会认识他。”

“当然，先生。我跟大瘦子很熟，如果他搞到一点钱的话，总是对我很大方。不过他有时也是个很粗暴的坏家伙。在夏延的时候，我曾看到他一拳就把一个警察打倒在地。”这事儿听起来像是大瘦子干的，他总是在户外练习拳脚功夫。他看起来就像杰克·登普西[1]，而且是年轻酗酒的登普西。

“见鬼！”我迎着风嚷了一句，然后又喝了一口酒。我感到舒坦多了，每喝一口酒都要在这敞篷卡车上呛一口风，但被风刮走的都是酒精中坏的东西，好的作用都沉淀在我心里了。“夏延，我来了！”我唱了起来，“丹佛，看看你的孩子！”

---

[1] Jack Dempsey（1895—1983），美国职业拳击手。他侵略性的拳击风格和卓越的冲压能力使他成为历史上最具人气的拳击手之一，也是1920年代的一个文化标志。

蒙大拿的瘦高个向我转过身，指着我的鞋评论道：“你猜如果把它们种在地里，会长出东西来吗？”说这句话时他并没有笑，倒是几个小伙子听到了，笑了起来。我这双鞋的确是美国最难看的式样，我之所以一定要穿它，是因为我不想在炎热的大路上走得满脚都是汗，除了在熊山上下雨那一次以外，事实证明这双鞋的确是最适合旅行的鞋。但是现在，这双鞋已经变得破烂不堪，一块块彩色的皮子翘了起来，就像个新鲜的大菠萝，脚趾头都露在外面，我也跟他们一起笑了起来。我们谈笑着，又喝了些酒。我们如同做梦一样，穿过夜色，穿过交叉路口上的小镇，看到一队队收割季节出来做短工的农民和牛仔，他们侧过脸来打量着我们，我们则看着他们在小镇无边的黑夜里懒散地坐着拍着大腿。我们这群人一定看上去很滑稽。

每年这个时候，这里都会聚集许多人，因为现在是收割季节。达科他的小伙子有些坐不住了。“下次停车小便的时候我们就下车，看样子这附近有许多活儿可干。”

“这儿的活儿干完了，你们就往北走。”蒙大拿的瘦高个建议道，“顺着需要收割的地方走，你可以一直走到加拿大。”小伙子们懵懵懂懂地点着头，他们有点不理解他说的话。

这期间，那个金发的小亡命徒一动不动地坐着，吉恩则要么冲着漆黑的旷野出神，要么亲热地附在那个孩子耳边嘀咕几句，这时孩子就会微微地点点头。吉恩细心照料着他，生怕他害怕或者情绪不好。我不知道他们到底要去哪里，去做什么。他们没有香烟了，我就把自己的掏出来递了过去，我很喜欢他们。他们亲切而又懂得感恩，从不问别人要什么，但我总是递给他们。蒙大拿的瘦高个自己抽着烟，却从不摸几根出来分给大伙儿。不一会儿，我们又穿过一个十字路口边的小镇。一群瘦高的人站在路边，他们穿着牛仔裤，聚集在昏暗的灯光下，就像荒漠里的一群飞蛾。卡车开出了小镇，我们又进入无边的夜色中，群星在纯净的夜空中闪烁着。空气变得越来越稀薄，因为我们的卡车正在西部高原的山坡上爬行，大约每向前走一英里，海拔就会升高一英尺，再低的星空也不会被高原上的树木挡住。路边的灌木中，一头忧郁的白脸奶牛从我们面前一闪而过。我们现在仿佛坐在火车上，平稳又飞快。

没过多久，又一个小镇出现了，我们的卡车慢了下来。蒙大拿的瘦高个嘟囔着："嗨，小便。"但是明尼苏达人并没有停车，而是一直往前开着。"该死的，我要下去。"瘦高个叫道。

"就站在车边尿吧。"有人建议。

"那好吧。"他回答道。然后我们看到他慢慢地挪到车后边，尽量抓紧，然后把腿悬在车外。有人敲敲驾驶室的窗户，想让那兄弟俩注意，他们转过身来，回应地笑了笑。瘦高个正准备尿，这时候本来已经相当危险，可司机却把速度提高到每小时七十英里，并且左右摇晃。瘦高个向后一仰，接着我们便看到空中划过鲸鱼喷水似的水柱。他挣扎着想恢复之前的坐姿，但两个司机故意把车开得左右摇摆，他又倒向一边，尿都沾到了自己身上。颠簸中，我们听见他在轻声地咒骂着，就像一个人翻山越岭之后疲倦的哀鸣。"该死的……该死的……"他不知道司机是有意这么干，只是在可怜地挣扎着，就像约伯一样经历严酷考验。小便完后，他身上已经湿透了，只好小心翼翼地移回自己位置上，一副无可奈何的表情。车上除了那个忧郁的金发孩子外，每个人都笑得前仰后合。明尼苏达人在驾驶室里笑得喘不过气来。我把酒瓶递给他，让他压压惊。

“他妈的，他们是故意这么干的吗？”他问。

“他们是故意的。”

“好吧，算我倒霉，我不知道他们会这么干。在内布拉斯加时我也这样尿过，连这次一半的难度都没有。”

不一会儿我们就到了奥加拉拉[1]，驾驶室里的两个伙计兴高采烈地叫道：“撒尿！”瘦高个放弃了这次机会，闷闷不乐地站在那里。两个达科他来的小伙子向每个人道别之后就走了，他们想从这里开始找收割的活儿干。他们向着小镇边上亮着灯光的一排棚屋走去，一个穿牛仔裤的守夜人说招工的人可能在那里，我们目送着他们消失在夜幕中。我想再去买几包香烟。吉恩和那个金发孩子跟着我一起去活动一下腿脚。我们走进一家小店，店里有台只有在荒凉的大平原才能看到的、全世界最不像样的冷饮机，几个当地的少男少女随着投币点唱机里的音乐起舞。我们进来的时候，里面一下子安静了。吉恩和金发少年目不斜视地站在那里，他们只想要香烟。那里有一些漂亮的姑娘。其中一个姑娘向金发少年抛媚眼，他竟然没看见，即使看

[1] Ogallala，内布拉斯加州西部城市。

见了，他也会无动于衷，因为他看上去那么伤心绝望。

我给他俩每人买了一包香烟，他们谢了我。卡车又重新上路了。现在已将近午夜，寒气逼人。吉恩告诉我们现在车上的所有人都应该用防水帆布把自己包严实，否则肯定会冻坏。他周游全国的次数，你就是手指加上脚趾一起算也算不过来，所以我们都照他说的去做。裹着防水帆布，再加上酒瓶里还剩的一点儿酒，我们在越来越强的、冻僵耳朵的冷空气里保持着温度。在高原上似乎我们的车爬得越高，天上的星星就越明亮。现在我们是在怀俄明。我直挺挺地躺着，凝望着深邃的天穹，想着我从那倒霉的熊山开始走了这么远的路来到这里，我为自己感到骄傲。想到丹佛即将出现在我的面前，我激动不已——无论怎样，不管等待我的是什么。这时，密西西比的吉恩哼起了一首小调，他唱得优美动听，轻柔宁静，带着密西西比河畔特有的口音。这首歌的歌词很简单："我得到了一个漂亮的女孩，十六岁的她甜蜜又可爱，她是你见过的最漂亮的女孩。"然后又唱了一遍，还加入几句别的词，大意是无论他走到多远的地方，都希望能回到女孩的身旁，但他还是失去了她。

"吉恩，这首歌真美。"我对他说。

"这是我所知道的最甜蜜的歌。"他微微一笑。

"我真希望你能到你要去的地方，并且万事顺利。"

"我总是四处漂泊，从一个地方到另一个地方。"

蒙大拿的瘦高个刚才睡着了。这时他醒了过来，对我说："嘿，小黑，今晚你到丹佛前，跟我一起去夏延转转，怎么样？"

“一言为定。”我喝够了酒，现在干什么都行。

当卡车到达夏延附近时，我们看见了当地广播电台天线上高高的红灯。突然，我们看到路两旁的人行道上挤满了人。“哇！这是狂野的西部狂欢节。”瘦高个叫道。一大群穿着皮靴、戴着宽檐高顶牛仔帽的肥胖的生意人，带着他们高大健壮、穿着西部牧牛女郎服饰的妻子，在夏延老城的木板人行道上尽情地跳着叫着。远处能看到夏延新城长长林荫大道上的街灯，但是庆祝活动都在老城区。空枪的响声在空中回荡。酒吧里挤满了人，一直挤到了人行道上。我觉得这一切异常新奇，同时也十分可笑：我第一次来到西部就看到了用这种荒唐方式来维持西部辉煌的传统。我们该下车告别了，明尼苏达人不愿意在这附近停留。看到他们离去，和他们告别我很难过，我知道我可能再也见不到他们了，但是生活就是这样。“今天晚上你们肯定要冻掉屁股，”我警告他们说，“然后，明天下午在沙漠里你们又要把它们烫熟了。”

“我不怕，只要我们熬过这个寒冷的夜晚。”吉恩说。卡车从人群中急驰而过，没有人注意那些裹在防水帆布里的孩子，他们就像襁褓中的婴儿一样注视着这个城市。我目送着卡车渐渐消失在夜幕之中。

5

现在只剩下我和蒙大拿的瘦高个了。我们去逛酒吧。我只剩下七块钱了，那天晚上又胡乱地花掉了五块。开始我们和一些牛仔打扮的游客、炼油工人，以及牧场主混在一起，我们在酒吧里喝了一会儿，接着又在门口，在马路上转悠。有一会儿我不得不把瘦高个摇醒，他几杯威士忌和啤酒下肚之后就头昏眼花地在街上摇摇晃晃起来。他喝起酒来就两眼僵直，很快就开始和完全不认识的人说自己的故事了。接着我又去了一家名叫红辣椒的小酒吧，这里的女服务员是个墨西哥人，很漂亮。我吃完之后在账单的背面写了几行表示爱慕的话。这时酒吧里很安静，人们都不知道去什么地方喝酒去了。我让她将账单翻过来。她看后笑了。这是一首小诗，表达希望她出来和我一起看夜色。

“我很乐意，亲爱的，但是晚上我要和我的男朋友约会。”

“你不能甩掉他吗？”

“不，不，我不能。”她表情痛苦地说。我喜欢她说这话时的神气。

“以后我还会到这儿来的。”我说。她答道:“随时都欢迎你来，伙计。”我又坐了一会儿，只是想再看看她，于是又要了一杯咖啡。这时，她男朋友闷闷不乐地走了进来，问她什么时候才能离开。她赶紧收拾，准备关门。我不得不站起身，临走时我留给她一个微笑。外面和之前一样混乱，只是几个胖子喝得更醉了，叫嚷声更大了。真有意思。几个印第安首领围着大头巾也在里面闲逛，在这帮满脸通红的醉汉面前，他们显得格外一本正经。我看见瘦高个踉跄着走在人群里，便跟了过去。

他说:“我刚才给我在蒙大拿的老爸写了张明信片，你能帮我找个邮箱投进去吗?”这可是个奇怪的请求。他将明信片递到我手上，便又摇摇晃晃地走进一家酒吧。我拿着明信片去找邮筒，顺便看了一眼:“亲爱的爸爸，我星期三回家。我一切都好，也衷心地希望您万事如意，理查德。”这使我对他产生了不同的看法，他对自己的父亲是那么礼貌温柔。我走进酒吧，坐在他的身边。我们找了两个姑娘，一个是年轻漂亮的金发女郎，另一个是深褐色头发的胖姑娘。她们一本正经地坐在那里，默不作声。我们想和她们玩玩。我们将她们带到了一家破旧的夜总会，这儿正准备关门。在那里我用仅剩的两块钱给她们俩要了苏格兰威士忌，我们喝啤酒。我几乎要喝醉了，但我不在乎，一切都感觉好极了。我把全部精力都集中在那个可爱的金发女郎身上，使出浑身解数想将她弄到手。我紧紧地拥抱她，向她表白。夜总会关门了，我们一起在那破败肮脏的大街上闲荡。

我仰望天空，纯净的天幕上美丽的星星不停闪烁。姑娘们想去汽车站，我们就一同去了。很显然她们是想去那儿和等在那里的一个水手会面。那人是这个胖姑娘的表哥，他和他的一些朋友在等她们。我对那个金发姑娘说:“你打算怎么办？”她说她要回家，她的家在科罗拉多，就在夏延的南边。“我可以带你乘巴士去。”我说。

“不，汽车站在高速公路上，我必须一个人走过该死的大草原。我一下午都在想这件倒霉的事，今晚我不打算再走过去了。”

“啊，听着，我们漫步在鲜花盛开的大草原上不是很美吗？”

“那儿没有花。”她说，“我想去纽约。我讨厌这个地方，但没有地方可去，只好待在夏延。夏延什么也没有。”

“纽约也是什么都没有。”

“该死的，什么都没有。”她噘着小嘴说道。

汽车站的人都挤到门口了，许多人都在等着上车，还有一些人就是无聊地站在那里。这儿有很多印第安人，他们木然地注视着一切。说话间那个姑娘离开我，去找水手他们了。瘦高个在候车室的长椅子上打瞌睡，我在他身边坐了下来。全国的车站都是一个样，烟蒂、果皮扔得满地都是，使人感到一种只有在车站才能体验到的特有的沮丧。有一刹那，我甚至以为这儿就是纽瓦克[1]，只是那里没有我如此喜欢的广袤和开阔。现在我很后悔打破了

[1] Newark，新泽西州最大的城市，人口密集。它与纽约曼哈顿仅哈得孙河一水之隔。

我旅途的平静，一个子儿也没剩下，到处闲逛，愚蠢地为了那个一本正经的姑娘花光了所有的钱。我十分懊丧。由于很长时间没睡觉，我困得甚至连自责的力气都没有了。我蜷缩在长椅上，枕着帆布包，在睡意朦胧的呢喃和车站数百人来往的喧闹声中，一直睡到第二天早晨八点。

起来后我的头疼得很厉害。瘦高个已经走了，我猜想他是回蒙大拿去了。我来到车站外，碧空如洗，我平生第一次从远处眺望白雪皑皑的落基山脉。我深深地吸了一口新鲜空气。我必须立即赶往丹佛。我先去吃了点早饭，一小块吐司、一杯咖啡，外加一颗鸡蛋，然后离城来到高速公路上。西部狂欢节仍在继续，这儿正在进行牛仔竞技比赛，人们不停地欢呼喝彩。这一切都被我抛在了身后，我只想见到我那帮丹佛的朋友。我穿过铁路立交桥，到了一个有许多棚屋的地方。两条高速公路在这里分叉，但都通向丹佛。我选了一条靠近山脉的，这样我可以一路欣赏风景。很快我搭上了一个从康涅狄格州来的小伙子的车，他是东部一个编辑的儿子，开着一辆破车，周游全国写生。他不停地说着话。由于酒喝多了，再加上高原的关系，我有些晕车，有一阵子不得不将头伸向窗外。后来在科罗拉多州的朗蒙特[1]他让我下了车，我立即感觉好多了，甚至还能给他讲一些我这次旅途的经历。他祝我走运。

朗蒙特景色宜人。在一棵古老的参天大树下是一片绿茸茸

[1] Longmont，科罗拉多州东北部城市。

的草地，这里属于一个加油站。我问这里的工作人员我是否可以在草地上睡一觉，他欣然同意。于是我将一件羊毛衬衣铺在草地上，脸朝下趴在上面，用一只胳膊撑着，在烈日下睁开一只眼睛，迅速地欣赏了一下白雪覆盖的落基山脉。过了一会儿，我就沉沉地睡着了，美美地睡了两个小时。唯一不舒服的是时不时会有几只科罗拉多蚂蚁来骚扰我！我现在在科罗拉多了！想到这里我高兴极了。天哪！天哪！天哪！我做到了！我立即爬了起来，把自己从刚刚梦见的过去在东部的生活中拉回来。我在加油站的男洗手间里洗了把脸，潇洒地走了出来，在公路边的餐馆里，我喝了一杯浓浓的奶昔，给我那饱受炎热和疼痛折磨的胃降了降温。

很巧，给我做奶昔的是一个漂亮的科罗拉多小妞，她笑容可掬。我很感激，她使我旅行的最后一天非常愉快。我对自己说，哦，丹佛一定美极了！我又上路了。外面天气很热。我搭上了一辆崭新的小汽车，开车的是一个丹佛的商人，看上去三十五岁左右，他开到每小时七十英里。一路上我都很激动，一分一秒地计算着时间，数着车子的里程。终于，在一片翻滚着的金黄色麦浪的后面，在隐约可见的白色的埃斯蒂斯山下，我看见了老丹佛。我想象着今天晚上在丹佛的一个酒吧里，我和那帮朋友聚在一起的情景，他们用陌生的眼光打量着衣衫褴褛的我，我就像个先知，长途跋涉去传递一个预言，而我要传递的只有一个字:“哇！”我和这位让我搭车的朋友愉快地谈着我们的未来，说话间我们已经穿过丹佛城外的水果批发市场。

突然，眼前出现了高大的烟囱、铁路、红砖建筑，还有市中心那些隐约可见的灰色高楼。我终于到丹佛了。他让我在拉里默大街下了车。我跌跌撞撞地走在拉里默大街上一群流浪汉和疲惫不堪的牛仔中间，咧开嘴开心地笑着，这一定是全世界最夸张的坏笑。

6

那时我和迪安不像现在这么熟，但已经和查德·金很熟了。所以我想做的第一件事就是找到查德·金。我给他家挂了电话，接电话的是他母亲。她说："啊，萨尔，你到丹佛来干什么？"查德是一个瘦瘦高高的金发小伙子，长着一张奇怪的巫医般的脸，这倒是与他对人类学和史前印第安人的研究兴趣相配。他的鼻子微微有些钩，在金黄色头发的映衬下格外柔和。他有着西部能人的美和优雅，常在小酒吧跳舞，橄榄球也能来两下。他说话的时候带有一些发颤的鼻音："萨尔，我喜欢大平原上的那些印第安人，其中一个原因是他们在夸耀自己拥有很多张作为战利品的头皮之后，会表现出某种尴尬。鲁斯顿在《生活在遥远的西部》[1]一书中谈到，有一个印第安人因为他拥有太多张头皮而羞红了脸。于是他拼命地跑，一直跑到了大平原，将他那值得炫耀

[1] *Life in the Far West*，英国探险家、旅行作家乔治·F. 鲁斯顿写的一部关于美国西部生活和冒险经历的作品。

的成就隐藏起来。该死，我一读到这些就激动！”

查德的母亲告诉了我他的去处，在这个沉寂的下午，他正在当地博物馆研究印第安人编织的篮子。我给他挂了个电话，他便开着他那辆破旧的福特轿车赶到汽车站来接我，以前他总是开着这辆车上山去挖掘印第安古物。查德穿着一身牛仔服，向我微笑着走来。我正坐在自己的行李上，和在夏延遇到的那个水手聊天。我问他那个金发姑娘现在到底怎样了，他很不耐烦，拒绝回答。我坐进了查德的轿车。他做的第一件事就是去州政府大厦拿地图，然后又去看望了一位老教师。我唯一想做的事就是喝啤酒。我心底最最迫切的是想知道迪安在哪儿，现在他在干什么。由于一些很奇怪的原因，查德已经打算和迪安绝交，他甚至不知道迪安的住处。

“卡洛·马克斯也在这儿吗？”

“是的。”但是他似乎再也不想谈论卡洛了。查德·金已经开始从我们的圈子里退出去了。那天下午我正准备在他那里睡觉，又听说蒂姆·格雷在科尔法克斯大街有套公寓可以供我住，罗兰·梅杰已经住在那里了，现在他正在等我。我感到我的周围存在着某种阴谋，阴谋的双方是我们圈子中的两派：查德·金、蒂姆·格雷、罗兰·梅杰，还有罗林斯合谋排挤迪安·莫里亚蒂和卡洛·马克斯。现在我正站在这场战争的分界线上。

这场战争是有潜在的社会背景的。迪安是一个酒鬼的儿子，他父亲是拉里默大街上酗酒最严重的流浪汉，实际上迪安就是在拉里默大街上长大的。他六岁就上法庭为父亲辩护，他曾在拉里默的一些小巷里乞讨，并偷偷地将钱送给父亲，他的父亲却正和另一个酒鬼坐在一大片破碎的酒瓶边等着儿子的到来。迪安长大之后，便开始在格莱纳姆台球厅游荡。他创造了丹佛城偷车次数的最高纪录，后来便进了教养院，从十一岁到十七岁他几乎都是在教养院度过的。他的专长就是偷车，追那些下午放学回家的女中学生，开车把她们带到山上去，玩够了之后，就下来随便找一个旅馆的浴缸睡上一觉。他父亲本来是一个受人尊敬又努力肯干的白铁匠，后来成了葡萄酒上瘾者，这比威士忌上瘾更可怕，从此便一蹶不振，不得不沦为冬季往得克萨斯运货、夏季返回丹佛的司机。迪安的母亲在迪安很小的时候就死了。他有几个兄弟，但都不喜欢他。迪安只有几个在台球厅认识的伙伴。他属于美国充满活力的一代新人，他和卡洛在丹佛人眼里是一种生活在地下的怪兽。卡洛确实住在格兰特街的一间地下室里，后来我们晚上常去那儿聚会，在那里能见到许多朋友，大家会一直待到天明。经常是卡洛、迪安、汤米·斯纳克、埃德·邓克尔、罗伊·约翰逊和我，后来又新来了许多朋友。

来丹佛的第一天下午我睡在查德·金的房间里，他母亲在楼下做家务，他在书房里工作。

大平原的七月真是酷热难耐。如果没有查德父亲的发明，我是无论如何也睡不着的。查德的父亲和蔼可亲，他已经是个七十多岁的虚弱老人了，但很喜欢讲故事，常常津津有味地讲一些很有趣的故事，讲他在北达科他平原的童年生活，讲1880年代他为了寻开心怎样骑着一匹小马带一根木棒去追赶狼群，后来又是怎样在俄克拉何马这锅柄状地带成了一名乡村教师，最后又怎样成了商人，现在他在这条街的一个修车铺楼上还有一间办公室——一张拉盖式办公桌上堆满了过去那些令人激动又能带来赚钱机会的文件，但现在已经积满灰尘。他发明了一种特殊的空调器，将一个普通的风扇放在窗户上，不知为何冷水就可以通过飞旋的扇叶吹出来。它的效果极佳，但只限于离风扇四英尺的范围之内，很显然在炎热的天气里吹向更远处的水会变成水蒸气，楼下的温度还是丝毫不减。不过查德的床正好在风扇下面，床头一尊巨大的歌德半身塑像直直地盯着我。我舒舒服服地睡着了，可是不到二十分钟就被冷醒了，我差点没被冻死，加了一床毛毯，还是没用。最后我实在冷得无法再睡，便走下楼来，老人问我他的发明效果怎样。我回答说真是棒极了。我回答得很有分寸，因为我喜欢他。他又靠在那儿开始回忆往事。“我曾经发明了一种去污剂，东部的几家大公司盗用了我的专利开始生产。这些年来我一直在收集证据，如果我有钱能够请到一位有名的律师的话……”但是现在请律师已为时过晚，他只能沮丧地坐在家里。晚上查德的母亲给我做了一顿丰盛的晚餐，我们品尝了他叔叔从山上打回来的鹿排。但是迪安到底在哪儿呢？

7

接下来的十天，正如 W. C. 菲尔兹[1]所说的那样，“充满了巨大的危险”——而且极其疯狂。我搬去和罗兰·梅杰同住，这套十分豪华的公寓实际上是属于蒂姆·格雷家的。我们各有一间卧室，还有厨房，冰箱里放满了食物，客厅很大，梅杰穿着件丝绸睡袍正坐在里面构思他那个最新的海明威式的故事：主人公是个性格暴躁、身材粗壮、红脸膛的小矮个，他对一切都十分敌视，然而当夜晚真正的生活降临时，他又会露出世界上最温暖迷人的笑容。梅杰就这样坐在写字台前苦思冥想着，而我只穿了条斜纹棉布裤，在柔软厚实的地毯上又蹦又跳。他刚写了一个短篇，讲一个名叫菲尔的小伙子首次来丹佛的故事，他的旅伴是个神秘而沉默的家伙，叫山姆。菲尔出去逛，结果被一些附庸风雅的人缠住了。他回旅馆后沮丧地对山姆说：“山

[1] W. C. Fields（1880—1946），美国喜剧演员、作家，其塑造的典型形象是厌世又富有同情心的酗酒者。

姆，那种人也到这里来了。”这时山姆正悲哀地看着窗外。“是的，”山姆回答，“我知道。”山姆足不出户就知晓这一切。整个美国到处都是假冒的艺术家，他们是美国社会的吸血鬼。梅杰最乐意与我合作，因为他知道我不是这种人。梅杰就像海明威一样喜欢好酒。他又开始回忆最近的法国之行：“啊，萨尔，如果你和我一起去巴斯克地区，喝一瓶 1919 年的冰凉的普瓦尼翁酒，你就会知道除了货车车厢之外，世界上还有许多更吸引人的东西。”

“我懂，但我就是喜欢货车车厢，喜欢读车厢上写着的那些名字，像‘密苏里太平洋铁路公司’‘大北方铁路公司’‘罗克艾兰线’等等。上帝作证，梅杰，我要将这次一路搭车的经历都告诉你。”

罗林斯家离这儿只隔着几个街区。那是一个快乐的家庭——母亲还很年轻，是一家破败的旧酒店的合伙人之一，带着五个儿子和两个女儿。那个放荡的儿子叫雷·罗林斯，是蒂姆少年时代的伙伴。雷大声嚷着闯进来接我，然后和我们手拉手一起出去。我们去科尔法克斯的酒吧喝酒。雷的一个妹妹叫贝比，是个美丽的西部金发姑娘，网球爱好者，还喜欢冲浪。她是蒂姆·格雷的女朋友。梅杰——他只是路过丹佛却派头十足地住在公寓里——想约蒂姆·格雷的妹妹贝蒂一起出去。只有我一个人没有女朋友。我逢人就问：“迪安在哪里？”他们都笑着摇摇头。

终于有一天电话铃响了。是卡洛打来的，他将地下室公寓的地址给了我。我问："你在丹佛干什么？我是说你正在做些什么？一切都好吗？"

"哦，等你来了再告诉你。"

我立刻赶去见他。他每天晚上都在梅氏百货公司干活。一天，疯子雷从一家酒吧打电话到他上班的地方，让看门人找他接电话，说有个人被杀了。卡洛一听到这个消息立即就想到死的人可能是我。雷·罗林斯在电话中对他说："萨尔就在丹佛。"并将我的地址和电话给了他。

"迪安在哪儿？"

"他就在丹佛。让我慢慢告诉你。"他告诉我迪安现在跟两个姑娘做爱。一个是玛丽露，他的前妻，她在一家旅馆的房间等他；另一个是卡米尔，新认识的，她也在一家旅馆的房间等他。"在赴她俩的约会之间，他会抽时间找我，为了我们一件没有干完的工作。"

"什么工作？"

"迪安和我在做一件非常重要的事。我们决定彼此信任，倾吐内心的一切。我们服用了安非他命，然后面对面盘腿坐在床上。我告诉迪安他可以去做想做的一切，他可以成为丹佛的市长，娶一个百万富翁的千金，或者成为自兰波以来最伟大的诗人。但他也会冲出去看小型汽车比赛，我也和他一同去，他总是又跳又叫，激动不已。你知道，萨尔，迪安对这类事儿十分入迷。"马克斯哼了一声，沉思起这件事。

"他的日程怎么安排？"我问。迪安的生活里总是安排满了事情。

“他的计划是这样：在我下班后的半小时里，先去旅馆与玛丽露做爱，给我一个换衣服的时间，然后再立即赶到卡米尔那里——当然她们彼此都不知道发生了什么——跟她做爱，给我时间让我在一点半赶到，然后我们一同出来——刚开始，他必须向卡米尔请求，现在她已经开始恨我——到我这儿一直聊到早晨六点。我们常常聊得更久，不过他的情况越来越复杂，他不得不压缩时间，六点要赶回玛丽露那儿，然后为了离婚所需的各种文件而奔波一天。玛丽露同意离婚，但她坚持在这段过渡时期要和迪安做爱，因为她爱他——卡米尔也是这样。”

然后他又告诉我迪安是怎样认识卡米尔的。混在台球厅里的罗伊·约翰逊最早在一家酒吧认识了她，然后把她带到了旅馆。为了炫耀，他邀请咱们圈子里所有的人去看她，大家都围着卡米尔说个不停，唯有迪安眼望窗外，什么也没说。最后大家都走了，迪安看着卡米尔，指指自己的手腕，又做了一个“四”的手势（意思是他四点钟回来），便走了出去。卡米尔三点钟对罗伊关门，四点钟又为迪安开门。我想立刻出门去见这个疯子，何况迪安早就答应帮我找一个姑娘，丹佛所有的姑娘他都认识。

晚上，我和卡洛走在丹佛破烂不堪的街道上。空气很柔和，天上群星点点，每一条铺着鹅卵石的小巷都给我带来美好的希望，我仿佛是在梦中。我们来到了迪安为与卡米尔约会所租的单间。这是一座古老的红砖建筑，四周是几间木板搭建的车库和一片古树，我们沿着铺了地毯的楼梯上楼。卡洛敲了敲门，然后飞快地躲了起来，他不想让卡米尔看见他。我则站在门口。迪安赤裸裸地出来开门。我看见一个褐色头发的女人躺在床上，光滑漂亮的大腿裹在黑色蕾丝之下，这时她正吃惊地望着我。

“啊，是萨……萨……萨尔！”迪安说，“啊，太好了！啊，是的，你终于来了，婊子养的，你最后终于来了。啊，现在，你看，对，我马上，我们一定要……是的，是的，马上！嗨，卡米尔……”他向她下弯身子，“这是萨尔，是我纽……纽约的一个老朋友。今天是他来丹佛的第一个晚上，我一定要陪他出去，帮他找个漂亮姑娘。”

“那么，你什么时候回来？”

“现在是……”（他看了看表）“哦，现在正好是一点十四分，我三点十四分一定赶回来，我们再一起做个美梦，最甜美的梦，怎么样，亲爱的？然后你知道我还得去那个独腿律师那里处理几份文件，半夜去，这听上去有点奇怪，不过我已经给你清清楚楚地解释过了。”（这其实是在掩饰他和玛丽露的约会，卡米尔还蒙在鼓里。）“所以现在我必须立即穿好衣服，穿好裤子回归生活，我是说回到外面的生活中去。啊，时间过得太快了，太快了，现在已经是一点十五分了。”

“好吧，迪安，不过你三点钟一定得回来。”

“啊，亲爱的，我记得我们刚刚说好的是三点十四分，不是三点。难道我们的心灵不是相通的吗，我最亲爱的？”他走了过去，吻了她好几下。墙上挂着一张迪安的裸体素描，巨大的阴茎和其他一切一览无遗，是卡米尔画的，我非常吃惊。这儿的一切都很疯狂。

离开他的房间，我们立即走进宁静的夜色，卡洛在小巷里等我们。我们走过了我从来未见过的最窄小、奇怪，也是最肮脏的小巷，深入丹佛墨西哥人聚集区的中心。在静谧的暗夜里，我们大声地说笑着。“萨尔，”迪安说道，“有一个姑娘你随时都可以去找她，只要她不在上班，”（他看了看表）“她叫丽塔·贝当古，是个餐厅服务员。这小妞很不错，就是性方面有些不开窍，我曾经试着帮她改善。不过你这方面很有本事，你一定能行。我们现在就去找她，带些啤酒，啊，不用了，他们那儿有，该死的快去吧！”他一边说一边使劲地拍着巴掌，“今晚我还要和她姐姐玛丽约会。”

“什么？”卡洛叫了起来，“我们还得聊天。”

“当然，当然，约会以后聊。”

“啊，你们这些丹佛的颓废的家伙！”卡洛对着天空大叫大嚷。

“难道他不是世界上最可爱的家伙吗？”迪安说着，对着我的肋骨打了几拳。“你瞧他，瞧他！”卡洛又开始在充满生气的大街上跳起了“猴舞”，就像我很多次在纽约看到他所表演的一样。

我唯一可说的就是：“天哪，我们在丹佛都该死的做了些什么？”

“明天，萨尔，我要给你找份工作。”迪安换了一种严肃认真的语调对我说，“明天我从玛丽露那儿一出来就去看你，直接去你们的公寓，顺便也看看梅杰。然后我们坐巴士——真该死，我自己没车——去卡马戈市场，你可以在那儿干活挣点钱，星期五就能拿到工钱。该死的，我们全没钱了，这几个星期我没时间工作。星期五晚上我们雷打不动去看赛车，我在城里认识的一个家伙可以带我们去，当然是我们三个人一起，卡洛、迪安和萨尔……”我们就这样边走边聊直到夜深。

我们来到了餐厅服务员两姐妹住的地方，我的那个还在工作，迪安的那个在家。我们在她的沙发上坐了下来。按原计划，我要趁现在给雷·罗林斯打个电话，他接到电话后立刻赶了过来。他一进门就脱掉上衣，紧紧地抱住了那个陌生的玛丽·贝当古。酒瓶子滚得遍地都是。三点钟迪安赶回去和卡米尔缠绵，接着又准时赶了回来，这时另一位姑娘也到家了。我们现在非常需要一辆车，我们太吵闹了。雷给一个有车的家伙打了电话，那人立即开着车来了。大伙儿全挤了上去。卡洛试图按原计划与迪安在后座开始他们的谈话，但是车里太乱了。“咱们去我那儿吧！”我大声地叫着，大家都表示同意。车子在我的公寓前停了下来。我跳下车，在草地上来了个倒立，钥匙掉在地上，后来一直也没找到。我们跑着、叫着进了公寓。罗兰·梅杰穿着那件丝绸睡袍堵在门口不让我们进去。

“我不允许你们在蒂姆·格雷的公寓里胡闹！”

“什么？”我们对他大叫。这儿乱作一团。罗林斯抱着一个女服务员在草地上打滚。梅杰仍不让进。我们嚷着要打电话给格雷，让他同意我们的聚会，并请他来参加，但最后我们还是跑到丹佛市中心我们常聚会的那个地方去了。突然，我发现自己身无分文地站在大街上，花光了身上的最后一块钱。

我走了五英里路才回到了科尔法克斯的公寓，舒舒服服地睡了一觉。梅杰不得不让我进去。我在想卡洛和迪安是否又在互相倾吐心曲，以后我要搞清楚。丹佛的夜很凉爽，我睡得像木头一样沉。

8

今天早晨，我们大家都在为一次惊人的登山旅行做准备，可一个电话让它变得复杂起来。电话是我在路上遇见的那个老家伙埃迪打来的。他还记得我曾提过的几个人的名字，就随便打电话试试，竟然把我找到了。现在我那件羊毛格子衬衫有机会找回来了。埃迪和他女朋友住在科尔法克斯郊外，他想知道哪里能找到工作。我让他先过来，迪安可能有办法。迪安赶来了，我和梅杰正匆匆忙忙地吃早饭。迪安甚至连坐的时间都没有。“我有数不清的事要做，几乎没时间带你去卡马戈，但是，还是去吧，老兄。”

“等等我路上认识的朋友埃迪。”

梅杰看着我们急得那样子被逗笑了。他是来丹佛静心写作的，对迪安很恭敬，迪安却毫不在意。梅杰就这样和迪安说话：“莫里亚蒂，我听说你同时和三个小妞睡觉？”迪安把脚在地毯上来回蹭蹭，答道：“哦，对，是这样。”然后看了一下表。梅杰用力抽了抽鼻子。我感到有些局促不安，就赶紧和迪安一起走了。梅杰总认为迪安是个傻瓜、骗子。当然，他不是，我希望今后能向所有的人证明这一点。

我们找到埃迪，迪安对他没有兴趣。然后我们几个人一起乘上电车顶着烈日去找工作。我讨厌去想这些。埃迪还和以前一样地喋喋不休。我们在卡马戈市场上找到了一个人，他愿意雇用我们俩。工作时间是从早上四点一直到下午六点，那人说："我喜欢那些愿意工作的小伙子。"

"你已经找到工作了。"埃迪说。但是我自己还不确定是否要干这份工作。"我不能睡觉了。"我说。还有太多有趣的事要做。

第二天早上埃迪去了，我没去。梅杰买来了许多食物，作为交换，我只得做饭、洗碗。我的时间安排得很满。今晚罗林斯家要举行一场大型聚会。他母亲旅游去了。罗林斯邀了所有的朋友，并让他们带威士忌来。然后他又拿来电话本找到不少姑娘的电话，他让我给姑娘们打电话，后来来了好多姑娘。我给卡洛打了个电话想知道迪安现在在干什么，因为迪安清晨三点总要去卡洛那里。我准备聚会之后去找他。

卡洛的地下室公寓在格兰特街一座教堂附近的一幢陈旧的红砖大楼里。你必须先走进一条小巷，下几级石阶，打开一扇陈旧的原木小门，再通过一个地窖似的地方，然后才能到他住的地方。卡洛的屋子像是俄国圣徒住的，里面放着一张床，点着一支蜡烛，湿漉漉的石墙，还有他自己随意做的圣像。他给我读他写的诗，诗的题目叫《丹佛的忧郁》。清晨，卡洛从梦中醒来，听着"粗俗的鸽子"在他公寓外的街上无聊地闲谈，看到“哀伤的夜莺”在树枝上打着盹，这使他想到了自己的母亲。一块灰色的裹尸布罩着整个城镇。那些山脉，那闻名遐迩的、每一个西部小镇都可以看到的落基山脉只不过是“纸做的”。整个世界都在发狂，变得奇怪而又陌生。在诗中他把迪安比作“彩虹的儿子”，在他极度痛苦的阴茎里忍受着折磨。他将自己称作“俄狄浦斯·埃迪”，每天不得不把“口香糖从玻璃窗上刮去”。他要在这间地下室里孕育出一本伟大的著作，将每天发生的事都写进去，把迪安所做所讲的每一件事都写进去。

迪安按时来了。“一切都很顺利。”他说，“我要和玛丽露离婚，然后和卡米尔结婚，并带她去旧金山生活。当然是在我们的计划完成之后，亲爱的卡洛，我们先一起去得克萨斯，找到老布尔·李，你们俩都告诉过我很多关于他的事，但我一直没见到他，然后我再去旧金山。”

他们又开始工作了，面对面地坐在床上开始了长长的谈话。我没精打采地坐在旁边的一张椅子上，把一切都看在眼里。他们一开始谈了些很抽象的东西，争论不休，接着又联想到其他一些忘了谈的事情。迪安表示抱歉，又承诺他能记起来，然后再做一些补充。

卡洛说：“那次我们经过瓦泽的时候我想告诉你，关于你对侏儒赛车的狂热我是怎么想的。你还记得吗？就是那时你指着一个穿着休闲裤的老酒鬼，说他很像你爸。”

“对，对，当然记得，不仅这些，后面我还想起来一连串与我有关的事。我必须告诉你一些真正疯狂的事情，我本来已经忘了，你刚刚提醒了我……”于是他们又有了两点新的想法，他们反复推敲着。卡洛问迪安是否是诚实的，尤其是心灵深处是否是诚实的。

“为什么又提这一点？”

“我还有最后一件事想知道……”

“但是，亲爱的萨尔，你在这儿听着，你坐在这里，我们问问萨尔，他会说什么？”

我说:“最后一件事我们是弄不明白的，卡洛。没有人能够知道最后，我们总是在希望中活着。”

“不，不，不。你简直是在胡说，伍尔夫笔下的主人公似的罗曼蒂克的胡说！”卡洛叫道。

迪安说:“我根本不是这个意思，但我们应当允许萨尔发表意见，事实上，卡洛，难道你不认为他坐在这里观察我们是有他的尊严的吗？这只野猫穿越了整个大陆来到这儿。萨尔老兄不会说的，萨尔老兄不会说的。”

“我并不是不说，”我反驳道，“我只是不知道你们到底是什么意思，或是想达到什么目的。我只知道你的要求对任何人来说都太难了。”

“你总是很消极。”

“那么你到底想干什么？”

“告诉他。”

“不，你告诉他吧。”

“没什么可说的。”我说着笑了起来。我把卡洛的帽子戴在头上，帽檐拉得遮住了眼睛。“我想睡觉。”我说。

“可怜的萨尔总是贪睡。”我沉默不语。他们又继续谈了起来。“那天你向我借五分钱去买炸鸡排……”

“不，老兄，买的是辣酱！你还记得吗，就在得克萨斯之星？”

“我和周二搞混了。当你借钱的时候，现在你听着，你说：‘卡洛，这是我最后一次麻烦你。’好像，真的，你就好像在说今后我不会再让你为难了。”

“不，不，不，我不是这个意思。亲爱的卡洛，我们还是回到那天的场景，如果你愿意的话。那天晚上玛丽露在房间里哭，我还是去你那儿了，对你说话的语气格外真诚，其实你我都明白那很不自然，但那自有他的意图，虽然是我假装出来的——不，等等不是那个意思。”

“当然不是！因为你忘记了，但我不想再责备你……”他们就这样聊了整整一夜。黎明时分我醒了，他们正准备结束谈话。“我要睡觉，因为十点钟我要见玛丽露。我并不是存心要用一种高傲的语调来反对你刚刚说的‘没有睡觉的必要’这句话，而是因为我的确的确太困了，我的眼皮直打架，眼睛又红又肿，非常疲劳，无论如何我必须睡觉。”

“啊，孩子。”卡洛说。

“我们现在必须睡觉。让我们把机器停了吧。”

“不能就这样停下来！”卡洛扯着嗓门叫着。这时窗外的鸟儿已开始啼鸣。

“现在，当我将手举起来的时候，”迪安说，“我们就停止谈话。这没什么可争论的，很简单，我们停下来，只是因为我们现在必须睡觉。”

“你不能这样停下来。”

“停止运转。”我说。他们一起转身望着我。

“他一直很清醒地在听。你在想什么，萨尔？”我告诉他们我觉得他们是一对奇怪的疯子。我花了整个晚上听他们的谈话，像是观看一座高度达到伯绍德山口[1]却由世界上最小、最精巧的机械零件组装成的钟表。他们都笑了。我用手指着他们说：“如果你们再这样继续谈下去，你们都会发疯的，但是，让我知道你们以后的进展。”

我走了出来，坐电车回到公寓。太阳从大平原的东方升起，卡洛·马克斯所描述的那仿佛纸做的落基山渐渐红了起来。

[1] Berthoud Pass，科罗拉多州北部高山，位于丹佛市以西大约一百公里。

9

晚上，我们开始了艰难的登山之旅。我已经五天没见到卡洛和迪安了。贝比·罗林斯这个周末可以用她老板的车。我们带了西装挂在车窗上，就向森特勒尔城出发了。雷·罗林斯开车，蒂姆·格雷懒洋洋地靠在后面，贝比坐前排。我第一次这么近地看落基山脉。森特勒尔城是个古老的矿区，曾经被称为世界上每平方英里最富足的地方。四处漫游的贪婪者在这附近的小山丘上找到了名副其实的银矿层。他们一夜暴富，并在他们工棚旁的山坡上建起了一个歌剧院。莉莲·拉塞尔[1]以及许多其他的欧洲歌剧明星都曾到这里演出过。再后来，森特勒尔城衰落，直到有一天新西部强大的商会力量决定振兴这个小镇。他们重新修缮了歌剧院，每年夏天很多大都市的明星都来此演出。对每个人来说这都像是在度假。游客们从四面八方蜂拥而

[1] Lillian Russell（1861—1922），十九世纪末至二十世纪初美国最著名的女歌手和演员之一。在舞台演出三十五年，盛名不衰。

至，甚至包括好莱坞明星。我们把车一直开到山上，发现狭窄的街道被装腔作势附庸风雅的游客们堵得水泄不通。这让我想起了梅杰笔下的山姆。梅杰是对的。今天他也来了。他向每个人露出礼节性的笑容，对一切都发出“哇”“啊”的由衷赞叹。“萨尔，”他搂着我的肩膀大声叫道，“你瞧这古老的小镇，想象一下一百年前它是怎样繁华。哦，见鬼，八十年前，不，六十年前，这里就有了歌剧院！”

“是啊。”我模仿着他小说里人物的口吻，“但是，‘那种人也到这里来了。’”

“你这个杂种。”他骂道。然后搂着贝蒂·格雷寻欢作乐去了。

贝比·罗林斯是个机灵的金发女郎。她知道城边有一幢老矿工留下的破屋子。只要我们能把它打扫干净，这个周末我们这些小伙子就可以住在那里。我们还可以在里面办很多大派对。那就是个旧工棚，里面的灰尘有一寸厚，房前有一道门廊，屋后有一口井。蒂姆·格雷和雷·罗林斯卷起袖子便开始打扫。这项大工程花去了他们整整一个下午再加大半个晚上，他们还喝了很多啤酒，一切都很好。

至于我，按计划那天下午我作为客人，应该穿着蒂姆的西服，由贝比陪着应邀去听歌剧。就在几天前我刚来丹佛时还像个乞丐，现在却穿着西装，搂着衣着时髦的金发女郎，派头十足地向有头有脸的名流们点头致意，在歌剧院大厅巨大的水晶吊灯下与他们谈笑风生。我在想要是现在密西西比的吉恩见了我，会说些什么。

剧场里上演的歌剧是《费德里奥》[1]。“太令人伤心了！”一个男中音唱着从石头下幽暗的地牢里走出来。我为他哭泣。我眼中的生活就是如此悲伤，我完全沉浸在贝多芬悲怆、哀婉的旋律当中，被这如伦勃朗油画般丰富的故事情节所深深吸引，甚至忘却了当下狂乱的生活。

“喂，萨尔，你喜欢今年的演出剧目吗？”丹佛人D.多尔问道。他与歌剧团有些联系。

“太令人伤心，太令人伤心！”我回答，“这出歌剧真是棒极了。”

“那么你要做的下一件事就是去见一下这部歌剧的演员。”他用很官方的口气对我说。但是很幸运，他因为要忙别的什么事就把这事给忘了，后来就无影无踪了。

我和贝比重新回到矿工的小屋，我脱掉行头便和伙计们一起忙了起来。工作还真不少。罗兰·梅杰坐在刚刚打扫好的前厅里，拒绝帮任何忙。他面前摆着一张小桌子，上面放着啤酒和杯子。当我们提着水桶，忙着满屋子打扫的时候，他却沉浸在回忆之中。“啊，如果你可以跟我来，一边品尝着仙山露酒[2]，一边欣赏邦多勒[3]音乐家们的精彩，你这辈子才算没白活。然后

---

[1] *Fidelio*，贝多芬创作的唯一一部歌剧，1805年初演于维也纳。讲述主人公女扮男装化名费德里奥，混入监狱保护丈夫，并为其申冤的故事。

[2] Cinzano，意大利著名的味美思酒（Vermouth）品牌。

[3] Bandol，法国普罗旺斯地区的一个小镇，也是地中海沿岸重要的旅游度假城市之一。

在诺曼底度夏，木屐，上好的陈年苹果白兰地。来吧，山姆，”他和他书里看不见的伙伴说，“把酒从水里取出来，看看是不是凉透了，我们钓鱼时喝。”一副从海明威小说里学来的腔调。

我们对着街上路过的姑娘们喊：“来帮我们一起打扫院子吧。欢迎你们全都来参加我们的聚会。”她们都来了。我们的劳动大军顿时壮大。最后，歌剧合唱团的歌手——他们大多是年轻人——也过来帮忙。这时太阳已经落山了。

我们一天的工作终于结束了。蒂姆·格雷、罗林斯和我决定为了这个伟大的夜晚打扮一下自己。我们穿过城区，来到歌剧明星们租住的地方。夜空中，我们能听到晚上的演出已经开始。“太好了，”罗林斯说，“拿点刮胡刀和毛巾，我们也要打扮得潇洒些。”我们还拿了些梳子、古龙香水、剃须水等，然后抱着这些东西进了他们的浴室。我们一边洗澡，一边唱歌。“这也太痛快了吧？”蒂姆继续说道，“用着歌剧明星们的浴室、毛巾、剃须水和电动剃须刀。”

这真是一个美妙的夜晚。森特勒尔城海拔两英里。开始爬上去你可能会有些头晕，然后你会感到疲劳，灵魂开始燃烧。我们走过狭窄黑暗的街道，来到歌剧院门前明亮的灯光下，然后右转弯，找到几家有旋转门的老酒吧。大部分游客都在歌剧院。我们开始喝特大杯啤酒。酒吧里有一架自动钢琴。从后门望出去落基山脉浸在月光中。我不禁发出惊叹。这时夜色正浓。

我们赶回矿工小屋时，聚会的准备工作正在进行。姑娘们——贝比和贝蒂，做了一些豆子和香肠之类的小吃。然后我们开始跳舞，猛喝啤酒。歌剧散场了，一大群姑娘涌了进来。罗林斯、蒂姆和我高兴得直舔嘴唇。我们拉着她们跳舞，虽然没有音乐，我们跳得还是挺起劲的。屋子一下子变得拥挤起来。有人带酒进来，我们还是又冲到酒吧买了些酒拎回来。气氛变得越来越热烈。我多么希望迪安和卡洛也在这里呀，但我也意识到要是他们在这里会感到不自在、不快乐的。他们就像生活在石板下地牢里的人，郁郁寡欢，从地下爬出来，成为邋遢的美国嬉皮士，也是我后来慢慢加入进去的所谓新的"垮掉的一代"。

合唱队的小伙子们来了。他们开始唱《甜蜜的阿德琳》，还唱一些句子，诸如"给我啤酒。""你为什么把头伸向外面？"等等，他们还用低沉的男中音哀号着"费——德——里奥！""啊，我多么伤心！"我也和他们一起唱着。姑娘们简直太迷人了，她们跑到后院和我们搂着脖子亲吻。其他房间有一些床铺，上面积满了灰尘，我和一个姑娘正坐在床上聊天，突然一帮年轻的剧院服务生闯了进来，他们连句招呼都没打，就搂着姑娘们吻了起来。这群十几岁的捣蛋鬼醉醺醺的，蓬头垢面，兴奋异常——他们把我们的聚会给搞砸了。不到五分钟，姑娘们全散了。友好的聚会立刻变成了兄弟会的大派对，只能听到砸碎酒瓶声和人群喧闹声。

雷、蒂姆和我决定去酒吧。梅杰走了，贝比和贝蒂也走了。我摇摇晃晃地走进夜色里。从歌剧院出来的人群都涌进各个酒吧，到处都挤得水泄不通。梅杰在人群中大叫着。戴着眼镜的丹佛人D.多尔热心地和每个人握手打招呼：“下午好，最近都好吗？”当午夜来临他仍这么说。一会儿我看见他与一位官员一起走了，回来时却带着一位中年妇女，接下来又和几个年轻的剧院服务生在大街上聊天。过了会儿，他又来和我握手却没认出我是谁。他对我说：“新年好，我的孩子。”他并不是喝醉了酒，而是醉于他喜欢的事——在乱哄哄的人群中游逛。每个人都认识他。“新年好”他说，有时又说“圣诞快乐”，他总是这样乱说，而真的到了圣诞节又会说“万圣节快乐”。

酒吧里还坐着一位大家都十分尊敬的男高音。丹佛人多尔一直想让我见见他，可我总是在回避。他大概叫德安农齐奥或是什么的。他的妻子也在。他们有些沮丧地坐在一张桌子前。酒吧里还有一个阿根廷人模样的游客，罗林斯推了他一把，让他让个座。他转过身来，对着罗林斯大声咆哮起来。罗林斯将杯子递给我，一拳把他击倒在地。那人一时没反应过来。人们尖叫起来。蒂姆和我迅速带着罗林斯溜出来。场面一片混乱，甚至连警长都无法在拥挤的人群中根据线索找到被害人。没有人能指认罗林斯。我们又去了其他酒吧。梅杰正在昏暗的街上踉踉跄跄地走着。“到底发生什么事啦？打架了吗？只管叫我好了。”狂笑声从四周响起。我想知道山之精灵此时此刻在想些什么。放眼望去，月光下满目苍松，我似乎看到了老矿工们的幽灵，我也想知道他们在想些什么。在落基山脉分水岭的东面，夜是宁静的，只有风在低吟，除了在山谷间嚎叫的我们。分水岭的另一侧是西部斜坡带，大高原一直延伸到斯廷博特斯普林斯，然后地势下降，把你带到西科罗拉多沙漠和犹他沙漠。在这宁静黑暗的夜晚，在这片浩瀚的土地上，我们这些疯狂的美国酒鬼正在这大山隐蔽的一隅寻欢作乐，买醉嚎叫，我们正站在美国的屋脊上，我们唯一可做的事就是嚎叫，让声音穿过黑夜，到达东部的大平原，在那里的某个地方有位带着圣言的白发长者正向我们走来，他很快就会赶到，我们的灵魂将在他的布道声中安静下来。

罗林斯坚持要回到他刚刚打架的那个酒吧去。蒂姆和我都不愿去，但又拗不过他。他径直朝德安农齐奥，那个男高音走去，将一杯威士忌泼到他脸上。我们把他拖了出去。这时合唱队的一个男中音也加入了我们一伙，我们又来到了森特勒尔城的一家普通酒吧。雷指着这里的一个女服务员骂她是婊子。这下激怒了一大群人。他们本来就非常讨厌游客。其中一位说："我数到十，你们这帮小子赶快滚蛋。"我们赶紧跑了出来，摇摇晃晃地跑回小屋睡觉去了。

早晨醒来，我翻了个身，床垫上立刻扬起一阵灰尘。我想拉开窗子，发现它是钉死的。蒂姆·格雷也在床上。我们被灰尘呛得又咳嗽又打喷嚏。我们的早餐是喝剩下的没气的啤酒。贝比从她住的旅馆里过来，我们收拾好东西便离开了。

一切似乎都崩溃了。我们出来正准备上车，贝比滑了一跤，脸朝下摔了个正着。可怜的姑娘太劳累了。她的哥哥、蒂姆和我一起把她拉了起来。我们上了车。梅杰和贝蒂也和我们同车。回丹佛的伤心之旅开始了。

我们很快从山上下来，丹佛由海洋侵蚀而形成的大平原尽收眼底，热浪像从烤箱里涌出。我们开始唱歌。现在我非常渴望去旧金山。

10

那天晚上我见到了卡洛，令我吃惊的是他告诉我，他和迪安也去了森特勒尔城。

“你们在那里干什么？”

“哦，我们去那儿的酒吧转了转，然后迪安偷了一辆车，我们以每小时九十英里的速度从盘山路上开了下来。”

“我没看见你们。”

“我们也不知道你也去了。”

“哦，老兄，我要去旧金山了。”

“迪安今晚会安排丽塔去和你约会。”

“好的，那么我就推迟几天走。”我一分钱也没有了，已经寄了一封航空信给我姑妈，向她要五十块，并且告诉她，这是我最后一次向她要钱了。以后等我到船上工作，就可以把钱都还给她。

我去找丽塔·贝当古，把她带回我的公寓。我们在昏暗的客厅里聊了很长时间，然后我把她带进我的卧室。她是个很可爱的小姑娘，单纯、朴实，对性生活极其恐惧。我告诉她这是件很美妙的事。我想向她证明这一点，她也允许我证明。但是我太没有耐心了，以至于什么也无法证明。她在黑暗中叹了口气。“你想在生活中得到什么？”我问她，我总是向女孩子提这样的问题。

“我不知道，”她回答，“就是好好招待客人，别出乱子就行。”她打了个哈欠。我把手放在她的嘴上，告诉她不要打哈欠。我试图让她知道未来的生活是多么激动人心，我们在一起可以做很多事，还告诉她我打算两天之后离开丹佛。她厌烦地转过身去。我们躺在床上，凝视着天花板。我们都感到迷惑，为什么上帝要让生活如此痛苦。我们初步计划在旧金山再见。

当我送她回家的时候，我能感觉到我在丹佛的生活快要结束了。回来的路上，我伸开四肢躺在一座古老教堂前的草坪上，这儿还躺着不少流浪汉，他们的谈话让我更想着要上路了。他们时不时地爬起来向过路的人要上几个子儿，他们谈论着收割季节正在向北移动。天气温暖而舒适。我真想现在就去找丽塔，给她讲更多的东西，这次要好好地和她做爱，安慰她，让他不要害怕任何男人。美国的男孩和女孩总是经历这样可悲的时期，老练的他们没有任何前戏就直接进入性交，甚至没有谈情说爱——那种心灵与心灵的交流，因为生活是神圣的，每个瞬间都弥足珍贵。我听到了从丹佛去往里奥格兰德的火车呼啸着向山里奔去。我要去追寻我远方的星了。

深夜，梅杰和我坐在客厅里伤感地聊天。“你读过《非洲的青山》[1] 吗？海明威最好的一部小说。”我们互道珍重，并相约在旧金山再见。我看见罗林斯正站在街上的一棵大树下。“再见了，雷。我们何时才能再见面呢？”我去找卡洛和迪安，却哪儿也找不到。蒂姆·格雷挥着手对我说：“这么说你要走了，喂。”我们称彼此“喂”。“是呀。”我说。剩下的几天我徘徊在丹佛的街头。在我的眼里，似乎拉里默大街上的任何一个流浪汉都像迪安·莫里亚蒂的父亲，人们叫他老迪安·莫里亚蒂的那个白铁匠。我去了一次温莎旅店，他们父子曾经在那里住过。一天夜里，迪安被同住一屋的坐在滑板上的无腿人从梦中吓醒，他那可怕的滑轮闪电般地滑过地面，正要接近小男孩迪安。我看见侏儒般的短腿女人在柯蒂斯大街和15街交界的地方卖报。我忧伤地走在柯蒂斯大街上，随处可见破败的老酒吧，穿着牛仔裤、红衬衫的小伙子们，满地的花生壳，电影院门口的遮阳篷，枪支专卖店。灯光闪烁的街道尽头是一片黑暗，黑暗的尽头是西部。我必须走向那里。

黎明时分，我找到了卡洛。我读了他大量日记中的一部分，然后就在他那儿睡了。早上，细雨蒙蒙，天空一片灰暗。一米八多的大个子埃德·邓克尔、罗伊·约翰逊，还有一个漂亮的小伙子，以及汤米·斯纳克，那个畸形脚的台球厅狠角色一起来了。他们围坐在一起，带着尴尬的笑容听卡洛·马克斯朗诵

---

[1] *Green Hills of Africa*，海明威创作的一部纪实小说。在这部作品中，海明威再现了他在非洲密林里打猎的经过，描述自己在与卡尔竞争的过程中表现出的好胜心和妒忌心，表现出男子汉的坦诚。

他那启示录般的怪诞诗歌。我把自己深深地埋在椅子里。终于读完了。“啊，你们这些丹佛的家伙！”卡洛大声地喊着。我们鱼贯而出，来到了丹佛一条石子路面的小巷，路旁的焚烧炉里正冒着缕缕青烟。“我过去常在这条巷子里滚铁环。”查德·金告诉我。我想看他是怎么滚的，想看十年前他们还是孩子时的丹佛。春天，在一个阳光明媚，樱花盛开的早晨，生活在落基山脉地区的他们在小巷里欢快地滚动着铁环，对未来满怀美好的憧憬——我想看那时他们所有的人，包括迪安，那个衣衫褴褛、肮脏、骨子里却有着狂野与激情的小伙子。

我和罗伊·约翰逊在细雨中漫步。我去找埃迪的女友拿回了那件羊毛格子衬衫，那是在内布拉斯加的谢尔顿被他穿走的，就是在那里我们被捆在了一起。这件衬衫承载了多少内布拉斯加的伤心故事啊。罗伊·约翰逊说我们旧金山再见。大家都要去旧金山。我去邮局发现我的汇款到了。太阳出来了，蒂姆·格雷和我坐电车去汽车站。我买了去旧金山的车票，这花去了五十块的一半。下午两点我上了车。蒂姆·格雷向我挥手道别。车子驶过丹佛那些充满故事和热切渴望的街道时，我在心里发誓:“上帝作证，我一定要回来，看看在这里还会发生什么事。”迪安的电话在最后一刻响起，他告诉我他和卡洛也要去西海岸找我。我沉思着，突然意识到这次见面我和迪安全部的谈话时间不超过五分钟。

11

和雷米·邦克尔的会面迟了两个星期。从丹佛到旧金山的旅途一路平静，只是离旧金山越近，我的心跳就越快。我又经过了夏延，不过这次是在下午，然后继续往西，午夜我们在克雷斯顿越过分水岭，黎明时分到达盐湖城，难以想象迪安在这里出生。接着我们又顶着烈日经过内华达，黄昏时分车子驶过了里诺城灯火通明的唐人街，开始往内华达山脉进发。茂密的松树林、闪烁的星辰和山林里的小木屋，这一切都在向我预示着旧金山的浪漫气息。坐在后排的一个小女孩哭着问妈妈："妈咪，我们什么时候才能到特拉基[1]的家啊？"车子到了特拉基，到了小女孩的家，然后开向山下，萨克拉门托[2]的平原地带。我突然意识到我们已经在加利福尼亚州的土地上了，现在我已置身于温暖而散发着棕榈树清香的空气之中了——你可以去亲吻

[1] Truckee，加利福尼亚州偏北部的一个高山小镇。

[2] Sacramento，加利福尼亚州首府，位于该州偏北部、萨克拉门托河河畔。

这里的空气，亲吻这里的棕榈树。汽车行驶在高速公路上，路边就是著名的萨克拉门托河，然后又是高高低低的山峦起伏。突然，辽阔的海湾（正值黎明前夕）以及旧金山绚烂的夜色从我眼前掠过。汽车驶过奥克兰湾大桥时，我睡着了，从丹佛出发的旅途中我第一次睡得这样熟，直到汽车到站我才被猛烈的颠簸惊醒。车站在市场街[1]和4街交会处，我想起从新泽西帕特森我姑妈家到这里已经足足走了三千二百英里。旧金山到了。我就像一个面容枯槁的幽灵在街上游荡。狭长、凄凉的街道上空纵横交错的电车线缆笼罩在一片苍白的雾霭之中。我跌跌撞撞地走了几个街区。黎明时分，在教会街和3街街角处几个奇怪的流浪汉找我要钱。我听到远处隐隐约约传来音乐声。“哦，小伙子，这些就等着以后慢慢来探究吧。现在必须首先找到雷米·邦克尔。”我对自己说道。

雷米住的米尔城有一片位于谷地内的棚屋集中区，原是大战期间海军造船厂工人的居住区。这是一个幽深的峡谷，坡上林木密布，这儿有不少特别的店铺，还有理发店、缝纫店为棚屋区的居民提供服务。据说这是全美国唯一一个黑人和白人以自愿为原则混居的社区，也是我从未见过的充满欢乐与质朴的社区。雷米简陋的小木屋门上贴着一张三周前写的字条：

---

[1] Market Street，旧金山的一条主要交通动脉，历史悠久的电车和巴士都在这条街上运行。它也是旧金山的一条轴线，沿线建筑林立，因此常与纽约的第五大道、巴黎的香榭丽舍大街相提并论。

萨尔·帕拉迪塞！（大写，印刷体）如果家里没人，你就从窗子爬进去。

雷米·邦克尔

字条经风吹日晒已变得模糊不清了。

我从窗子爬了进去。他正和女朋友李·安在床上睡觉——后来他告诉我那张床是从一条商船上偷来的。可以想象一个舱面轮机员深更半夜偷偷摸到船上，扛起一张沉重的大床奋力划向岸边的场景。这就是雷米干的事儿。

我之所以想把旧金山的一切都事无巨细地讲出来，是因为它们与接下来要发生的一切有着千丝万缕的联系。我和雷米在上预科学校时就认识了，但真正促使我俩建立起联系的是我的前妻。雷米最先认识她。一天傍晚，他来到我的宿舍，对我说："帕拉迪塞，快起来，你的大艺术家朋友来看你了。"我从床上爬起来，穿裤子的时候掉了几枚硬币。当时是下午四点，我读大学的时候整天睡懒觉。"好了，好了，别把金子撒得满地都是。我认识了一个世界上最好的小姑娘。今晚我直接带她去莱斯登酒吧。"他把我拖去见她。一周以后她就和我好上了。雷米是个身材高大、皮肤黝黑的帅气法国小伙（他看上去像在马赛做黑市生意的二十多岁的小商贩）。因为他是法国人，所以说话时会刻意带一种美式的爵士腔调。他的法语和英语都说得非常好，穿着优雅时髦，有一点像知识分子的打扮，时常带一些时髦的金发女郎出去吃喝玩乐，挥霍无度。我们俩能混在一起，不仅是因为他没有责备我抢了他的女朋友，还因为他对我十分忠诚，并且真心喜欢我。天知道这是为什么。

那天早上我在米尔城找到他时，他正处于沮丧倒霉的时刻，这是很多二十多岁的年轻人常有的事。他在等一个上船工作的机会。在船到来之前为了糊口，他在峡谷那边的棚屋区做辅警。他的女友李·安人很凶，整天对他骂个不停。他们整个星期都在一分一分地省钱，等到周六出去玩三个小时，就把五十块花个精光。雷米在他们的小棚屋里穿着短衣短裤，头戴一顶式样古怪的军帽。李·安头上夹着卷发夹四处走动，他们就这副打扮，一周的时间里可以吵个不停。我从来没见过这样大吵大闹的一对，但是一到周六晚上，他们便优雅地彼此微笑着，俨然变成了一对成功的好莱坞明星进城潇洒。

雷米醒来看见我从窗户外面爬了进来，就放声大笑，声音之大可谓世界之最，那笑声一直在我耳边回响："哈哈哈，帕拉迪塞，他从窗子爬进来的。分毫不差地按照我的字条做的。你去哪儿啦？你足足迟到了两周！"他边说还边拍打着我的背，又捅捅李·安的肋部。他靠在墙上，狂笑着，大声喊叫着，使劲敲打着桌面，那声音整个米尔城都能听见。他的狂笑声在整个山谷回响。"帕拉迪塞！"他尖叫道，"你是独一无二、不可或缺的帕拉迪塞！"

我刚刚经过了索萨利托[1]小渔村。所以我说的第一句话是：

---

[1] Sausalito，旧金山湾北部的海滨小镇，航海历史悠久，具有浓郁的地中海意大利风貌。"二战"期间，这里也是主要的海军造船厂。有"西部的意大利小渔村"之称。

“索萨利托一定有很多意大利人。”

“索萨利托一定有很多意大利人！”他声嘶力竭地叫着，“啊哈哈！”他用拳头使劲地打自己，一下倒在了床上，差点没滚到地板上，“你听到帕拉迪塞说什么了吗？索萨利托一定有很多意大利人？啊哈哈，哈哈哈！呼！喔！哟！”他笑得脸红成了甜菜根，“你把我笑死了，帕拉迪塞，你是世界上最好玩的家伙。你来了，你终于来了。他是从窗子进来的，李·安，你看见了吗？他完全按照字条的指示从窗子进来的。哈哈！喔！”

奇怪的是雷米的隔壁住着个黑人，人们称他斯诺先生。我可以非常肯定和负责任地对着《圣经》发誓，斯诺先生的笑声才是世界第一。吃晚饭的时候，他的老伴儿随意地在饭桌上说了点什么，他就开始大笑。他从桌边站了起来，看上去像是笑得噎住了，他靠在墙上，仰脸望天又开始大笑，然后蹒跚地走到门外，靠在邻居家的墙上笑，快要笑晕了，他摇摇晃晃地笑着走在米尔城昏沉的暮色中，他抬高嗓音得意扬扬地高声大笑，像是被魔鬼附身。我不知道他到底有没有吃完晚饭。有一种可能，雷米也许自己都不知道，他笑的本领是从有趣的斯诺先生那里学来的。虽然雷米工作不顺，爱情生活又因为有个刻薄的女友而一团糟，但至少他比世界上任何人都会笑。我可以想见我们今后在旧金山的日子将会多么有趣。

现在雷米和李·安睡一张大床，我睡对面靠窗的一个小床。我不能碰李·安，我一住进来雷米就为此发表了一个讲话：“我不希望你们背着我乱来。‘不要教老艺术家新曲子。’这是我自创的名言。”我看了李·安一眼，她是个迷人的大块头，有着蜂蜜色的皮肤，但是她对我们俩都流露出一种厌恶的神情。她来自俄勒冈的一个小镇，愿望是嫁个有钱人。所以现在她后悔当初与雷米暧昧。当初为了讨好她，有几个周末，雷米在她身上一花就是上百块，她还以为自己找到了个富家子。但现实是他总闷闷不乐地待在棚屋里，一无所有。她在旧金山有份工作，每天不得不到十字路口坐灰狗巴士去上班。因为这一点，她无法原谅雷米。

我整天待在棚屋里，想为好莱坞的工作室写出个出色的原创剧本。雷米打算夹着剧本飞去好莱坞，好让我们的生活富裕起来。李·安将和他一起去，他要把她介绍给他朋友的父亲，这人是位著名的导演，与W.C.菲尔兹关系很好。来米尔城的第一个星期，我竭尽全力地在写剧本。我在写一个关于纽约生活的悲伤故事，希望能赢得某个好莱坞导演的青睐，但问题是它太哀伤了，雷米都不忍读下去。所以他过了好几个星期才将剧本送到好莱坞。李·安讨厌我们，根本没兴趣读我的剧本。多少个下雨的日子我一面喝咖啡，一面写作。最后，我告诉雷米我不想继续写下去了。我要找个工作，挣些烟钱。顿时，雷米的眉宇间流露出一丝失望的表情——他总是为失去一些有趣的东西而感到痛苦。他有一颗金子般的心。

他设法帮我找到了一份和他一样的工作，在棚屋区当辅警。我办完了一些必要的手续，令我吃惊的是那些混蛋竟然雇用了我。我在地方警长面前宣了誓，领到一枚警徽和一根警棍。现在我成了一名辅警。不知道迪安、卡洛，还有老布尔·李知道这些会说些什么。我必须有一条海军蓝的裤子配我那件黑夹克和警察帽。开始两周我一直穿雷米的裤子，他长得高大，又因为太贪吃而大腹便便，所以他的裤子穿在我身上十分肥大。第一天晚上执行任务，我穿着他的大裤子，晃晃荡荡的，就像查理·卓别林。雷米还给了我一支手电筒和一把 .32 口径的手枪。

"你从哪儿弄来的这把枪？"我问。

"去年夏天来西海岸的途中我在内布拉斯加的北普拉特跳下火车，想活动活动腿脚，在橱窗里一眼就看到了这把特别的小手枪。当下就买下了。为这个我差点没赶上火车。"

我告诉他北普拉特对我意味着什么，我在那里和那些孩子们一起买威士忌。他拍着我的背，说我是世界上最有趣的人。

我用手电筒照着路，爬上峡谷南坡，通往旧金山的高速公路上车子夜晚仍然川流不息。我又从北坡爬下，差点摔一跤。然后来到谷底，这里的小溪边有一间矮小的农舍，每一个承蒙神灵守护的夜晚我走过这里，都有同样的一只小狗对我狂吠。接着我要走过一条银色的、尘土飞扬的公路，路的两边是加利福尼亚墨黑色的森林，这条路你能在电影《佐罗的面具》或是其他 B 级西部片里看到。我总是掏出手枪，在黑暗中模仿着西部牛仔的样子。最后再翻过一个小山丘就到了我工作的那片棚屋区了。这些棚屋是暂时供那些去海外的劳工们住的。他们在这里等待上船，其中大部人都将去冲绳岛。他们中的很多人是为了逃避什么而外出的，多数是为了逃避法律，有些是来自亚拉巴马的暴徒，有些是心里有鬼的纽约客，三教九流，无所不有。他们非常清楚冲绳岛一年的苦工将会怎样地残酷，所以一到这里便整天狂饮。我们辅警的任务就是不要让他们闹得把棚屋给掀翻了。我们的总部设在主楼，所谓的主楼就是用木板隔出的一间办公室。办公室里有一张圆桌，大家围坐在一起，卸下腰上的枪，打个盹。老警察们讲一些他们遇上的传奇故事。

这帮人很可怕。除了我和雷米是为了谋生之外，他们都怀着一颗警棍的心，都希望多抓些人，然后从上司那里听到几句赞赏。他们甚至警告我，如果一个月之内你没有抓到人，就要被开除。他们这么盼着抓人，把我惊得倒吸了一口凉气。结果实际的情况却是棚屋区闹翻天时，我和这儿的住户们一样酩酊大醉。

那天晚上，计划是安排我独自一人执勤六小时。当晚几乎棚屋区所有的人都喝醉了，因为第二天早晨轮船就要离港了，就像海员在起锚的前夜总是要喝酒那样。我坐在办公室里，将腿放在桌子上读一本有关俄勒冈及北方地区探险的蓝皮书。突然我听到通常很安静的夜空传来阵阵喧闹声。我走了出去，每一间棚屋里都亮着灯。那些家伙们大叫大嚷，能够听到酒瓶摔在地下的声音。我要出手了。我拿着手电筒，朝着那间闹得最凶的棚屋走去。我敲了敲门，门开了个大约六英寸的缝。

“你想干什么？”

我说：“我今晚在这里执勤。老兄们应当尽量保持安静。”或者诸如此类的傻话。门砰一声在我面前关上了。我站在那里看着这扇顶到我鼻尖的木门，那个场景像是一部西部片。我必须维护自己的权威。我又重新敲门。这次他们把门开大了。“听着，”我说，“我不想来打搅你们，但是你们如果闹得声音太大，我的饭碗就得砸了。”

“你是谁？”

“我是这儿的辅警。”

“怎么从来没见过你？”

“哦，这是我的警徽。”

“你屁股上挂着手枪想干什么？”

“这不是我的，”我向他们道歉，“这是我借的。”

“看在上帝的分上，进来喝一杯吧。”我并不在意，便进去喝了两杯。

我说:“好吗，伙计们？安静些，好吗？否则你们知道我就要倒霉了。”

“好说，老伙计，”他们说，“你到别处去转转吧。想喝了，再回来。”

我在其他棚屋里也受到了相同的待遇，结果我也和他们一样喝得烂醉。

黎明时分，我的任务是将美国国旗升到一根六英尺高的旗杆上，可是这天早上我却把它挂倒了，然后就回家睡觉去了。晚上来执勤的时候，那伙警察坐在圆桌前很严肃地看着我。

“嘿，伙计，昨晚这边声音怎么那么大，峡谷那边的居民都在埋怨了。”

“我不知道，”我说，“现在很安静啊。”

“现在人都走啦。昨晚你应该在这里维持秩序的。警长对你很生气。还有一件事……你知道吗？你把国旗倒挂在政府的旗杆上了，这是要坐牢的。”

“挂倒了？”我大吃一惊。当然，我并没有意识到，每天早上我只是机械性地做着这件事。

“是的，先生。”一位在阿尔卡特拉斯岛[1]当了二十二年警察的胖子说道，“你这样做真够蹲监狱了。”其他警察都严肃地点头附和着。他们总是蠢猪似的坐在办公桌前，为自己的工作感到骄傲。他们把玩着自己的手枪，谈论着它，手心发痒地随时都想对谁开上几枪，尤其是想对我和雷米。

那位曾在阿尔卡特拉斯岛工作的警察大腹便便，六十多岁，虽然他早已退休，但却脱离不了滋养了他干涸灵魂一辈子的工作环境。每天晚上，他开着他那辆35年款的福特汽车来上班，像钟表一样准时地坐在办公室的圆桌前。他每天晚上都和我们一样非常辛苦地填写表格——巡逻次数、时间、发生了什么事等等。然后他靠在椅子上，开始讲故事：“要是你两个月前在这里就好了。我和斯莱奇（另一个年轻警察，这小伙子一心想去得克萨斯当骑警，他对自己现在的状况很满意）在G号棚屋里抓了个醉汉。伙计，你一定没看过鲜血飞溅的场面吧。我今晚

[1] Alcatraz Island，旧金山湾内的一座小岛，四面峭壁深水，与外界交通不便，1933年至1963年间在此设有恶魔岛联邦监狱，关押过不少知名的重刑犯人。

带你去那里看墙上的血迹。我们把他打得从一面墙弹到另一面墙。斯莱奇先揍了他一顿，我又给他来了几下。最后他终于老实安静了。这小子发誓从监狱里出来后要把我们杀了。他被关了三十天，现在已经第六十天了，连他的鬼影子也没见着。”这是这个故事的关键，他们把他吓破了胆，他再也不敢回来暗算他们了。

老警察仍然沉浸在甜蜜的回忆之中，他又讲起了阿尔卡特拉斯岛那些令人毛骨悚然的故事:“我们让犯人像军人一样排着队去吃早饭，没有一个敢犯规的。他们步调一致，就像钟表一样整齐。我在那里干了二十二年，从来没出过差错，那些家伙知道我说话算数，也有一些人会放松警惕，通常都是他们出差错。再来说说你，据我的观察，你对那些人太宽容啦。”他举起烟斗，看着我，“你知道吗？他们在利用你。”

我知道这一点。我告诉他我不是当警察的料。

“是的。但是这个工作是你自己找的。现在你必须当机立断，是继续干下去，还是走别的路，否则你不会有成就的。你必须忠于职守，因为你曾经宣誓，在这些事上你不能妥协，法律和秩序是一定要维护的。”

我无话可说，他是对的。但是我现在唯一想做的就是逃到外面的黑暗中去，消失在某个地方，然后去看看整个国家的人都在干些什么。

另一个警察，斯莱奇，是一个身材高大、结实健壮的小伙子，黑色小平头，脖子总是神经质地抽动着——像一个拳击手时刻准备向对手出拳。他把自己装扮得像过去的得克萨斯骑警，左轮手枪和子弹带佩在腰下，还挂着一条马鞭，以及各种各样的皮件，简直就是一个移动的行刑房。闪亮的皮鞋、短夹克、趾高气扬的帽子，除了没穿高筒靴，真可谓全副武装。他常常抱着我的胯部以下敏捷地一下子把我举起来。论力气，我也能很轻松地把他扔到天花板上去，我很清楚我能做到，但我从不让他知道。因为我害怕他要和我进行摔跤比赛，与这家伙摔跤，最后是肯定要动枪的。我想他的枪法一定比我准。我一生到现在为止还没有买过枪，甚至连装子弹都害怕。他处心积虑地想抓人，一天晚上，正好是我和他两人执勤，他气得满脸通红地回来。

“我告诉那些家伙让他们安静，可他们还在吵闹。我警告他们两次了。我总是给人两次机会，但决不给第三次。你和我一起去把他们抓起来。”

“好吧。让我来给他们第三次机会。”我说，“我去和他们谈谈。”

“不，先生，我从来不给人第三次机会。”我叹了口气，于是我们一起去了。我们走近那个闹事的棚屋，斯莱奇打开门，让他们统统出来。当时的场面很尴尬，我们每个人的脸都涨红了。这就是美国的故事。每个人都在做着他们自己认为应该做的事，所以一群人在一起大声谈话、喝酒，那又有什么错呢？但是斯莱奇非得去找事儿不可。他一定要把我带上，以防万一他们一起攻击他，他们很有可能这样做。他们都是兄弟，来自亚拉巴马。我们又走回警察局。斯莱奇走在前面，我跟在后面。

有一个家伙对我说："告诉那个狗娘养的，少给我们找麻烦。否则我们会因为这个被解雇，就去不了冲绳岛了。"

"我跟他说说。"

到了警察局，我告诉斯莱奇让他忘掉这件事。他涨红了脸，提高嗓音为了让所有人都听到："我不会给任何人第三次机会的。"

"这他妈究竟有什么区别呢？"那个亚拉巴马人说，"我们会丢掉工作的。"斯莱奇什么也没说，便填好了逮捕证。他只抓了一个人。他从城里叫来警车把人带走。那个倒霉蛋的兄弟们伤心地走开了。"那人又要说什么？"他们说。其中一个人回来见我："你告诉那个得州的狗娘养的，如果明天晚上我们的兄弟没有放出来，我就要了他的狗命。"我把这话如实告诉了斯莱奇，他什么也没说。那人的兄弟被轻松地放了出来，什么事也没发生。这些人上船去了冲绳岛，接着又来了一批粗鲁大汉。如果不是为了雷米·邦克尔，这个工作我连两个小时都干不了。

有好多个晚上都是雷米和我一起值班，这样的时刻总是令人兴奋的。我们晚上的第一次巡逻总是很悠闲，在棚屋区转转，雷米检查着每一扇门有没有锁好，他希望能发现某扇门忘记锁了。他说："多少年来我一直都在想着将一条狗训练成一个超级小偷，让它溜进这些人的屋子，从他们的衣服口袋里把钱偷出来。我要把它训练得只偷现金，其余的什么都不要，我要让它能够嗅出钱的味道。如果还能更完美的话，我要让它只偷二十美元的票子。"雷米满脑子都是这些奇怪的点子，关于狗的计划他足足谈了好几个星期。只有一次他发现有扇门没锁。我不赞成他这么干，所以我就向走廊尽头走去。雷米偷偷地打开了门，正好与棚屋区的主管碰了个照面。雷米恨透了这张脸。他问我："你经常谈起的那个俄国作家叫什么名字？就是那个总是把报纸放在鞋里，戴着一顶从垃圾桶里捡来的，像烟囱一样的帽子走来走去的那位。"这是雷米对我告诉他的陀思妥耶夫斯基的夸张描述。"哦，对，对，对，是陀思提奥夫斯基，长着一张和这个主管一样的脸的人就只能有一个名字——陀思提奥夫斯基。"他发现的唯一一扇没有锁的门正好属于这位"陀思提奥夫斯基"。"陀思提奥夫斯基"当时正在睡觉，听见门闩有响动，便穿着睡衣爬了起来。他走到门口，看上去比平时还要丑一倍。雷米开门时看到这张形容枯槁的脸上充满了仇恨与愤怒。

"你这是什么意思？"

"我只是想看看这个门能不能打开。我以为……嗯……我以为这是拖把间。我想找一个拖把。"

"你什么意思啊，你要找拖把干吗？"

"好吧……嗯……"

我走了过来，说道："有个家伙在楼上的大厅里吐得满地都是，我们想去拖一下。"

"这不是拖把间，是我的房间。如果再发生这种事情，我就要调查你们，让你们滚蛋。懂我的意思吗？"

"有个家伙在楼上呕吐了。"我又重新说了一遍。

"拖把间在走廊那头，在那头。"他指给我们看，看着我们真的走过去拿了拖把，然后傻乎乎地上了楼。

我说:“该死的，雷米，你总是给我们找麻烦。你就不能少惹点事儿，为什么总是想着偷东西呢？”

“这个世界欠我的，这就是原因。不要教老艺术家新曲子。如果你再这样教训我，我就要叫你陀思提奥夫斯基了。”

雷米就像个孩子。在过去的某段时间里，他在法国度过了孤独的学生时代。他的一切都被夺走了。他的养父母随手把他送进学校，便不再管他。他总是被人欺负，被一所又一所学校撵走。在寂寞的夜晚，他独自在法国的大街上流浪，用他那些天真的字眼诅咒着命运的不公。他要把失去的一切都夺回来。他无休止地失去，他也要无休止地夺回。

棚屋区的餐厅是我们的一块“肥肉”。我们先仔细观察周围，确认没有人监视，尤其是要看看我们那些警察朋友是否潜伏在此监视我们。然后我蹲在地上，雷米站在我肩上，打开窗子，这扇窗从来不锁，这一点他早就发现了。他从窗子爬进去，腿落在做面包的台子上。我比他灵活些，我只需一跳就蹿进去了。然后我们就跑到冷饮柜前，在这里我实现了从幼年时就有的梦想，我打开巧克力冰淇淋桶的桶盖，将整只手都插了进去，抓出来好多冰淇淋，开心地用舌头去舔，然后拿来冰淇淋盒子，把它们都装满，再倒上许多巧克力酱，有时还加些草莓。我们还会到厨房转一圈，看看冰箱里有什么可以装在口袋里带走的。我通常会撕下一大块烧牛肉，用餐巾纸包好。“你知道杜鲁门总统曾经说过，”雷米总是这样说，“我们必须降低日常开销。”

有一天晚上我等了很长时间，他装了满满一大箱子食物，我们无法从窗子拿出来。雷米不得不把箱子打开，把东西重新放回去。后半夜，他下班了，只有我一个人在警察局值班，一件奇怪的事发生了。我走在峡谷小道上，希望能碰见一头小鹿（雷米曾经在这附近见到过鹿，这儿从 1947 年开始就变得荒无人烟了），突然，黑暗中传来一个恐怖的声音，好像是粗粗的喘息声。我想一定是一头犀牛准备向我发起进攻了。我下意识地握紧了手枪。一个庞然大物出现在阴森森的峡谷里，从朦胧的夜色中望去，这个怪物有着硕大的头部。我猛然意识到这个怪物就是肩上扛着装满食物的箱子的雷米，在重压下他不住地呻吟、喘息。他现在已经找到了餐厅的钥匙，可以直接从大门将食物搬出来了。我说："雷米，我以为你已经到家了呢，你到底在干什么？"

他说："帕拉迪塞，我已经告诉你好多遍了。杜鲁门总统教导我们说，必须降低日常开销。"我听见他在黑暗中喘着粗气。我已经描写过我们住的棚屋区的路是怎样崎岖，必须翻山越岭才能到达。他把箱子藏在草丛里，然后走回来对我说："萨尔，我一个人没法拿，我把它们分成两箱，你帮我拿一些。"

"但我在执勤呀。"

"你不在的时候我帮你看着。现在我们的生活变得更糟糕了，我们必须尽力去改变它。这就是我们为什么要这样做。"他用手在脸上抹了一把，"萨尔，我跟你说过好多遍了，我们是朋友，我们是同一战壕的，我们没有其他办法。陀思提奥夫斯基们，警察们，李·安们，以及世界上所有邪恶的家伙都想着榨干我们。是否让他们的阴谋得逞完全取决于我们自己。他们的袖子里除了肮脏的手臂之外，还有很多见不得人的东西。记住这一点，不要教老艺术家新曲子。”

最后我问：“我们去船上工作的事怎么样了？”我已经为这事等了整整十周。我每周挣五十五块钱，平均每次要寄给我姑妈四十块。这期间我只在旧金山住过一夜。我的生活就是蜷缩在小小的棚屋区里，白天在家听着李·安和雷米无休止的争吵，夜里在棚屋区做着毫无意义的辅警。

雷米消失在黑暗中，他又去找来一个箱子。我吃力地和他一起走在老佐罗走过的路上。我们把带回来的吃的都堆在李·安的餐桌上，像座小山。她刚刚睡醒，用手揉着眼睛。

“你知道杜鲁门总统是怎么说的吗？”她高兴地问我。我突然意识到，在美国每个人都潜藏着小偷的天性。我也渐渐地和他们一样了，我甚至开始查看是否有哪扇门忘记关了。其他警察开始怀疑我们，他们从我们的眼睛里看出了端倪，可靠的直觉会告诉他们我们的脑子在想些什么。多年的经验教会他们如何看出雷米和我的喜好。

某个白天，雷米和我带着枪去山上打鹌鹑。雷米悄悄潜入一群咯咯叫着的鹌鹑，在离它们只有三英尺远的地方，拿起他 .32 口径的手枪射击，结果一个也没打中。他那嘹亮的笑声在整个加利福尼亚大森林里回响，在整个美国的上空回响。“现在我们该去看看香蕉国王了。”

那是一个星期六，我们把自己打扮得整整齐齐，来到交叉路口的汽车站。我们乘车来到旧金山，在宽阔的大街上闲逛。我们走到哪里，雷米嘹亮的笑声就回响在哪里。“你应当写一个关于香蕉国王的故事。”他提醒我说，“不要糊弄老手，要写点别的东西。香蕉国王就是你的素材。你看，他就站在那里。”香蕉国王是一个在街角卖香蕉的老头，我对他毫无兴趣，但是雷米不停地用拳头捶打着我的肋部，甚至抓住我的领口把我拖了过去。“你写香蕉国王就是在写一个生活中有人情味的故事。”我告诉他我对香蕉国王没兴趣。雷米强调说:“如果你认识不到香蕉国王的重要性，你就是对这个世界上富有人情味的东西一无所知。”

海湾停着一艘被当作浮标用的锈迹斑斑的老货船，雷米非常想过去看看。一天下午，李·安装好了午饭，我们租了条船划了过去。雷米带了些工具。李·安脱光了衣服躺在高处的船桥上晒日光浴。我在艉楼甲板上看着她。雷米直奔下面老鼠乱窜的锅炉房。他东锤锤，西敲敲，希望能敲下些铜皮来，其实那儿根本没有什么铜皮。我坐在破败的高级船员餐厅里。这艘船已经陈旧不堪了，但仍然可以看出它曾经装修得非常漂亮。木头上、内嵌的水手储物箱上都雕刻着漩涡纹饰。这就是杰克·伦敦笔下的旧金山幽灵。我在洒满阳光的餐厅里浮想联翩，老鼠们在食品柜子里闹作一团。很久以前，一位蓝眼睛的船长曾在这里用餐。

我去底舱找雷米。他看到任何松动的东西，都去猛拉一把。

“什么也没有。我本想这儿会有些铜，至少有一两把扳手。这条船不知被小偷们剥过多少遍了。”它在这个海湾已经停泊了好多年了，船上的铜已经被偷得精光，早就偷无可偷了。

我告诉雷米：“我很想在这艘古老的船上睡一宿。夜色中薄雾袭来，船身发出吱吱嘎嘎的响声，你还能听到不远处海浪拍打浮标的声响。

这个想法让雷米震惊，他对我的崇拜又增加了一倍。“萨尔，如果你敢这么做，我就给你五块钱。难道你没听说过死在海里的老船长常常会在夜里出现，回到船上来吗？我不但给你五块钱，还要帮你划船，给你准备午饭，还借给你毛毯和蜡烛。”

“一言为定！”我说。雷米赶紧跑去告诉李·安。我真想从桅杆上一下跳到李·安身上，但是我答应过雷米不去碰她。所以只得把眼睛从她身上移开。

打那以后我往旧金山跑得更勤了。我试图按书上所说方法去结交姑娘，我甚至在公园的长椅上与一位姑娘待到黎明，但没做成什么。她是从明尼苏达来的金发女郎。这儿还有不少同性恋。很多次我去旧金山都带着枪，在酒吧的厕所里，当有同性恋要接近我的时候，我就掏出手枪，说：“嗯？嗯？你说什么？”他吓得赶紧溜走了。我不知道自己为什么要这样做，我知道全国到处都有男同性恋，也许是因为我在旧金山很孤独，又正好带了支枪，想在别人面前炫耀一下吧。走过一家珠宝店，我突然有一种冲动想对着橱窗开几枪，抢走最好的戒指和手镯送给李·安，然后我们双双逃到内华达去。我必须离开旧金山，否则我要发疯了。

我给迪安和卡洛写了几封长信。他们现在住在老布尔在得克萨斯河口的小屋里，他们说手边的几件事一做完就来旧金山找我。在这期间，雷米、李·安和我之间的关系开始崩溃。九月雨季来临，我们之间的争论也随之而来。雷米和她飞往好莱坞去送我那愚蠢的电影剧本，毫无结果。那位著名导演喝得酩酊大醉，对他们毫无兴趣。导演在马利布海滩[1]有个小别墅，他们在那里逗留了几天，就又开始当着客人的面吵架，最后一起飞了回来。

最后压垮一切的是那次看赛马。雷米拿出了他所有的积蓄，大约一百块，让我穿上他的衣服打扮得时髦一点，他挽着李·安，我们就这样出发去海湾对面里士满附近的金门赛马场。看看这家伙心地有多善良吧：他把我们偷来的一半食物装在一个偌大的棕色纸袋里，送给了他认识的一个穷寡妇，她住在和我们一样的棚屋里，晾衣绳上的衣服在加州的阳光下飘舞。我们和他一起去的。那里有些衣衫褴褛孩子。寡妇向雷米道谢，她是雷米稍微有些认识的一位水手的姐姐。“不要在意，卡特夫人。”雷米优雅而有礼貌地说道，“我们还有好多呢。”

我们继续上路去赛马场。他令人吃惊地下了二十块的赌注，还没比到第七次就输光了。接着他又将我们准备买食物的最后

---

[1] Malibu，位于洛杉矶西南部，其滨海社区以温暖的气候、沙滩而闻名，是众多电影明星以及南加州娱乐工业从业人员的聚居地。

两块也赌上了，结果又输了。我们不得不一路搭便车回旧金山。我又在路上了。一位绅士让我们搭了他那漂亮时髦的轿车。我坐在前面。雷米又想编故事了，他说他的钱包忘在赛马场的看台上了。“事实上，”我说，“我们的钱都输在赛马场了。为了下次有钱坐车，我们现在就去找赌场老板，嘿，雷米？”雷米满脸通红。最后这位绅士告诉我们他就是金门赛马场的经营者。在一个豪华如宫殿般的酒店门口他把我们放下了。我们看着他消失在大吊灯后面，一副财大气粗，趾高气扬的派头。

“哇！喔！”雷米在夜晚的旧金山街头狂笑，“帕拉迪塞与赛马场老板同车，还发誓要去找他。李·安，你听到了吗？李·安！”他大笑着拍打着李·安，“他绝对是世界上最滑稽的人！他还说索萨利托一定有很多意大利人啊！哈哈！”他抱着柱子转着，开心地大笑不止。

那天晚上开始下雨，李·安的脸色很难看。我们一个子儿都没有了。豆大的雨点敲打着屋顶。“雨还要下一个星期。”雷米说。他已经脱掉了那件漂亮的西装，重新穿上了他那寒酸的短裤和T恤，戴上了军帽。他那双棕色的大眼睛悲哀地盯着地板。枪放在桌上。我们能够听到斯诺先生在雨夜的某个地方狂笑。

“我厌烦透了，受够了这个婊子养的混蛋。”李·安厉声说道。她要开始找茬儿闹事，不住地激怒雷米。他正忙着翻他那小黑本子，上面记着一些欠他钱的水手的名字，名字旁边还有他用红笔写的一些骂人的话。我担心总有一天我的名字也会进入他的黑名单。最近我一直给我姑妈寄钱，每周只买四五块的食物，另外响应杜鲁门总统的号召又在外面捞几块钱的东西。雷米认为这是不公平的，所以他将所买的各种东西的价签用一根丝带系着，挂在卫生间墙上，好让我看到并明白。李·安坚信雷米背着她把钱藏了起来，我也一样。为此她扬言要离开雷米。

雷米撇着嘴问："你想到哪里去？"

"去找吉米。"

"吉米？就是那个赛马场的收银员？你听见了吗，萨尔？李·安要去跟赛马场的那个收银员好了。别忘了带扫帚，亲爱的。赛马场的那些马还等着用我输给他们的一百块去买燕麦吃呢。"

这下事情更糟了。外面大雨如注。这个棚屋最初是李·安一个人住的，所以她让雷米收拾行李，赶快搬出去。他开始收拾行李。我想象着下雨天独自一人与这个放荡不羁的泼妇整天待在这小棚屋里是什么滋味。我想出来调解一下。雷米猛地推了李·安一把，李·安跳过去拿枪。雷米把枪交给我，并告诉我里面装有八发子弹，让我藏好。李·安开始号啕大哭，然后穿上雨衣，冲到外面的泥泞当中，去找警察——哪个警察，如果找到的不是我们的老朋友阿尔卡特拉斯岛的那个警察就糟了。碰巧，警察没在家。她全身湿透地回来了。我蹲在我的那个角落里，把头埋在双膝之间。上帝啊，我干吗要离开家跑到三千英里外的这里？我为什么要来这里？载我去中国的货船啊，你现在在何方？

"还有一件事，你这个卑鄙的人，"李·安大声叫着，"今晚我要最后为你这个无耻的家伙做一次肮脏的脑花炒蛋、肮脏的羊肉咖喱，让我看着你填饱肮脏的肚子，变得肥胖、愚蠢。”

“很好。”雷米平静地说，“完全没有问题。从我和你在一起开始，我就没有想过要有温暖的月光和芬芳的玫瑰花。对今天的结局我并不意外。我希望为你做些事——我想尽自己所能帮助你们俩，然而你们都不领情。我对你们俩都极其极其失望。”他极为真诚地继续说着，“我希望我们三人能在一起，能够好好地，长久地生活在一起。我努力了。我飞到好莱坞去，我为萨尔找工作，我为你买漂亮的衣服，我希望把你介绍给旧金山的名人。你们都拒绝了我，甚至不让我的希望有一丝实现的可能。我不求任何回报，现在我只求你们最后一件事，以后我再也不会求你们了。我的继父下周六晚上要来旧金山，我只求你们陪我一起去见他，让他看到一切都很好，和我在信中告诉他的一样。换句话说，李·安仍装出是我女朋友的样子，萨尔仍是我的朋友。我已想办法为下周六的会面借了一百块。我想让我父亲在这里过得好，可以放心地离开，并且从此不要再为我操心。”

这让我很吃惊。雷米的继父是一位杰出的医生。他曾在维也纳、巴黎和伦敦行医。我说：“你是说你要为你继父花一百块？你一辈子也挣不到他那么多钱！而你却要为他借债，伙计！”

“没事的，”雷米平静地说，但语气里却透着坚定，“我只求你们这最后一件事——你们要让他觉得我一切都很顺利，尽量给他留下一个好印象。我爱我继父，我尊敬他。他和他年轻的夫人一起来，我们应当客气而有礼貌。”有些时候雷米的确是世界上最彬彬有礼、最有绅士风度的人。李·安答应了，她盼望见到他继父。她想也许他是个值得交往的人，即使他儿子不是。

星期六晚上很快到来了。我已经辞掉了警局的工作，省得被他们开除，因为我没抓到过什么人。这将是我的最后一晚。雷米和李·安先去酒店房间与他继父相见。我手头有些钱，就在楼下的酒吧里喝醉了。然后我到楼上去见他们，迟到了很久。雷米的父亲出来开门，站在我面前的是一个身材高大、风度翩翩的男人，带着老式的夹鼻眼镜。“你好。”我凝视着他说，“你好，邦克尔先生。Je suis haut![1]”我叫了起来，我本来想表达“我醉了，我喝高了”，但用法语说出来根本不是这个意思。这位医生茫然不知所措。我把雷米弄得十分尴尬，他红着脸看着我。

我们一起去了位于北海滩的一个叫阿尔弗雷德的时髦餐馆用餐。可怜的雷米为我们五个人点了酒和许多佳肴，足足花了五十块钱。然后最糟糕的事情发生了。谁也没想到我的老朋友罗兰·梅杰正坐在吧台边喝酒！他刚从丹佛来，现在已经在旧金山的一家报社找到了工作。他喝醉了，甚至连胡子都没刮。正当我将高脚杯举到嘴边时，他冲了过来，拍着我的肩膀，然后一屁股坐在了邦克尔先生的身边。他靠在椅子上，隔着邦克尔先生的汤盘和我说话，雷米的脸刹那间红得像甜菜根。

“你不把你的朋友介绍给我吗，萨尔？”他勉强地笑着说。

---

[1] 法语，意为“我很高！”。

“罗兰·梅杰，旧金山的百眼巨人阿耳戈斯[1]。”我板着脸说。李·安愤怒地盯着我。

梅杰开始对着邦克尔先生的耳朵说：“你觉得教高中法语怎么样？”他粗鲁地叫着。

“请原谅，我不是教高中法语的。”

“哦，我以为你是教高中法语的。”他有意这样粗鲁地说话。我想起上次在丹佛他不让我们进公寓开派对的事儿，但是我原谅了他。

我原谅所有的人，我什么念头也没有，我醉了。我开始和医生年轻的妻子谈论起月光和玫瑰花。我喝得太多了，不得不每两分钟跑一趟洗手间，每次出去都得从邦克尔医生的大腿上跨过去。一切都在分崩离析。我在旧金山的日子该结束了。雷米再也不理我了，这太可怕了，因为我确实非常喜欢他，并且也只有我知道他是一个多么真诚而高尚的人。可能要过很多年他才会原谅我。我现在的悲惨境况与我曾在帕特森写信告诉他我的那个沿着6号公路横穿美国的宏伟旅行计划真有着天壤之别。如今我在美国的尽头——往前已经没有陆地——我已无路可走，唯有回头。我想至少得让这次旅行显得完整些，我决定去一次好莱坞，然后回程去得克萨斯看看我在河口的伙伴们，其他该死的就不管了。

[1] Argus，希腊神话中的百眼巨人，他可以观察到各个方位的动向，在睡觉时也总有些眼睛是睁着的。

梅杰被撵出了阿尔弗雷德餐馆。宴会就这样结束了。我与梅杰一起出来了，也可以说是雷米让我出来的。我们在艾恩波特酒吧坐了下来。梅杰说："山姆，我不喜欢吧台旁的那个同性恋。"他说话的声音很大。

"是吗，杰克？"我说。

"山姆，"他说，"我想我们应当去揍那家伙一顿。"

"不，杰克，"我模仿着海明威的口气，"我们就坐在这里，看看会发生什么。"最后我们摇摇晃晃地走上了大街。

早上，李·安和雷米还在睡觉，我难过地看着地下一大堆要洗的衣物，我和雷米原打算去棚屋区后面的投币洗衣机洗的。（每次去洗衣服都非常愉快，能够看到许多黑人妇女在那里洗衣，还能听到斯诺先生的仰天大笑。）我决定走了。我来到外面的走廊上。"不，他妈的我不能走，"我自言自语道，"我曾说过没爬过这座山，决不离开这里。"那是峡谷的另一边，神秘地伸向太平洋。

于是我又多待了一天。那是个星期天，一股热浪袭击了这座小城。天气很好，三点钟太阳西下，我开始登山，爬到山顶才四点钟。山坡上到处都是美丽而茂密的加利福尼亚三叶杨和桉树。到了山顶便树木稀少，只有裸露的岩石和荒草。牛群在这靠近海岸的山巅吃着草。再翻过几个小山丘就是蔚蓝、浩瀚的太平洋，它掀起巨浪，如白色的长城向前推进，旧金山的大雾就是在这里生成。雾气不到一个小时就能迅速穿过金门大桥，使这个浪漫的城市笼罩在白色之中。小伙子揣着一瓶匈牙利的葡萄酒，拉着姑娘的手漫步在长长的白色人行道上。这就是旧金山，美丽的女人站在白色的门廊前，等待着她们的男人回家，还有科伊特塔[1]、内河码头[2]、市场街，还有众多的山丘。

我在山顶上旋转，直到转晕了才停下。我想我会像在梦中那样，直接从悬崖上坠落下去。哦，我爱着的姑娘你在哪里？我一面想着，一面四处寻找，就如同我曾经在脚下的这个渺小的世界里寻找着一样。站在山顶上极目远眺，展现在我眼前的是原始广袤的美国大陆，在遥远的东部，阴沉而疯狂的纽约正向空中喷吐着棕色的雾霾。东部是棕色的、神圣的，加州是白色的，像晾衣绳一样，也是无知的——至少当时我是这么认为的。

---

[1] Coit Tower，旧金山著名建筑，兴建于1933年，位于电报山山顶的先锋公园。塔顶可以俯瞰旧金山全城，塔内壁画生动描绘出1930年代加利福尼亚的社会风貌。

[2] Embarcadero，旧金山东侧的水岸及海滨道路。

12

清晨，雷米和李·安仍沉浸在睡梦中，我悄悄收拾好行李，与来时一样从窗子爬了出去，背着我的帆布包，离开了米尔城。我终于没能如愿在那艘古老又闹鬼的弗里比海军上将号货轮上过夜。我和雷米失去了联系。

到奥克兰，在一个门口放着马车车轮的酒吧，我与一帮流浪者一起喝了瓶啤酒，然后重新上路，穿过奥克兰，我直接走上去弗雷斯诺的路，两辆车把我带到了贝克斯菲尔德，我已经向南走了四百英里。[1]我搭的第一辆车的司机是个开快车的疯子，他粗鲁健壮，金发碧眼，开着加大了马力的改装车。“你看到这脚趾了吗？”他一边说着，一边加大油门，将速度开到了每小时八十英里，并且一路超车，“你看它。”他的脚趾上缠着绷带，“今天早上刚断的。那帮狗娘养的想让我住院。我拿起包就走。

---

[1] 奥克兰（Oakland）、弗雷斯诺（Fresno）、贝克斯菲尔德（Bakersfield）均为加利福尼亚州城市，地理位置自西北沿海向东南内陆。

一根脚趾，小意思。”的确是，我凝视着窗外，在心里对自己说。我抓紧了扶手，我从没见过哪个傻瓜开车这样莽撞。一眨眼工夫就到了特雷西，这是一个铁路线上的小镇。火车制动员们在铁路边的小饭馆里吃着糟糕的餐食。火车呼啸着穿过峡谷，太阳西斜，一片血红。大峡谷地区一个个名字奇妙的小镇展现在我的面前，曼蒂卡、马德拉，等等。不一会儿薄暮降临，紫色的晚霞映照在橘黄色的小树林和甜瓜地里，太阳是挤压过的葡萄的颜色，夕阳下的田野是爱的颜色，如西班牙疑案小说一般神秘。我把头伸向窗外，深深地吸了一口芬芳而清新的空气。这是我一生当中所遇见的最美丽的时刻。这个疯子是南太平洋运输公司的一名火车制动员，家住弗雷斯诺，他父亲也是一名火车制动员。这小子是在奥克兰调车场变道时折的脚趾骨，但我并不清楚他是怎么受伤的。他把我带到弗雷斯诺闹市区，让我在城南下了车。我在铁路边的一个小店买了瓶可乐，看见一个闷闷不乐的亚美尼亚小伙顺着红色的货车车厢走来。正在这时一辆火车嘶鸣着飞驰而过，我对自己说：“是的，是的，这里就是萨洛扬[1]的家乡。”

我必须向南走。我又重新上路了。一个开着辆崭新轻型货车的家伙把我带上了。他从得克萨斯州的拉伯克来，专门经营挂

[1] William Saroyan（1908—1981），亚美尼亚裔美国小说家，剧作家。他的许多故事和戏剧都以家乡弗雷斯诺为背景，广泛描绘出加利福尼亚亚美尼亚移民的生活。作品富有人情味和幽默感，不事雕琢，语言简练生动，代表作有话剧《你这一辈子》和长篇小说《人间喜剧》。

车生意。“你想买个挂车吗？”他问我，“什么时候你想买了，尽管找我好了。”他给我讲了一些他父亲在拉伯克的趣事。“一天晚上我老爹把一天的收入放在保险柜顶上，便完全忘记了。你知道发生什么事了吗？就在这天夜里一个小偷全副武装带着乙炔喷枪把保险柜弄开了，翻翻里面全是些对他无用的文件，便踢倒几张椅子跑了。柜顶上的几千美金分文不少。真是太好笑了。”

他让我在贝克斯菲尔德下了车。我的奇遇就从这里开始了。天渐渐冷了起来，我穿上了刚刚在奥克兰花三块钱买的薄薄的军用雨衣，但仍然冷得发抖。我在一家装饰华丽的西班牙风格的汽车旅馆前站住了，它看上去有点像一颗宝石。汽车川流不息，都是往洛杉矶方向的。我疯狂地招着手。天太冷了，我在那儿一直站到半夜，足有两个小时，一边等车，一边不住地骂着。就像上次在艾奥瓦的斯图尔特一样，我现在无路可走，只好再花两块多乘巴士去洛杉矶。我沿着铁路又走回到贝克斯菲尔德汽车站，在一张长椅上坐了下来。

我买好车票，站在那儿等着去洛杉矶的巴士。突然一个穿着宽松长裤，长得娇小可人的墨西哥女孩从我眼前闪过。她乘坐的巴士在刹车声中停了下来，在这里中途下客。她的乳房挺得高高的，富有弹性，小巧的臀部妙不可言，长长的黑发光泽亮丽，两潭碧水似的蓝眼睛里带着几分羞涩。真希望我坐在她那辆巴士上。我的心一阵刺疼，每当我爱上一个姑娘，而她在这个偌大的世界上又正好与我擦肩而过时我都有这种感觉。广播里叫着去洛杉矶的旅客上车，我拿起包跳了上去。令人诧异的是那个墨西哥姑娘竟然也坐在这辆车上。我径直在她对面坐下，立即开始筹划。我是如此孤独、痛苦、疲惫、忧郁、沮丧，我必须鼓起勇气，我必须要有勇气去接近这个陌生姑娘，我要行动起来。汽车在向前急驶，足足有五分钟的时间我在黑暗中拍打着自己的大腿。

赶快行动，赶快行动，否则你只配去死！你这该死的蠢猪，快和她说话啊！你怎么啦？你对自己厌烦透了吗？我不自觉地把身子探过过道对她说（她此时正准备在座位上睡觉）："小姐，需要我的雨衣作枕头吗？"

她抬起头，微笑着看着我说："不用了，非常感谢。"

我坐了回去，心在不住地颤抖。我点了支烟，直到她抬头看着我，我才带着几分爱的忧伤站起来俯下身子对她说："我可以坐在你旁边吗，小姐？"

"请便吧。"

我坐了过去。"你要去哪里？"

"洛城。"我喜欢她这样的说法，"洛城"，我喜欢西海岸人这样称呼洛杉矶。无论如何，它是仅有的也是唯一的金色之城。

"我也去那里！"我叫了起来，"很高兴你让我坐过来。我很孤独。我已经旅行很长很长时间了。"我们开始述说彼此的经历。她有丈夫和一个孩子。她丈夫时常打她，所以她离开了他，回到了费雷斯诺南边的萨比纳尔。她这次是去洛城的姐姐那儿小住。她把自己幼小的儿子留在了家里。她的家人住在一个葡萄园里以采葡萄为生。她无所事事，非常焦虑，简直要发疯了。

我真想立刻把她紧紧地拥在怀里。我们不停地聊着，她说她非常喜欢跟我聊天。不一会儿，她便对我说，她想和我一同回纽约了。“也许我们可以一起去！”我笑着说。汽车呻吟着通过了蒂洪山口[1]，眼前一片亮光。并没有什么具体的承诺，我们已经开始手拉手了，这也是她一个无言的、美丽而自然的承诺，如果我在洛城找到旅馆，她就跟我住在一起。我极度渴望她的一切。我把头靠在她美丽的秀发上，她那柔嫩的香肩迷得我发疯。我紧紧地抱她，使劲地把她拥在怀里。她喜欢我这样。

“亲爱的，我爱你。”她闭上双眼，嚅嚅地说。我答应要好好地爱她。我无限爱怜地凝视着她的全身。我们的故事讲完了。我们在沉默中陶醉着，脑海中涌现出无尽的遐想。一切就是这样简单自然。在这个世界上你可以有你喜欢的人，可以是贝蒂们、玛丽露们、卡米拉们、伊内兹们，而我心中的姑娘就是她，我的灵魂伴侣。我把这些都告诉了她。她承认在车站就发现我在注视她。“我以为你是个善良的大学生呢。”

“哦，我确实是个大学生！”我肯定地告诉她。巴士到了好莱坞，它那昏暗而肮脏的黎明就如同电影《苏利文的旅行》[2]中乔尔·麦克雷在小餐馆遇见维罗妮卡·莱克时的情景一样。她

---

[1] Grapevine Pass，位于洛杉矶北部的蒂哈查皮山脉，海拔 1268 米。5 号公路从此穿过，连接起洛杉矶和圣华金河谷地区。

[2] *Sullivan's Travels*，好莱坞喜剧片，由乔尔·麦克雷、维罗妮卡·莱克等主演。主人公苏利文是一个以喜剧走红的年轻导演，但他不满现状，想拍摄一部反映社会底层困境的严肃影片。于是他打扮成流浪汉深入街头，由此引发一系列故事。

在我的腿上睡着了。我贪婪地向窗外望去，灰泥粉刷过的房屋、棕榈树、汽车餐馆、电影院，一切都是那么疯狂，它是破烂不堪又充满希望的乐土，是美洲大陆奇妙的末端。我们在主街下车，这儿与在堪萨斯、芝加哥或者波士顿下车时所看到的情景没有什么区别——红砖建筑、川流不息的人群、电车在绝望的黎明发出刺耳的声音，还有大城市都能嗅到的妓女的味道。

不知为什么，这时我的大脑一片混乱。我像患了妄想症一样胡思乱想：特里莎，或者特里——她的名字——也许就是一个普通的小妓女，她在巴士上通过勾引男人约会而赚钱，就像我们在洛杉矶约会一样。她把上当受骗的傻瓜带到一个指定的餐馆吃早饭，那儿有一个拉皮条的男人与她合作。然后一起去一个事先订好的旅馆，这位皮条客便持枪或带着其他什么闯进来。我并没有把这些胡思乱想告诉她。吃早餐的时候，我看见一个皮条客正盯着我们，我想象着特里正在偷偷地和他使眼色。我累了，感觉很奇怪，仿佛在一个遥远的、可怕的地方迷失了自己。巨大的恐惧使我失去了理智，我的举动变得卑鄙而愚蠢。“你认识那家伙？”我问。

“你指谁啊，亲爱的？”我没有理她。她愣住了，动作慢了下来。花了好长时间才吃完饭。她慢慢地咀嚼着食物，眼睛看着天花板，然后点了根烟，继续和我说话。我就像个面容枯槁的鬼魂对她的每个动作都疑心重重。我觉得她正在等待时机。我真的是病得不轻。当我们手拉手走在街上时，我出了一身汗。我找的第一家旅馆就有房间。刚一进屋，我就把门锁上了。她已脱掉鞋子，坐在床上。我温柔地吻她。最好她不要知道这一切。为了放松一下精神，我想我们需要威士忌，尤其是我。我几乎跑遍了周围十二个街区，最后才在一个报亭里买到了一品脱威士忌。我全力跑了回来，特里正在洗手间化妆。我倒了一大杯酒，我们慢慢地喝着。哦，味道美极了，我忧伤的长途跋涉总算值了。我站在她后面，欣赏着镜子里的她，我们就这样在洗手间跳起舞来，我开始跟她讲起我东部的朋友。

我说："你应当去见见我认识的一个了不起的姑娘多莉亚，她一米八高，一头红发。如果你去纽约，她会告诉你哪儿能找到工作。"

"那个一米八高的红发女人是谁？"她十分怀疑地问我，"为什么你要向我提起她？"单纯的她很难明白我说话时的兴奋和紧张。我就此打住。她在洗手间里有些喝醉了。

"到床上来！"我不停地说着。

"喂，那个红头发女人到底是谁？我以为你是个善良的大学生，我看到你穿着件好看的毛衣，我在心里对自己说，他太可爱了，不是吗？哦，我现在明白了，我错了，错了，你和那些人一样，是个该死的皮条客！"

"你到底在说些什么？"

"不要站在那里告诉我那个一米八的红头发不是老鸨。因为我一听就知道她是个老鸨。你这个皮条客，和我碰到的其他皮条客一样，到处都是。"

"听着，特里，我不是皮条客。我对着《圣经》向你发誓我不是皮条客。我为什么是皮条客呢？我唯一的兴趣就是你。”

“我一直以为我遇见了一个善良的小伙子。我是如此高兴。我紧紧地拥抱着我自己说，嗯，他不是个皮条客，是一个非常善良的小伙子。”

“特里，”我的整个灵魂都在恳求她，“请听我说，理解我，我不是皮条客。”一个小时之前我把她当成了妓女，这多令人悲哀。我们的思想里存在着固有的疯狂和偏差。哦，可怕的生活啊，我悲叹着、辩解着。当我意识到我在请求一个单纯的墨西哥少妇的原谅时我简直要发疯了。我把这个想法告诉了她。她还没来得及反应，我已经从地下捡起她那双帆布鞋使劲儿地向洗手间的门扔去，并让她出去。“给我滚！”我要睡觉，要忘记这一切，我有自己的生活，我永远只能过那种悲哀的流浪生活。洗手间一片死寂，我脱衣上床睡觉。

特里从洗手间出来，眼里含着抱歉的泪水。她单纯、有趣的小脑袋认准了一个事实：把女人的鞋子扔到门上，让女人滚出去的男人绝不是皮条客。在虔诚而又甜蜜的沉默中她脱掉衣服，把娇小的身体藏到了被单下面，和我紧紧地抱在一起。她的皮肤是棕色的，像葡萄的颜色。我看到她可怜的腹部因为剖腹产而留下了长长的伤疤。她的胯骨太窄了，所以只有开刀才能生下孩子。她很矮，只有不到一米五高，两条腿像两根细短棍棒。那个疲倦的早晨，我们在甜蜜的气氛中做爱。两个疲惫不堪的天使终于在一起了。我们在洛杉矶的一隅，在彼此的身上找到了生活中最亲密、最美妙的东西。那天我们睡得很沉，直到下午才醒来。

13

接下来的半个月我们一直住在一起，感情时好时坏。当我们从热恋中醒过来时，便决定一起搭便车去纽约，她将作为我的女朋友去那里。我想象着自己也将要陷入像迪安和玛丽露以及其他任何人一样的那种极其错综复杂的关系之中——我将开始人生的下一个篇章，一个新的篇章。首先我们必须攒足旅费。特里已经准备好要开始了，我现在仅剩二十块，我不喜欢这样。我就像个该死的傻瓜，整整考虑了两天，我平生第一次在五花八门的洛杉矶的报纸上寻找餐馆或酒吧的用人广告。两天下来，我的钱就仅剩下十块多一点儿了，但是我们住在小旅馆里的日子非常让人兴奋。午夜时分，我实在睡不着，便替我的小宝贝儿裸露的棕色双肩掖好被子，然后走到窗前欣赏洛杉矶的夜景。多么野蛮而酷热的夜啊，不时能听到警车刺耳的尖叫。街对面好像出事了。一家破烂不堪、经年失修的小旅馆好像发生了什么悲剧。一辆警车停在那里，一些警察正在向一个满头灰发的老人询问着什么，里面传来阵阵啜泣。我听得清清楚楚，其中还夹杂着我们旅馆的霓虹灯发出的嗡嗡声。我从来没有像现在这样悲伤过。洛杉矶是美国最孤独，最冷酷的城市。纽约的冬天寒气逼人，但是走在街上你能感觉到一种奇怪的友好气氛，而洛杉矶就是一个丛林。

我和特里正吃着热狗在南大街上闲逛，这里是洛杉矶最繁华也是最充满野性的一条街。穿着皮靴的警察在各个街角抓人搜身。千奇百怪的角色在人行道上涌动——洛杉矶就是他们巨大的沙漠巢穴，在加利福尼亚温柔的星空下，一切都迷失在咖啡色的光晕里。你可以在空气中嗅到“茶”或者说“草”——我指的是大麻——的气味，当然还有辣豆子和啤酒的味道。啤酒屋里飘出的震耳而粗野的波普爵士乐，混杂着各种牛仔音乐、布基乌基乐曲，在美国的夜空回响。每个人看上去都像哈斯尔。粗鲁的黑人戴着棒球帽，留着山羊胡，放荡不羁地在街上狂笑；留着长发，穷困潦倒的嬉皮士沿着66号公路从纽约径直来到这里；被称为“沙漠之鼠”的流浪汉老练地拿着行李向广场上的长椅走去；卫理公会的牧师们穿着大袖长袍，偶尔还有几个留着胡须、穿着拖鞋的自然之子圣徒从街上走过。我对他们每个人都很感兴趣。但是特里和我首先还得忙着挣钱。

我们来到好莱坞，本想在一家杂货店找个工作。这家店位于日落大道和藤街交界处，[1]这儿正好是个街角。成千上万的家

[1] 日落大道和藤街都是好莱坞具有标志性意义的街道。日落大道从洛杉矶市中心延伸到太平洋海岸，路两旁是绵延的棕榈树和林立的电影广告牌，是好莱坞星光璀璨的代名词。

庭从穷乡僻壤开着破车来到这里，挤在人行道上，想一睹大电影明星的风采，而明星们却从不露面。有豪华轿车通过时，人们便涌向人行道边，奋力挤出人群向车里张望：一个男演员戴着墨镜坐在里面，身边还有一位珠光宝气的金发女郎。“唐·阿米契[1]！唐·阿米契！”“不，是乔治·墨菲[2]！乔治·墨菲！”他们到处乱窜，一个一个地看个究竟。一些英俊的酷儿男孩也来到好莱坞，想扮演西部牛仔，他们一边闲逛，一边用神气活现指尖来润湿他们的眉毛。这儿还有不少穿着休闲裤的绝色小美人儿，她们来这里是想成为女明星，但最后都进汽车餐馆做了服务员。特里和我想在汽车餐馆找工作，却发现哪儿都没有机会。星光大道上每天都拥满汽车，喇叭声疯狂刺耳，几乎每一分钟都有些小事故发生。每个人都想冲向最远处的棕榈树，再往前就是沙漠和不毛之地了。好莱坞的山姆们站在豪华餐厅门口高谈阔论，与百老汇的山姆们站在纽约雅各布海滩上高谈阔论的样子很像，只是这里的他们穿着更薄的套装，谈论的话题也更老旧一些。一些胖女人尖叫着跑过大街去排队参加智力竞赛节目。高大而面容苍白的牧师颤巍巍地走了过去。我看到杰里·科隆纳[3]正在别克公司买车。他站在巨大的茶色玻璃后

[1] Don Ameche（1908—1993），美国电影演员。1936年与福克斯电影公司签约，戏路以喜剧见长，深受大众喜爱。

[2] George Murphy（1902—1992），美国电影演员、共和党参议员。1927年进入百老汇，1930年代开始在好莱坞多部大制作的歌舞片和爱情片中出演重要角色。

[3] Jerry Colonna（1904—1986），美国喜剧演员、音乐人。滑稽的面部表情和上唇浓密的八字成了他的标志。

面，不时地捋着自己的胡子。我和特里在市中心的一家餐馆吃饭，这里装饰得就像一个原始洞穴。金属做的乳头一阵阵喷射出液体，没有温度的石头雕成只可能属于神灵或海神波塞冬的屁股。顾客围着瀑布闷闷不乐地吃着食物，他们难过得脸色发青。洛杉矶的所有警察都像舞男那样漂亮，显然他们来这儿也是想拍电影的。每个人来这儿都是为了拍电影。最后特里和我不得不在南大街上找工作，与那些并不在意自己窘境的收银先生、洗盘小姐为伍。我们还剩十块钱。

“老兄，我去姐姐那里把衣服拿来，然后我们搭便车去纽约吧。”特里说，“快点，伙计，我们赶快行动吧。‘如果你不知道怎么随着快节奏的音乐摇摆，让我来教你。’”后面几句是她经常唱的一首歌中的一段。我们赶到了她姐姐家，她住在阿拉梅达大道以外的一片墨西哥人棚屋区。我在墨西哥厨房外面黑暗的小巷里等她，因为她姐姐没打算见我。狭窄的小巷里只有些许昏暗的灯光，不时有几只狗跑来跑去。我能听到特里和她姐姐在这温柔的夜色中争论着什么，我做好了一切准备。

特里出来了，她拉着我的手来到中央大道，这是洛杉矶有色人种的主要聚集地。这里充满野性，鸡笼般的棚屋小到只能放下一台投币点唱机，唱机里传出的不是布鲁斯就是波普爵士乐。我们去了一处廉价公寓，沿着肮脏的楼梯上去，来到特里朋友马加里纳的家。她借走了特里一件衬衫、一双鞋子。马加里纳是一个可爱的黑白混血姑娘，她丈夫黑得像扑克牌中的黑桃，人很友善。他出去买了一品脱威士忌来招待我，我想付点钱，被他拒绝了。他们有两个孩子，这时正在床上蹦蹦跳跳，那就是他们的游乐场。孩子们抱着我，很好奇地打量着。中央大道的夜晚是美好的、充满歌声的，那是汉普顿[1]的《中央大道的崩溃》里所描绘的夜，一片喧嚣，人们在门厅唱歌，在屋里唱歌，咒骂几句，又向窗外望望。特里拿回了自己的衣服，我们和她朋友一家告别，然后来到了一间小棚屋在点唱机上点播音乐。有两个黑人凑到我耳边，问我是否要“茶”，一块钱。我说，好，拿来吧。另一接头人过来示意我跟他一起去地下室的厕所。我跟去了，然后傻站在那里。他说：“捡起来，伙计，捡起来。”

“捡起什么来？”我问。

钱已经给他了。他很害怕地看着地板，其实这儿是个地窖一样的地方，没有地板。我朝地下看去，好像有一小块棕色的东西，像是大便。他极其谨慎。“我要小心提防着点，这个星期过得不顺。”我把那块东西捡起来一看，原来棕色纸包着的烟。我走回特里那里，我们一起回旅馆，打算痛快一次。结果什么也没有发生，这真的就只是布尔·达勒姆牌香烟。我真希望能管住自己的钱。

特里和我必须当机立断，我们决定带着我们剩下的钱立即搭车去纽约。那天晚上她又从她姐姐那里拿了五块钱。现在我

---

[1] Lionel Hampton（1909—2002），强节奏爵士乐时代最富盛名的音乐人之一，他也是第一位把电颤琴引入乐队的音乐家，以热情的表演、优秀的音乐才华享誉全球。

们手里大约有十三块钱。我们在旅馆就要开始收新一天的费用前，收拾好行李出发了。我们搭上了一辆红色的汽车去加州的阿卡迪亚，圣阿尼塔赛马场就坐落在那里的雪山下。到站的时候已是夜里。现在我们正面对着美洲大陆方向。我们手拉着手走了很长的路，终于走出了居民密集区。现在是周六的晚上。我们站在路灯下，向过路的车子做出要搭车的手势。突然，好几辆坐满了年轻人的汽车开了过来。“耶！耶！我们赢了！我们赢了！”他们齐声在车上大叫。他们看到一个小伙子带着一个姑娘站在路上，就戏谑地对我们大叫“呦吼”。十几辆这样的车开了过去，一张张年轻的脸从我们身边闪过，还有人们常说的那种“变声期的哑嗓音”从我们耳边飘过。我恨他们每一个人。他们以为自己是谁啊？他们戏弄着站在马路上的我们，就因为他们是高中的小混混，父母在周末为他们准备好了炖牛肉吗？他们有什么权利嘲笑一个与她心爱的男朋友一起处于困境中的姑娘呢？我们只关心我们自己的事。我们没搭上车，就不得不又走回城里，更糟糕的是我们想喝杯咖啡，但只能倒霉地到中学附近的冷饮店去买，刚才在路上碰见的那群小子全在那儿，他们还记得我们。他们看到特里是墨西哥人，就觉得她是墨西哥裔不良少女，她的男朋友显然比她更糟糕。

她那漂亮的鼻子一下就嗅到气氛不对，便从那儿出来了。我们在黑暗中，沿着高速公路边的沟渠走着。我背着行李，夜深雾浓，我们感到了凉意。最后我决定和她一起再躲避这个世界一夜，等到早上再说。我们走进一家汽车旅馆，花四块钱开了一个舒适的小套间，有淋浴、浴巾、收音机，还有其他好多东西。我们紧紧地抱在一起。我们严肃地谈了很长时间，然后去洗澡，开着灯商量着下一步的计划，然后关上灯又谈了很久。有些事被证实了，我说服了她，我们在黑暗中达成了一致。我们气喘吁吁，然后彼此都满足了，安静得就像两只小绵羊。

早上我们勇敢地上路了，开始实施我们的新计划。我们乘巴士去贝克斯菲尔德，准备去那儿帮人家摘葡萄赚钱。这样干上几个星期之后，我们用正确的方式——坐巴士——回纽约。这天下午天气好极了，我和特里乘巴士去贝克斯菲尔德。我们靠在座位上，很享受。一面聊着天，一面欣赏着窗外飞逝的景物，不用为任何事操心。到站的时候天已经快要黑了，我们计划去城里询问每个水果批发商是否有活干。特里说工作期间可以住帐篷。我们在凉爽的加利福尼亚的早晨采摘葡萄，晚上就睡在帐篷里，这正合我心意。但是我们一直没找到工作。让我困惑的是那么多人教了我们无数工作的技巧，但就是无用武之地。不管怎样，我们得先去中餐馆吃顿饭，补充补充体力。我们穿过南太平洋运输公司的铁路，来到了当地的墨西哥街。特里激动地和她的老乡们聊着，问他们找工作的事。夜幕降临，小小的墨西哥街上灯火辉煌，电影院的遮檐、水果摊、电子游戏厅、廉价杂货店，还有数百辆破旧的大卡车和沾满泥浆的小汽车。那些以摘水果为生的墨西哥人拖家带口地一边在街上闲逛，一边吃着爆米花。特里和每个人聊着，我开始灰心了。我现在最需要的——也是特里最需要的——就是喝上一杯。于是我们花了三十五美分买了一夸脱加利福尼亚红葡萄酒，走到一个铁路调车场去喝。我们找到了一个地方，在那里流浪汉们搬来木箱坐在上面烤火。我们便坐在那里喝了起来。我们的左边是一节节被煤烟熏黑的货运火车，在月光下显得很凄惨；我们的正前方是灯火通明的贝克斯菲尔德机场；右边一个巨大的铝制活动仓库。啊，这是一个美好的夜，一个温柔的夜，一个应该举杯的夜，一个洒满月光的夜，一个拥抱着自己心爱的姑娘和她一起聊天、一起骂人、一起通往天堂的夜。这就是我们的那个夜晚。她是个嗜酒的小傻瓜，和我比着喝，最后超过了我。我们一直聊到午夜。我们一直坐在那些箱子上没挪动。偶尔有几个流浪汉经过，或是墨西哥母亲带着孩子们经过，还有一辆警车经过这里，警察下来撒了泡尿。但是大多数的时间都没人打搅，我们一次比一次更加水乳交融，难舍难分。直到半夜我们才起身懒懒地向高速公路走去。

特里又有了一个新主意。我们可以搭便车去萨比纳尔，她的老家。我们可以住在她哥哥家的车库里。我怎样都行。到了公路边，我让特里坐在我的包上，让她装作看上去很难受的样子，果然一辆车停了下来。我们欢笑着跳了上去。开车的这个家伙是个好人，就是卡车破了一点。车子呼啸着开出了山谷。黎明之前我们就到了萨比纳尔。特里熟睡的时候我把酒喝完了，所以我也完全喝醉了。我们下了车，漫步在这个加州小城静谧的、树木繁茂的广场上，这是一个火车只有接到信号指示才会停下来的小镇。我们去找她哥哥的朋友，他会告诉我们她哥哥的住处，但是家里没人。拂晓，我们躺在广场的草坪上，一遍遍地重复着：“你不会说他在威德都干了什么，是吗？他在威德都干了什么？你不会说的是吗？他到底在威德干了什么？”这是电影《人鼠之间》[1]中的台词，是布吉斯·梅迪斯与牧场主之间的一段对话。特里咯咯地笑着。我现在和她在一起做什么都是对的。我可以一直躺在这里，直到女士们走进教堂做礼拜，她都不会在意的。但最后我决定为了找到她哥哥，我们必须立即起来。我领着她来到铁路边的一家旧旅馆，我们舒舒服服地睡了一觉。

第二天又是一个阳光明媚的早晨，特里早早地起床去找她哥哥了。我一直睡到中午。我从窗子里望去，一辆南太平洋运输公司的平板火车正好从窗前经过，上面斜躺着数百名流浪汉，他们兴高采烈地枕着自己的行李，翻看滑稽故事，嘴里还大嚼着随手在铁路边上摘的甜美的加利福尼亚葡萄。“该死的！”我大声叫道，“哦！这真是一片上帝所赐的应许之地。”他们都是从旧金山来的。一周以后，他们还将这样兴高采烈地返回。

特里带着她哥哥、她哥哥的朋友，以及她儿子一起来了。她哥哥是个桀骜不驯又性感的墨西哥男人，喜好狂饮，是一个非常好的小伙子。他的朋友是个大块头的墨西哥胖子，能说一口纯正的英语，几乎不带什么墨西哥口音。他说起话来声音很

[1] *Of Mice and Men*，美国作家约翰·斯坦贝克的中篇小说，1939年被改编为电影，由布吉斯·梅迪斯等主演。故事讲述两个农场工人于经济大萧条之际在加州寻找工作的悲剧故事。

大，过于奉承。我能看得出他对特里有意思。特里的儿子叫约翰尼，七岁，长着一双又黑又亮的眼睛，非常可爱。现在我们几个人又将开始疯狂的一天。

她的哥哥名叫里基，开着一辆38年款的雪佛兰轿车。我们大家都钻了进去。汽车不知向什么地方开去。“我们去哪儿？”我问。他的朋友给我们做了解释，他叫蓬佐，大伙儿都这么称呼他。他身上一股臭味儿，后来才知道原因。他有辆大卡车，他的工作就是专门向农民出售肥料。里基的口袋里总放着三四块，随心所欲地花，所以他总是无忧无虑。他总是这样说:“就是这样，伙计，就这样做。这就对了，这就对了！”之后他发动汽车，把这辆老破车开到了每小时七十英里，我们到弗雷斯诺那边的马德拉去看一个农民家的肥料。

里基带了一瓶酒。“大家今天喝酒，明天再干活，来吧，痛快地喝吧！”特里和她儿子坐在后面。我回头看她，她的脸上洋溢着与亲人重逢的喜悦。加州十月美丽的绿色田野在我眼前飞速闪现。我已经酒足饭饱，可以重新上路了。

“现在我们去哪儿，伙计？”

“我们去看看一个农民的几堆肥料，明天我们开卡车来装运。伙计，我们要挣很多钱。不要为任何事情担忧。”

“我们要在一起挣钱！”蓬佐叫道。我看的确如此——我去的每一个地方，都是大伙儿一起去的。我们迅速驶过弗雷斯诺狂野的大街，去后街找一些农民。蓬佐下车与几个墨西哥老农稀里糊涂地谈了一会儿，当然是什么结果也没有。

“我们现在最需要的是喝一杯！”里基大声嚷嚷。于是我们开车去了交叉路口的小酒吧。美国人都喜欢在星期天的下午去交叉路口的酒吧喝酒。他们带着孩子，一面喝着啤酒，一面含混不清地聊着天，争吵着，一切都相安无事。夜幕降临，孩子们开始哭叫，父母们也喝醉了，然后他们开着车绕来绕去回到家中。我在所有去过的交叉路口的小酒吧里看到的都是全家人聚在一起喝酒的场面。孩子们吃着爆米花、薯片，在后面玩耍。这次我们也一样。里基、我、蓬佐和特里坐在那儿边喝酒，边和着音乐大叫，小宝贝约翰尼和其他孩子们围着点唱机转圈。太阳已经变红了，我们什么也没干成，可又有什么值得做的事呢？“明天，”里基说，“明天我们一定挣得到钱，伙计。再来一杯啤酒吧，伙计，你真棒，你真棒！”

我们踉跄着走出酒吧，上了汽车，向着下一个高速公路旁的休息站开去。蓬佐是个大块头、大嗓门、喜欢喧闹的家伙，他几乎认识圣华金河谷[1]的每一个人。我和蓬佐从高速公路休息站单独开车出来，本来是打算去找农民的，结果却绕到马德拉的墨西哥街找姑娘去了，打算替他和里基物色几个小妞。绛紫色的晚霞笼罩着整个葡萄之乡，我默默地坐在车里，蓬佐与一位墨西哥老人站在厨房门口为买西瓜而讨价还价。我们买了颗西瓜，就地吃了起来，然后将瓜皮扔在老头家门口肮脏的人行

[1] San Joaquin Valley，加利福尼亚州中央谷地的一片地区，位于萨克拉门托－圣何塞河三角洲南部。谷内的大部分地区都是乡村，但也有弗雷斯诺、贝克斯菲尔德等城市。

道上。好多漂亮的小姑娘都来到了昏暗的街道上。我说:“我们到底在哪儿?”

“不要担心，老兄。”蓬佐安慰着我，“明天我们会去挣很多钱的，今天晚上我们不去想它。”我们将车开回高速公路，带上等在那儿的特里、她哥哥，还有孩子，然后在公路的灯光下把车开回了弗雷斯诺。我们都饿极了，车颠簸行进，从铁路上越过，来到了弗雷斯诺狂野的墨西哥城区。古怪的中国人把身子探出窗外，探查周日晚上的街景。一群群墨西哥少妇穿着宽松的裤子招摇过市。点唱机里不时传出曼波舞曲[1]。街上的彩灯和过万圣节时一样。我们走进一家墨西哥餐馆，吃了煎玉米卷、玉米薄饼卷杂豆泥，味道很不错。我掏出身上最后一张崭新的五块钱，原本想用在回新泽西的路上，现在却用来付了我和特里的饭钱。我只剩下四块了。我和特里互相看了一眼。

“今晚我们住哪里，宝贝?”

“我不知道。”

里基已经醉倒了，现在只会一个劲儿地说:“你好棒，伙计……你好棒。”声音听上去很疲乏，还有点温柔。这一天真长。我们谁也不知道将要发生什么，上帝的旨意是什么?可怜的小约翰尼在我怀里睡着了。我们开车回萨比纳尔。回来的路

[1] Mambo，诞生于古巴的一种音乐类型，它是非洲和中南美洲文化的混合产物，是带着强烈爵士乐影响的拉丁舞曲。1940年代佩雷斯·普拉多和他的乐队来到墨西哥，促成了四五十年代北美地区的曼波风潮。大多数人认为“曼波”一词是来自海地人对巫师祭司的称谓，形容的是人们陷入被催眠的狂热状态。

上，我们又把车开到99号公路旁的一家小旅馆，里基还要最后再喝一杯啤酒。在这个小旅馆的后面有一些活动房、帐篷和几间破烂汽车旅馆式的房间。我们问了一下价钱，两块一晚。我问特里怎样，她说很好。我们带着孩子，应当让他睡得舒服些。小酒吧里几个阴沉的流动雇农正随着牛仔乐队的音乐摇摆。喝了几杯啤酒之后，我和特里带着孩子开了个汽车旅馆式的房间睡觉去了。蓬佐还在闲逛，他无处可去。里基到他父亲的葡萄园里的棚屋休息去了。

“你住在哪里，蓬佐？”我问。

“没地方住，伙计。我本来和比格·罗塞住一起的，但是她昨晚把我赶出来了。我今晚就在卡车里睡算了。”

外面传来优美的吉他声。我和特里凝视着星空，相互亲吻。“明天，”她说，“明天一切都会好起来的，难道你不这么认为吗，我亲爱的萨尔？”

“当然，宝贝，明天。”总是在说明天。在接下来的一个星期，我每天都听到这个词——“明天”，多么诱人的字眼，也许它意味着天堂。

小约翰尼跳上床，连衣服都没来得及脱就睡着了。沙子从他的鞋子里溢出来，这是马德拉的沙子。特里和我半夜起来拂去床上的沙子。早上起来，我洗漱之后，在附近转了转。我们现在是在离萨比纳尔五英里的棉花地和葡萄园附近。我问这个营地胖胖的女主人有没有空帐篷可租，她说最便宜的那顶空着，每天一块钱。我交了一块，便搬了进去。里面有一张床、一个炉子，柱子上还挂了一面有裂纹的镜子。这真令人兴奋。我必须弯下腰才能进去。当我进去的时候，我的宝贝和我宝贝的儿子已经在里面了。我们等着里基和蓬佐把卡车开来。他们带着很多啤酒来了，一进来就在帐篷里喝了起来。

“肥料的事怎么样了？”

“今天太迟了。明天吧，伙计。明天我们会挣很多钱的。今天我们喝啤酒。你说呢，要啤酒吗？”我不需要被怂恿。“就是这样——就是这样！”里基大声喊着。我开始意识到我们原计划靠卡车运肥料赚钱的想法是不现实的。卡车就停在帐篷外面，散发着和蓬佐身上一样的臭味。

那天晚上特里和我在带着露珠的帐篷里度过了一个甜美的夜晚。我正准备睡觉，她说:“你现在想要我吗？”

我说:“约翰尼怎么办？”

“不要紧，他睡了。”但是他并没有睡着，只是没说话。

第二天那两个家伙又把肥料车开来了，然后去买威士忌，回来后就在帐篷里痛饮起来。那天夜里蓬佐说天气太冷，就在我们帐篷的地上睡下了，用防雨帆布裹着身子，那上面尽是牛粪的臭味。特里很讨厌他。她说他缠着她哥哥，其实是想接近她。

我和特里除了饥饿之外，什么事也没干成。于是早上我去地里转了转，想找一份摘棉花的工作。大家都让我到高速公路那边的一个农场去看看。我去了，那位农民正与老婆和孩子们待在厨房里。他走出来，听了我的情况，然后提醒我，摘一百磅棉花他只能付三块钱。我想我一天可以摘三百磅，便答应了。

他从仓库里拿出一些长长的帆布口袋，并告诉我明天清晨就开始摘。我赶紧回去告诉特里，我们都很高兴。一辆运葡萄的车在路上颠了一下，葡萄散落一地，我捡了些回去。特里很开心。“约翰尼和我一起去帮你。”

“不！”我说，“不用这么兴师动众。”

“你知道吗？摘棉花不是件容易的事。我教你。”

我们吃着葡萄，晚上里基来了，带了一条面包和一磅汉堡肉饼，我们一起野餐。我旁边的大帐篷里住着一家以采摘为生的流动雇农。老祖父整天坐在椅子上，他年纪太大，不能干活。儿子、女儿以及他们的孩子每天早上穿过高速公路和我去同一个农场摘棉花。第二天清晨，我和他们一起去了。他们告诉我，早晨棉花上有露水，比较沉，所以比下午更能挣钱。然而他们却一直从拂晓干到太阳落山。老祖父是内布拉斯加人，三十年代的灾难时期来到这里——那场灾难与那位蒙大拿牛仔告诉我的雾霾情况完全一样——一大家人开着一辆破旧的大卡车来到这里。自那以后他们就一直在加州。他们很喜欢干活。老人的儿子已经有了四个孩子，有的已经长大，可以帮着摘棉花了。这些年里他们一直在仿佛西蒙·莱格里[1]家的庄园辛勤干活，当初贫困不堪的处境，现在已经大为改善，如今可以开心而体面地住在较好的大帐篷里了。这就是他们想要的。为此他们感到由衷的自豪。

[1] Simon Legree，美国作家斯托夫人的小说《汤姆叔叔的小屋》中凶恶的农场主。

“回过内布拉斯加吗？”

“哦，没有。那儿什么都没了。现在我们最迫切的就是要买一个活动房。”

我们弯下腰开始摘棉花。这里的景色很美。穿过棉田就是我们的帐篷区，再远处一望无际的枯黄的棉花地与棕黄色的旱谷小丘相连，在清晨蓝色的天空下极目远眺，你能看到白雪覆盖的内华达山脉。这比在南大街洗盘子不知要强多少倍。我对摘棉花一窍不通。我要花很长时间才能将一朵白色的棉花从它绽开的花苞中剥离下来，而别人只要用手指轻轻地一弹就摘下来了。更糟的是我的指尖开始流血了。我需要手套，更需要经验。有一对黑人夫妇也和我一起在棉田里干活。他们摘棉花简直有上帝所赐的耐心，就像他们的祖辈在南北战争之前的亚拉巴马摘棉花时一样。他们沿着田垄慢慢向前移动，弯腰，直腰，袋子里的棉花在不断增多。我的背开始疼了，但是跪在地上，把身子埋在棉田里的感觉真是太妙了。如果我感到需要休息，我就停下来以大地为枕，把脸贴在湿润的黄土地上。鸟儿伴着我欢快地歌唱，我想我找到了最适合自己的工作。小约翰尼和特里在地的那头向我招手，在昏昏欲睡的炎热中午他们也来帮我干活。真他妈的见鬼，小约翰尼竟然比我摘得还快，特里更是比我快一倍。他们早跑到我前头去了，把一堆堆雪白的棉花装进我的袋子里。特里娴熟地摘了高高的一堆又一堆，小约翰尼摘了矮矮的一堆又一堆。我被他们刺痛了，感到内疚。我算什么男子汉，竟然连自己都养不活，更不用说他们俩。他们陪我干了整整一下午。当太阳落山的时候，我们才吃力地往回走。在地头我把所有的棉花都倒出来过秤，只有五十磅，我挣了一块五。于是我向农场的一位农民小伙借了一辆自行车，骑到99号公路一个交叉路口的小食品店买了几听煮熟的意大利面和肉罐头，还买了面包、奶油、咖啡和蛋糕，然后把一大包东西挂在车把上带了回来。往洛杉矶方向的车流迎面而来，去旧金山的车流从我身后驶来。我一遍遍地发誓，仰望着黑压压的天空，我向上帝祈祷，让我的生活能有更好的突破，让我能够有更好的机会为我身边爱着的人们做些什么吧。路上没有人注意我，我本来就应该很清楚这一点。正是特里，是她重新把我的灵魂找回。回到帐篷，她把所有的食物都放在炉子上热了一下，我又累又饿，这是我一生当中吃过的最美味的晚餐之一。我就像一个以摘棉花为生的黑人老头，斜靠在床上，一边叹气，一边抽着烟。外面，凉爽的夜里不时传来几声狗叫。里基和蓬佐晚上已经不再来了。对这一点我很满意。特里蜷缩在我身旁，约翰尼坐在我身上，他们在我的笔记本上画着小动物。在令人恐惧的旷野里，我们帐篷里的灯光很亮。小酒吧里传出牛仔们低沉的音乐，回响在田野里，听起来是那样悲哀。我还好。我吻着我的宝贝，熄灯睡觉。

早晨，露水把我们的帐篷压得有点下垂。我从床上爬起来，去汽车旅馆的公共盥洗室洗了把脸，回来后，我穿上长裤，它已经因为我在棉田里跪着而磨破了，昨晚特里又替我缝好了，还戴上了我那顶破草帽，它本来是约翰尼的玩具，然后背着我的帆布棉花袋，穿过高速公路，向棉田走去。

每天我都能挣大约一块五，这仅够我每天晚上骑车去买回一天的食物。日子一天天地过去，我忘记了有关东部的一切，忘记了迪安和卡洛，也忘记了那条滴血的路。我整天带着约翰尼玩耍，他喜欢我把他一下子抛到天上，然后再落到床上。特里坐在那里为我们缝补衣衫。我是一个脚踏实地的男子汉了，这和我当年在帕特森梦想的一模一样。据说特里的丈夫已经回到了萨比纳尔，并且扬言要来找我。我正等着他。有一天晚上，几个流动雇农在路边小餐馆情绪失控，他们把一个人捆在树上，用棍子把他打得皮开肉绽。那时我正在睡觉，只是听说。从那以后我就在帐篷里放了一根棍子，以防万一。他们总觉得我们这些墨西哥人污染了他们的营地。当然，他们把我看作墨西哥人，从某种意义上讲也对。

现在已经是十月了，夜一天比一天寒冷。隔壁的那户流动雇农家里有个火炉，他们计划在这里过冬。我们什么也没有，并且房租也快要到期了。特里和我痛苦地决定离开这里。“回家去吧，”我说，“无论如何你不能带着小约翰尼在帐篷里过冬，可怜的小淘气会受不了的。”特里哭了，因为我触痛了她母性的敏感。我本意并非如此。一个灰蒙蒙的下午，蓬佐把卡车开来了，我们决定去她家看看情况，但我只能躲在葡萄园里，不让他们看见。我们开车去萨比纳尔，途中车子坏了，更糟糕的是天上下起了瓢泼大雨。我们坐在破车里大骂。蓬佐只好冒雨下去修车。说实话，这家伙骨子里是个大好人。我们答应彼此再最后喝上一回。

我们开车去了萨比纳尔墨西哥街的一家破旧的小酒吧，在里面慢慢地喝了一小时啤酒。我在棉田里打零工的日子结束了。我能感到自己的生活在把我往回拉，在召唤我回去。我花了一分钱给姑妈寄了张明信片，让她再给我寄五十块钱。

我们的车向特里家的棚屋开去。她家在葡萄园中间的一条小路上。我们到那儿的时候，天已经黑了。他们把我留在离她家四分之一英里的地方，然后径直向大门走去。灯光从门里倾泻出来。特里的其他六个兄弟正在里面弹吉他，唱歌。他父亲坐在屋里喝酒。我能听到歌声里夹杂着叫声和争吵声。他们骂她是婊子，因为她离开了她那无用的丈夫，跑到洛杉矶去了，并且把孩子留给了他们。她父亲对她咆哮着，但是她那面色憔悴枯黄、肥胖的妈妈说服了他们。最后大家同意特里可以回家住了。她的兄弟们又唱起了欢快的歌。我缩成一团，在风雨交加的夜观看着十月的峡谷中一个葡萄园里的家庭所发生的一切。我的脑海里突然涌现出比莉·霍利德[1]那首动听的歌曲《情人》。在葡萄藤下，我的心里也举行着自己的音乐会。“有一天我们会重逢，你将擦干我的眼泪，一声甜蜜的低语，吹过我的耳畔，热烈地亲吻，紧紧地拥抱。啊，我们彼此多么思念。我的情人，你在何方……”比莉唱得是那么悦耳动听，那美妙的音调比歌词本身更能打动人，就像女人在温柔的灯光下轻抚着她爱人的

[1] Billie Holiday（1915—1959），二十世纪最重要的爵士乐歌手之一。她开创了一种处理歌词和节奏的新方式，倡导更个性化和亲密的歌唱方式。她的演唱常常就像是在娓娓道出一个令人心碎的故事。

头发。风在咆哮，我感到很冷。

特里和蓬佐终于出来了，我们立即开车去见里基，他现在和蓬佐的女友比格·罗塞同居。我们在黑洞洞的巷子里猛按喇叭，比格·罗塞一把把他推了出来。事情弄得很糟，那天夜里我们住在卡车里。特里紧紧地拥着我，让我不要离开她。她说她可以出去摘葡萄挣钱，足够养活我们俩，我可以住在她家路那边一个叫赫弗尔芬格的农民家的仓库里。我什么也不用做，只管坐在草地上吃葡萄。“你乐意吗？”

早晨她的堂兄弟们开着另一辆卡车来接我们。我突然意识到这个地方成千上万的墨西哥人都已经知道了我和特里的关系，这一定成了他们一个有趣的、浪漫的话题。她的堂兄弟们都非常有礼貌，长得也颇有魅力。我站在卡车上，大家高兴地说笑着，谈到“二战”期间我们都在哪儿，当时情况如何。她总共有五个堂兄弟，每个都非常和善。他们似乎和特里的性格更像，不像她哥哥那么容易冲动。不过我也很喜欢粗野的里基。他说他一定要去纽约找我。我一直想象着他来到纽约的情景，把一切都推到明天去做。那天他不知又在谁家地里喝醉了。

我在交叉路口下了车，堂兄弟们则带特里回家。他们到了门前向我示意，父母都不在家，去摘葡萄了，我今天下午能自由自在地待在她家里。这是个有着四间房的小农舍，我难以想象他们一大家子人是怎么住下的。屋里没有纱窗，苍蝇在水池上横飞，就像一首歌里唱到的那样：“窗户，破烂不堪；雨，进了屋子。”特里现在在家里，围着锅台不紧不慢地忙碌着。她的两个妹妹对着我咯咯直笑。小孩子们在路上嬉戏。

当晚霞从云层后面钻出来的时候，我在峡谷的最后一个黄昏到了。特里带我去那个农民的仓库。赫弗尔芬格在路的尽头有一个收成很不错的农场。我们把木条箱子聚拢在一起，她从家里拿来几床毯子铺上，一切就安顿好了。只是屋顶上潜伏着一只巨大的长毛毒蜘蛛，特里说只要我不去惹它，它是不会伤害我的。我躺在床上，注视着这个可怕的东西。我走到外面的墓地，爬到一棵树上，唱起了“蓝蓝的天空”。特里和约翰尼坐在草地上，我们一起吃葡萄。在加州，你可以奢侈地只吃葡萄肉，然后把葡萄皮吐掉。夜幕降临，特里回家去吃晚饭，九点钟她回来了，还带了美味的玉米薄饼和杂豆泥。我在仓库的水泥地上生火照明。然后我们在木条箱子上做爱，之后特里立即起身回家。她的父亲在对她怒吼，我在仓库里都能听见。她给我留了条披肩，好让我暖和点儿。我把它披在肩上，悄无声息地走进了月光下的葡萄园，想看看到底发生了什么。我蹑手蹑脚地走到了一垄葡萄架的尽头，跪在温暖的泥土上。她的兄弟们正在用西班牙语唱着优美的歌。满天星辰低低地悬在小屋的顶上，烟囱里冒着青烟，我能闻到杂豆泥和辣椒的香味。她父亲还在低声地吼叫着，兄弟们依然在高低音不断转换地吟唱着。母亲默默地坐在一旁，约翰尼和其他孩子们在卧室里咯咯地笑着。一个多么典型的加利福尼亚家庭。我躲在葡萄架子下，注视着这一切。我感到自己就像个百万富翁，在疯狂的美国之夜探险。

特里出来了，砰一声把门关上。我顺着没什么光亮的路迎了上去。“怎么啦？”

“哦，我们一直在吵架。他让我明天就去干活，他说不想让我再蠢下去。萨利，我想跟你一起去纽约。”

“但是，怎么去呢？”

“我不知道，亲爱的。我会想你的。我爱你。”

“但是我必须离开。”

“好吧，好吧，我们再在一起待一个晚上，然后你走。”我们回到了仓库，在毒蜘蛛下做爱。毒蜘蛛这时在干什么呢？我们在木条箱子上睡了一会儿，这时火已经熄灭了。午夜时分她起身回家。她父亲喝醉了，我能听到他在大声怒吼。然后一片寂静，他大概睡着了。满天的星星笼罩着这沉睡的村庄。

早晨起来，赫弗尔芬格从马棚的门向里张望，说：“小伙子，你还好吗？”

“很好。希望我在这里住没有打搅您。”

“当然没有。你爱那个墨西哥小荡妇？”

“她是个非常好的姑娘。”

“她很漂亮。我想牛大概要跑出栏了。她有一双蓝眼睛。”我们又谈起了他的农场。

特里把我的早饭送来了。我已经收拾好我的帆布包，准备回纽约了。从我在萨比纳尔取到钱的那一刻，我就知道这一天在等着我了。她已经想了一夜，现在已经勉强可以接受了。她毫无表情地在葡萄园里吻了我一下，然后就沿着葡萄架背着我走了。大约走了十几步，我们不约而同地转过身来。爱情真是一场决斗，我们最后彼此看了一眼。

“我们纽约见，特里。”我说。她打算一个月之后和她哥哥一起开车去纽约，但是我们彼此都明白这是不可能的。走了一百英尺，我又回头望了她一眼，她手里拿着给我送早饭的盘子，向家里走去。我低下头，凝视着她。啊，多么令人忧伤，我又重新在路上了。

我沿着高速公路往萨比纳尔走去，在核桃树下吃了几颗黑核桃。我又走到了南太平洋运输公司的铁路边，在铁轨上保持平衡地走着。我走过了一座水塔和一家工厂，最后来到了铁路邮局取纽约来的汇款，但这儿关着门。我骂了几句，然后坐在门口的台阶上等。一个职员回来了，他请我进去。钱到了。我姑妈又一次救了我这个懒虫一命。“明年谁会赢得世界职业棒球大赛？”骨瘦如柴的老职员问我。我突然意识到已经是秋天了，我要回纽约了。

峡谷的十月白天很长。我沿着铁路线走着，希望能遇上一辆南太平洋运输公司的货运大平板车，这样我就可以加入那些来吃葡萄的流浪汉的行列，一路分享他们的欢乐了。然而，始终没有等到。我走向高速公路，在那儿很快就搭上了一辆小汽车。这辆车是我坐过的最快也是声音最大的车。开车的小伙子是加利福尼亚牛仔乐队的小提琴手。这是一辆崭新的车。他把速度开到了每小时八十英里。“我开车时不喝酒。”他说着递给我一品脱酒。我喝了一口，又递给他。“太好啦。”他说着也喝了起来。令人难以置信的是我们从萨比纳尔到洛杉矶二百五十英里的路只用了四个小时。我在好莱坞的哥伦比亚影业公司门口下了车，正好跑进去拿回我那被拒的剧本。然后我买了一张去匹兹堡的车票。因为没有足够的钱直接买票回纽约，我想先到匹兹堡再去操心下一步。

汽车十点钟出发。我还有四个小时可以好好地逛逛好莱坞。首先我买了一条面包和一些意大利腊肠。我为自己做了十个三明治带着路上吃。我只剩一块钱了。我坐在好莱坞一个停车场后面低矮的水泥墙上做三明治。正当我辛苦地进行着这项荒诞的工作时，好莱坞电影首映式巨大的弧光灯射向天空，射向了整个西海岸的上空，包围着我的是黄金海岸之城的喧嚣与疯狂。这就是我的好莱坞生涯——这也是我在好莱坞的最后一夜，我就坐在好莱坞一个停车场的厕所后面，腿上放着面包，正在往上面抹芥末酱。

14

拂晓，汽车穿过亚利桑那沙漠——印第奥，布莱斯，萨乐美（她在这里跳舞），无垠的沙漠一直向南延伸到广袤的墨西哥山区。然后我们向北往亚利桑那山区开，经过弗拉格斯塔夫，悬崖上的小镇。我带了本在好莱坞的某个书摊上偷的阿兰－傅尼埃的《大莫纳》[1]，但现在我更愿去读这一路上美国的秀丽风光。汽车的每一下颠簸、每一次爬坡，窗外的每一个景致都激起我神秘的渴望。在漆黑的夜里汽车穿过了新墨西哥，天刚蒙蒙亮的时候到了得克萨斯州的达尔哈特。在一个萧瑟的周日下午，我们驶过了俄克拉何马的平原小镇，夜幕降临的时候，到了堪萨斯。汽车继续呼啸着向前。十月份我要回家了。十月份每个人都在往家赶。

中午时分，我们到达圣路易斯。沿着密西西比河往前走，

[1] *Le Grand Meaulnes*，法国作家阿兰－傅尼埃的作品，被认为是法国有史以来最经典的成长小说。讲述十七岁少年莫纳偶然来到一个神秘庄园的故事。

我看到从北方的蒙大拿漂流而至的原木——这巨大的原木如英雄史诗中的奥德赛，经过长期卓绝的征战才漂流到这里，这也正如我们征服美洲大陆的伟大梦想。古老的蒸汽船陷在泥沙里，如今成了鼠窝，上面雕刻的花纹已被风雨侵蚀得模糊不清。下午的密西西比河谷笼罩着厚厚的乌云。汽车继续前行，夜里穿过印第安纳州的玉米地，月光照在大片大片的玉米杆上，鬼影似的。万圣节快要到了。在车上我结识了一个姑娘。在去印第安纳波利斯[1]的一路上，我们一直搂着脖子亲吻着彼此。她眼睛近视，当我们下车去吃饭的时候，我一直拉着她的手领她到柜台前。我的三明治已经吃完了。她替我付了饭钱。作为回报，我给她讲了好多故事。她从华盛顿州来，整个夏天她都在那里摘苹果。她家住在纽约州北部的一个农场。她邀请我去那里。但不管怎样我们约定了某天在纽约的一个旅馆见面。她在俄亥俄州的哥伦布市下了车，我就一直睡到匹兹堡。多少年来我从没有像现在这么疲倦过。我还得搭车三百六十五英里才能到达纽约，而我口袋里就只剩下十美分了。我走了五英里到了匹兹堡城外，又搭了两次便车，一辆是运苹果的卡车，另一辆带着大挂车的卡车，在一个温柔的雨夜把我带到了哈里斯堡[2]。我一刻也没耽搁，因为我很想家。

---

[1] Indianapolis，印地安纳州中部城市。

[2] Harrisburg，宾夕法尼亚州的首府。它位于宾州中部美国东西海岸的交通要冲，是由纽约通往中西部各州的重要门户，也是一个纵贯南北、横贯西东的重要贸易口岸。

在萨斯奎汉纳[1]的那天夜里真是闹鬼。这个鬼就是一个干瘪的小老头，他背着一个纸做的挎包，声称要去“加拿迪”。他走得很快，命令我跟在后面。他说前面有座桥，我们可以从那儿过去。他大约六十岁，喋喋不休地谈论着他所吃过的美食：他们在给他的松饼上放了多少奶油，他们多给了他多少片面包。还有当他站在马里兰州的一个慈善机构的门口时，那里的老伙伴们是怎样邀请他进去度周末，他又是怎样在那里痛快地洗了个澡，然后再离开的；他现在头上戴的这顶崭新的帽子是怎样在弗吉尼亚的路边捡到的；他又是怎样跑去每一家红十字会，向他们展示他曾经参加过第一次世界大战的证明；哈里斯堡的红十字会是怎样名不副实；他在这个世界上是怎样艰难地谋生等等。但我一眼就能看出他就是个不那么受人尊敬的流浪汉，几乎靠双脚走遍了整个东部原野，有时去红十字会领些救济，有时又去市中心的街角处要上几个子儿。我们在一起流浪。我们一起沿着呜咽的萨斯奎汉纳河走了七英里。这真是一条可怕的河流，两边长满灌木的峭岩就像披着长发的水怪站在河里。漆黑的夜把一切都掩盖起来，但有时河对面的铁路调车场里会升起红光，恐怖的峭岩便可一览无余。小老头说他的包里有一根漂亮的皮带，我们停下来，等他在包里找。“我这根皮带是在……是在马里兰的弗雷德里克得到的。该死的，我把它忘在

[1] Susquehanna，是美国东海岸最长的河流，源于纽约州南部的奥齐戈湖，在格雷斯（Grace）港附近注入大西洋的切萨皮克湾。

弗雷德里克斯堡的柜台上了吗？”

“你是说弗雷德里克。”

“不，不，是弗雷德里克斯堡，在弗吉尼亚州！”他又在喋喋不休地说着马里兰州的弗雷德里克和弗吉尼亚州的弗雷德里克斯堡。他总是不顾拥挤的交通往马路中间走，好几次差点被车撞上。我真希望这个可怜的疯老头在黑夜里被车撞飞，死了算了。前面根本就没有桥。我在一个铁路地下过道里将他甩了。我走得满身大汗，便把衬衫换下，穿了两件毛衣。路边一家小酒吧射出的灯光照着痛苦又疲惫不堪的我。有一家人正在这昏暗的路上走着，他们对我感到好奇。最令人惊奇的是在这个破旧的宾夕法尼亚乡村小酒吧里竟然有一位乐手正在吹奏非常优美的布鲁斯音乐。我一面聆听，一面感慨。天上开始下起大雨。一个人把我带回了哈里斯堡，告诉我走错路了。就在这时，我看到那个干瘪老头正站在路灯下，伸出大拇指，做出要搭车的手势——可怜的、被遗弃的老头，迷途的羔羊，身无分文、衣衫褴褛的原野幽灵。我给司机讲了这个老家伙的故事，他把车停下，告诉这位老人：

“看着，伙计，你现在是往西走，不是往东。”

“啊？”老幽灵说道，“不要告诉我应该怎么走。我已经在这里走了好多年了。我是要往加拿迪去。”

“但这不是去加拿大的路，这是到匹兹堡和芝加哥去的路。”小老头对我们满肚恼火地走开了。我最后看到的是他那白色的挎包消失在阿勒格尼山忧伤的茫茫夜色之中。

我本以为美国的野性只存在于西部，但是这个萨斯奎汉纳河畔的幽灵让我改变了看法。不，东部也存在野性，那是牛车时代，做邮政局局长的本杰明·富兰克林在沉重而缓慢的前行中所表现出来的野性；是乔治·华盛顿那个野羚羊般的印第安斗士所表现出的野性；是丹尼尔·布恩[1]在宾夕法尼亚的油灯下讲着故事，并许诺一定要找到坎伯兰山口[2]时所表现出的野性；也是布拉德福德筑成公路时，大伙儿在小木屋里欢呼时所表现出的野性。东部没有给这个小老头如亚利桑那那么辽阔的生存空间，只有在宾夕法尼亚东部、马里兰、弗吉尼亚灌木丛生的旷野才有，在那些乡村小路和铺着沥青蜿蜒通向哀伤的萨斯奎汉纳河、莫农格希拉河、古老的波托马克河、莫诺卡西河的乡野土路上才有。[3]

那天晚上我不得不睡在哈里斯堡火车站的长椅上。清晨，车站的售票员们把我赶了出去。在你人生开始的时候你一定是个甜美的孩子，相信父亲所说的一切，难道不是吗？直到有一天你变成了不冷不热的老底嘉人[4]，当你发现自己是那样可怜、

[1] Daniel Boone（1734—1820），美国著名拓荒者与探险家。1775 年穿过坎伯兰山口开辟了著名的“荒野之路”。

[2] Cumberland Gap，美国东部经过坎伯兰高原的天然通道。在肯塔基、维吉尼亚和田纳西三州交界处，由河流冲蚀而成，曾是经阿利根尼山向西移民的要道。

[3] 莫农格希拉河（Monongahela River）、波托马克河（Potomac River）、莫诺卡西河（Monocacy River）均为美国东部的主要河流。

[4] Laodiceans，对政治、宗教等不热心的、冷淡的人。老底嘉位于拉卡斯河的冲击平原上（土耳其西南部），是基督教早期的七教会之一，也是一个被耶稣责备对信仰“不冷不热”的教会。老底嘉人对神冷淡，去教会不是因为需要，而是出于习惯或责任而已。

悲惨、盲目、穷困潦倒、赤身裸体、面容枯槁、痛苦无依、形如魔鬼时，你就只能面对着这梦魇般的人生无动于衷地耸耸肩了。我踉踉跄跄地走出了车站。我已经控制不住自己了。我眼前所能看见的就是如同坟墓一样苍白的早晨。我快要饿晕过去了。我身上唯一剩下的有热量的东西就是几个月前在内布拉斯加的谢尔顿买的几粒咳嗽糖。我吮吸着它，我不知道如何去乞讨。我几乎拼尽了全力才勉强走到了城市的边缘。我知道如果我再在哈里斯堡过夜的话一定会被抓起来的。这个令人诅咒的城市！我接下来搭的这辆车的司机是个瘦得皮包骨，面容憔悴的人，他相信有节制的饥饿对健康有利。当车子向东疾驶时，我告诉他我快要饿死了。他说："太好了，太好了。这对你大有益处。我自己也已经三天没吃东西了。这样能活到一百五十岁。"他瘦得就像一袋骨头，一个耷拉的玩偶，一节木棍，一个疯子。要是我搭的是一个肥胖的大富翁的车该多好啊！他一定会说："我们在这个餐馆停一下吧，去吃些猪排和豆子再走。"然而并没有，那天早上我碰上的却是这样一个疯子，他相信有节制的饥饿对健康有利。大约走了一百英里之后他才变得仁慈了一些，从车后面拿出了黄油面包。这些食物藏在他所推销的产品的样品堆里。他是宾夕法尼亚州一带的管道固定装置推销员。我狼吞虎咽地吃着他的黄油面包。突然我笑了起来。只有我一人独自坐在车上等他，他去艾伦敦打几个工作电话。我欢笑着，欢笑着，上帝啊，我厌烦生活，但是这个疯子却快要把我带到我的家乡纽约啦。

突然我发现自己已经在时代广场了。我游历了整个美洲大陆，行程八千英里，如今又回到了时代广场。这时正好是交通高峰期，我用单纯的、路人的眼光看着喧嚣疯狂到极致的纽约。数百万人毫无休止地为了生存而四处奔波，像一场噩梦——掠夺，攫取，失去，叹息，死亡，只有这样他们才能被埋葬在长岛之外可怕的坟墓之城中。摩天大楼高耸入云——这片土地另一种意义上的尽头——在这里诞生了纸上的美国[1]。我站在地铁站入口处，想壮着胆子去捡地下一个漂亮的长烟蒂，但每次刚弯下腰，就被拥挤的人流冲开了。烟蒂已经被黑压压的人群淹没碾碎。我没有钱乘车回家。帕特森离时代广场还有好几英里路。你能想象最后几英里路我要走着回家，穿过林肯隧道，或者走过华盛顿大桥，然后到新泽西吗？现在已是黄昏。哈斯尔在哪里？我寻遍了整个时代广场也没找到他。他不在这里，他在赖克斯岛。迪安在哪里？我的那些朋友都在哪里？我的生活在哪里？我有家可归，我可以躺在床上好好地反省一下这次旅行的得与失。我只能去乞讨几个子儿来乘车了。最后我看准了一个站在街角处的希腊牧师。他一面紧张地四处张望，一面给了我二十五美分。我随即冲上了汽车。

回到家里，我几乎吃光了冰箱里所有的食物。姑妈站起来看着我。“我可怜的小萨尔瓦托雷，”她用意大利语说道，“你瘦了，你瘦了。这么长时间，你都到什么地方去了？”我穿了

[1] Paper America，指金融化时代的美国。

两件衬衫，两件毛衣，我的帆布包里装着我摘棉花时磨破的裤子和那双破烂不堪的皮凉鞋的碎片。我和姑妈决定用我从加州寄给她的钱买一台新的电冰箱。她去睡了。夜深了，我依然难以入眠，于是就躺在床上抽烟。我完成了一半的手稿还在桌上。现在是十月，我回家了。我要继续把它写完。今年的第一阵冷风已经吹打在窗棂上，我回家得很及时。迪安来过我家，在这里住了几天等我，每天下午当我姑妈在破旧的地毯上缝补我们全家人多年积攒下来的旧衣服时，他就在坐在一旁陪我姑妈聊天。那些衣服补好了，现在就摊在我卧室的地板上，看上去复杂又丰富，就如同那逝去的旧日时光。然后，迪安就离开了。他是在我回来的两天前走的，也许我们在宾夕法尼亚或是俄亥俄的某个地方曾擦肩而过，然后他去了旧金山。他在那边有自己的生活，卡米尔刚刚找到了公寓。我在米尔城的时候从没有把她放在眼里。现在一切都晚了，我也非常想念迪安。

第 二 部

1

过了一年多，我又见到了迪安。那阵子我一直待在家里写作，而且根据《退伍军人权利法案》[1] 重新开始上学。1948 年圣诞节，姑妈和我带着大包小包的礼物，去弗吉尼亚看望我哥哥。这件事我曾经写信告诉迪安，他回信说他也正要来东部。我告诉他如果他在圣诞节和新年的这段时间到东部的话，可以到弗吉尼亚的泰斯特蒙特来找我。一天，我和南方的亲戚们围坐在客厅里交谈，这些人看上去十分憔悴，在他们的眼睛里看得到古老的南方大地，他们低声唠叨着天气、收成、谁生了一个小孩、谁盖了一幢新房等等，无精打采。忽然，一辆沾满泥污的 49 年款哈德森 [2] 车从尘土飞扬的大路上驶来，到了房前戛然停住。我根本没去想这会是谁。车上下来一个身体结实但却疲惫

---

[1] *G. I. Bill of Right*，美国政府为了安置"二战"退伍军人，于 1944 年出台的一项法案，给予他们失业补贴及高等教育或职业训练补贴。

[2] Hudson，曾是美国著名汽车品牌，以造型新颖、价格低廉而广受欢迎。1909 年成立，1957 年因与其他公司合并，该品牌被弃用。

不堪的年轻人，眼中布满血丝，胡子也没刮，身上穿了件破破烂烂的T恤衫。他来到大门口，按了按门铃。我打开门，一下子认出这就是迪安。我刚刚才写信告诉他我在这里，没想到他这么快就从旧金山到了弗吉尼亚我哥哥罗科家的门口。我看了一眼车里，发现里面竟然还睡着两个人。“我的天，该死的！是你呀迪安！还有谁在车里？”

“你——好呀，老兄，这是玛丽露和埃德·邓克尔呀！快给我们找个地方洗个澡，我们快累瘫了。”

“你们怎么这么快就到这儿了？”

“哈哈，老兄，哈德森车就是这么迅速呀！”

“你从哪里搞到的这部车？”

“这可是我用存款买的。我一直在铁路上干活，一个月能挣四百块。”

接下来是一片混乱。我的那些南方亲戚搞不清楚这是怎么回事，也不知道迪安、玛丽露和埃德·邓克尔是谁，他们目瞪口呆地看着。我姑妈和哥哥罗科跑到厨房去商量事情。在南部这间小小的房子里，满满当当挤了十一个人。不仅如此，因为我哥哥已经决定搬家，现在一半家具都搬走了。他和妻子、孩子准备搬到靠近泰斯特蒙特城的地方，他们买了一套新的客厅家具，旧的那一套要运到帕特森我姑妈家里，只是还没想好到底应该怎么运。迪安一听说此事，马上表示可以用那辆哈德森来运。我和他可以把家具运到帕特森，顺便也把姑妈送回家，这样既能省下不少钱，又减少了许多麻烦。这个建议立即得到采纳。我嫂子做了一顿丰盛的饭菜。这三个可怜人狼吞虎咽地吃了起来，玛丽露仿佛离开丹佛就再没睡觉似的，我觉得她看上去比以前老了许多，但也漂亮了许多。

后来我才知道，从 1947 年秋天开始，迪安就一直同卡米尔住在旧金山，他们生活得很愉快。迪安在铁路上找了一份工作，挣了不少钱。不久，他又成了父亲，他们有了一个可爱的女儿，艾米·莫里亚蒂。一天，他正走在街上，忽然眼前一亮，看见一辆 49 年款哈德森车正在降价出售。他立即冲到银行取出他的全部存款，买下了这部车。那时，埃德·邓克尔跟他在一起。这下，他们身上又分文不剩了。迪安劝卡米尔不要为此担心，然后告诉她，他要离开一个月。“我要到纽约去把萨尔带回来。”卡米尔听了他这个想法一点儿也高兴不起来。

“你这么做的目的是什么？你为什么要这么对我？”

“不为什么，不为什么。亲爱的，是这样，萨尔一直求我去把他接来，这对我来说也很重要，但我们别讨论这些了，我以后再告诉你理由吧……是的，听着，我以后一定会把理由告诉你。”他跟她说了许多理由，当然，这些理由根本毫无意义。

大个子埃德·邓克尔也在铁路上工作。由于经济不景气，公司大规模裁员，他和迪安都失业了。这时，埃德遇到了一位名叫加拉托的姑娘，她靠着自己的一点积蓄住在旧金山。这两个疯子想把她一起带到东部，这样就可以用她的钱。埃德连哄带骗，她却坚决不去，除非埃德同她结婚。于是，在几天之内，埃德·邓克尔迅速同加拉托结了婚，是迪安四处张罗准备好了所需材料。圣诞节的前几天，他们以每小时七十英里的速度驾车冲出了旧金山，直奔洛杉矶，然后又踏上了无雪的南方公路。他们在洛杉矶的一家旅行社里拉上了一位水手，他要搭车到印第安纳州，他们向他要了十五块的油钱。他们又载了一位妇女和她的白痴女儿到亚利桑那州，要了四块。迪安同那位傻姑娘一起坐在前面，跟她聊了一路。他说："一路上，伙计，她可真是个可爱的小妞，哦，我们一直聊天，聊大火，聊荒漠变成天堂，聊她那只会用西班牙语骂脏话的鹦鹉。"送完这些乘客之后，他们继续向图森[1]进发。一路上加拉托·邓克尔，埃德的新婚妻子，不停地抱怨说她太累了，想在汽车旅馆里睡觉。如果那样的话，不等他们赶到弗吉尼亚，就会把她的钱统统花光。在她的强烈要求下，他们花了十块钱在汽车旅馆住了两个晚上。等他们到了图森的时候，她身上所有的钱都花光了。于是，迪安和埃德把她扔在一家旅馆的大堂，然后拉着水手，满不在乎地自顾自重新上路了。

埃德是个身材高大、性情稳重、没什么头脑的家伙。迪安让他干什么，他都会毫不犹豫地去干。这时的迪安有点焦躁不安。他在穿越新墨西哥州的拉斯克鲁塞斯时，突然产生了一个奇怪的念头，想再去看看他那可爱的第一任妻子玛丽露。她就住在丹佛。于是他不顾车上所搭载客人的反对，调转车头向北驶去。晚上，他们的车轰鸣着驶入了丹佛，四处打听，最后在

[1] Tucson，亚利桑那州南部城市，三面环山。

一家旅馆里找到了玛丽露。接下来的十几个小时里，他们疯狂地做爱，事情就这样定了：他们打算继续生活在一起。玛丽露是迪安唯一真正爱过的姑娘。他一看到她的脸就感到无比愧疚，像从前一样，他跪在她的脚下乞求宽恕，希望重新获得她的欢心。她则不停地搓揉着迪安的头发，她理解他，知道他有时会发疯。为了安慰那位水手，迪安从酒鬼聚集的酒吧里给他找了个姑娘，还为他订了一间旅馆。但水手拒绝了那位姑娘，当天晚上就离开了旅馆。这以后他们再也没见过他，显然他是搭巴士到印第安纳去了。

迪安、玛丽露和埃德·邓克尔沿着科尔法克斯一直向东行驶，穿过堪萨斯平原。路上，他们遇到了一场特大的暴风雪。到了密苏里，因为挡风玻璃上结了一英寸厚的冰，迪安在夜晚开车时不得不用围巾包住头，再戴上防风镜，然后把头伸到车窗外，模样像个在雪中盯着经卷的修士。他不假思索地驾车驶过祖辈的出生地。早晨，汽车开上了覆盖着冰雪的山坡。下坡时，一下滑进了路旁的沟里。一个农场工人过来帮他们把车推了上来。路上，他们碰到了一个搭便车的人，他说如果他们把他带到孟菲斯，就答应付给他们一块钱。到了孟菲斯，他走进家里，开始四处找钱，想去痛饮一番。最后他说找不到了。于是迪安他们又重新上路，穿过田纳西。在行驶中，车轴意外损坏。迪安原本一直是以每小时九十英里的速度在开，现在只好限制在每小时七十英里，否则汽车非翻到山沟里不可，他们在深冬季节里翻越了大雾山[1]。当他们到达我哥哥家门口时，已经有三十多个小时没吃饭了——除了吃点糖果和乳酪饼干以外。

他们狼吞虎咽地吃着。迪安手里拿着三明治，站在唱机前，摇头晃脑地听着我刚买回来的一张名叫《狩猎》的波普音乐唱片。这张唱片是德克斯特·戈登与沃德尔·格雷现场演奏时的录音。唱片里，有他们卖力演唱的声音，也有听众疯狂的尖叫声，这使得整张唱片呈现出完美而神奇的效果。周围的南方佬们面面相觑，不安地摇着头。“萨尔交的都是些什么样的朋友呀？”他们冲着我哥说。他也无法回答。南方人不喜欢狂放的年轻人，尤其是像迪安这样的。迪安却毫不在乎他们，他的疯狂就像是朵盛开的怪花，直到他要和我、玛丽露、邓克尔一起驾驶着哈德森飞驰而去时我才意识到这一点。这时，只有我们几个人在一起，又可以随心所欲地想说什么就说什么了。迪安紧紧攥着方向盘，挂上二挡，沉思了一会儿，然后像是突然决定了什么似的，猛地加速，在公路上箭一般飞驰。

“现在好了，小伙子们，”他说着，擦了一下鼻子，躬着腰，一边开车，一边给每人递上一支香烟，身子不停地摇晃，“我们该决定下个星期去干什么了。现在可是关键时刻，关键时刻。啊哈！”他躲开了一辆老黑人缓慢赶着的骡车。“嘿！”迪安叫道，“嘿！快瞧！我们来猜猜，他的灵魂在想些什么——停下来

[1] Great Smoky Mountains，坐落于美国东南部田纳西州与北卡罗来纳州的交界处，为阿巴拉契亚山脉的分支。其名来源于东南温暖的墨西哥湾气流在沿着阿巴拉契亚山脉上升过程中形成的大雾现象，这种现象在清晨与雨后格外明显。

好好想想吧。”他放慢了车速，好让我们回头看看这个可怜的老人。“哦，伙计们，快来猜吧，我现在想到了很多很多东西。我知道这个可怜的家伙一定在估摸着今年甜菜的收成和火腿。萨尔，你不会理解这些的。我曾经在阿肯色同一个农场工人一起住了整整一年，那时我才十一岁，什么杂活都得干，有一次我还剥过一匹死马的皮。1943年圣诞节，那是五年前，我和本·加文想偷一辆汽车，但是车主身上带着枪，我们只好拼命奔逃，那以后我再没去过阿肯色。我说这些是想让你知道对于南方我是有发言权的，我知道——我的意思是我了解南方，我对它了解得一清二楚。伙计，我仔细琢磨过你给我写的信上所提到的有关这里的一切。明白了吧？”说着话，他来了一个急刹车，然后又一下子把车开到每小时七十英里，他伏在方向盘上，目光炯炯有神地直视前方。玛丽露微微一笑。这是一个全新的而且是完整的迪安，他正在逐渐成熟起来。我暗自思忖，上帝呀，他完全变了！每当他讲起他憎恶的事，眼里就会冒出愤怒的火花；当他高兴的时候，又会代之以喜悦的光芒。他身上的每一块肌肉都在为这种四处奔波的生活紧张地颤动。“喂，伙计，跟你说，”他打了我一拳，说道，“喂，伙计，我们说点儿正经的——卡洛出了什么事，亲爱的，我们明天的第一件事就是去看望卡洛。现在，玛丽露，我们要搞到一点面包和肉，做一顿饭，然后到纽约。萨尔，你还有多少钱？我们可以把你姑妈的家具都放到后座，大伙都挤到前边来，轮流讲故事。玛丽露，小宝贝儿，你坐到我身边来，让萨尔挨着你坐，埃德坐到靠窗那边。埃德这个大块头可以把风都给挡住，他还穿着外套。我们很快要开始一种快乐的生活，现在是时候了，我们应该及时行乐。”说着，他使劲抹了一下下巴。车在他的驾驶下七扭八拐地超过了三辆卡车，跌跌撞撞地进入了泰斯特蒙特市中心。他头没动，只是眼珠转了一百八十度，就把四下里的东西都扫了一遍，一下子看到了一个停车场。于是，我们把车停在了那里。他跳出汽车，风风火火走进火车站，我们都顺从地跟在后面。他买了几包香烟。他的举动看上去好像发疯一样，几乎是同时在做几样事情，前后左右晃着头，急促而有力地挥着手，一会儿疾步如飞，一会儿又坐在地上，抓耳挠腮，坐立不安，说话也是气喘吁吁，眯着眼睛四下张望，并且一刻不停地缠着我聊天，嘴里唠唠叨叨说个没完。

泰斯特蒙特非常冷，还莫名其妙地下起了雪。迪安站在一条与铁路平行的笔直、空寂的大路上，只穿了一件 T 恤和一条没系皮带的低腰裤，好像随时要把它们脱了。他低下头，凑近玛丽露，跟她说了几句话，忽然又从她身边跑开，冲着她挥了挥手说:“哦，是的，我了解你，我太了解你了，亲爱的。”他不停狂笑，开始声音很低，而后渐渐升高，像是收音机传来的疯子的笑声，只不过更快一些，更像傻笑。然后，他又用生意人的腔调说起话来。我们到这个城市来毫无目的，但是迪安却找到了目的，他把我们差遣得团团乱转。玛丽露到食品店买东西，我去买报纸看看天气情况，埃德则跑去买香烟。迪安喜欢抽烟。他一边看报纸，一边点了一支烟道:“哈哈，华盛顿那些不可一世的美国混蛋正盘算着怎么给别人添乱呢。”他看到一个黑人姑娘正从车站外经过，便冲了过去，“快瞧。”他站在那里用手指点着叫道，脸上露出傻乎乎的微笑，“啊！刚才过去的黑妞儿太可爱了。”最后，我们都钻进汽车，向我哥家飞驰而去。

当我们回到我哥家，看到美丽的圣诞树和各式各样的圣诞礼物，闻着烤火鸡那喷香的气味，听着亲友们的交谈，我感到乡村的圣诞节是那么宁静。以前的圣诞节我总是这样度过的，但是现在，这个坏蛋却又一次使我从陶醉中惊醒，这个坏蛋的名字叫迪安·莫里亚蒂。我又被拽着开始了在路上游荡的生活。

2

我们把我哥家的家具放在车后，连夜就出发了，我们答应三十个小时之内赶回来——三十个小时北南跑一千英里，迪安一贯喜欢这么干。这次旅途相当艰苦，我们没有一个人意识到这一点。汽车的加热器坏了，导致挡风玻璃上结了雾气和冰。迪安一边用每小时七十英里的速度开着车，一边探出车外，用破布在挡风玻璃上擦出一个洞，以便看清道路。“哈，这个洞真棒！”这辆哈德森车身宽大，足够我们四个人都坐在前排，我们腿上还盖了一条毛毯。这辆五天前刚买的新车，还只付了首付，现在就已经几乎破烂不堪了。车里的收音机也不响了。我们驶上了 301 号公路，向北往华盛顿方向开去。这是一条两车道的高速公路，路况非常好。迪安一个人喋喋不休地絮叨着，其他人都默不作声。他不断挥舞着手臂，有时斜着身子冲我嚷，有时甚至两只手都不扶方向盘，但汽车仍然箭一般地向前奔驰，丝毫没有偏离，路中央那条白线在我们车的左前轮下不断延伸。

迪安到这里来是毫无意义的，我这样跟着他四处奔波也同样没有任何理由。我一直在纽约上学，还与一个名叫露西尔的意大利女孩谈恋爱，她有着蜂蜜色的头发，事实上我很想跟她结婚。这些年我一直在寻找一位我想与之结婚的女人，但却从来没遇到过这样的女人。露西尔会是一个怎样的妻子？我把露西尔的事告诉了迪安和玛丽露，玛丽露想了解露西尔的一切，还想见见她。我们穿过了里士满、华盛顿、巴尔的摩，到了费城一条蜿蜒的乡村公路上。“我想同一个女孩结婚。”我对他们说，“我可以把心交给她，同她一起白头到老。我们不能一直这样下去，这么疯疯癫癫地到处乱跑，我们必须决定究竟要去什么地方，找什么东西。”

“得了，伙计。”迪安说道，“这些年我早把你那些关于家庭婚姻的念头琢磨透了，还有关于种种灵魂的种种美好的东西。”这个夜晚令人沮丧，也令人开心。在费城，我们走进了一家餐馆，准备用最后一点钱吃顿汉堡。账台的伙计——当时是凌晨三点——听到我们在议论钱的事，便表示如果我们愿意到里面洗盘子的话，他可以免费提供给我们汉堡，外加咖啡，因为平时干这活的人到现在还没来。我们立即答应了。埃德·邓克尔说他是个洗盘子专家。他来到后厨，利索地伸出他的长胳膊干了起来。迪安和玛丽露站在一边拿着毛巾也在忙活。不一会儿，他们就在一堆锅碗瓢盆之间接起吻来，然后又躲到食品贮藏室哪个黑暗的角落里去了。账台伙计很满意我和埃德洗的盘子。我们花了十五分钟就干完了。天还没亮，我们已经穿过了新泽西。白雪茫茫的远方，纽约这个大都会的云雾已出现在我们眼前。迪安把毛衣裹在头上，捂着两个耳朵保暖，他说我们就像一群阿拉伯人到纽约。我们快速从林肯隧道穿过，到达时代广场，玛丽露想看看它。

“哦，妈的，我希望我们能找到哈斯尔。每个人眼睛都尖点，看我们是否能找到他。”于是，我们都仔细地盯着人行道。“哈斯尔这个令人想念的老伙计呀，哦，你早该在得克萨斯看到他。”

现在，迪安从旧金山到亚利桑那，再到丹佛，四天里跑了大约四千英里，这中间还经历了无数的奇遇，但这还仅仅是开始。

3

我们回到我在帕特森的家中，倒头便睡。一觉醒来，已经是午后了。迪安和玛丽露睡在我的床上，埃德和我睡在我姑妈的床上，迪安乱糟糟的破皮箱摊在地上，袜子都掉了出来。有人打电话到楼下的杂货店找我，我赶紧跑下去，是老布尔·李这个家伙从新奥尔良打来的电话，他已经搬到新奥尔良了。布尔用他那又高又尖的声音在抱怨，好像是一个叫作加拉托·邓克尔的姑娘刚到他家，她在找一个名叫埃德·邓克尔的浑小子。布尔不知道这些人都是谁，加拉托·邓克尔虽然被抛弃了却很固执。我告诉布尔让她放心，邓克尔现在同迪安和我在一起，等我们去往西海岸时，经过新奥尔良一定把她带走。后来那个姑娘接过了电话，她想知道埃德怎么样了，她一直都在挂念着他是不是开心。

“你是怎么从图森到新奥尔良的？”我问道。她说她打电话向家里要了钱，然后坐巴士去的。她决心去追赶埃德，因为她爱他。我跑上楼告诉大个子埃德，他神情忧虑地坐在椅子里。

对男人来说，这女人真是个天使。

“这下可舒服多了。”迪安突然醒了过来，叫着跳下床来，“我们快去弄些吃的来吧。玛丽露，到厨房看看还有什么。萨尔，你和我去找卡洛。埃德，你看看能不能把房间打扫一下。”我跟着迪安冲下楼去。

一个小伙子从杂货店里跑出来说：“你刚刚又有一个电话，是从旧金山打来的，要找一个叫迪安·莫里亚蒂的家伙。我说这里没有叫这个名字的人。”这一定是可爱的卡米尔在找迪安。杂货店的这个家伙叫山姆，高高的个子，性情温和，是我的朋友。他看着我，挠了挠头，说道：“天啊，你是干什么的呀？开国际妓院？”

迪安疯疯癫癫地咯咯直笑。“我真服了你了！”他冲进电话间，要求往旧金山打一个对方付费的电话。然后我们又打电话到卡洛长岛的家中，叫他过来。两个小时后，卡洛到了。这时，迪安和我已经准备好了。我们俩准备回弗吉尼亚，把剩下的家具拉回来，再把我姑妈也接回来。卡洛·马克斯来了，胳膊底下夹了一摞诗稿，他坐在一张安乐椅里，瞪大眼睛盯着我们。开头半小时，他什么也不肯说，至少不肯聊他自己。他平静地度过了在丹佛的低潮期，他曾经在达喀尔[1]也经历过这样的低潮期。在达喀尔，他蓄起了胡须，常常让一群小孩子带他到

[1] Dakar，塞内加尔共和国的首都，位于非洲大陆西端的佛得角半岛，面向大西洋。

一个巫医那里算命。他曾经在光怪陆离的街道上拍了许多照片，这些街道两边遍布草棚，还拍了达喀尔的偏远地区。他说他差点像哈特·克莱恩[1]那样从回纽约的船上跳海自杀。迪安坐在地板上，津津有味听着唱机正在放送的歌曲《一段美妙的罗曼史》："小小铃铛摇晃叮当。啊！快来听！让我们低头瞧瞧这个唱机里有什么秘密摇晃的小铃铛，哟——"埃德·邓克尔也坐在地板上，他拿着我的鼓槌，跟着唱机有节奏地敲着。他敲得很轻，我们都听不清楚，只有屏住气才能听到"嘀……嗒……嘀嘀……嗒嗒"的声音。迪安用手拢在耳后，张着大嘴忽然叫道："啊！哇！"

卡洛眯起眼睛，扫了一眼我们这群傻兮兮的疯子，然后一拍膝盖，说："我要宣布一个决定。"

"什么？什么？"

"这次到纽约旅行有什么意义？你们现在干的是什么肮脏的勾当？伙计们，我的意思是你们要到哪里去？你们开着破车，在这样的黑夜里要到美国的什么地方？"

"你们要到哪里去？"迪安模仿着他的口气说道。我们都坐在那里，不知说什么好。好像也没什么可再说的了，唯一该做的事就是出发。迪安跳起来说我们已经准备好了，回弗吉尼亚

---

[1] Harold Hart Crane（1899—1932），二十世纪美国最重要的诗人之一。哈特·克莱恩的诗形式上依循传统，文句遣词上常采用古语。1932年他从一艘墨西哥驶回纽约的船上跳海自杀。其主要作品包括诗集《白色建筑群》《西锁岛：一束岛》，以及代表长诗《桥》。

去。他冲了个澡，我用屋里所有的米做了一大盘饭。玛丽露把迪安的袜子也补好了。我们都准备好了，就等出发。迪安、卡洛和我开车到了纽约，我们答应卡洛三十小时以后再见，那时我们可以一起度过新年前夜。现在，夜已深了，他在时代广场下了车。我们继续前进，又一次穿过收费昂贵的隧道，进入新泽西。上了大路之后，迪安和我轮流开车，争取十个小时赶到弗吉尼亚。

“这是我们俩头一次单独在一起，这么多年来我一直想这样跟你聊聊。”迪安说道。于是他滔滔不绝地说了一个晚上。不知不觉中，我们驶过了沉睡的华盛顿，回到了弗吉尼亚的旷野。黎明时分，我们穿过阿波马托克斯[1]。上午八点，汽车停在了我哥家的门口。一路上，迪安对于他所看到的一切、提到的一切，以及路上遇到的一切都兴致勃勃。他因发自内心的真实的信仰而有点疯疯癫癫。“当然，没有人能够告诉我们上帝不存在，我们遇到的一切都是上帝的造物。你还记得吗，萨尔？我头一次来纽约时想让查德·金给我讲讲尼采，你看，这事已经过了这么长时间。万事万物依然完好无损，上帝肯定存在着，我们了解时间。一切事从希腊人那里就预言错了。你无法用几何学或者几何学系统的思考方式做成事，就是这么回事！”他的手握成了拳头，汽车仍然沿着道路中央的白线飞驰。“不仅如此，你我都明白，我没有足够的时间来解释为什么我们知道上

[1] Appomattox，弗吉尼亚州中南部小镇。

帝存在。”我曾一度叹息生活的艰难——我的家庭是多么穷，我是多么想帮帮露西尔，她也很穷，还带着一个女儿。“你知道，从某种意义来说，麻烦的存在正是上帝存在的最好证明，重要的是不要遇到麻烦。我的脑子乱哄哄的。”他一边嚷着，一边捶着头，然后跳下汽车，去买了几包香烟。他的举动有些像格劳乔·马克斯[1]。格劳乔·马克斯总是这样，走起路来急促有力，衣服后摆不停地飘动，不同的是迪安的衣服没有后摆。“从丹佛开始，萨尔，许多事情——哦，就是这些事情——我想了又想。我过去一直待在教养院，是个小流氓，用偷汽车来证明自己，得到心理上的满足，还自以为是。现在，所有那些麻烦都过去了，只有我才知道我再也不会去犯罪了，至于其他的我就无能为力了。”我们经过时，路上有个小孩向我们的车扔了几块石头。“想想这件事吧。”迪安说，“总有那么一天，这个孩子扔的石头会砸碎某辆车的挡风玻璃，司机因此而出车祸身亡——这一切都是那个小孩闯的祸。你明白我说的意思吗？上帝毫无疑问地存在着，当我们在这条路上行驶时，我毫不怀疑上帝会保佑我们，即便你开车时心里惴惴不安，”（我讨厌开车，尤其讨厌小心翼翼地开车）“但一切都会顺利的，你不会把车开下公路，我也可以睡觉。更重要的是我们都了解美国，我们是在自己的家里，我可以跑遍美国的所有地方，得到我想要的一切。

[1] Groucho Marx（1890—1977），美国喜剧演员与电影明星。他以机智问答及比喻闻名，与家族成员合作拍摄了十五部电影。

因为到处都是一样的，我了解所有的人，我知道他们在干什么，我们可以应付自如地来往穿梭于这个令人咋舌的盘枝错节的社会。”他说的话听起来有些不知所云，但意思却纯粹清晰。“纯粹”他常常使用这个词。我做梦也没有想过迪安会成为一个神秘主义者，这是他神秘主义的早期阶段，其新奇和杂乱的程度有点像圣徒 W. C. 菲尔兹晚年时的情景。

同一天晚上，我们把家具装上车，然后掉头朝北向纽约方向返回。我姑妈也坐在车上，用她那半聋的耳朵，好奇地听着迪安的高谈阔论。迪安坐在那里，海阔天空地吹着他在旧金山工作时的经历。我们又重温了火车制动员工作的所有细节。每当经过调车场时他都要示范，有一次甚至跳下车实地讲解，给我看一个火车制动员如何在向侧线变轨时给出信号，我姑妈靠在后座上睡着了。早上四点，我们的车到了华盛顿，迪安又打电话到旧金山找卡米尔。我们刚刚离开华盛顿，一辆警车便鸣着笛追上了我们。虽然我们的车速只有大约每小时三十英里，他们还是要我们交纳超速罚金，这都是加利福尼亚牌照惹的祸。“你们这些家伙以为自己是从加利福尼亚来的就可以在这里想开多快就开多快吗？”警察说。

我和迪安一起来到警察局，想向警察解释一下我们没有钱，他们说如果不交钱的话，今天晚上就要拘留迪安。当然，我姑妈有钱，她总共有二十块，正好够交十五块的罚金。原来，在我们和警察争执时，一个警察跑出去瞄了一眼我姑妈，她靠在汽车后座上打盹，正好看到了他。

"别害怕，我可不是黑帮同伙。你要是想过来搜查汽车就只管来好了。我同我的侄子一起回家，这家具可不是偷来的，是我另一个侄媳妇的，她刚生了小孩，要搬到新家去。"这个警察大吃一惊，悻悻地返回警察局。我姑妈还是替迪安交了罚金，否则我们都要被扣在华盛顿。我没有驾照，迪安答应以后会把罚款还给姑妈。一年半以后，迪安果然把这笔钱还给了我姑妈。姑妈感到既高兴，又有些惊讶。在这个糟透了的世界上，我姑妈可是一位让人尊敬的女人。她太了解这个世界了。后来她把那个警察的事告诉了我们。"他藏在树后，想看看我长得什么样，我告诉他……我告诉他如果愿意的话可以来搜车，我可没什么见不得人的。"她知道迪安有些见不得人的事，而我也近墨者黑。迪安和我都悲哀地承认这一点。

我姑妈曾经说过，除非男人统统跪在女人脚下请求饶恕，否则这个世界永远别想太平。迪安也同意这一点，他曾经多次向别人提起这些。"我常常恳求玛丽露忘记以前我们俩之间的争吵，给我深深的理解和纯洁的爱，她明白这些，但却常常胡思乱想。她总是听我的。她不会理解我是多么爱她，她其实掌握着我的命运。"

"事实是我们都不理解女人，总是归咎于她们。其实都是我们的错。"我说。

"然而事情并非这么简单，"迪安严肃地说，"平安会突然降临，我们不知道它何时会来，明白吗，伙计？"他很固执，却又显得茫然。新泽西很快被甩在了车后。清晨，我开着车来到了帕特森。迪安靠在后座上睡着了。早上八点，我们到了家，玛丽露和埃德·邓克尔正坐在那里，从烟灰缸里捡香烟屁股抽。迪安和我走了以后，他们什么也没吃过。姑妈买来了一大堆食物，做了一顿丰盛的早餐。

4

现在，这三个西部来的家伙该在曼哈顿找个合适的新窝了。卡洛在约克大街那里有一套公寓，我们打算当天晚上就搬过去住。迪安和我在那里睡了整整一天。醒来时，外面下起了大雪，这是 1948 年的新年前夜。埃德·邓克尔坐在我的安乐椅里，叙述着去年此时的情景。“那时我在芝加哥，身上一个子儿也没有了，我当时住在北克拉克大街的一家旅馆，在房间里靠窗而坐，楼下面包房的香味扑鼻而来。我虽然身上一分钱也拿不出来，但还是下了楼，与面包房里的姑娘聊起天来。她免费给了我面包和咖啡蛋糕，我跑回房间，一口气把它们都吃了，然后安安稳稳地睡了一晚上。还有一次，在犹他州的法明顿，我和埃德·沃尔一起在那里干活——你们还记得埃德·沃尔吗？他是丹佛一个农场主的儿子——我躺在床上，突然看见我死去的母亲正站在房间的角落里，浑身发着光。我叫了声：‘妈！’她立刻消失了。我经常这样出现幻觉。”埃德·邓克尔一边说，一边不住地点着头。

“你准备把加拉托怎么办？”

“哦，看着办吧。等我们到了新奥尔良再说吧。你也是这么想的，不是吗？”他转过来望着我，希望我能给他一点忠告。看来，迪安解决不了他的问题。他似乎已经深思熟虑过，他爱上加拉托了。

“你自己打算怎么办，埃德？”我问。

“我也不知道，”他说，“走到哪儿算哪儿。我要去探索生活。”他像背书似的重复着迪安的话。现在，他有些不知所措。好像还沉浸在芝加哥的那个夜晚，沉浸在独自待在冷清的房间里啃着热咖啡蛋糕的情景里。

窗外，暴风雪在空中飞扬。在纽约，盛大的派对快要开始了，我们都准备去参加。迪安把他那个破皮箱收好扔在汽车里。我们都在为这个盛大的活动欢呼雀跃。姑妈因为想到我哥下周就会来看她，也显得非常高兴。她坐在那里看报纸，等着听时代广场的新年广播。在驶向纽约的途中，我们的车一直在冰上滑行。我从不担心迪安开车，无论遇到什么情况，他都开得很平稳。收音机修好了，他正收听着热烈的波普音乐，这音乐让我们不由自主地兴奋起来。我不知道以后会怎么样，管他呢。

大约就在那个时候，一个奇怪的念头不断纠缠着我。事情是这样的：我总觉得好像忘记了什么。在迪安出现之前，我曾经有过一个念头。现在，这个念头就在我脑子里旋转，但就是无法清楚地表达出来。我不住地打响指，试图回忆起来，却仍然无济于事。我甚至跟别人说起过这件事，但是说不清这到底真是我打定的一个主意，还是仅仅是我早已忘却了的一个想法。它困扰着我，使我坐立不安。这也许同一个尸衣行者有关。我曾经同卡洛·马克斯一起面对面地坐在两把椅子里，我告诉他我做了一个梦，梦见一个奇怪的阿拉伯人，在沙漠中追逐着我，我拼命奔逃，但最后还是在我跑进逃城[1]之前被他追上了。“那是谁？”卡洛问。我们想了又想。我猜他可能是我自己，裹着一件尸衣，但并非如此。在生活的沙漠中，我们所有人都被某件事情、某个人、某种意志所追逐，并且会在我们进入天堂之前把我们抓住。现在回想起来，这个人只能是死神：死神将在我们进入天堂之前把我们抓住。生活本身是令人痛苦的，我们必须忍受各种灾难，唯一的渴望就是能够记住那些失落了的幸福和欢乐。我们曾经在生命之初拥有这些幸福和欢乐，现在它们只能在死亡中重现（尽管我们不愿承认这一点）。但谁又愿意去死呢？这些纷杂的思绪不断在我的脑海中涌现。我把这一切告诉了迪安，他本能地意识到了这一点，并且也渴望能够宁静地死去。然而，因为我们所有的人都不可能再生，所以，自然而然，他也不想跟死亡产生什么联系。我似乎也只能同意他的观点。

我们去寻找我在纽约的朋友们，他们也是些年轻激情的疯子。我们先来到汤姆·萨布鲁克家。汤姆是一个忧郁、英俊的

[1] Protective City，见《圣经·约书亚记》第20章：耶和华晓谕约书亚说：“你吩咐以色列人说：你们要照着我藉摩西所晓谕你们的，为自己设立逃城。使那无心而误杀的人，可以逃到那里。这些城可以作你们逃避报血仇人的地方……”

小伙子，热情、慷慨、随和，只是有一次他突然抑郁症发作，没对任何人说一句话便跑了。今天晚上他显得异常兴奋。“萨尔，这些人太棒了，你在哪儿认识的？我从来没有见过像他们这样的人。”

“我是在西部认识的。”

迪安开始手舞足蹈起来，他放了盘爵士乐的磁带，拉起玛丽露，紧紧地抱着她，随着音乐的节奏摇摆着，她也跟着来回摇摆。这才是真正的爱之舞。伊恩·麦克阿瑟领着一大群人闯了进来。要持续三天三夜的新年活动开始了。我们一大群人挤在哈德森车里，在满是积雪的纽约大街上横冲直撞，不断冲进一个又一个派对中。我带着露西尔和她妹妹来到最大的派对上，当她看到我同迪安、玛丽露在一起，脸一下子阴沉下来——她觉得他们正在把我引向疯狂。

“我不喜欢你跟他们待在一起。”

“哦，没问题，只是玩玩罢了，人生只有一次，要及时行乐。”

“不行，太让我难过了，我可不喜欢这样。”

玛丽露跑过来想跟我做爱。她说迪安以后要同卡米尔在一起，所以想让我跟她走。“我们一起回旧金山，在一起生活吧。我会是一个好姑娘，会对你好的。”但是我知道迪安爱玛丽露，我也明白她这样做是想让露西尔嫉妒，但我可不想这样做。只是无论如何，这个尤物太诱人了，我还是舔了舔嘴唇。露西尔看到玛丽露把我推到角落里说悄悄话并且使劲亲我，便接受了迪安的邀请，一起跑出去钻到车里。他们只是喝着我留在车里的从南方运来的私酿威士忌，一起聊聊天而已。一切都乱了套了。我知道同露西尔的事不会持续太久。她想让我按照她的方式生活。她曾同一个码头装卸工结了婚，那个人对她很糟糕。如果她与丈夫离婚的话，我愿意和她结婚，抚养她的宝贝女儿，但是，没有足够的钱办离婚手续，所以事情毫无希望。而且露西尔也从来没有理解过我，因为我喜欢的事情太多，以至于最后会把一切都搞得一团糟，从一颗流星到另一颗流星，直到坠落。那天晚上，一切都清楚了，除了混乱，我什么也给不了别人。

派对的规模越来越大，至少有一百人挤在西 90 街的地下室里，连酒窖里也挤满了人。每个角落里，每张床和沙发上，人们都在不停地“忙活着”——这并不是一次纵欲狂欢而仅仅是一次新年派对，发狂似的尖叫和收音机中疯狂的音乐充斥着整个房间。聚会上甚至还有一个中国女孩。迪安像格劳乔·马克斯一样从一群人中钻到另一群人中，跟每个人都深谈。我们不断跑出去开车，带更多的人过来。达米恩来了，他是纽约这帮朋友中的英雄，正如迪安是西部的英雄一样，他们一见面就互相不喜欢对方。突然，达米恩的女朋友抡起右拳打在达米恩的下巴上，他被打得晕头转向，于是她把他拉回了家。许多报社的朋友从办公室赶来，手里还拎着酒瓶。外面，大雪纷纷扬扬地下着，非常美。埃德·邓克尔碰到了露西尔的妹妹，于是就带着她不知上什么地方去了。我差点忘了说，埃德·邓克尔可是位对女人来说相当富有魅力的男人。他足有一米九三高，洒脱、开朗、待人热情，常常笑容可掬地做些侍候女士穿大衣之类的事。这倒不失为一种绝妙的处世之道。早上五点的时候，我们穿过一幢廉价公寓的后院，从窗户爬了进去，里面正在举行一个盛大的派对。一直到清晨，我们来到了汤姆·萨布鲁克的家，人们还在画画，畅饮着不新鲜的啤酒。我搂着一个叫莫娜的姑娘躺在沙发上。一大群从哥伦比亚校园酒吧赶过来的人把房间塞得满满当当。这个阴冷而又潮湿的房间里仿佛汇聚了生活中所有的人和事。伊恩·麦克阿瑟家的派对还在进行。他是个特别棒的家伙，戴着眼镜，眼睛里闪烁着愉快的目光。他开始学会对所有的事情都说“好呀！”同时就像迪安一样，永远不会停止躁动。随着德克斯特·戈登和沃德尔·格雷吹奏的《狩猎》的疯狂节奏，迪安和我在沙发上和玛丽露玩起了传球游戏，她可不是个新手。过了一会儿，迪安光着膀子，只穿着裤子，光着脚跑了出去，然后开车接来了更多的人。所有该发生的事都发生了。我们竟然看到狂放不羁、欣喜若狂的罗洛·格雷布，而且在他长岛的家里玩了一个通宵。罗洛跟他姑妈一起住在一幢非常舒适的房子里，要等到姑妈死了以后，这个房子才会归他一个人所有。但是，现在他姑母却处处同他作对，而且讨厌他的朋友。他把我们这帮衣冠不整的家伙——迪安、玛丽露、埃德和我——拉到他家，尽情嬉闹。他姑妈在楼上走来走去，威胁说要打电话报警。“闭嘴吧，你这个老家伙！”格雷布冲着她大声叫道。我真搞不懂，他怎么能跟这样的姑妈在一起生活。他有两间书房，书房四面都摆满了书，从地板一直堆到屋顶，全是些像次经[1]之类的十卷本的著作，我一辈子也没见过这么多书。罗洛穿了一件背后破了个大口子的睡衣，表演了几段威尔第的歌剧。罗洛对任何事情都不抱怨。他是个大学者，常常夹着十七世纪的乐谱手稿，跌跌撞撞地到纽约的码头边，声嘶力竭地唱着。他像只大蜘蛛那样从大街上爬过，兴奋的目光如利刃一般迸射出来。在极度激动中，他的脖子发疯似的扭动，嘴里含混不清地嘟囔着，痛苦地蜷缩着身子，脚步沉重地走来走去，他叹息着、嚎叫着，最后在绝望中瘫软下来，一句话也说不出来。迪安低着头站在他的面前，嘴里不停地大叫着："是啊……是啊……是啊！"他把我拉到角落里说："那个罗洛·格雷布是最伟大、最了不起的家伙。这就是我一直想跟你说的——也是我想要做的。他随心所欲，无拘无束，从来不会茫然，他懂得及时行乐，除了尽情摇摆，其他什么也不去操心。伙计，他可真绝了！你瞧，如果你一直像他那样，最后总会得到它的。"

"得到什么？"

"它呀！就是它呀！我以后再告诉你吧。现在没时间了，我们没时间了！"说着，迪安又跑回去跟罗洛·格雷布混在了一起。

---

[1] Aprocryphal，指《圣经·旧约》中仅见于希腊文七十士译本，但不存在于希伯来文原本的部分经文。它与《圣经》的关系及其正典性，始终争论不休。

迪安说，著名的爵士乐钢琴家乔治·谢林[1]很像罗洛·格雷布。我和迪安曾经在一个漫长而又疯狂的周末去伯德兰酒吧看谢林演出。酒吧里人不多，我们是头一批客人。晚上十点，谢林出来了。他是个盲人，由人牵着手领到钢琴旁。他有着金色的头发，戴着浆过的白色硬领，微微有些发胖。在他身上洋溢着一种英国夏夜般优雅的气息，使他看上去像一个不同凡响的英国绅士。谢林坐下后，弹出一个流水般的滑音，贝斯手恭敬地俯着身子，愉快地弹了起来。鼓手登齐尔·贝斯特不动声色地坐在那里，两只手轻快地挥舞着鼓槌。谢林开始摇摆起来，一丝微笑划过他充满生气的面颊。他坐在琴凳上前后摇摆起来，开始很慢，随着节奏加快，他摇摆的速度也越来越快。他的左脚随着节奏打着点，脖子前后晃动着，脸几乎要贴到琴键上。他低头面向琴键，原先梳好的头发乱作一团，他用手快速将它们捋到脑后。贝斯手弯着腰，猛烈地敲击着琴键。音符不停地从钢琴涌出，而且变得越来越快，像源源不断的泉水一样喷涌而出，你很难想象乐手是怎么把它们排列成曲的，仿佛海浪般汹涌而来。人们大声地嚷着"太棒了！"迪安也在冒汗，汗水浸透了他的衣领。"太神奇了！他是无与伦比的！他就是上帝！谢林！酷！酷！酷！"谢林意识到了他身后的这个疯子，甚至

[1] George Shearing（1919—2011），美国著名盲人爵士乐钢琴家、作曲家，创造了一种特别的五重奏演出方式，以及"谢林之声"乐风。1950年代到1960年代早期，他领导的乐队是美国最受欢迎的爵士乐队之一，卖出了以吨为计量单位的唱片，获得了巨大的商业成功。其经典代表作 *Lullaby Of Birdland*，堪称美国爵士乐的标杆。

听见了迪安的喘气和喊叫。虽然他无法看见，但他感觉得到。“太棒了！”迪安还在叫，“酷！”谢林微笑着，摇摆着，然后，从钢琴旁站起身来，脸上的汗不停地往下流。1949 年是他最辉煌的日子，以后他渐渐更商业性了。他离开之后，迪安指着他刚才坐过的凳子说：“那是上帝的空位。”钢琴上放着一把小号，它那金黄的影子投射到架子鼓后的墙上，那里挂了一幅描绘沙漠商队的画。上帝走了，他离开之后留下了一片寂静。这是一个风雨之夜，一个充满神秘色彩的风雨之夜。迪安深深沉浸在惊惧之中。这样的疯狂是没有结果的。我不知道我自己到底怎么了，突然意识到那是我们抽的大麻引起的，迪安在纽约的时候买了些。这使我觉得一切都快要降临了——对一切的一切做出决定的时刻到了。

5

我离开了所有人回家休息。姑妈说我跟迪安那帮人在一起鬼混是浪费时间。我也知道那样做是错的，不过，生活就是生活，物以类聚，人以群分。我所向往的是再来一次到西海岸的奇妙的旅行，然后在学校春季开学的时候返回。这样的旅行多令人兴奋呀！我之所以想再次上路，是想看看一路上迪安还有什么新花样。另外，我知道迪安想回旧金山同卡米尔在一起，这样，我就可以继续同玛丽露发生点什么了。我们准备好了，要再一次穿过这狂野的大陆。我取出退伍军人津贴，交给迪安十八块，让他寄给他的妻子。她已经身无分文了，正在等他回家。玛丽露在想什么我不知道。埃德·邓克尔还像从前一样，我们去哪儿他就去哪儿。

动身之前的那段时间，我们全部住在卡洛的公寓里，过了几天快乐的日子。卡洛穿着浴衣在房间里踱来踱去，时常发表一通含讥带讽的演说：“我并不想妨碍你们寻欢作乐，但是，对我来说，必须考虑一下你们都是些什么样的人，要干些什么？”

卡洛正在一家公司里当打字员。“我想知道整天这样坐在房间里有什么意思？你们究竟在聊些什么？你们以后想干些什么？迪安，你为什么要离开卡米尔而同玛丽露混在一起？”没有回答，只有咯咯地痴笑。“玛丽露，你为什么要这样周游全国？对于尸衣你们女人有什么看法？”同样是咯咯的笑声。“埃德·邓克尔，你为什么把你新婚的妻子扔在图森？你撅着肥胖的屁股坐在这里要干什么？你的家呢？你的工作呢？”埃德·邓克尔耷拉着脑袋，他对这些问题真有些茫然无措。“萨尔——你怎么陷入了这样情感脆弱的日子？你同露西尔到底怎么了？”他拉了拉浴衣，面对着我们大家坐了下来。“上帝惩罚我们的日子就要到了，幻想的气球不会支持太久的。何况，这只是个虚无缥缈的气球。你们会飞到西海岸，但是过后就得跌跌撞撞地回来寻找你们立足的土地。”

这些天，卡洛说起话来总是装腔作势，一心想把自己说话的声音和腔调装得像所谓“滚石之声”，他的全部用意就是要吓得大家都意识到滚石的力量。“你们把魔鬼别在帽子上了。”他警告我们道，“你们是同蝙蝠一起住在高高的阁楼里面。”他那有点癫狂的目光盯着我们，闪闪发光。从达喀尔低潮期开始，他又熬过了一段可怕的日子，他称之为“神圣的低潮期”或“哈莱姆低潮期”。那时是仲夏，他独自一人住在哈莱姆区，晚上常常从睡梦中惊醒，听见“巨型机器”自天而降。白天，他就和别的游魂一起在125街溜达，仿佛在“水下”生活。就在那时候，一团乱糟糟的念头涌进他的脑海。他让玛丽露坐在他的膝头，然后命令她乖乖地待着。他对迪安说："你干吗不坐下来放松放松？干吗要这样跳来跳去？"迪安还是到处乱跑，一边往咖啡里加糖，一边说："对！对！对！"晚上，埃德·邓克尔睡在铺着坐垫的地板上。迪安和玛丽露把卡洛从床上推了下去。卡洛就坐在厨房里，咕咕哝哝地说着关于滚石的预言。这些天我常去他家，把一切都看在眼里。

埃德·邓克尔对我说："昨天晚上，我很清醒地向时代广场走去。当我走到那里之后，突然意识到我是一个鬼魂——是我的鬼魂在四处溜达。"他一边不加解释地把这些事情告诉我，一边郑重其事地点着头。过了好长时间，其他人正在聊天时，埃德突然插进来说："对了，那一定是我的鬼魂在四处溜达。"

迪安忽然认真地冲着我说："萨尔，我有些事想问问你……这对我来说非常重要……我想知道你是不是同意……我们是好朋友，不是吗？"

"那当然，迪安。"他的脸憋得通红。最后终于说了出来：他想让我去勾引玛丽露。我没有问他为什么，因为我知道他是想看看玛丽露跟其他男人在一起时是什么样的。他宣布这个计划时我们正坐在里奇酒吧。我们在时代广场上走了一个多小时，四处寻找哈斯尔。里奇酒吧是时代广场附近的小混混们经常聚会的地方，它一年改一次名，你在那里散步时看不到一个单身女孩，即使在电话亭里也没有。只有一群群小流氓打扮的年轻男孩，有人穿着红衬衣，有人穿着阻特套装[1]。这也是家男妓聚集的酒吧，那些男孩靠夜晚傍第八大道那些可怜的老同性恋为生。迪安在那里走着，眼睛扫视着每一个面孔。这里有野性十足的黑人同性恋；脸色阴沉、带着武器的家伙；背包鼓鼓囊囊的水手和瘦瘦的、脸上毫无表情的吸毒者；偶尔也会出现一个穿戴整齐的中年警探，像个赌场经纪人似的，一半由于好奇一半出于职责而在这里四处转悠。对于迪安来说，这里应该是他提出请求的好地方。所有的罪恶计划都是在里奇酒吧策划的——你在空气中就能闻到罪恶的味道——各种疯狂的性爱也总是从这开始。小偷们不仅在此商量去14街与小流氓斗殴的事，而且他们还在这里一起睡觉。金赛[2]花了大量时间在里奇酒吧采访这些小伙子。1945年的一个晚上，他的助手进来时我正好也在那里，他当时采访了哈斯尔和卡洛。

迪安和我开车回到住的地方，看见玛丽露躺在床上，邓克尔还想象着他的鬼魂在纽约四处游荡。迪安把我们的决定告诉了玛丽露，她说她很高兴。我有些不相信自己。我必须证明我已经完全考虑过这件事了。床的中间已经有点塌陷，仿佛曾经有个大块头死在这张床上。玛丽露躺在那里。迪安和我睡在她的两边。我们沉默地躺在床垫的两端，不知道该说些什么。我

---

[1] Zoot Suit，1940年代美国流行起的一种衣着，上衣宽肩过膝，裤子肥大而裤口收紧。

[2] Alfred Charles Kinsey（1894 — 1956），美国生物学家、昆虫学和动物学教授、人类性科学研究者。他因与助手合作完成的《男性性行为》《女性性行为》，以及金赛量表而知名。他的诸多研究成果均是性学领域的奠基之作。

开口道："真该死，我可不能这么干。"

"来吧，伙计，你答应过的！"迪安说。

"还有玛丽露呢，"我说，"嗨，玛丽露，你是怎么想的？"

"来吧。"她说。

她伸出双臂拥抱着我，我试图忘掉老迪安也在这里。然而我还是随时都能感觉到他就黑暗中，倾听着每一丝声响，所以我什么也干不了，只有苦笑。这太可怕了。

"我们放松一点。"迪安说。

"我实在做不到。你为什么不去厨房待一会儿呢？"

于是，迪安走了出去。玛丽露确实很可爱，但我还是低声对她说："等我们到了旧金山成为情人以后再说吧，我的心不在这里。"我说对了，她完全知道是怎么回事。暗夜里，三个大地的孩子打算做出决定，过去几个世纪的重负在他们身处的黑暗中膨胀飘升。房间陷入一种怪异的宁静。我走出去拍了拍迪安，让他到玛丽露那里去，然后躺在沙发上。我能听见迪安在快乐地发狂地不停抽动，只有蹲过五年监狱的家伙才能达到这种极度迷狂的境地，才会如此急切地渴望进入那温柔的源头，才能带着完全动物性的冲动感受到原始生命的快乐，才能痴迷地搜索着归来的道路。这就是那几年在高墙里翻阅色情图片，在流行杂志上欣赏女人的大腿和胸脯，以及常常衡量着生殖器的硬度和并不存在的女人的柔软的结果。监狱是人们向自己许诺生活权利的地方。迪安从来没有见过他的母亲。他的每一个女友、每一任妻子、每一个孩子，都使他原本就穷困潦倒的生活变得更加沉重。你的父亲在哪儿？那个老流浪汉白铁匠迪安·莫里亚蒂到处爬货车，有时在铁路餐厅里打打杂。他说起话来结结巴巴。到了晚上就一头钻进廉价酒吧，然后烂醉地倒在煤堆上喘粗气，满口黄牙一个接一个地掉进西部贫民窟街边的水沟里。所以，迪安有权利拥有玛丽露全部的爱，并从中找到甜蜜的归宿。我不想打扰他们，我只想同他们在一起。

清晨，卡洛穿着他那件浴衣回来了，这几天他一直没睡觉。“混账！”他大叫了一声。他不想看见这乱糟糟的一切：地板上东西扔得乱七八糟，到处都是裤子、上衣，还有烟头、脏盘子和摊开的书——我们仿佛住在一个五花八门、无奇不有的集市里。世界每天都呻吟着转动，而我们则不停地完成着夜晚令人难忘的功课。玛丽露同迪安干完之后，身上青一块紫一块，而迪安的脸也被抓得都是伤痕。该是出发的时候了。

我们将近十人开车回到我家，拿上了我的行李，然后打电话给在新奥尔良的老布尔·李。电话是在几年前迪安和我初次见面的那个酒吧里打的。当时迪安来到我家想跟我学写作。我们听见了一千八百英里外布尔暴躁的声音：“我说，你们这些小子究竟想让我怎么处理这个加拉托·邓克尔？她在这里已经两个星期了，成天躲在房间里，不跟任何人说话，甚至连简和我也不搭理。那个埃德·邓克尔跟你在一起吗？看在上帝的分上让他赶紧来把她领走。她现在睡在我们最好的房间里，而且一个子儿也不付。这里可不是旅店。”所有的人——迪安、玛丽露、卡洛、邓克尔、我、伊恩·麦克阿瑟和他的妻子、汤姆·萨布鲁克，天知道还有谁——所有的人都一边痛饮啤酒，一边对着话筒那头懵懵懂懂的布尔乱嚷嚷，他最恨乱哄哄的。“别吵了！”他吼道，“你们一来就都解决了，到时候一切就都迎刃而解。”我同姑妈道了别，答应她两周内一定回来，然后又一次踏上了去往加利福尼亚的道路。

6

天上飘着蒙蒙细雨，让我们的旅行一开始就蒙上了一层神秘的色彩。我猜测可能就要起雾了。“哈哈！”迪安嚷着，“我们上路了！”他伏在方向盘上，精神抖擞地开着车。每个人都看得出来，他又振作起来了。我们都很兴奋，意识到我们正在把混乱和胡闹抛在身后，正在完成着当前唯一的一项伟大工作：上路。我们上路了！在新泽西，两个神秘的白色标志在夜色中从我们车旁一掠而过。一个写着“南”（有个箭头），一个写着“西”（有个箭头）。我们顺着朝南的方向驶去。新奥尔良！这个名字在我们的脑海中燃烧。从纽约这个被迪安称作“冰冷的同性恋城”的肮脏残雪中出来，我们要先去位于美国这个大漏斗状国家的底部，同时也是绿树成荫、河流遍布的古老城市新奥尔良，然后再向西部进发。埃德坐在后座，玛丽露、迪安和我坐在前排热烈地谈论着生活中的乐趣和享受。迪安忽然变得温柔起来。“真他妈的，你们大家伙瞧瞧，我们必须承认一切都是美好的，在这个世界上根本没有什么可担心的。其实，我们都应该**明白**，对我们而言，一定要理解我们**真的**没必要为**任何东西**担心。我说得对吗？”我们大家表示同意。“上路吧，我们又都在一起了……我们在纽约都干了什么呀？让我们统统忘了吧。”所有的争吵都被抛在脑后。“跑了这么多路，拐了这么多弯，那一切都被甩到身后了。我们接下来就要到新奥尔良，去看看老布尔·李。这不是很有意思吗？你们来听听这男高音的最高音调。”他把车上收音机的音量扭到最大，最后连车身也跟着震颤起来。“听听唱歌，彻底放松放松，还可以长点见识。”

我们一边点头称是，一边随着音乐的节奏晃动。路很平坦，高速公路中间的白线在车子的左前轮下不断延伸，仿佛是粘在我们的车辙上似的。在这冬天的夜晚，迪安只穿了一件T恤衫，他缩着肌肉发达的脖子，把车子开得飞快。不久，他坚持要我开车穿过巴尔的摩，好让我锻炼一下驾车技术。好吧，想到他和玛丽露坐在前排一边开车一边接吻胡闹实在太可怕了。收音机震天动地地响着。迪安使劲敲打着仪表盘，我也跟着使劲敲，不一会儿，仪表盘被敲得瘪下去一块儿。这辆可怜的哈德森就像开往中国的慢船，不停地颤抖。

“哦，伙计，太棒了！”迪安叫道，“现在，玛丽露，亲爱的，仔细听着，你知道，我能同时摆平所有的事，我有用不完的精力。到了旧金山，我们一定要住在一起。我知道怎样安顿你——就在一条定期运行列车线的尽头——我只隔短短的两天就来看你一次，跟你一气儿待上十二个小时，哈哈，你知道十二个小时我们能干多少事情呀。亲爱的，我平时跟卡米尔一起住，装作没事一样，她不会知道的，我们就这么干，我们以前也这么干过。”玛丽露对这个建议不置可否，反正她对卡米尔一直醋意十足。本来我以为到了旧金山就可以把玛丽露让给我了，但是我现在渐渐明白，他们已经不可分离，我只有独自走开，回到大陆另一端属于我的世界中去。还是想想其他的吧，在你前面，金色的土地在延伸，各种无法预料的事情吸引着你，令你惊喜万分，你会为活着看到这一切而感到高兴，有了这些，你又何必胡思乱想呢？

清晨，我们抵达了华盛顿。那天正好在举行哈里·杜鲁门总统第二任期的就职典礼。我们驾驶着那辆破车沿着宾夕法尼亚大街一路开过去，看到了规模宏大的阅兵式。B-29 轰炸机、鱼雷艇、大炮和其他各种各样的军事装备，陈列在覆盖着白雪的草地上，看上去杀气腾腾。最后是一艘普通的救生艇，呆头呆脑显得十分可怜。迪安放慢了速度，仔细观察着这场面，不停害怕地摇着头。“这些人到底要干什么？哈里正在这个城市的什么地方睡大觉……老好人哈里……这个家伙是密苏里人，跟我一样……那一定是他的救生艇。”

迪安跑到后座睡觉去了，邓克尔在开车。我们一再叮嘱他开得慢点，但是我们刚一睡着，他就开到了每小时八十英里。不仅如此，他还以三倍的速度从一个正在同摩托车骑手争执的警察身边开过——这个骑摩托的人上了四车道高速路的第四条车道，显然是开错了车道——那个警察开着警车追上了我们，命令我们停车。他让我们跟他到警察局去。警察局里坐着另一个警察，看上去十分凶恶。他一见到迪安立即就对他产生反感，在迪安身上他嗅到了一股监狱的味道。他示意别的警察出去私下盘问玛丽露和我。他们问玛丽露的年龄，试图控告我们违反了《曼恩法案》[1]。但是玛丽露有结婚证明。于是他们单独把我拉到一边，想知道谁跟玛丽露睡觉。"她丈夫。"我简单地说。他们狐疑地望着我，像是嗅到了什么特殊的味道。他们施展福尔摩斯的伎俩，同一个问题问两遍，还夹杂一些毫不相干的事情，希望我们不留神说出什么来。我说："那两个人要回加利福尼亚，他们在铁路上工作。这位是矮个子的妻子，我是他们的朋友，在大学念书，出来度两周的假期。"

那个警察不怀好意地笑着说："是吗？这真是你的钱包吗？"

最后，那个凶恶的警察要罚迪安二十五块钱。我们解释说我们只有四十块，要一路用到西海岸，他们说他们可不管这些。迪安表示抗议，那个凶恶的警察气急败坏地威胁说要把他抓回到宾夕法尼亚，用特殊的罪名控告他。

"你们想用什么罪名？"

"别管什么罪名，别去操这个心，你这个狡诈的家伙！"

我们不得不给了他们二十五块钱。一开始闯祸的埃德·邓克尔说他可以进监狱，迪安也认真考虑了这个建议，但是那个警察怒气冲冲地说："如果你敢把你的同伙扔到监狱里，我现在

---

[1] *Mann Act*，1910 年 6 月美国国会通过的一项关于禁止以卖淫或其他非道德目的跨州贩运妇女的法案。

立刻就把你带回宾夕法尼亚！听明白了吗？”我们赶紧一溜烟跑了出来。“如果你在弗吉尼亚再拿到一张超速罚单，你的车就没了！”那个凶恶的警察最后还向我们乱嚷一通。迪安气得满脸通红。无论如何，我们还是一声不吭地赶紧开着车走了。这样把我们的旅费抢走，简直是邀请我们去做贼。他们明知道我们一个子儿也没有，一路上没有亲戚，也没有人汇钱给我们。这些美国警察是在跟那些拿不出唬人的证件又不会软硬兼施威胁他们的人进行心理战，这是维多利亚时代的警察惯用的伎俩。他们常常向破败的窗户里探头探脑，企图能够发现所有东西，即使没有犯罪，他们也能逼着人们去犯罪，这样他们才会满足。“犯罪有九个原因，其中之一就是无聊。”路易-费迪南·塞利纳[1]曾经这么说过。迪安怒不可遏，说他要是有枪的话，就会马上回到弗吉尼亚给那个警察来一枪。

“宾夕法尼亚，”他轻蔑地说道，“我倒想知道他们能给我按个什么罪名。大不了就是流浪罪。抢了我所有的钱，还控告我流浪罪。这就是那些恶棍的拿手好戏。你要是抱怨，他们就会掏出枪来把你毙掉。”但对此我们毫无办法，只好强作欢颜，把这些忘了。在我们穿过里士满时，我们才慢慢把这事忘了。我们调整了一下心情，重新在路上奔驰。

现在我们这一路上只剩下十五块了。我们只得拉几个搭车

---

[1] Louis-Ferdinand Céline（1894—1961），法国小说家、医生。他笔下的人物多是在忧患困顿的人生征途走向扭曲的形象，抨击了人与人之间炎凉冷酷的关系。代表作有长篇小说《茫茫黑夜漫游》《死缓》等。

的人，从他们那里挣点汽油钱。在弗吉尼亚的旷野上，我们忽然看到有一个人正在路上走着，迪安猛地刹住车。我回头看了看说，他只是一个流浪汉，身上可能没有一分钱。

“我们就拉他寻寻开心！”迪安笑着说。这个人穿得邋遢不堪，戴着一副眼镜，模样像个疯子。一边走，一边看着一本溅满泥浆的书。这本书看样子是他在路旁的阴沟里捡的。他上了车，仍然在看书。这个人脏得几乎让人难以忍受，而且满身都是疥癣，他说他叫海曼·所罗门，步行周游了全国，有时会去敲犹太人家的门讨点钱：“给我点钱吃饭，我是个犹太人。”

他说这一招很管用。我们问他正在看的是什么书。他说不知道。他不想费心去看书名。他只是在看里面的字句，仿佛他在荒野里发现了真正的《妥拉》[1]。

“快看呀！快来看看他呀！”迪安咯咯笑着，捅了捅我的肋骨，“我跟你说过这会很有趣，每个人都会有有趣的地方，伙计！”我们一路上带着所罗门一直来到了泰斯特蒙特。我哥哥现在住在城市另一头他的新居里。我们沿着铁路线，驾着车顺着那条长长的、萧瑟的街道飞驶而过。一路上看到那些愁眉不展、脸色忧郁的南方佬们三五成群地在五金杂货店门口逛来逛去。

所罗门说：“我看你们这些人的确需要一点儿钱才能继续旅行。你们等着我，我去一个犹太人家里讨几块钱来，我可以跟

---

[1] Torah，狭义指《塔纳赫》的前五卷，即《摩西五经》，广义上所有犹太教律法、教导都可以被涵盖其中。

你们一直到亚拉巴马。”迪安和我们大家都很高兴，我们俩下车去买了面包和乳酪，准备在车里吃一顿丰盛的午餐。玛丽露和埃德等在车里。我们在泰斯特蒙特待了两个小时，等着所罗门露面。他到城里的不知什么地方讨面包去了，我们没法找到他，太阳开始变得昏黄，天色也暗了下来。

所罗门再也没有露面，于是我们驱车离开了泰斯特蒙特。“现在你明白了吧。萨尔，上帝的确存在。因为无论我们怎么打算，还是在这个镇子上耽搁下来了。而且你注意到了吗？这个镇子竟然有个《圣经》式的古怪名字，那个让我们又一次停在这里的古怪家伙也像是《圣经》里的人。[1]一切事物都在冥冥之中有所关联，就像雨水下到了每个人身上，把整个世界的人都联系在了一起一样……”迪安这么喋喋不休地唠叨着。他兴奋异常、精力旺盛。我和他突然感觉到整个世界像牡蛎一样向我们张开了，珍珠就在里面，珍珠就在里面。我们继续向南行驶，又载了一个阴郁的搭车旅行的年轻人。他说他有一个姑妈在北卡罗来纳的邓恩开了一个杂货店，就在费耶特维尔附近。“我们到了那里之后，你能问她要一点钱吗？行！太好了！我们出发吧！”一个小时之后，我们抵达了尘土飞扬的邓恩。我们开车来到这个小伙子说的他姑妈开的杂货店。这条街道死气沉沉，被一道工厂的围墙阻断了。那里倒是有家杂货店，但是根本没

---

[1] 镇名 Testament 和旧约（Old Testament）、新约（New Testament）中的“约”是同一个词。人名所罗门（Solomon）是《圣经》中以色列国王的名字。

有什么姑妈。我们开始怀疑这个小伙子在说瞎话，问他还要走多远，他说不知道。这又是一个大骗局。一定是他曾经在一次漫无目的游荡中在邓恩看到了这个杂货店，于是姑妈的故事立即溜进他混乱、发热的脑子里。我们给他买了一个热狗。迪安说我们不能带他走，因为我们需要地方睡觉，还需要地方拉那些能给我们买一点儿汽油的乘客。这有点不近人情，但却是实话。于是我们把他留在了邓恩的夜幕之中。

在迪安、玛丽露和埃德睡觉时，我开车穿过了南卡罗来纳州和佐治亚州的梅肯。夜已经深了，我独自一人静静地想着心事。车正沿着白线在神秘的公路上向前奔驰。我在干什么？我要到哪里去？我一定会很快明白。过了梅肯，我累得像条狗，便叫醒了迪安，下车休息一会儿。我们下了车，呼吸着新鲜空气，突然喜出望外地发现，在黑暗中围绕着我们的是一片绿色草原，草原上飘来阵阵新鲜肥料以及潮湿温润的气息。“我们到南方了！我们把冬天甩掉了！”在朦胧的晨曦中，路边的青草翠绿欲滴。我深深地吸了一口气，一声火车的长啸划破了夜空，向莫比尔[1]驶去。我们正好也到那里。我脱下衬衫，浑身躁动。迪安开了十几英里路，看到了一个加油站，便开进去停了下来。他发现管理员正趴在桌子上熟睡，就跳下车蹑手蹑脚地开始给车加油，至少加了五块钱的汽油后，他发现提示铃还没响，便像阿拉伯朝圣者一样又踏上了漫漫旅途！

---

[1] Mobile，亚拉巴马州西南部海港城市，位于墨西哥湾沿岸。

我刚睡了一会儿，就被一阵疯狂又欢快的音乐声吵醒了。迪安和玛丽露正在那里聊着，辽阔的绿色原野不断向前伸展。“我们到哪儿啦？”

“刚刚经过佛罗里达的一角，伙计，这里好像叫弗洛马顿。”佛罗里达！我们正在沿着平坦的海岸线和向莫比尔行驶，前面就到云雾缭绕的墨西哥湾了。从我们在北部的残雪中向人们告别到现在只有三十二小时。又到一个加油站，我们停了下来。迪安和玛丽露在油罐旁打闹着，邓克尔溜进去轻而易举地偷了三包香烟。我们又恢复了活力。车子在通向莫比尔的潮汐公路上奔驰，我们都摆脱了冬装的重负，尽情享受着南方温暖的气候。这时，迪安开始讲他生活中的故事。接近莫比尔的时候，几辆汽车在一个十字路口发生了争吵，阻塞了交通。迪安像先前一样用每小时七十英里的速度开着车，从一个加油站穿过去，绕过了他们，把一张张惊愕的面孔甩在了身后。迪安一边左突右转开着车，一边继续讲着他的故事。“我告诉你那是真的，我第一次干那事时只有九岁，当时是跟一个名叫米莉·梅菲尔的姑娘在罗德的车库里，这个车库在格兰特街——卡洛在丹佛住的那条街也叫这个名字。那时我爸还在白铁匠铺里干活。我还记得我姑妈把头探出窗外叫：‘你们躲在车库后面在干什么？’哦，亲爱的玛丽露，如果我那时候认识你该多好呀！哦！你九岁的时候一定很迷人。”他一边色眯眯地笑着，一边用手指在她的嘴唇上摩挲着，然后又放回自己的嘴里舔了起来，又抓着她的手在他身上蹭着。玛丽露坐在那里，只是含情脉脉地微笑着。

大个子埃德·邓克尔看着窗外，自言自语地说："是的，先生，我想那天晚上我是一个鬼魂。"他还在思忖着，到了新奥尔良，加拉托·邓克尔会对他说什么。

迪安继续讲着他的故事："有一次，我爬上一辆货运火车，从新墨西哥到洛杉矶——那时我只有十一岁，我跟我爸在一个道口走散了，当时我们跟一群流浪汉在一起，我跟一个名叫大个子雷德的家伙在一起。我爸喝醉了，躺在货运火车车厢里，车开了，大个子雷德和我没有赶上。好几个月我都没有看见我爸。在到加利福尼亚的路上，我爬上了一列很长的货运火车，开起来真的像飞一样，这真是一辆头等货车，在沙漠里奔驰。一路上我一直坐在火车的挂钩上，你们可以想象有多么危险。我还只是个孩子，什么也不懂，一只手抓着面包，另一只手抓着制动闸柄。这可不是吹牛，这是真事。我到洛杉矶的时候，已经饿晕了，就想喝牛奶吃奶油。后来我找到了一份乳品店的工作，我做的第一件事就是一口气吃了两夸脱的奶油，直他妈的想吐。"

"可怜的迪安。"玛丽露说着，开始吻他。迪安得意扬扬地望着前方。他真心爱她。

不一会儿，我们的车行驶到了墨西哥湾，旁边就是碧蓝的海水。这时，收音机里传来了一阵激动人心的疯狂音乐，这是新奥尔良电台广播的一档爵士乐节目，播的全是疯狂的爵士乐、黑人音乐，还伴随着打碟手疯狂的叫声："别操那些闲心！"我们兴高采烈地凝视着面前夜幕笼罩下的新奥尔良。迪安不停地用手在方向盘上擦来擦去："这下我们要好好乐一乐了！"我们在黄昏中驶入了新奥尔良熙熙攘攘的街道。“伙计们，快瞧这些人呀！”迪安把头伸出车外叫道。他深深地吸了口气:“上帝呀！这才是生活！”他让过了一辆电车。“爽！”他飞快地开着车，四下里巡视着走过的姑娘。“瞧这些美女！”新奥尔良的空气是温润的，柔软得像一块手帕。当你突然从北部冬季严寒的冰雪中来到这里，会嗅到这里的河流、泥土和人都带着一种热带特有的气息。我们在座位上晃来晃去。“快去勾搭她！”他用手指着另一个女人叫道。“哦，我实在太爱、太爱女人了！我觉得女人真是奇妙无比。我爱女人！”他向窗外吐了一口，呻吟着使劲抱着自己的头。由于兴奋和激动，大颗大颗的汗珠从他前额不停地往下淌。

我们把车开上了去往阿尔及尔[1]的渡轮，准备横渡密西西比河。“现在我们一定要下去好好看看这河，看看这里的人，看看这里的世界。”迪安说着，手忙脚乱地戴上太阳镜，叼着一支香烟，就像是玩具盒里的小人一样，车门一开便跳了出去。我们也跟着下了车。我们靠在船舷旁，凝视着这伟大的、棕色的“众水之父”像游魂从美国中部滚滚流下，挟裹着蒙大拿的木材、达科他的污泥、艾奥瓦的溪谷，还有在斯里福克斯[2]被淹没的一切，隐秘就是从那里的冰雪之下开始。渡轮一边是退去的烟雾缭绕的新奥尔良，另一边是迎面而来的古老而朦胧的阿

[1] Algiers，新奥尔良市的一个区，位于密西西比河西岸。

[2] Three Forks，蒙大拿州西南部市镇，是密苏里河主源和次源的交汇地。

尔及尔和一片神秘莫测的山林。在这个闷热的下午，黑人们仍在干活。他们不停地为渡轮加煤料，炉膛烧得红红的，冲出阵阵热浪，烤得我们的轮胎都发出了焦煳的气味。迪安看着他们，依然在热浪之中东蹦西跳。他一会儿冲上甲板，一会儿又冲上二层平台，肥大的裤子几乎只是挂在腰间。猛然之间，我看到他充满渴望地望着最高处的船桥，仿佛是要张开翅膀飞上去。我听到他的狂笑声响彻全船："哈哈哈哈哈！"玛丽露紧跟在他身后。迪安真不愧是眼观六路耳听八方，转瞬之间就已经带着满肚子的故事回来了。当人们都准备发动汽车下船时，迪安也匆匆跳上车，在狭窄的缝隙中左冲右突，超过了两三辆汽车之后，我们已飞驰在阿尔及尔的街道上了。

"去哪儿？去哪儿？"迪安使劲嚷嚷着。

我们决定先到加油站把车洗了，然后打听一下老布尔的地址。落日的余晖照耀着河面，几个小孩子在河边玩耍，几个姑娘身穿棉布罩衫，赤裸着双腿，戴着大头巾，从我们身边走过。迪安一直冲到了大街上，就为了多看一眼这些女孩。他四处张望着，不断地点着头，一只手摸着自己的肚子。大个子埃德坐在汽车后座上，帽子盖在眼睛上，一脸微笑地冲着迪安。我坐在汽车挡泥板上，玛丽露去了卫生间。在灌木丛生的河边，几个男人正拿着鱼竿在钓鱼。夕阳染红的土地向前伸展着，形成一个三角洲，河水在这里拐了个大弯，像蛇一样蜿蜒盘绕在阿尔及尔周围，发出难以形容的巨响。昏昏欲睡的阿尔及尔半岛，连同它上面那些忙碌的人和简陋的棚屋，似乎有朝一日都将被河水冲走。太阳渐渐西斜，空气中飞虫嗡嗡作响，深沉的河水发出阵阵呻吟。

我们来到城外靠近河堤附近的老布尔·李的家。他们家就在道路旁，这条路一直向前延伸，穿过一片沼泽地。房子已经有些破旧了，廊柱东倒西歪，院子里种着几株垂柳，杂草丛生，院子用破败的围墙围着，旁边还有一个行将倒塌的旧谷仓。院子里一个人也没有。我们推门走进了院子，看见走廊后面有几个洗衣盆。我叫了几声，然后推开了房门。简·李正站在屋里，手遮在眼睛上，正望着太阳。"简，"我叫道，"我来了，我们来了！"

她似乎早就知道我们的到来。"哦，我知道。布尔现在不在这里。那是不是有一团火或者其他什么东西？"我们都向太阳望去。

"你说的是太阳？"

"我说的当然不是太阳。我听见那个方向有警报声，你没看见一道奇怪的亮光？"那是新奥尔良方向，有一团很奇怪的烟雾。

"我什么也没看见。"我答道。

简抽了抽鼻子说："帕拉迪塞，你还是老样子。"

分别了四年之后，我们就是这样互相问候的。简过去一直同我和我妻子一起住在纽约，"加拉托·邓克尔在这里吗？"我问。简仍然在寻找她的火光。后来才知道，她那时已经到了一天吃三次安非他命的程度。以前，她那张日耳曼人的脸圆润又漂亮，但现在这张脸却变得呆板、黝黑、憔悴。在新奥尔良时她曾得过脊髓灰质炎，走起路来有些一瘸一拐。迪安和其他人都下了车，局促不安地走进了房间。加拉托·邓克尔从屋子后面她的房间里走出来，看到了她的冤家。她是个表情严肃的姑娘，脸色灰白，看上去好像总是在流泪。大个子埃德用手摸着她的头发，跟她打着招呼。她神情平静地望着他。

“你到哪儿去了？你为什么这样对待我？”她向迪安射去怨恨的一瞥，她已经知道了事情的真相，但迪安一点儿也没在意。他现在只想吃饭。他问简是否有什么吃的。不一会儿，屋子里就成了乱糟糟的一片。

可怜的布尔开着他那辆得克萨斯的雪佛兰汽车回到家中，发现他的家已经被一群疯子占领了。他还是很热情地跟我打了招呼，这样的热情我已经很长时间没在他身上看到过了。他在新奥尔良的这幢房子是靠和一个大学同学一起种豇豆赚钱买下的，那个同学的父亲是个患了麻痹症的疯子，死后留下一笔遗产。布尔本人一周可以从家里得到五十块钱，这本来不算太少，但他每周都要花大半的钱来吸毒。他老婆也是个会花钱的人，每周吃的安非他命也要大约十块钱。他们吃饭的开销可能是全国最低的，几乎什么都不吃，甚至连孩子们也是如此——这些孩子似乎根本就没人在照顾。他们有两个十分可爱的孩子——八岁的多迪和一岁的雷。雷正光着屁股在院子里玩，一头金发像天边的彩虹。布尔称他是“小野兽”，这一称呼的灵感来自W. C. 菲尔兹。布尔把车开进了院子，慢慢地从车里钻了出来，一脸倦容地走进房间。他又瘦又高，戴着眼镜和草帽，身上穿了套破衣服。一看到我们，他显得有些惊讶，立即干脆地说道：“啊，萨尔，你终于来了，快进屋，咱们一起喝一杯。”

说起老布尔·李的事，几个晚上也说不完。这里只能简单地说几句。他曾经是一名教师，他最有资格当教师，因为他一辈子都在学习。他把自己所学的东西称作“生活的事实。”他之所以要学习，不仅出于需要，而是发自内心的渴望。他曾经拖着又高又瘦的身体周游了整个美国以及欧洲和北非的大部分地区，他这么做的目的只是想看看世界上到底在发生什么。三十年代，他在南斯拉夫同一位白俄罗斯的女伯爵结了婚，并把她从纳粹手里救了出来。他有许多三十年代同国际可卡因走私者们一起拍的照片，这些人蓬头垢面，互相勾肩搭背，还有几张是他戴着巴拿马草帽，在北非阿尔及尔的大街小巷考察的照片。后来他再也没见过那个白俄罗斯女伯爵。在芝加哥他是个禁欲主义者；在纽约他又不断进出酒吧；在内华达他成了酒吧服务员；在巴黎，他坐在咖啡馆里，端详着不断走过的、板着脸孔的法国人；在雅典，他一边喝着乌佐酒[1]，一边抬头注视着当地那些他认为是世界上最丑陋的人；在伊斯坦布尔，他来往穿梭于瘾君子和毒贩子之间，寻找着生活的真实；在英国的旅馆里，他读着斯宾格勒[2]和萨德侯爵[3]。他曾经计划抢劫芝加哥的一家

[1] Ouzo，茴香酒的一种，在希腊和塞浦路斯十分热销，是希腊文化的象征。最开始是由葡萄皮制成，之后人们又在其中加入了其他香料，在铜器中混合煮好冷却储存几个月后酒精浓度稀释到 40° 就成为乌佐酒。

[2] Oswald Spengler（1880—1936），德国历史哲学家、文化史学家。其代表作《西方的没落》畅销欧美，也引来了巨大争议。他在书中提出文化是循环的，文明在经历新生、繁荣之后，最终会没落衰亡，而西方文明正处于衰落之中。

[3] Marquis de Sade（1740—1814），法国贵族出身的哲学家、作家，以色情描写及由此引发的社会丑闻而出名。萨德多次身陷囹圄，在七十四年的人生中，有二十九年都在监狱和疯人院中度过。以其姓氏命名的“萨德主义”成为性虐恋在西方语言中的通称。

土耳其浴室，但却犹豫再三要不要花几分钟时间先去喝一杯酒，最后花了两块钱喝了一杯酒之后便仓皇溜走了。他做的所有这一切都只是为了获得经历。如今，他最后学习的是习惯毒瘾。现在，他在新奥尔良常常同一些不三不四的家伙在街上瞎逛，在酒吧和毒贩子接头。

他上大学时的一件怪事可以说明他的某些性格特点。一天下午，大家正在他那间设施齐全的房间里喝鸡尾酒，突然，他养的宠物雪貂冲了出来，脚上还奇怪地拖着个精致的茶杯。每个人都尖叫着跑出屋去。老布尔一跃而起，抓过猎枪说："它又闻到那个老耗子的气味了。"说着，端起枪就往墙上射，打出了一个能让五十只耗子进出的大洞。墙上挂着一幅难看的科德角老房子的画。他的朋友问："你为什么要在那里挂这么难看的东西？"布尔却说："我喜欢它就因为它难看。"他所有的生活都是如此。有一回，我去找他，那时他还住在纽约60街的贫民窟里。我敲了敲门，他把门打开，只见他戴着一顶常礼帽，穿着背心和条纹裤，手里拿着锅，锅里盛着大麻，他正准备把大麻弄碎卷成烟。他还尝试把可待因止咳糖浆烧成糊，但也不太成功。他的腿上经常放着莎士比亚的书，他会连续读几个小时——他称他是"不朽的吟游诗人"。到了新奥尔良，他则花了大量时间在《玛雅刻本》[1]上，他把书摊在大腿上，即使聊天

[1] Mayan Codices，玛雅刻本是前哥伦布时期玛雅文明的文献，以玛雅文字写在脱毛榕木的内树皮制成的纸上。内容是由专业抄写员在神明的指示下写成的。

时也一直这样放着。我曾经问他："我们死了以后会怎么样？"他说道："你死了以后就是死了，就是这么回事。"他的房间里放着一堆锁链，他说这是他的心理医生使用的。他们在对老布尔进行催眠实验时发现，他有七重人格。每一个都在各自的发展中变得越来越糟糕，直到最后他成了个胡言乱语的傻子，他们不得不用锁链把他绑起来。在那七重人格中，最高的是一位英国勋爵，最低的是个傻子，中间的是老黑奴，规规矩矩地站着，同其他人一起等待着，说道："有些人是杂种，有些人不是，这就是结论。"

布尔对于美国的过去，尤其是1910年，有着一种伤感的记忆。那时候，无论哪个药店，不需要处方你就能买到吗啡和鸦片，整个国家都处在疯狂、喧闹和自由之中，每个人的生活都很富裕，还拥有各种各样的自由。他最痛恨的是华盛顿的那些官僚政客，其次是自由主义者，然后是警察。他一生都在这样滔滔不绝地聊着，开导着其他人。简拜倒在他的脚下，我、迪安还有卡洛·马克斯都拜倒在他的脚下，我们大家从他那里学到不少东西。布尔头发灰白，脸上带着难以捉摸的表情，在大街上你绝不会注意到他。但是，如果你仔细观察，就会看到他有一个充满奇思怪想、生气勃勃的大脑袋——仿佛一个来自堪萨斯州的牧师，身上带着引人注目的、非凡的热情和神秘。他以前在维也纳学过医，还学过人类学，读过各种各样的书籍。现在，他终于安定了下来，为了生计而工作，这份工作就是学习那些在夜晚和生活中的街道上发生的一切。布尔坐在椅子里，简买来了马提尼酒和其他各种饮料。无论白天还是黑夜，椅子的阴影都会投射到屋子的一角。在他膝头，放着《玛雅刻本》和一支气枪，他偶尔端起枪打爆房间对面摆着的安非他命瓶。我也不断跑来跑去，放上新的。我们大家一边聊天一边不时打一枪。布尔很想知道我们这次旅行的目的。他盯着我们，使劲抽了抽鼻子，“哼”，那声音听起来就像从空油箱里传出的。

“现在，迪安，我希望你安安静静地坐一分钟，告诉我，你为什么要这样横穿全国？”

迪安涨红了脸说：“得了，你当然知道是怎么回事。”

“萨尔，你到西海岸去干什么？”

“只是去几天，我还要赶回去上学。”

“这个埃德·邓克尔是怎么回事？他是个什么样的人？”这时埃德正在卧室里安慰加拉托，过不了多久就会下来。我们不知道怎样向布尔介绍埃德·邓克尔。布尔似乎觉得我们说不出个所以然，便连抽了三支烟，然后说，走吧，晚饭一会儿就准备好了。

“在这个世界上，没有什么比你有个好胃口更让人高兴的了。我曾经在午餐车上买过一个汉堡，那恐怕是这个世界上最好吃的东西。我上周刚从休斯敦回来，去看看戴尔，问问豇豆的情况。一天早上，我正在汽车旅馆里睡觉，突然，一声巨响把我给惊醒了，原来是我隔壁房间里的一个该死的傻瓜把他老婆打死了。旅馆里的所有人都惊慌失措地跑了出来，那个家伙跳上汽车跑了，却把枪扔在地上留给了警长。最后他们在霍马[1]抓住了他，他当时喝得烂醉如泥。在这个国家，你如果没有一把枪，到什么地方都不安全。”他脱下外套，让我们看他的手枪，然后又打开抽屉，给我们看他军火库里的其他装备。在纽约的时候，他的床下曾经放了一把冲锋枪。“现在我有比那个更好的东西，一把德国造的沙因托特手枪。瞧这个，多漂亮，只能装一发子弹。我能用这支枪撂倒一百个人，足够有时间杀开一条路。唯一糟糕的是，我只有一发子弹。”

“我希望你这么干的时候我不在旁边。”简在厨房里嚷道，“你怎么知道它是哪把枪用的子弹呢？”布尔抽了抽鼻子。他从不理会她的冷言冷语，但他总是在听。他们是天下最奇怪的一对，他们可以聊天聊到深夜。布尔喜欢躺在地板上，用他那沉闷而单调的声音唠叨个不停。她总想打断他，却从来没有成功。清晨，他说累了，于是轮到简，他听着，一边还抽着鼻子，发出巨大的声响。简发疯似的爱着这个男人，爱得如痴如狂。这种爱既不是乞求依附，也没有丝毫矫揉造作，仅仅是相互之间的聊天和一种深深的互相依赖，我们所有人都无法理解。许多微妙的共振把他们联系在一起，使他们之间的那种奇特的无情与冷漠，变成了一种真正的幽默。爱就是一切。简从来不会离开布尔超过十步远，而且绝对不会漏过布尔所说的每一个字，即使他说话的声音很低。

迪安和我开始期待新奥尔良疯狂的夜生活，想让布尔带我

---

[1] Houma，路易斯安那州东南部市镇，位于新奥尔良市西南。

们到处转转。他却给我们浇了一盆冷水:“新奥尔良是一个非常沉闷的城市。去那些色情场所是不合法的。这里的酒吧也是令人难以忍受的沉闷。”

我说:“市中心一定会有些值得一去的酒吧。”

“美国就不存在值得一去的酒吧。值得一去的酒吧应该是除了我们的窝以外唯一可去的地方。1910 年的时候，酒吧是男人工作时或者下班后可以聚会的地方，里面只有一个长长的吧台，黄铜栏杆，各种酒桶，几面镜子，钢琴师在那里演奏着音乐，还有十美分一杯的威士忌和五美分一杯的啤酒。现在，你走进酒吧，只有俗不可耐的酗酒的女人、同性恋，以及那些不怀好意的服务员，还有在门口转来转去焦虑的店主，既担心座椅上的皮革被搞坏，又担心有人干违法的事。如果一个生人走进去，碰上的不是莫名其妙的狂叫，就是死一般的寂静。”

我们开始围绕着酒吧争执起来。“好吧，”布尔最后说道，“今天晚上我带你们在新奥尔良看看我说的到底对不对。”晚饭以后，他故意把我们带到一家最乏味的酒吧。简和孩子们留在家里，她在读新奥尔良《皮卡尤恩时报》[1] 上的招聘广告，我问她是否想找个工作，她只是说这是报纸上最有意思的地方。布尔坐在车上带我们进城，一路上他还在唠叨:“别那么着急，迪安，我们很快就会到的。伙计，前面是个渡口，你别开着车把我们都栽到河水里去。”他喋喋不休地说着，迪安越来越不耐

---

[1] *Times Picayune*，一份报道新奥尔良市当地新闻的报纸。

烦，直截了当地对我说:“我看，杀了他对他来说才是最理想的归宿。这家伙是虐待狂，而且是个不负责任的、患有狂躁症的精神病。”布尔用眼角瞥了迪安一下。“如果你同这个疯子一起到加利福尼亚的话，你永远也到不了。你为什么不留在新奥尔良和我在一起，我们可以骑马到格雷特纳[1]，在院子里散步。我有一套很棒的飞刀，我来做个靶子。如果这几天你有兴趣，城里还有许多有趣的小妞。”他抽了抽鼻子。我们上了渡轮，迪安跳下车，靠在栏杆旁，我跟在后面。布尔仍然坐在车里，震天动地地抽着鼻子。氤氲的薄雾神秘地笼罩着夜色中的河水以及在黑暗中漂浮着的船只。在通往新奥尔良的大路上，路灯发出橘黄色的柔光，几艘带着西班牙式船楼和装饰性船尾的船只幽灵一般出没于雾气之中，等你靠近后才能看清，它们是从瑞典和巴拿马来的货船。渡轮上的锅炉在夜晚发出红光。几个黑人还像先前一样挥舞着铁锹往炉膛里添煤，嘴里还哼着小曲。大瘦子哈泽德就曾在阿尔及尔的渡轮上当过水手。这又使我想起密西西比的吉恩。我知道，这里的河水，连同星光，都来自美国中部。我知道我以前所知道的和今后将要知道的唯一的事情就是疯狂。不得不提到一件蹊跷的事，就在我们同布尔·李一起乘渡轮的那天晚上，一个姑娘从船上跳水自杀了，就在我们渡河的前后。我们在第二天的报纸上看到了这个消息。

---

[1] Graetna，路易斯安那州东南部城市，与新奥尔良隔密西西比河相望。

我们同老布尔一起跑遍了法国区[1]所有死气沉沉的酒吧，午夜时分才回到家。那天晚上，玛丽露吃了一堆乱七八糟的东西，大麻、镇静剂、安非他命、烈性酒，甚至还想让老布尔给她来一针吗啡。布尔当然不想给她，不过他还是给了她一杯马提尼酒。这些东西使她很难受，然后我们俩傻乎乎地站在走廊上。布尔的这个走廊堪称完美，它绕了房子一圈，在月光的照射下，看上去就像是一座南方繁盛时期的大宅。简正坐在客厅里看招聘广告，布尔躲在盥洗室给自己注射毒品。他用牙咬住那条脏得发黑的领带，把它当作止血绷带，然后把针头扎进他那只被扎了无数个窟窿的可怜的胳膊。埃德·邓克尔和加拉托趴在那张老布尔和简从来没有用过的大床上。迪安正在卷大麻，玛丽露和我在一起模仿着南方的贵族。

“哦，露露小姐，你今天晚上是那么可爱而迷人。”

“哦，谢谢你，克劳福德，我非常欣赏你说的那些美好的东西。”

朝向走廊的门一直开着，在这个美国之夜，我们这出悲伤戏剧中的每个成员都会突然出现，看看其他人在哪里。最后，我独自一人来到了密西西比河的堤岸，想坐在泥泞的岸边好好看看这条河，可我最终只能把鼻子贴在铁丝网上望一望。当你开始将人们与他们的河水隔开时，你会得到什么呢？“官僚主

[1] French Quarter，新奥尔良最古老、最著名的街区，被整体列为国家历史地标。凭借充满活力的夜生活和带铸铁阳台的多彩建筑而闻名。

义！”老布尔嚷嚷着。他正坐在那里，腿上摊着卡夫卡的书，灯光照射着他的头顶。他惊天动地抽着鼻子，整幢破房子也随之发出吱吱嘎嘎的声响。远处，在夜幕中，宽阔、漆黑的河面上，从蒙大拿运往下游的木材正顺流而下。“到处都是官僚主义，包括工会！特别是工会！”黑夜里的笑声再次响起。

7

清晨，我很早就从床上爬了起来，外面天气晴朗，我竟然发现老布尔和迪安两个人在后院忙活。迪安穿着那条加油站穿的工装裤，在一旁给老布尔帮忙。布尔找到了一根又粗又大的破木头，用锤子的一头使劲拔去扎在上面的小钉子。我们都看到了钉子，几乎有成百上千个，看上去就像无数小虫子。

“等我把所有这些钉子从这上面拔出来。我就用它做一个能用一千年的架子。”布尔说道，他像孩子一样异常兴奋，身上的每根骨头几乎都在颤抖，“看吧，萨尔，他们做的那些架子，不到半年就被上面放的小玩意儿压得吱嘎直响，差不多要散架了，你知道吗？他们造的房子也是这样，做的衣服也是这样。那些杂种发明了塑料，并且用这种东西盖所谓经久耐用的房子。还有轮胎，美国人用有缺陷的橡胶轮胎，它会因与地面摩擦产生热而爆裂，每年都有成千上万的人死在这上面。他们完全可以制造出永远不会爆炸的轮胎。牙粉也是这样，他们已经发明了一种口香糖，但是他们从来不让任何人看见。如果像你这样的小孩子嚼一块，你这辈子都不会生虫牙。他们也可以制造出能穿很久的衣服，但是他们就愿意生产那些廉价的东西，这样每个人都得不停地干活，登记考勤，然后被死气沉沉的工会组织在一起，挣扎生存，但是那些大人物们却一会儿到华盛顿一会儿到莫斯科作威作福。”他抬起那根破木头，“你不认为这能做一个漂亮的架子吗？”

清晨是他精力最旺盛的时候。这个可怜的家伙每天都要摄入那么多毒品，以至于他一天的大部分时间都只能瘫坐在椅子里，到了中午，他就要点上灯坐在那里。但是，早上他却精力充沛。我们开始玩飞刀游戏，他说他曾经在突尼斯看见一个阿拉伯人能在四十英尺开外戳瞎一个人的眼睛。他又开始讲起他那位三十年代到卡斯巴[1]去的姑妈。“她跟着一个旅行团，有导游带队，她的小手指头上戴着一枚钻石戒指。当时，她正靠在墙边想休息一分钟，一个阿拉伯人突然冲了过来，没等她喊出声就把戒指抢走了。后来她才突然发现，她的小手指头也没了。呵呵呵呵呵！”他笑的时候，两瓣嘴唇合在了一起，使得笑声仿佛是从腹腔，或者更遥远的地方传来的。他笑了很长的时间。“嗨，简！”他兴奋地叫道，“我刚才跟迪安和萨尔讲了我姑妈在卡斯巴的故事！”

“我听见了。”她的声音是从厨房里面传来的，回荡在墨西哥湾温暖宜人的清晨。大片大片美丽的云朵从头顶飘过，它们

---

[1] Casbah，泛指北非的老城区。

从峡谷中升起，让你觉得这个古老、神圣而破旧的美国，从东到西从南到北竟然这么辽阔。布尔现在劲头十足。“喂，我跟你们说过戴尔他老爸的事了吗？他是你在生活中能见到的最快活的老头。他有点麻痹症，就像你的脑子被吃掉了一半，所以无法对进入脑子的全部东西做出反映一样。他在得克萨斯有一幢房子，他让几个木匠一天工作二十四个小时，为他盖个新客厅。到了半夜他从床上跳了起来说：‘我不想要这个该死的客厅了，把它扔在那儿吧。’木匠们不得不放下手里的活，但他们过了一会儿又忙了起来。清晨，你就会看到他们把客厅砸得一塌糊涂。老头对此气得要命。‘该死的，我要到缅因去！’于是他跳进汽车，飞快地开着，开到了每小时一百英里，倾盆大雨也以每小时一百英里的速度跟在他后面。到了得克萨斯中部的一个小镇后，他停下车，去买些威士忌，后面的车都被他的车堵住了。他从店里跑了出来，嚷道：‘你们这些该死的废物，一群杂种！’他说话有些含混不清。如果你的嘴唇也有点麻痹，说话就会这样含混不清。一天晚上，他突然来到我家，那时我住在辛辛那提，他使劲按着喇叭，叫着说：‘快出来，我们一起到得克萨斯去看看戴尔。’他刚从缅因州回来，兴高采烈地说他买了一幢房子。哦，在大学的时候，我们写过一篇关于他的故事。在一次可怕的沉船事故中，人们在水中挣扎，拼命想抓住救生船的边缘。这个老头站在救生船上，提着一把大砍刀去砍他们的手指。‘滚开，你们这群杂种！松开我的船！’哦，他太可怕了，他的故事我可以给你讲几天几夜。萨尔，这样的日子很开心吧？”

确实如此。此刻，轻柔的微风从大堤那边吹来，让我们的旅途更值了。我们跟着布尔走进房间，在墙上量了一下架子的尺寸。他给我们看了他做的餐桌，是用六英寸厚的木板做的。“这张桌子可以用几千年！”布尔那张又瘦又长的脸冲着我们傻笑，一边说，一边使劲敲着桌子。

每天晚上，他坐在桌边吃饭的时候，总喜欢把吃剩的骨头扔给猫。他养了七只猫。“我爱猫，尤其喜欢那几只一抱到浴缸上方就开始尖声哀叫的。”他坚持要演示，但浴室里有人。“好吧，”他接着说，“我们现在不能这么干。萨尔，我已经跟隔壁邻居吵过很多次了。”他跟我们说起关于邻居的事。他们是一大家子，几个孩子都粗鲁无礼。他们经常从这堵尚未完工的围栏后面扔石头，常常打中多迪和雷，有时还会打中老布尔。布尔让他们住手，那个老家伙就冲了过来，用葡萄牙语乱嚷一通。布尔进屋拿着猎枪出来了，他平静地站在那里，在宽大的帽檐下，脸上挂着痴笑，身体不自然地扭曲着，就像一个着装古怪、头发稀疏的小丑。那个葡萄牙人看到他这种样子，肯定会想起一个很久之前做的噩梦。

为了找点事做，我们把院子冲刷了一遍。布尔正在建一道巨大的围栏，把他们和那家讨厌的邻居隔开，但任务量实在太大，似乎永远也完成不了。他使劲推了推围栏，让我们看看有多结实。突然，他显得疲惫不堪，于是默默走进房间，消失在盥洗室内，去完成他午饭前的毒品注射。他出来时神情恍惚，安安静静地坐在格外明亮的灯光下。微弱的太阳光照射过来，在墙上投下一道拉长的影子。“我说，你们为什么不来试试我的生命能量蓄集器[1]？在自己的骨头里加一点汁液。我经常能以每小时九十英里的速度冲到最近的妓院。吼吼吼！”这就是他所谓的“笑声”——他其实并不是真的在笑。他所说的生命能量蓄集器就是一个普通的大到足矣让一个人放一把椅子坐在里面的箱子。它由一层木头加一层金属再加一层木头组成，可以聚集起空气中的生命能量，并将它们贮藏足够长的时间以便人体吸收，效果好于一般的吸收方式。根据赖希的理论，生命能量是大气中振动的生命元素原子。人们之所以会得癌症，就是因为人体内的能量耗尽了。老布尔认为如果他所使用的木头足够有生命能量，就能提升生命能量蓄集器的功效。所以他经常将河道里的枝枝叶叶都拖到他那个神秘的装置外。那个装置表面掉了一层皮，还配有其他疯狂的部件，就放在炎热、平坦的院子里。老布尔熟练地脱下衣服，坐进里边的椅子上，盯着肚脐发呆。“我说，萨尔，午饭以后，你和我咱们俩一起去看赛马吧，咱们可以在格雷特纳玩赌马。”布尔意味深长地说。吃完午饭，他坐在椅子里打了个盹，枪搁在腿上，小雷搂着他的脖子睡着了，这对父子构成了一幅温馨的画面。要知道，这位父亲无论是做事还是谈话的时候，都不像是能够容忍儿子的那类父亲。猛然之间，布尔醒了过来，盯着我看了又看，过了好一会

[1] Orgone Accumulator，奥地利医师威廉·赖希发明的一个名词。他声称发现了为生命和性所特有的倭格昂能（orgone），把这种能量收集在特制的储存器中就可以用来医治许多精神和肉体上的疾病。

儿才认出我是谁。“你为什么要去西海岸，萨尔？”说完，他又继续睡了过去。

下午，我们去了格雷特纳，只有布尔和我两个人。我们开着他那辆旧的雪佛兰。迪安的哈德森底盘比较低，造型优美；布尔的雪佛兰车身较高，开起来吱嘎作响，就像是1910年出厂的车。赌马下注点设在滨河地区一家装修华丽的酒吧里。酒吧后面有个宽敞的大厅，走进大厅，就能看到墙上贴满了各种数字，许多路易斯安那人正在里面看赛马表。布尔和我要了杯啤酒，他偶尔会走到老虎机前，扔进去五十美分，然后就听到老虎机响了起来“头奖”——“头奖”——“头奖”——最后一个图案在“头奖”那里停留了一会儿，然后突然滑向了“樱桃”。就这样，布尔差一点就赚到一百块。“我操！”布尔大叫道，“他们一定在这上面做了手脚。你看到刚才一切都还很正常，我已经中了头奖，但怎么竟然又退回去了。哥们儿，你说这怎么办。”我们开始查看赛马表。我已经很多年没有玩过赛马了，那些马的名字搞得我头昏脑涨。其中有一匹马叫“大老爹”忽然让我有种惊喜的感觉，因为这个名字让我想到了我爸爸，他以前常常带我去赌马。我刚想要跟老布尔说这个事，他却说：“哥们儿，我准备选这匹‘黑海盗’。”

于是我终于说了出来：“‘大老爹’这个名字让我想起了我爸。”

布尔愣了一会儿，他清澈的蓝眼睛轻佻地盯着我，以至于我都晕乎乎地搞不清楚他在想什么。然后他缓过神来，下注在

‘黑海盗’上。但最终是‘大老爹’赢了，他又输了五十块。

“他妈的！”布尔大叫着，“我早就应该知道，我以前就曾经经历过这样的事。伙计，我们早就应该明白这些事了。”

“你是什么意思？”

“我说的是‘大老爹’。你有了一个幻象，哥们儿，一个幻象。只有该死的傻瓜才注意不到幻象。你爸玩过马吗？他是怎么用意念告诉你，这个‘大老爹’将会赢得比赛的？这个名字带给你的感觉，其实是你爸用这个名字在跟你沟通。你提到这一点的时候，我想的就是这个。我在密苏里有个侄子，有一次也是下注了一匹马，那匹马的名字让他想起了他母亲，后来那匹马赢了，他也赢了一大笔钱。同样的事今天下午又发生了。”布尔摇着头说，“好吧，我们走吧。这是最后一次我跟你一起玩马，所有这些幻象都让我心烦意乱。”我们开车回到他那破旧的家，他在车上喋喋不休地说：“人类总有一天会认识到，我们实际上能够与去世的人或者其他的世界或者其他什么保持联系。只要我们将精神的力量发挥到极致，现在我们就能预测，下一个百年里将会发生什么，就能够采取措施避免各种灾难。当一个人去世的时候，他的大脑就会发生一系列突变，我们现在可能对此一无所知，但如果科学家努力工作的话，将来有一天人们将会知道得一清二楚。而现在那帮狗日的只对如何毁灭世界感兴趣。”

我们把赌马的事跟简说了，她抽了抽鼻子。“我觉得真是愚蠢透顶。”她用扫帚把厨房的每个角落都扫了一遍。布尔则去浴室打他的下午针去了。

外面的路上，迪安和埃德·邓克尔把桶钉在电线杆上，然后用多迪的球玩起了篮球。我也加入了进去。我们每个人都施展出了高超的体育技能。迪安完全把我惊呆了。他让埃德和我将一根铁棍举到腰的位置，迪安站在原地，抬腿一跳就跨了过去。“加油，再举高一点。”我们一直把铁棍举到了胸口的位置，他仍然轻而易举就跳了过去。然后他又试着助跑起跳，这样他至少能跳二十英尺高。接着我又跟他一起在路上赛跑，我用十秒五跑完一百英尺，他竟然像风一样超过了我。当我们赛跑时，我产生了一个奇怪的念头，迪安在生活中也是像这样疯狂地奔跑的——他瘦削的脸颊直面生活，挥舞着胳膊，眉毛上挂着汗珠，双腿像格劳乔·马克斯一样飞快地奔跑着，嘴里不停地喊着:“是啊！伙计，你真能跑！”但谁也跑不过他。过了一会儿，布尔拿着几把飞刀出来了，开始向我们演示如何在小巷子里解除一个歹徒的武装。我则向他展示了一个小把戏，当你倒在对手面前的地上时，用脚踝勾住他，把他的手扭过来，抓住他的手，以肩下握颈法让他动弹不得。布尔嚷着太棒了，然后又表演了几招柔道。小多迪招呼她母亲到走廊来，说:“快来看这些傻子。”多迪的无礼有种可爱的味道，迪安目不转睛地望着她。

“哦，真想看到她长大以后的样子！你将来一定能看到她在运河街用迷人的眼神秒杀所有人的样子。酷！”他嘴里不停地嚷嚷着。

我们与邓克尔两口子一起在新奥尔良城里闲逛，就这么疯了一天。迪安那天有点心不在焉。当他在调车场看到一列得克萨斯－新奥尔联合铁路公司的货运列车时，立即想要露一手给我看看。“在看完我的演示前，你就会成为火车制动员！”他和我还有埃德冲过铁轨，从三个不同的点爬上了火车。玛丽露和加拉托坐在车里等我们。我们坐着火车走了半英里，到了码头车站，并在车上向扳道工和信号员挥手打招呼。他们教我怎么从运行的车上跳下来，先放下后脚，撒手稳住身体，然后另一只脚再落地。他们还给我看了冷藏车厢。冬天的夜晚，坐在这样一列空空荡荡的火车里，真是一件相当舒服的事。“还记得我给你说过的从新墨西哥到洛杉矶的故事吗？”迪安嚷着，“我就是搭这样的车去的……”

一个小时以后我们才回到姑娘们身边，她们已经有点生气了。埃德和加拉托决定在新奥尔良找一间房子住下，然后在这里找一份工作。这正合布尔的意，他已经开始厌烦我们这群乌合之众了。他原本只是邀请我一个人过来。迪安和玛丽露一直睡在前屋，房间的地板上满是果酱和咖啡的残渣，空了的安非他命药瓶也扔得到处都是。这个房间原本是布尔的工作室，现在他已经没法继续在这里做架子了。由于迪安不停地跑来跑去，把可怜的简吵得心烦意乱。我们现在都在等着我姑妈已经寄出的我的另一笔退伍军人津贴，然后我们三个人——迪安、玛丽露和我——就会离开。钱寄到了以后，我突然意识到我其实是多么不愿离开布尔一家，这里给我留下了许多美好的回忆。可是迪安却非常兴奋，他早就准备要走了。

一个萧瑟的黄昏，残阳如血。我们上了汽车。简、多迪、小男孩雷、布尔、埃德和加拉托微笑着站在院子里，院子里的草长得很高了。终于到了该说再见的时候。然而在最后时刻，迪安和布尔在钱上却发生了一点误会。迪安想借点钱，布尔却说绝对不行。那种感觉仿佛又回到了得克萨斯的时光，许多人都嫌恶地认为迪安是骗子，都远远躲着他。迪安傻乎乎地笑了笑，没有在意。他一只手摸着裤子拉链，一只手伸进玛丽露的裙子里，然后低下头亲吻她的膝盖，唾沫四溅地说："亲爱的，你我都知道，至少咱俩之间没有什么秘密，无论你是用形而上学的概念抽象地去界定，还是你想用其他特别的概念，无论你是甜言蜜语，还是苛求标准……"汽车呼啸着启动了，我们再一次开始向加利福尼亚进发。

8

当你开车向人们告别，看着他们的身影渐渐消失在旷野之中，那时会有什么样的感觉呢？你会想到，这就是我们身处的茫茫世界，这就是离别。但是，在这个世界上，我们永远期待着下一次疯狂的冒险。

我们开着车，驶过了阿尔及尔闷热夜晚里的点点亮光，乘上渡轮，朝那些沾满泥污、肮脏破旧的旧船驶去，又到了运河街，出了路口，我们在紫色的薄暮中驶上了通向巴吞鲁日[1]的双向高速公路，然后掉头向西行驶，在一个叫作艾伦港的地方渡过了密西西比河。在艾伦港，我们遇上了大雨。河水在黑暗中不断地上涨，在黄色雾灯中，我们驶上了一条环形道，突然发现桥下是黑魆魆的河水，我们再次跨越永恒。密西西比河究竟是条什么样的河流？雨夜，密苏里河岸的大土块扑通掉落，被冲进河流，不断分解消融，顺着永恒的河床奔涌向前，成为棕

[1] Baton Rouge，路易斯安那州首府，位于该州东南部。

色的泡沫，穿过无数的山谷、森林和堤岸，不停向南，向南，经过孟菲斯、格林维尔、尤多拉、维克斯堡、纳奇兹、艾伦港、奥尔良港和德尔塔斯港，再经过博塔什、威尼斯，以及夜幕中的辽阔海湾，注入大洋。

一路上，收音机里都播放着莫名其妙的节目。我向车窗外瞟了一眼，看见一个广告牌，上面写着“请用库柏牌油漆”。我嘟囔了一句:“好吧，我一定用。”在诡谲的夜色中，我们穿过了路易斯安那平原——劳特尔、尤尼斯、肯德尔以及德昆西，一直到萨宾，这些西部小镇几乎都是建筑破旧，河流纵横。在老奥珀卢瑟斯镇，我走进了一家杂货店，想买些面包和奶酪，而迪安准备去加油。走进去的一瞬间，我听见店主一家人正在后院里吃饭。我等了一会儿，他们仍在交谈着，于是我拿了面包和奶酪溜出了门。我们的钱本来就不够到旧金山。这时，迪安从加油站搞来了一条香烟。这下，我们的旅途算是装备齐全了——汽油、香烟和食物。就算骗子也想不到我们会这样。迪安直接把车开上了大路。

在斯塔克斯附近，我们看见前面的天空中有一团巨大的火球。我们猜测着那会是什么。不一会儿我们驶近了它。许多汽车停在公路上，旁边燃着大火，他们一定是在野餐，当然也可能有其他什么事情。到了杜威维尔附近，周围的田野十分诡异，一片漆黑。突然之间，我们的车驶入了沼泽地中。

“伙计，如果我们在这样的沼泽地里发现一个爵士乐酒吧，里面有几个高大的黑人小伙用吉他弹着布鲁斯音乐，喝着烈酒，然后给我们指路，你想象得出这会是怎样的情景吗？”

“那就太棒了！”

一种神秘的气氛笼罩着四周。我们把汽车开出沼泽地，车的两边都挂满了藤蔓，然后驶上了尘土飞扬的公路。我们的车旁闪过了一个幽灵，仔细一看，是一个穿着白衬衫的黑人。他在路上走着，双手伸向漆黑的夜空，大概正在祷告或者念咒语。我们从他身边驶过，我透过车后的窗子望去，正好看到他那双白色的眼睛。“哦！”迪安说道，“快瞧，我们最好别在这乡下地方多待。”到了一个十字路口，我们不得不停下车来。迪安关上了前灯，我们被密密麻麻的灌木丛包围着，似乎能听到里面有成千上万条毒蛇在蜿蜒爬行。我们唯一能看见的，就是哈德森车的仪表盘上红色的电钮。玛丽露吓得缩成一团。我们都哈哈大笑，不断吓唬她，其实我们自己也吓得够呛，竭力想甩掉那些蛇窝，冲出这个无边的黑夜，掉转车头，向熟悉的美国公路和乡村驶去。此刻，空气中充斥着一股死水和汽油的味道，这是我们无法理解的夜的杰作。猫头鹰在夜幕中哀鸣，我们终于驶上了大路，很快穿过了该死的萨宾河，正是这条河形成了大片的沼泽地。我们忽然惊奇地发现，前方星星点点地闪烁着一大片灯光。“得克萨斯！那就是得克萨斯！博蒙特石油城！”在充满石油气味的空气中，巨大的储油罐和炼油厂隐约可见。

“真高兴我们终于逃出那个鬼地方了。”玛丽露叫道，“现在我们可以来干点更神秘的事了。”

我们的汽车颠簸着驶过博蒙特，在利伯蒂穿过了特里尼蒂河，然后一直向休斯敦驶去。现在，迪安又讲起了他 1947 年在休斯敦时的经历。“哈斯尔！那个疯子哈斯尔！我无论去哪都在找他，却从来没找到过他。他过去常常带着我们在得克萨斯鬼混。一次我们和布尔一起开车去杂货店。哈斯尔一下失踪了。我们不得不去找他，跑遍了城里所有给瘾君子注射毒品的地方。”我们的车驶入了休斯敦。“我们花了很长时间到这个城市的各个角落去找他。伙计，他会同他碰到的每只小野猫搞在一起。有一天晚上，我们又把他丢了，于是就在旅馆开了一个房间。我们原本是去为简买冰的，因为她的食物都要变质了。我们花了两天的时间找他。后来我自己碰上了一件麻烦事——那天下午，我四处物色来购物的女人，就在这里，商业中心的超市里。”我们开着车在无人的夜里奔驰着。“我发现一个迷人的姑娘，但脑子有点问题，在那儿瞎逛，就想去偷一个橙子。她是怀俄明人，身材好极了，只是配了个傻瓜的脑袋。我发现她一直胡言乱语，就把她带回旅馆房间。布尔喝得醉醺醺的，还想把一个墨西哥小孩灌醉。卡洛吸了海洛因，正奋笔写诗。哈斯尔还没有回来，直到半夜，我们才在一辆汽车里发现了他，他倒在后座上睡觉呢。车上的冰早就融化了。哈斯尔说他吃了五片安眠药。伙计，我的脑子真不好使，记忆力也不行了，否则我就能给你们讲讲我以前所经历的所有细节。啊，但我们了解时间，事情终究都会迎刃而解。我可以闭上眼睛，这辆破车会照顾好它自己的。”

凌晨四点，休斯敦大街上空无一人，忽然，一个小伙子骑着摩托车急驰而过。他身上穿着一件考究的黑色夹克，上面缀满了各种装饰和闪闪发光的纽扣，头上戴着头盔，就仿佛得克萨斯一首夜晚的诗。他身后坐着一个姑娘，紧紧搂着他的腰，披肩长发随风飘散，就像是个印第安人。急驰中，她嘴里还在唱着:“休斯敦，奥斯汀，沃斯堡，达拉斯——有时是堪萨斯城——有时是老安东尼，哈哈哈哈哈。”摩托车渐渐远去了。“啊哈！瞧抱着他的那个小妞！我们快追上去吧！”迪安想赶上他们。“如果我们能在一起旅行。人人都亲密、友好、和睦相处，没有争吵，没有误解，那不是很好吗？哈哈！我们真应该及时行乐。”他低着头，把车开得飞快。

离开休斯敦，永远不知疲倦的他也已经筋疲力尽了，于是我来开车。我刚接过方向盘，天上下起了雨。现在，我们是行驶在得克萨斯辽阔的平原上。迪安说:“在得克萨斯你可以不停地向前开，一直开到明天晚上。”大雨倾盆而下。我开着车，来到一个破烂不堪的小镇，行驶在泥泞的大道上，不料却走进了一个死胡同。“嗨，我该怎么办？”他们两个都睡着了。我掉转方向，缓缓地穿过小镇。街上没有一个人，也没有一丝光。这时，车的前灯里出现了一个披雨衣的人影。他是当地的治安员。在瓢泼大雨中，他戴着一顶宽边高顶帽。“到奥斯汀该怎么走？”他彬彬有礼地告诉了我。于是我继续向前开。到了城外，突然有两盏车灯在雨中向我直射过来。哎呀，我想我可能是走错了，在路的另一边逆行。我向右靠了靠，发现车子快要陷进泥里了，我忙把车退到路上，两盏车灯依然直射向我。这时我才意识到，是对面的司机开错了车道，而且他还没发现。我只好使劲转向三十度，把车开进了路边的泥地里，幸好这里都是平地，没有路沟，真要感谢上帝。肇事的汽车终于在雨中停了下来，里面坐着四个目光呆滞的农场工人，他们似乎是抛开了日常工作，尽情开怀畅饮了一通。他们都穿着白衬衫，棕色的手臂肮脏不堪，他们在夜色中茫然地望着我，司机也跟其他人一样酩酊大醉。

"到——到休斯敦怎——怎么走？"他问。我指了指身后来时的路，气得火冒三丈，他们这么做的目的只是想问个路。就仿佛你正在匆忙赶路，一个乞丐却突然拦住了你。他们无精打采地盯着车里滚动的空酒瓶，发出叮当的撞击声。我把汽车发动起来，它陷在泥里有一英尺深，我望着雨中的得克萨斯原野，叹了口气。

"迪安，"我叫道，"快醒醒。"

"什么事？"

"我们陷在泥里了。"

"怎么回事？"我告诉了他。他连声咒骂起来。我们换上旧鞋和旧外套，跌跌撞撞地下了车，冲进暴雨里。我用背抵在车后的挡泥板上，又是扛又是推。迪安则用链条缠在空转的车轮上。不一会儿，我们的身上就沾满了泥。我们叫醒了玛丽露，让她也加入这倒霉事中，她可以在我们推的时候发动汽车。这辆可怜的哈德森拼命向前挣扎。突然车身向外颤了一下，开始向路上滑去，玛丽露立即加速，车子终于出来了，我们赶紧钻了进去。这件事一共花了半个小时，我们被雨水浇得浑身透湿，狼狈至极。

我沾着一身泥浆睡着了，早上醒来时，泥浆都已经干了。外面下起了雪，前面就要到弗雷德里克斯堡[1]高地了。这是得克萨斯和西部历史上最糟糕的一个冬天，由于暴风雪的侵袭，牛群一批一批地像苍蝇一样死去，暴雪还袭击了旧金山和洛杉矶。我们个个狼狈不堪，真希望回到新奥尔良同埃德·邓克尔在一起。玛丽露在开车，迪安在睡觉。她一只手扶着方向盘，另一只手搭在坐在后座的我身上，喁喁地述说着到旧金山后我们的约会，对那个约会我已经垂涎欲滴。到了十点，我接过了方向盘——迪安已经好几个小时不在状态了——在沉闷无聊中，我开车跑了几百英里，一路上不断在雪中翻山越岭。许多戴着棒球帽和护耳的牛仔跑来跑去寻找牛群。每走一段，路旁就会出现几幢带烟囱的舒适的小屋。我真希望前面有个温暖的地方可以让我们来点牛奶和豌豆。

在索诺拉，我走进一家商店，店主正和一个身材高大的农场主在一边闲聊，于是我又自己动手，拿了一些免费的面包和奶酪。迪安听我一说，乐得手舞足蹈。他已经饿坏了，而我们却再也没有多余的一分钱来买食物了。“好啊，好啊。”迪安看着那些在索诺拉大街上行色匆匆的农场主说道，“他们个个都是吸血鬼百万富翁，都有几千头羊，无数工人，许多房产，银行

---

[1] Fredericksburg，得克萨斯州中部城市。

里还有大笔存款。我要是在这附近住的话，准会变成灌木丛里的白痴，变成一只长耳兔，吃树上的树叶，去寻找漂亮的牧羊女。嘻，嘻，嘻，嘻！他妈的！”他使劲打了自己一下。“好！对！哦，哎呀！”我们搞不清他正说些什么。他接过方向盘，驾车穿过得克萨斯剩下的路，大约有五百英里，汽车一刻不停地在黄昏中驶向埃尔帕索[1]。在奥佐纳[2]，迪安停了一下车，他脱光衣服，兴高采烈地跳下车，在路旁草地上奔跑。公路上汽车来往奔驰，没人注意到他。他蹦跳着又跑回车里，继续向前开。“现在，萨尔、玛丽露，我希望你们俩都像我这样，把身上所有的衣服都脱光。现在为什么要穿衣服？我要你们都脱光，让太阳晒晒我们美丽的身体，来呀！”我们迎着太阳一直向西开着，斜阳透过挡风玻璃照射进来。“我们迎着太阳走，快把你的身体袒露出来。”玛丽露慢条斯理地脱下了衣服，我也脱了，我们三个人都坐在前座上，为了寻找乐子，玛丽露拿出冷霜，给我们每人抹了一点。不时有卡车从我们身旁驶过，司机从高高的驾驶室里可以看见一个漂亮的金发女郎赤身裸体地坐在那里，旁边坐着两个一丝不挂的男人，在他们从我们的后视窗中闪过的一瞬间，你能看到他们的车偏离了方向。雪停了，辽阔的草原一望无际。不久，我们来到全是橘黄色岩石的佩科斯峡谷。天空一片蔚蓝。我们跳下车，去看一座古老的印第安废墟。迪安

[1] El Paso，得克萨斯州最西端城市，南与墨西哥接壤。

[2] Ozona，得克萨斯州西南部城市。

仍然一丝不挂，玛丽露和我都穿上了外衣，我们漫步在这些古老的石头之间，无所顾忌地叫着笑着，几个游客瞥见了旷野中全身赤裸的迪安，但是他们无法相信自己的眼睛，犹豫不决地继续走路。

快到范霍恩时，我睡着了。迪安和玛丽露停下车做起爱来。等我醒过来时，汽车已经经过了克林特、伊斯莱塔，正在通过格兰德河谷向埃尔帕索行驶。玛丽露爬到后座，我则跳到前座，我们继续前行。在我们的左边，隔着宽阔的格兰德河，就能看见墨西哥边境红褐色的山丘，那是塔拉乌马拉人的领地，轻柔的雾霭缭绕山间，阳光下，一望无际的道路通向埃尔帕索和华雷斯[1]，这里的河谷如此宽阔，以至于你能同时看到几条铁路都有冒着轻烟的火车驶过，仿佛这个河谷容纳了整个世界。我们一路向下行驶着。

“得克萨斯的克林特！”迪安叫道，他把收音机扭到克林特电台。他们每十五分钟播放一张唱片，其他时间则是某个中学函授课程的商业广告。“整个西部都能听到这个节目，”迪安兴奋地叫道，“伙计，我在教养院和监狱里常常一天到晚都收听这个节目。我们大家那时都给这个节目写过信。如果你通过了考试，就能得到一张邮寄来的毕业文凭，当然是仿制的。所有年轻的西部牛仔，无论是谁，都曾经写信要这个东西，他们收听的就是现在放的东西。无论你在斯特灵、科罗拉多、拉斯克，

[1] Juárez，墨西哥奇瓦瓦州城市，位于格兰德河南岸，与埃尔帕索隔河相望。

还是怀俄明，不管是什么地方，只要打开收音机，就能收到得克萨斯的克林特，得克萨斯的克林特！他们放的音乐总是乡村牛仔和墨西哥音乐，这些节目肯定是我们国家有史以来最糟糕的，但谁也拿它没办法。他们的广播覆盖面积大，把全国都控制起来了。”在克林特简陋的房屋后面，我们看到了高高的天线。“唉，伙计，真是一言难尽！”迪安嚷道，他几乎要哭出声来。黄昏时分，我们的车来到了埃尔帕索，我们已经身无分文了，必须搞到点钱买汽油，否则就没法开到旧金山和西海岸。

我们想尽了一切办法，在旅行社不断询问，但那天晚上没有一个人要去西部。在旅行社你可以拉几个乘客，让他们付点汽油费，这在西部是合法的。有几个人手里拎着旧皮箱，形迹可疑地等待着。我们又来到长途汽车站，想说服某个人给我们一点钱，也省得他们坐大巴到西部。可是我们都不好意思去问别人，只能愁眉苦脸地徘徊着。外面的天气很冷。一个大学生望着性感的玛丽露兴奋得浑身冒汗，但还假装若无其事的样子。迪安和我商量了一下，最后决定我们不拉皮条。突然，一个疯疯傻傻的年轻人缠上了我们，他才从教养院里放出来。这个人非要迪安和他一起出去喝点啤酒。“来吧，伙计。我们一起去把某个人的脑袋敲碎，把他的钱抢过来。”

“我赞成，伙计！”迪安大声嚷着。他们一起走了。我有些担心，但是迪安只是想同这个小伙子去领略一下埃尔帕索的街头生活，寻找点刺激罢了。玛丽露和我等在车里，她用双臂搂住了我。

我说："他妈的，露，等我们到了旧金山再说。"

"我不管。迪安迟早会离开我的。"

"你打算什么时候回丹佛？"

"我不知道，我什么都不在乎。我能和你一起回东部吗？"

"我们必须在旧金山搞些钱。"

"我可以介绍你到餐馆的账台工作。我也可以当服务员。我认识一家旅馆，可以赊账住在那里。我们可以一起生活。唉，我太难过了。"

"你难过什么？"

"我对什么都感到难过，哦，他妈的。我希望迪安不像现在这么疯就好了。"迪安踉踉跄跄地回来了，他嘿嘿地傻笑着跳上了汽车。

"哦，他可真是一个疯狂的家伙！我太了解他了！我过去认识几千个像他这样的家伙，他们全都一个样，他们的脑子就像上了发条的钟，零件倒是不少，就是没有时间观念，没有时间观念……"他开足马力，手握方向盘，飞也似的驶出了埃尔帕索。"我们得去拉几个乘客。一定要拉到几个。哈哈！加油呀，瞧着点！"他对着一个摩托车手嚷着，向他挥了挥手，超过了前面的一辆车，冲出了城市的边界。河对岸就是华雷斯城的点点灯火，如钻石一般。这里的土地凄凉而干燥，奇瓦瓦[1]上空的星星晶莹透亮。玛丽露一直盯着迪安，在他们来回穿越全国的

[1] Chihuahua，墨西哥西北内陆州，北靠美国的新墨西哥州和得克萨斯州。

一路上，她一直这样用眼角盯着迪安——带着一种哀怨、愠怒的神情，仿佛想要割下他的头藏到密室里，她的爱里带着惊人的妒忌和悔恨，热烈、轻蔑、狂放，她那温柔的笑容里包含着一股恶毒的妒火，令我不由地毛骨悚然。她知道他们的爱情绝不会有什么结果，只要看看他那耷拉着下巴的瘦削脸庞，以及脸上流露出的男性的自负和心不在焉的神情就可以猜到，她了解他的疯狂。迪安相信玛丽露是一个婊子，他还让我相信她常常说谎甚至到了病态的程度。然而当她这样盯着他时，那的确是爱情。每当迪安注意到她在看他，他总是转过身体，脸上涌出一个虚假的微笑，露出雪白的牙齿，眉毛则调情似的抖动。但是就在一分钟之前，他还沉醉在自己不朽的梦中。于是玛丽露和我都哈哈大笑起来——迪安满不在乎，只是傻乎乎地笑着，仿佛在说，无论如何我们不是在及时行乐吗？事实也的确如此。

在埃尔帕索城外，黑暗中，我们看见一个矮小的身影伸出拇指在拦车，这正是我们要找的乘客。我们驶近他的身边问："你有多少钱，孩子？"这个孩子没有钱。他大约十七岁，面色苍白，有些害羞，一只手有残疾，什么行李也没有。"他不是很可爱吗？"迪安转过身来，表情认真地对我说。"上来吧，小伙子，我们带上你。"那孩子看到他成功了，有些兴奋。他说他有个姑妈在加利福尼亚的图莱里，开了一家食品杂货店。我们一到那里，他就有钱给我们了。迪安笑得前仰后合，这跟我们在北卡罗来纳遇到的那个家伙一样。"好吧，好吧，"他叫道，"我们大家都有个姑妈。得了，我们走吧，去看看这条路上所有姑妈、姑父和食品杂货店。”我们就这样搭了一个新乘客，还是个挺不错的小家伙。他一句话也不说，只是听着我们不停地絮叨。迪安唠叨了一分钟之后，这个小家伙大概意识到他上了一群疯子的汽车。他说他要一路搭车从亚拉巴马到俄勒冈去，他的家在俄勒冈。我们问他为什么会去亚拉巴马。

“我想去找我姑父。他说他在木材厂为我找了一份工作，但是那个工作没了，所以我只好回家。”

“回家，”迪安说，“回家，好吧，我知道，我们带你回家，至少可以把你送到旧金山。”但是我们一点儿钱也没有了。我灵机一动，我可以到亚利桑那州图森我的老朋友哈尔·汉厄姆那里去借五块钱。迪安立刻说就这么定了，马上赶到图森。于是我们行动起来。

晚上，我们穿过了新墨西哥州的拉斯克鲁塞斯，清晨到达亚利桑那州。我从沉睡中醒来，看见所有人都像羊羔一样在睡觉。车不知道停在了什么地方，玻璃窗上布满了水汽，根本看不清外面的景象。我只好下车，发现我们的车停在群山之间。太阳正在空中冉冉升起，空气清新怡人，山间披着霞光，山谷里青草翠绿，地上则布满了地鼠洞、仙人掌和各种荒草。该我开车了，我推开了迪安和那个小家伙，然后关掉发动机让车靠自重下山，以便节省汽油，就这样我终于将车开到了亚利桑那州的本森。我猛然想起我有一块怀表，是罗科送我的生日礼物，这是一块值四块钱的表。到了加油站，我向里面的工人打听，本森是否有当铺，正巧当铺就在加油站的隔壁。我敲了敲门，有人从床上爬了起来。不一会儿，我把表当了一块钱，正好付了汽油钱。现在我们有足够的汽油到图森了。就在我要驾车离开时，一个挎着枪的警察出现了，要看看我的驾驶执照。“后座上的那个家伙有驾照。”我说。迪安和玛丽露正盖着一条毯子睡觉。那个警察让迪安出来，突然，他拔出手枪，叫道：“举起手来！”

“长官，”我听见迪安恭敬而又滑稽地说，“长官，我只是想把扣子扣上。”警察也几乎笑起来。迪安走了出来，衣衫褴褛，而且 T 恤上满是泥，他紧了紧腰带，小声咒骂着，到处寻找他的驾照和车证。警察仔细搜查了我们车后的行李箱，所有的证件都齐全。

“只是检查一下。”他满脸堆笑地说，“你们现在可以继续走了。本森的确是个不错的城市，如果你们在这儿吃早饭的话，就可以好好欣赏一下。”

“好好好。”迪安说着，理也没理他，就开车走了。我们都宽慰地松了一口气。一帮子年轻人开着一辆新车，口袋里却没有一分钱而不得不把表当了，警察自然会怀疑。“哎呀，警察总是多管闲事。”迪安说，“不过这个警察同弗吉尼亚的那些鼠辈比起来要好多了。他们总想立功出风头，以为每辆车里都坐着一伙芝加哥大盗，否则就没事可干。”我们开车来到了图森。

图森坐落在遍地牧豆树的河床地带，抬眼即是白雪皑皑的卡塔利纳山脉，景色优美。整座城市仿佛一个规模浩大的建筑工地，居民都像匆匆的过客，野心勃勃、忙碌而快活。晾衣绳、拖车房随处可见，城区街道熙熙攘攘，挂满彩旗和横幅，看上去很像加利福尼亚的小镇。汉厄姆住在洛威尔堡路，这条路在平坦的沙地中依河床边树木的方向蜿蜒伸展。我们看见汉厄姆一个人正在院子里沉思默想。他是一个作家，到亚利桑那来是为了在一个安安静静的环境里写作。他又瘦又高，有些腼腆，说话时含含糊糊，但他是个讽刺家，脑袋一转，就能说出令人捧腹的话。他的妻子、孩子和他住在一起，那是一所很小的住宅，他的印第安继父盖的，穿过院子就是他母亲住的房间。他母亲是个有意思的美国老太太，喜欢陶器、念珠和书。汉厄姆从我在纽约给他写的信中已经听说过迪安。我们一窝蜂地向他冲去，每个人都饿得要死，连那个残废了的小乘客，阿尔弗雷德也是如此。汉厄姆穿着一件旧毛衣，在这燥热的天气里，还叼着一支烟斗。他母亲走了出来，邀请我们到她的厨房里吃饭，我们煮了一大锅面条吃。

随后我们开车来到十字路口的一家酒品店，汉厄姆在那里兑了一张五块钱的支票，然后把钱递给我。

我们匆匆告别。“这次能见到你们真让人高兴。”汉厄姆眼睛望着别处说。穿过沙地，在几棵树后面有一家小旅馆，门口巨大的霓虹灯招牌闪烁着红光。汉厄姆写累了时，常常会到这里喝一杯啤酒。他很孤独，想回纽约。我们驾车离开时，只见他高高的身影消失在苍茫的夜色之中，这情景颇令人伤感。这使我们想起了在纽约和新奥尔良的那些人：他们模糊的身影站立在巨大的苍穹之下，四周的一切都消失在夜色中。我们这是去哪儿？去干什么？为了什么？不知道。但是我们这群傻瓜仍然在继续向前。

9

在图森城外，我们在漆黑的路上又看到了一个想要搭车的乘客，他是从加利福尼亚的贝克斯菲尔德来的流动雇农，一上车就开始讲他的故事。“他妈的，我是在旅行社搭了一辆车离开贝克斯菲尔德的，还把我的吉他放在另一辆汽车的后备厢里，吉他和那几个牛仔打扮的人都不见了，你知道，我是个玩音乐的，到亚利桑那参加约翰尼·麦考的山艾男孩组合的演出。现在，他妈的，我到了亚利桑那，却破产了。我的吉他被偷了，你们把我带回贝克斯菲尔德的话我可以从我兄弟那里拿到钱，你们要多少？”我们想了一下，从贝克斯菲尔德到旧金山的汽油费大概需要三块钱。现在我们的车上坐了五个人。“晚上好，夫人。”他说着，抬抬帽子向玛丽露致意。我们开车出发了。

半夜时分，我们的车开始爬坡，棕榈泉[1]的灯光在我们脚下闪烁。清晨，天上下起雪来，我们艰难地驶向莫哈韦镇，它

[1] Palm Springs，加利福尼亚州南部城市，位于洛杉矶以东约一百六十公里。

是通向蒂哈查皮山口的必经之路。那个流动雇农醒了过来，讲了一个笑话，可爱的小阿尔弗雷德坐在那里笑。流动雇农说他认识一个人，忘了他的妻子向他开枪而把她保释出监狱，结果又挨了一枪。他在讲这个故事时，我们正好经过女子监狱。抬头望去，蒂哈查皮山口就在我们前方。我们经过一家占地面积巨大的水泥厂，它像裹着尸衣躺在峡谷里。然后，汽车开始下坡，迪安松开油门，任车向下滑行，途中转过了几个急转弯，还超过了好几辆车。就像教科书里教过的那样，他完成这一切完全没有踩油门。我紧紧抓住扶手。有时遇到上坡，他也能依靠惯性冲过去，无声无息地超过了几辆车。他掌握一流超车技术的节奏和力道。碰到 U 形的左转弯，他就把身体尽量往左靠，直直的手臂扶着方向盘，小心翼翼地绕过一堵低矮的石墙，它背后是仿佛世界之底的深渊。碰到右转弯，左边就是悬崖，他则把身体尽量往右靠，玛丽露和我就都跟着向右倾。我们就这样颠簸着驶过了起伏不断的圣华金河谷，河谷延伸了一英里，几乎就是加利福尼亚最低的地方，从我们的天窗望出去，两边都是绿色和美景。我们几乎没用汽油就跑了三十英里的路。

忽然之间，我们大家都兴奋起来。当我们经过贝克斯菲尔德市的界碑时，迪安想把他知道的有关这个城市的一切都告诉我。他指给我看他在这里曾经住过的房子、铁路旅馆、游泳池、路边小饭馆，还有跳车就能摘到葡萄的铁道、他吃过饭的中餐馆、他碰上小妞的公园长椅，以及某个他什么也没干只是闲坐着等待着的地方。加利福尼亚对于迪安来说是躁动的、艰难的，但也是举足轻重的。这是一片孤独的、漂泊的、奇异的土地，情侣们像候鸟一样在这里相聚，这里的每一个人某种程度上都像那些潦倒的、英俊的、颓废的电影明星。“伙计，我曾经在前面杂货店的椅子上度过了无数快乐的时光。”所有的一切他都记得——每一次狂欢、每一个女人、每一个忧郁的夜晚。突然，我们的车经过了铁路调车场的某个地方，让我想起 1947 年 10 月，我和特里曾经坐在那里的破箱子上，在月光下喝酒。我想把这些告诉他，但是他太激动了。“我曾经和邓克尔在这里喝了一上午啤酒，想从沃森维尔搞一个娇小迷人的女服务员——不，是特雷西，对，是特雷西——她的名字叫埃斯梅拉达。哦，伙计，大概就叫这个吧。”玛丽露正在计划着到了旧金山干什么，阿尔弗雷德说，到了图莱里，他的姑妈就会给他足够的钱。那个流动雇农让我们带他到城外平原地区去找他的兄弟。

中午，我们来到了一幢种满玫瑰花的住宅前面。那个流动雇农走了进去，跟几个女人说着什么，我们等了足足十五分钟。“我开始觉得这个家伙不会比我有更多的钱。”迪安说，“我们在这儿真是浪费时间！这个家里可能根本就没有人，他们知道这个傻瓜的恶作剧之后大概会给他一分钱。”那个流动雇农局促不安地走了出来，把我们带到了城里。

“他妈的，我真希望能够找到我兄弟。”他一路询问着。他或许以为自己是我们的囚犯。最后我们来到了一家大面包房，流动雇农带着他的兄弟从里面走了出来，他兄弟穿着工作服，显然刚才是在里面干活。他和他兄弟谈了几分钟，我们等在车里。流动雇农把他丢失吉他的事以及他的冒险经历都告诉了他的兄弟。后来他拿到了钱，就给了我们。我们准备出发到旧金山，向他道谢之后，便启程出发了。

下一站是图莱里。我们又开始爬起了山坡。我浑身放松地倒在后座上。下午时分，我正在打盹，布满尘土的哈德森驶过了萨比纳尔城外的一片住宅。过去，我曾在那里居住过、恋爱过，还工作过。迪安死死地把着方向盘，不停地拉操纵杆。到图莱里时，我还在睡觉。一个匪夷所思的故事让我清醒过来。“萨尔，快醒醒！阿尔弗雷德找到他姑妈的食品杂货店了，但是你知道出了什么事？他姑妈因为开枪射杀她丈夫而坐牢了。食品杂货店关门了，我们一分钱也没拿到。想想吧，这件事多么不可思议，跟那个流动雇农说的故事一模一样，乱了套了。这个故事太奇特了——哈哈，他妈的！”阿尔弗雷德啃着自己的手指甲。于是我们继续上路，在马德拉驶离俄勒冈的方向。在那里，我们告别了小阿尔弗雷德。我们祝他走运，一路顺风到达俄勒冈。他说这是他所经历过的最愉快的一次旅行。

我们开始在奥克兰的山脚下行驶。没过几分钟，突然来到一片高地，横亘在我们面前的，就是那白色而又奇妙的旧金山，整个城市被十一座神秘的山峰所环绕，蔚蓝的太平洋与朦胧的雾气在山间隐约可见，在午后阳光的照射下，闪烁着金光。“啊，太美了！”迪安叫道，“我们到了！汽油正好够了！哦，我们到海边了！这里是陆地的尽头！我们没法再往前走了，因为前面没有陆地了。现在，玛丽露，亲爱的，你和萨尔立刻到旅馆等我，等我把卡米尔安排好以后，明天上午就与你们联系。然后我还要打电话给法国佬，去问一下我到铁路上工作的时间。你和萨尔先去买一张本地的报纸，查查招聘广告。”然后，他开车带着我们一起驶向奥克兰海湾大桥。在繁华的商业中心，鳞次栉比的高楼霓虹闪烁，这情景会令你想起山姆·斯佩德[1]。在车辆如梭的奥法瑞尔大街上，我们跌跌撞撞地下了车，呼吸着这个城市的气息，就像刚刚结束了一次漫长的海上旅行，终于踏上海岸一样。在我们的脚下，倾斜的街道仿佛摇摇晃晃，空气中飘浮着唐人街中餐厅里炒杂碎的香味。我们把车上的东西全部都搬出了汽车，堆在了人行道上。

迪安匆匆忙忙地跟我们道了别，他急于想见卡米尔，看看出了什么事。玛丽露和我默默地站在街上，目送他驾车远去。“你看他是不是个杂种？”玛丽露说道，“迪安会为了他自己，随时随地把你扔在寒冷的大街上。”

“我知道。”我转身朝东望去，叹了口气。我们没有钱，迪安也没有提钱的事。“我们到哪儿去呢？”我们手里拎着几捆破烂的东西，漫无目的地游荡在狭窄而又浪漫的街道上。来来往往的行人看上去个个都像穷困潦倒的临时演员，过气的明星，失去魅力的杂技演员，小型赛车车手，到了大陆尽头而愁容满面的加利福尼亚人，潇洒、颓废、像卡萨诺瓦[2]一样风流不羁的

[1] Sam Spade，美国作家达希尔·哈米特硬汉派侦探小说《马耳他黑鹰》中的主角。

[2] Casanova（1725—1798），意大利冒险家、作家，享誉欧洲的情圣才子。

男人，旅馆里眼泡浮肿的金发女郎，妓女，皮条客，骗子，按摩师，酒吧服务员以及诸如此类的家伙——应有尽有。在这些人中间，一个人怎么能生活得下去呢？

10

尽管如此，玛丽露已经混在这些人中间了。在离田德隆区[1]不远的地方，一个脸色灰白的旅馆侍者让我们赊账租了一个房间。这是第一件要做的事。然后我们要去吃点东西，这件事一直等到半夜才解决。我们看到一个夜总会歌星在她住的旅馆房间里把电熨斗倒放在衣架下的废纸篓中，在上面热着一听猪肉菜豆罐头。我望着窗外不停闪烁着的霓虹灯，自言自语道，迪安在哪儿，为什么他对我们的幸福毫不关心？那一年我对他失去了信心。我在旧金山住了一个星期，这是我生活中最悲惨的一个星期。玛丽露和我甚至步行几英里，只是为了搞到一点饭钱。我们甚至跑到教会街一家廉价旅馆去找玛丽露认识的几个海员，他们喝得烂醉如泥，只给了我们一些威士忌。

在旅馆里我们一起生活了两天。我知道现在迪安不会出现了。玛丽露对我并无兴趣，她只是想在迪安的好朋友身上重新

[1] Tenderloin，旧金山的一个老街区，以肮脏、高犯罪率而闻名。

找回他，我们在房间里不断争吵，也整晚整晚地躺在床上，我告诉她我的梦想，告诉她那条巨大的世界之蛇蜷缩在地底就像寄生在苹果里的虫子，将来总有一天会拱起来变成一座山，就是我们知道的蛇山，要是它爬到平原会有一百多英里长，它爬到哪里就把哪里吞噬，我告诉她这条蛇就是撒旦。“后来怎么样了？”她吓得高声尖叫，同时紧紧抱住了我。

“一位名叫萨克斯医生的圣徒将用一种神秘的草药杀了它，他一直在美国某个地方的地下小屋里配制这种草药。人们也将知道，这条蛇是鸽子的外壳，一旦它死了，乌云就将散去，成千上万的灰色鸽子就会振翅高飞，把和平的福音传遍世界。”这时，饥饿与痛苦似乎也从我脑子里统统消失了。

一天晚上，玛丽露同一个夜总会老板一起消失了。那天，我按照约定在拉金街和吉里街车站对面的一幢公寓的门廊里等她，当时我饿得要命，忽然，她和她的朋友从公寓里走了出来，夜总会的老板，一个肥头大耳的老家伙也摇摇晃晃地跟在后面。一开始，玛丽露只是进去看看她的朋友，我看那个女人肯定是个妓女。玛丽露很怕让我发现，尽管她看见我站在门口。她迈着小碎步上了一辆凯迪拉克，和他们一起走了。现在，只剩下我一个人，身无分文。

我漫无目的地走着，不时从路上捡几个烟屁股抽。在市场街，我经过了一家炸鱼薯条店，在我走过时，一个女人用惊慌失措的表情看着我。她是这家店的老板，显然她以为我身上带着一把枪，是来抢劫的。我继续向前走了几步，突然，我脑子里闪过一个念头，她就是两百年前我在英格兰的母亲，我是她的儿子，一直在拦路抢劫，刚从监狱里放出来，想在小饭馆里找一份体面的工作。我呆呆地站在路边，一时激动得浑身发抖。我回头凝望着市场街，恍惚中仿佛来到了新奥尔良的运河街——那条街通向大海，通向浩瀚无际的大海，就像纽约的42街，也通向大海。我想起了埃德·邓克尔在时代广场游荡的鬼魂。这时的我已经有些神志不清，想回去再看一眼小饭馆里我那位奇怪的、狄更斯笔下的母亲。我从头到脚感到一阵刺痛。似乎全部记忆都回到了1750年的英格兰，而现在在旧金山的我则是在另一种生活里的另一个人。“别过来，”那个女人恐惧地盯着我说，“别回来折磨你善良、勤劳的母亲。你不像是我的儿子——倒像是你的父亲，我的第一任丈夫。我现在的丈夫埃瑞是个好心的希腊人，他一直都很关心我。”（老板是个希腊人，手臂上长满了汗毛）“你太糟糕了。常常喝得烂醉，大吵大闹，最后还回来把我辛辛苦苦挣来的东西全部抢走。哦，儿子！你怎么不跪下，祈祷上帝在最后判决的时候宽恕你的所有罪恶。迷失的孩子！快滚开！不要再让我心烦了，我已经完全忘记你了。不要再来揭开旧伤疤，永远别再回来。你看看我，看看我的辛苦和谦卑，看看我被掏得一干二净的钱袋，饿了就抢，急了就打。我怎么会生下你这个没有感情又冷酷自私的儿子。儿子！儿子！”这使我想起了我与老布尔在格雷特纳提到“大老爹”的那个场景。一刹那间，我进入了一种长期渴望进入的迷狂状态，完全从具体的时间步入到了超时间的阴影之中，在苍凉的人世间哀叹，死亡的感觉追赶着我，一个幽灵追赶着它自己，我匆匆奔向天使们飞往圣洁的永恒虚无之境的跳板，强烈的不可思议的光彩从思想中迸发，无数安乐乡如天堂的一群飞蛾坠落。我听到了一种难以形容的隆隆轰鸣，跟所有其他声响都不相同，它不是在我耳朵里，而是遍布各处，我意识到我已经无数次地死去，又无数次重生，我已记不清这种死而复生有多少次了，因为从生到死又返回到生的转变像变魔术般简单，就像成千上万次睡去又醒来一样自然。我懂得由于固有的内在思想的稳定，生死之间的交替只不过是微风吹过清澈平静的水面时激起的阵阵涟漪。我感到甜蜜，因狂喜而晃动，就像静脉注射了过量的海洛因，就像午后喝了一大杯葡萄酒，让你全身颤抖，步履蹒跚。我以为在下一个瞬间我也许就会死，但是我并没有死，而且坚持走了四英里路，捡了十几支还剩很长的烟屁股，把它们带回到玛丽露的房间，把烟草装入我的烟斗，抽了起来。我太年轻了，搞不清发生了什么。我似乎闻到了窗外整个旧金山的食物的味道。海鲜店里卖的面包散发着热气，食物篮里装满了美味，店里写满佳肴的菜单那么柔软，好像是在热汤里浸过，然后烘干，也可以食用似的。要是让我看看海鲜菜单上的蓝鳍鱼，闻闻上面奶油龙虾螯的味道，我一定会想吃了它。有些店里会特别烤制肥厚通红的牛肉，还有浸过红酒再烤制的鸡。还有几家店里的汉堡肉排在烤炉上发出吱吱的声响，五分钱就能喝一杯咖啡。哦，还有煎锅烹炸时发出的香味从唐人街飘入我的房间，其中还夹杂着北沙滩的意大利空心面和渔人码头[1]软壳蟹的气味，炙叉上还挂着菲尔莫尔的肋条肉！市场街上，还有各种辣椒酱豆、新鲜的内河码头夜晚的炸薯条，索萨利托的蒸蚌蛤，这就是我梦寐以求的旧金山。我已经饿得神志恍惚，眼前飘过阵阵迷雾，霓虹灯在温柔的夜色中闪烁，高跟鞋咯噔咯噔走过街道，在华人食品店的窗户边，有一群白色的鸽子……

[1] Fisherman's Wharf，旧金山地标性景点，大致包括从旧金山北部水域哥拉德利广场到35号码头一带。渔人码头附近沿海盛产螃蟹、虾、海胆、鲑鱼等水产品，当地也有不少海鲜餐厅。

11

这时，迪安找到了我，他仔细检查了一下我，觉得我还有救，就把我带到了卡米尔住的地方：“玛丽露在哪儿，伙计？”

“这个婊子跑了。”卡米尔是一个教养极好、性格温和的少妇，她接替了玛丽露。她知道迪安给她的十八块钱是我的。但是，你去哪儿啦，亲爱的玛丽露？我在卡米尔的房间里休息了几天，她住在自由街一幢木结构公寓里，在细雨绵绵的夜晚，从卧室的窗口望去，你可以清楚地看到灯红酒绿的旧金山。在我住的那几天里，迪安干了他一生中最荒唐的事情。他找到了一份工作，推销一种供家庭厨房使用的新型压力锅。推销员给了他一些样品和说明书。第一天，迪安浑身是劲，我开车带着他跑遍了全城，去到他约好的几户人家。初步想法是得到邀请去参加午餐会，然后突然起身展示压力锅。“伙计，”迪安兴奋地嚷着，“这比我为辛纳工作的时候还要带劲。辛纳在奥克兰推销百科全书，没有人能比得上他。他先发表一通长长的演说，跳上跳下，又是笑又是叫。有一次我们闯进一个流动雇农的家，里面的所有人正要去参加一个葬礼，辛纳跪了下来，为死去的灵魂祈祷，所有流动雇农都哭了起来，最后他卖出了整整一套百科全书。他可是世界上最棒的家伙。我真想知道他现在在哪儿。我们过去常常把年轻姑娘带到厨房亲热亲热。今天下午我约了一个很棒的家庭主妇，就在她的小厨房里，搂着她，手把手演示，啊哈！”

“继续干下去吧，迪安，”我说，“将来有一天你会成为旧金山的市长。”他已经背熟了压力锅的全部优点，一到晚上他就在卡米尔和我面前练习。

一天早上，太阳冉冉升起，他赤身裸体地站在窗前，凝望着整个旧金山，看上去仿佛终有一天他会成为旧金山的异教徒领袖。但是他的热情很快就消失了。一天下午，外面下着大雨，推销员跑来看看迪安都干了些什么。迪安正蜷坐在沙发里。“你已经准备好去推销这些东西了吗？”

“没有，”迪安说，“我刚刚另外找了一份工作。”

“那么，你准备把这些样品怎么办呢？”

“我不知道。”在死一般的寂静中，推销员收起了他那些可怜的锅具，走了。我觉得非常不爽，烦透了这一切。迪安也是如此。

但是，一天晚上，我们突然又一次一起走火入魔。我们去了旧金山一家小型夜总会看斯利姆·盖拉德[1]的表演。他是

[1] Slim Gaillard（1911—1991），美国爵士乐歌手、作曲家，也擅长演奏钢琴、吉他、萨克斯等各类乐器，并以拟声唱法和他自己创造的词语结构“Vout-O-Reenee”而闻名。

个又高又瘦的黑人，大大的眼睛流露着忧郁的神色。他总是说“好吧哦隆尼”或“来点波本威士忌怎么样哦隆尼？”在旧金山，许多年轻的伪知识分子会成群结队地拜倒在他的脚下，听他演奏钢琴、吉他和邦戈鼓[1]。他演奏得起劲儿就脱掉衬衣和汗衫，彻底放开自己。他想说什么就说什么，想干什么就干什么。他会唱着唱着突然慢下来，用手指轻轻敲打着鼓面。每个人只有身体前倾，屏住呼吸才能听见。你以为他只会这样敲一会儿，但是他却一直这样敲着，敲了一个小时。他用指尖敲着鼓，发出一种几乎觉察不到的声音，而且声音越来越小，直到你什么也听不见，只能听见门外来往车辆的声音，然后他缓缓地站起身，拿着麦克风，非常缓慢地说:“太棒了哦隆尼……很好哦瓦尼……你好哦隆尼……波本威士忌哦隆尼……一切哦隆尼……前排的男孩跟他的女孩一起出去哦隆尼……哦隆尼……瓦提……哦隆尼隆尼。”大约十五分钟以后，他的声音越来越轻，慢慢什么都听不见了。这时，他那明亮忧郁的眼睛开始扫视着听众。

迪安站在后面，叫道:“天啊！太棒了！”然后使劲地鼓掌，握着满是汗的手在祈祷。“萨尔，只有斯利姆才懂得及时行乐，只有他才真的懂及时行乐。”斯利姆坐在钢琴边，弹奏了两个音符，是两个C音，然后再弹两个，然后是一个，然后又是

[1] Bongos，又称为曼波鼓，起源于拉丁美洲。两个不同大小的单皮鼓为一组，以铁片或木头接驳在一起，分为“手击”或“槌击”两种演奏方法，音色高昂嘹亮，极具穿透力。

两个，这时身材魁梧的贝斯手突然从陶醉中惊醒过来，意识到斯利姆正在演奏《即兴C调布鲁斯》，斯利姆用他粗大的手指用力弹奏着琴键，奏出鲜明的节奏，每个人都跟着节奏晃动起来。斯利姆看上去像以前一样忧郁，乐队吹奏了一个半小时的爵士乐之后，斯利姆开始变得越来越疯狂，他猛烈地敲着邦戈鼓，飞快地演奏着古巴音乐，同时嘴里还不断地用西班牙语、阿拉伯语、秘鲁土话、埃及语以及各种他会使用的语言疯狂地唱着。他会的语言真是太多了。最后，乐曲结束了，每支曲子都要演奏两个小时。斯利姆·盖拉德靠在一根柱子边，他忧郁的目光从人们的头顶上方扫过，人们陆续走过来同他交谈，一杯威士忌递到他的手里。“波本威士忌哦隆尼，谢谢你。”没有人知道斯利姆·盖拉德来自何方。迪安曾经做过一个梦，梦里他怀了一个孩子，当他躺在加利福尼亚一家医院的草坪上时，他的肚子挺得老高，周围有一群黑人，斯利姆·盖拉德就坐在他旁边，迪安用母亲般绝望的眼神看着他。斯利姆说：“你可以走了哦隆尼。”现在迪安这么靠近他，就像靠近他的上帝。他认为斯利姆就是上帝。他迟疑地走到斯利姆面前，诚恳地请他加入我们。“好吧哦隆尼。”斯利姆说。他可以跟任何人在一起，但却不能保证在精神上跟你在一起。迪安找到一张桌子，买了几杯酒，紧张地坐在斯利姆面前，斯利姆则茫然地从他头顶上方望着远方。斯利姆几乎随时嘴里都在嘟囔着“哦隆尼”。迪安叫道：“酷！”我跟这两个疯子坐在一起，什么事也没有发生。斯利姆的整个世界就是一个大“哦隆尼”。

那天晚上，我在菲尔莫尔街和吉里街车站认识了兰姆谢德。他是一个高大的黑人，穿着大衣，戴着帽子，系着围巾走进音乐酒吧，然后跳上舞台唱起歌来。他前额宽大，嗓音浑厚深沉。他吹奏布鲁斯音乐，仿佛每一个音符都来自灵魂深处。他一边唱，一边对听众叫道："别等死了去天堂，先来一罐胡椒博士[1]，最后来杯威士忌。"他的声音压倒了一切，他做着鬼脸，浑身扭动，花样不断。他跑到我们桌旁，冲我们叫道："酷！"然后他跌跌撞撞地冲到街上，闯进另一家酒吧。一个名叫康尼·乔丹的疯子接着唱了起来，他不停地挥着手，汗水挥洒到了每个人的身上，他敲打着麦克风，像个女人一样尖叫。深夜的时候，你总能在一家叫詹姆逊角落的酒吧看到他在听疯狂的爵士乐，面前放着一杯酒，无精打采地坐着，一双大眼睛茫然地盯着前方。我从来没见过如此癫狂的音乐家。在旧金山，人人都在玩爵士乐。这里是大陆的尽头，没有人会来管你。我和迪安就这样在旧金山闲逛，一直到我又收到一张退伍军人津贴的支票，准备启程回家。

我不知道我到旧金山来究竟是想证明什么。卡米尔想让我离开，迪安对我是去是留也不置可否。我买来了面包和肉，做了十个三明治，准备再一次穿越全国，但是在我到达科他时，这些三明治都已经开始变味了。我走的前一天晚上，迪安疯疯癫癫地不知从市区的什么地方找到了玛丽露。我们开车穿过海

[1] Doctor Pepper，美国碳酸饮料品牌。

湾，转遍了整个里士满，闯进石油工人居住区的一家家黑人爵士乐酒吧。玛丽露在一家刚要坐下来，一个黑人却抽走了她身下的椅子。她去洗手间时一群女孩找上她，提出些下流的要求。也有人来骚扰我。迪安徘徊在周围，满头大汗。最后的结局就是这样。我想我真的该走了。

清晨，告别了迪安和玛丽露，我便登上了开往纽约的巴士。他们想吃几个我做的三明治，我告诉他们不行。这是一个令人悲哀的时刻。我们大家都在想，或许再也不会见面了，但是，我们也都满不在乎。

第三部

1

1949年春天，我从退伍军人教育津贴中攒下一点钱，于是就去了丹佛，想在那里定居下来。我就像美国中部的一个族长，孤独地生活着。那里没有任何我熟悉的人——没有贝比·罗林斯、雷·罗林斯、蒂姆·格雷、贝蒂·格雷、罗兰·梅杰，迪安·莫里亚蒂、卡洛·马克斯、埃德·邓克尔、罗伊·约翰逊、汤米·斯纳克，这些人一个都没在。我经常徘徊在柯蒂斯街和拉里默街，有时到水果大卖场找点活干。1947年我曾经在那里干过活，那是我一生中最艰苦的一段工作。我和几个日本小伙子曾经用撬杠将一节货车车厢在铁路上挪动了一百英尺，每拉一下只能移动四分之一英尺。我还得将一箱箱西瓜从冷藏车厢奋力拖到强烈的阳光下，一冷一热，禁不住直打喷嚏。上帝啊，真不知道这样干究竟是为了什么。

我在黄昏的血色中踽踽而行，感到自己不过是这忧郁的大地上一粒微不足道的尘埃。我缓缓走过温莎旅馆，迪安和他父亲在大萧条的三十年代就住在这里。我在脑海里四处搜寻着往昔那个可怜的带着传奇色彩的白铁匠的影子。就像在蒙大拿的某个地方，你遇到了某个人，很像你父亲，或者像你朋友的父亲，其实根本就是个幻觉。

淡紫色的夜晚，我漫步在27街和丹佛的黑人聚居区韦尔顿，全身的肌肉隐隐作痛。我真希望自己是个黑人。对我来说，白人世界所能提供的最好东西也不足以让人心醉神迷，没有活力与乐趣，没有神秘与情调，甚至都称不上是真正的夜生活。我停在一间小棚屋跟前，里面在卖用纸包着的红辣椒，我买了一点儿尝尝，然后继续在神秘的夜色中行走。我真希望我是个生活在丹佛的墨西哥人，或者是一个穷困、勤劳的日本人，或者是其他什么人，但我现在却令人沮丧的只是一个“白人”。我的全部生活都是为了实现白人的抱负，这就是我要在圣华金河谷抛弃像特里这样好姑娘的原因。从路旁的墨西哥人和黑人住宅的走廊里，传来轻声的低语，偶尔有几个神秘而性感的妓女迈着黑黑的大腿走过，玫瑰树丛后不时闪过几张黑色的面孔，孩子们坐在古老的摇椅里，与灌木丛融为一体。一群黑人妇女从我身边走过。其中一个年轻的女孩离开一位像是她母亲的妇人，快步跑到我的面前说:“你好，乔！”然后她猛然发现我不是乔，便羞涩地跑了回去。我真希望我就是乔，但我只是我，萨尔·帕拉迪塞。在这个温柔的难以忍受的夜晚，无精打采地徘徊在平静的夜色中，我真希望自己能够变成一个快乐、真诚、热情奔放的黑人，并且能够改变这个世界。这些不饰边幅的邻居让我想起了迪安和玛丽露，他们从孩提时代就熟悉这些街道，我多么希望能够找到他们。

沿着23街和韦尔顿街往下走，一场垒球比赛正在进行，巨大的汽灯照亮了整个球场，每个参赛的队员都卖力地希望赢得每个球。球场上参加比赛的有各人种年轻人，有白人、黑人、墨西哥人和纯种的印第安人，所有运动员都神情认真地在比赛。在我的生活里，从来没有一个夜晚，在灯光下，在家人、女朋友和邻里的孩子面前参加过这样的体育比赛。这类活动总是在学校里，常常都是一次重大时刻，大家都是严肃地在比赛，根本不会像这样充满童趣和天性的快乐。现在，这一切对我来说已经太迟了。我旁边坐着一个黑人老头，显然他每晚都来观看比赛。紧挨着他的是个白人流浪汉，然后是一家墨西哥人，然后是一群女孩和一群男孩——各种各样的人都有。哦，那天晚上的灯光是那么令人伤感！年轻的投手看上去就像迪安，坐在那里的一个漂亮的金发女郎看上去则像玛丽露。这就是丹佛的夜晚，一切都让我心烦意乱。

流浪在丹佛，流浪在丹佛

一切都让我心烦意乱

大街对面，几个黑人家庭一家人懒洋洋地坐在台阶上聊着天。透过树丛，可以看到繁星满天。时不时地，他们也会抬头看看比赛。大街上，汽车穿梭如流，交通灯变红，它们便在街角停了下来。空气中，弥漫着骚动不安的气氛，这是真正快乐生活的颤音，这种生活不知道什么是失望，不知道什么是“白人的悲哀”以及诸如此类的东西。一个黑人老头的外衣口袋里装了一罐啤酒，正准备打开喝一口，旁边一个白人老头羡慕地瞟了一眼，翻着口袋，看看是否也能买一罐。我难过地要死！便起身离开。

我去看望了一位以前认识的有钱的姑娘。到了早上，她从丝绸钱袋里取出一张一百块的钞票，说：“你一直在滔滔不绝地聊着旧金山的旅途见闻，既然如此，你就拿上这个去寻找你的快乐吧。”这实在是太突然了，我的所有问题一下子迎刃而解。我在旅行社搭上了一辆去旧金山的车，付了十一块油费，又开始了一路疾驰。

车上有四个人，开车的两个家伙说他们是拉皮条的，另外两个和我一样都是乘客，我们紧挨着坐在一起，一门心思想着最终的目的地。我们的车一路上经过了伯绍德山口，又下到大高原，经过塔伯纳什、特罗布尔索姆、克雷姆灵，从拉比特厄斯山口，到了斯廷博特斯普林斯，绕道走了一条五十英里尘土飞扬的路，经过克雷格和美国大沙漠。在穿过科罗拉多州和犹他州交界处时，在沙漠之上，在太阳照射下的金色云层中，我看见了上帝，他似乎伸出手指对我说：“穿过这里，一直向前，你们正走在通向天堂的大路上。”哦，好吧，哎呀，我其实更感兴趣的是内华达沙漠中那些盖着破篷布的货车，还有可口可乐售卖摊旁边的台球桌，以及沙漠中被大风吹得岌岌可危的小棚屋，似乎在说“响尾蛇比尔在这里住过”或“烂嘴巴安妮在这住过好多年”。好吧，我们继续一路向前。在盐湖城，两个皮条客跟几个小妞纠缠不休，之后我们又继续上路。在我完全没想到的时候，在一个午夜，我又一次看见了旧金山这个伸向海湾的神奇城市。我立即跑去找迪安，如今他有了一幢小寓所。我急于想知道现在他在想什么，发生了什么。以前的一切都不复存在了，我什么也不抱怨，只是向前走。凌晨两点，我敲响了他家的门。

2

他一丝不挂地出来开门，即便总统在敲他的门，他也会是这副样子。他以原始的方式接纳世界。“萨尔！”他欣喜若狂地叫了起来，“没想到你竟然会这么干！你终于到我这里来了！”

“没想到吧。”我也十分兴奋，“我碰到的事情太多了。你怎么样？”

“不太好，不太好。我们有太多的事情要聊。萨尔，机会终于来了，现在我们好好聊聊来解决它。”我们都觉得真的是到了需要赶紧处理这些问题的时候了。从某种程度上来说，我的到来就像是一个邪恶又陌生的天使闯入了铺着雪白羊毛织物的家庭。当我和迪安坐在厨房的楼梯上开始兴奋地交谈时，楼上传来阵阵啜泣声。我说的每一件事，迪安都报以一声压低了的、疯狂的“太棒了！”。卡米尔显然知道接下来会发生什么事。看起来这几个月来迪安一直很平静。现在，邪恶天使来了，他又开始变得躁动不安。“她怎么了？”我低声问道。

迪安回答：“她现在变得越来越糟糕了，伙计，动不动就又哭又闹，还不许我出去看斯利姆·盖拉德的演出。每次我回来晚了就发脾气，但是我要是待在家里，她又不跟我说话，总是骂我是个十足的畜生。”他跑上楼去安慰她。我听见卡米尔哭叫着说：“你是个骗子，你是个骗子，你是个骗子！”趁这个机会，我观察起他们这幢漂亮的住宅来。这是一幢破旧的、歪歪扭扭的两层楼木屋，坐落在一片住宅区的前面，就在俄罗斯山丘的山顶，可以俯视海湾的风光。这套住宅一共有四个房间，三间在楼上，楼下是一大间，包括有厨房和储藏室。厨房门正对铺着草地的院子，那里拉着晾衣绳，厨房后面是贮藏室，迪安的旧皮鞋摆在那里，上面仍然沾着一英寸厚的得克萨斯泥土，那还是在哈德森车驶过布拉索斯河[1]的那天晚上沾上的。当然，那辆哈德森车已经没有了，迪安没有能力再支付它的费用，现在他什么车都没有了。他们第二个孩子就要意外来到人世。听着卡米尔这么不停地啜泣真是太可怕了。我实在受不了了，便出去买了几罐啤酒回到厨房。卡米尔终于睡着了，要么就是睁着眼睛在黑暗中过了一夜。我不知道出了什么事，也有可能是迪安终于把她制服了。

我上次离开旧金山之后，迪安又开始为玛丽露发疯。他几个月的时间都在她住的迪维萨德罗一带徘徊。在那里，她每天晚上都会跟一个不同的海员在一起幽会。他从门缝里偷偷往里

---

[1] Brazos River，得克萨斯州南部重要河流，发源于新墨西哥州，由西北向东南流入墨西哥湾。

窥视，可以看到她的床，看到玛丽露每天早上跟一个男人抱在一起。他跟踪她跑遍了全城，想证明她是个婊子。他爱她，依然对她心动不已。最后他得到了一批糟糕的“绿货”，这是它在生意中的名称——绿货，一种未经加工的大麻——不幸的是，他吸食这种东西过了量。

“第一天，”他说，“我像块木板似的直挺挺地躺在床上，既不能动，也不能说话，只是两眼大睁着直视前方。我可以听见脑子里嗡嗡作响，眼前闪动着各种图像，奇妙无比。第二天，我渐渐有了意识。所有的一切，我所做过的、知道的、读过的、听过的和幻想过的，一切的一切又重新涌入我的脑海，它们被按照一种新的逻辑方式排列起来，因为我什么也不能想，只感到惊奇和激动，我不住说着‘好，好，好，好’。不能大声说，只能这样说‘好，好’。只有这样才能稍稍平静下来。这些绿货引起的幻觉一直持续到第三天，我才渐渐理解了所发生的一切，我的生活目标也清晰了。我知道我爱玛丽露；我知道我必须找到我爸，无论他在哪里都要挽救他；我知道你是我最亲密的伙伴；我知道卡洛是多么伟大；我理解了每一个人、每一个地方、每一件事。从第三天开始，我开始经历一些可怕的事情，醒着的时候也会做噩梦，这些噩梦恐怖骇人。我躺在那些绿货中间，手上腿上到处都是，我不停地呻吟着‘哦，哦，啊，哦……’。邻居听到后把我送到了医生那里。卡米尔带着孩子走了，去投靠她的亲戚。所有邻居都来了，他们走进房间，发现我正躺在床上，不停地挥舞手臂。萨尔，后来我带了一点绿货去找玛丽露。你知道吗，同样的事情在这个傻瓜身上出现了——同样的幻觉，同样的混乱，同样的关于生活的目标，同样巨大的现实幻象引发的噩梦和痛苦！我知道我太爱她了，真想杀了她。我跑回家，把头往墙上撞。我去找埃德·邓克尔——他已经同加拉托回到旧金山——向他询问我们都认识的一个有枪的家伙住在什么地方，然后去那个家伙那里拿到了枪，找到玛丽露的住处。我从门缝向里望，看见她正同一个男人在睡觉，不得不退出去犹豫了好一会儿。一小时后，我重新回来闯了进去，她独自一人在家，于是我把枪递给她，让她杀了我。她手里拿着枪过了好长时间。我请她给我买副棺材，她不肯，我说我们两人之中必须死一个。她说：'不。'我就将头往墙上撞。伙计，当时我确实有些疯了，她会告诉你的，她劝说我走了出来。"

"后来怎样了？"

"那是几个月以前——在你走了以后。她后来跟一个二手车商人结了婚，这个蠢货发誓如果找到我就杀了我，出于自卫，我也许会杀了他，那样我就得进圣昆廷监狱，因为，萨尔，只要我做错任何事，就要在那里待一辈子，我会完蛋的。我的手伤了。"他让我看他的手，由于兴奋我一直没有注意到，他的手在一次可怕的事故中受了伤。"我打了玛丽露的额头，那是2月26日晚上六点——准确地说是六点十分。因为我记得一小时二十分钟之后，我就要乘上装货的快车——那是我们最后一次见面，也是我们最后一次了结了一切。现在，听我说，我一拳打在她额头上，她倒没什么事，事实上她还在大笑，我手腕以上的那截大拇指的骨头却断了。一个糟糕的庸医给我做了一系列正骨手术，这可真不容易，一共打了三处石膏，足足用了二十三个小时，我一直坐在硬板凳上，最后一处石膏是用牵引钉穿过我的拇指尖才固定住的。所以，到四月份他们把石膏取下来时，钉子感染了骨头。我得了骨髓炎，后来又变成慢性，开了一次刀，失败了。上了一个月石膏的结果，只是把手指尖切下一截来。”

他解开绷带给我看，大概有半英寸长的指甲尖都没了。

“以后的事情越来越糟。我必须养活卡米尔和艾米，不得不尽快找到工作。在费尔斯通公司我干起了铸模工，把旧轮胎翻新，然后再把五十磅重的轮胎从地下装到车上，这些只能用我那只好手来干，但是不小心碰到了那只受伤的手——接好的地方又断了，重新接好以后，又因感染肿了起来。所以现在只能是我照顾孩子，卡米尔工作，你明白吗？我成了3A级的精神恐惧，无拘无束的莫里亚蒂现在成了个没用的窝囊废。他的妻子每天给他打一针青霉素，因为手指化了脓。他开始自暴自弃。他一个月内必须注射六万单位的青霉素，然后每四个小时吃一片药来防止过敏反应。他还必须不停地吃可待因阿司匹林才能减轻手指的疼痛；必须到外科医生那里去治疗腿上因发炎而引起的肿块；必须早上六点起床，把牙刷干净；必须一周两次去医生那里看脚；必须每天晚上喝止咳糖浆；必须不断地擤鼻子保持清洁，几年以前他曾经开过一次刀，所以鼻子的功能都衰退了。在他来回晃悠的胳膊上还缺了一根拇指。他可是新墨西哥州教养院历史上最出色的七十码传球手呀！可是现在，唉，在这个世界上我再也不期待还会有幸福和快乐，只想看着可爱的孩子们在太阳底下玩耍。我的好伙计，最棒的萨尔，见到你我真太高兴了，现在我明白了，我明白一切都会好起来的。明天你就能看见她了，看见我那最最亲爱的美丽的女儿，她现在自己可以一次站立三十秒，她二十二磅重，二十九英寸高，我算出来了，她是百分之三十一又四分之一的英国人，百分之二十七又二分之一的爱尔兰人，百分之二十五的德国人，百分之八又四分之三的荷兰人，百分之七又二分之一的苏格兰人；百分之一百的奇妙！”他兴高采烈地祝贺我写完了那部书，已经有出版社接受了那本书。“我们都理解生活，萨尔，我们都在渐渐衰老，每个人都一样，一点点衰老，渐渐就明白了生活的意义。你所告诉我的关于你的生活我非常理解，事实上你现在该去找一个真正出类拔萃的姑娘了，你找到以后就去开导她，让她理解你的心。我跟我的那些该死的女人试过这样做，实在是太难了。狗屁！狗屁！狗屁！”他嚷着。

上午，卡米尔将我们两人连同行李一块儿扔了出来，就在我们打电话给罗伊·约翰逊——就是丹佛的老罗伊——让他来喝几杯啤酒之后。当时迪安一边照看孩子，一边做饭，又冲洗了一下后院，他兴奋地忙前忙后。约翰逊答应开车送我们到米尔城去找雷米·邦克尔，卡米尔从医院办公室下班回来了，脸上挂着一个筋疲力尽的女人特有的沮丧表情。我试图让这个疲惫的女人知道我并不想打扰她的家庭生活，便同她打了个招呼，而且尽量热情地与她聊天，但是她知道这是装出来的，也许是向迪安学的，所以只是勉强笑了笑。到了上午，出现了一个可怕的情景：她躺在床上大哭起来。我听到一半，忽然想上卫生间，但要去卫生间，就只能从她的房间里穿过。“迪安，迪安，”我叫道，“附近最近的酒吧在哪？”

“酒吧？”他有些惊讶地说。他正在楼下厨房的水池洗手，以为我要喝酒。我告诉了他我的窘境，他说：“你一直穿过她的房间就可以去卫生间了。别管她，她总是这样。”不，我不能这么做。于是就跑出去找酒吧。我在俄罗斯山丘上上下下跑了四个街区，只找到几家自助洗衣店、干洗店、冷饮店、美容院。无奈之下，只好又回到迪安那幢危机四伏的寓所。他们之间刚刚吵过架。我尴尬地笑了笑，溜进卫生间后关上了门。几分钟后，卡米尔把迪安的东西都扔到了卧室的地板上，让他卷铺盖滚蛋。令我惊讶的是，我在沙发后的墙上看到了一幅加拉托·邓克尔的油画肖像，我突然意识到这些女人几个月来一直孤独地厮守在一起，谈论着男人们的疯狂。我听到迪安在房间另一头咯咯地傻笑着，孩子则在放声大哭。接着，我就知道他会像格劳乔·马克斯一样在房子里转来转去，他那断了的大拇指上缠着白色的绷带，直挺挺地立着，仿佛海浪中不倒的灯塔。我又一次看到他拖出那个又破又大的箱子，里面还扔着袜子和脏内衣。他把所有能找到的东西都装了进去。这应该是美国最破的行李箱了。箱子是纸板做的，上面贴了贴纸使它看上去跟皮革的一样，箱子上的拉链几乎断成几截。迪安用绳子把箱子捆紧，然后抓起帆布挎包，把东西往里塞。我也把东西往我的包里装。卡米尔躺在床上不停地嚷："骗子！骗子！骗子！"我们走出寓所，费了九牛二虎之力来到街边，向最近的车站走去。我们两个邋遢的男人拖着行李箱，狼狈地走着，其中一个把巨大的缠着绷带的手指举在空中。

那只拇指后来就变成了迪安的象征。他不再关心任何事情（跟从前一样），然而也可以说他原则上关心一切。也就是说，世界上的一切对他来说全都一样，他属于这个世界，对此他无能为力。到了街道中间，他拦住了我。

"现在，伙计。我知道你也许真的很生气，你刚到这个城市的第一天我们就被扫地出门了，所以你一定在想我为什么会沦落到这种地步，还拖着这些破烂，嗨！嗨！嗨！看着我，求你了，萨尔，看着我。"

我看着他。他上身穿了一件 T 恤，下身穿着一条满是补丁的裤子，脚上是一双破鞋。他胡子也没刮，头发乱蓬蓬的，眼睛里布满血丝，缠着绷带的拇指放在胸前（一路上他不得不一直这样），脸上挂着我从来没有见过的傻乎乎的微笑。他慢吞吞地转了个圈，扫视着四周。

"我的眼睛看到什么了？啊——蔚蓝的天，真辽阔呀！"他的身体晃晃悠悠，站立不稳，他擦了擦眼睛，"还有窗户——你看见那些窗户了吗？我们现在来聊聊这些窗户吧。我看到了几扇非常疯狂的窗户，里面有几张面孔对着我，他们都被遮住了，所以有些看不清楚。”他从帆布挎包里拿出一本欧仁·苏[1]的《巴黎的秘密》，拉了拉T恤衫，像个书呆子似的站在街角读了起来。“真的，萨尔，我们以后往前走时要了解许多东西……”他一瞬间忘记了周围的一切，茫然地望着四周。我很高兴我来了，他现在需要我。

“卡米尔为什么要把你赶出来？你以后准备怎么办？”

“嗯？”他有些疑惑，“嗯？嗯？”我们反复思考着以后要去哪儿，要做什么。我知道这事需要我来考虑。可怜的迪安，这个魔鬼不会再坠落得更深了。他呆呆地站在那里，拇指受了伤，身旁是只破箱子。在他没有母爱的疯子一般的生活中，他像一只无拘无束的小鸟，无数次地穿越整个美国。“我们到纽约去吧。”他说，“我们就带着这些东西上路。”我掏出钱，数了数，然后递给他看。

“我所有的都在这儿啦。”我说，“一共八十三块。作为交换，如果你跟我走，我们就到纽约——那以后，我们就去意大利。”

“意大利？”他惊讶地说，眼里放着光，“意大利，太棒了！我们怎么去那里呢，萨尔？”

我想了想。“我能再搞到些钱，从出版社那里我能拿到一千块。我们可以在罗马、巴黎和其他地方结识所有放荡的女人，坐在街头咖啡馆，住在妓院里。为什么不去意大利呢？”

---

[1] Eugene Sue（1804—1857），法国小说家，他以生动细腻的笔触描绘出巴黎贫民窟的底层人群，被视作穷苦大众的代言人。代表作有《巴黎的秘密》《流浪的犹太人》。

“哦，太棒了！”他叫道。他开始意识到我是认真的，第一次直勾勾地注视着我，因为以前我总是他的沉重负担，自己从来不发表意见。现在，他的表情就像一个人下赌注时估计着自己的机会一样，他的眼里流露出狂喜的目光，脸上带着一种魔鬼般的表情。他从来没有盯着我看这么长的时间，我也回头看着他，有些发窘。

我问了一句：“怎么啦？”问过之后我觉得有点愚蠢。他没有回答，只是继续用那种有些无礼的目光盯着我。

我回忆着我所做过的每一件事，似乎还没有哪件事像现在这样使他如此疑惑。我坚决而又肯定地重复了一遍我说过的话：“跟我一起到纽约吧，我会挣到钱的。”我望着他，眼里充满了窘迫的泪水。他仍然盯着我，他的眼神有些茫然，似乎不在看我。这或许是我们之间友谊的关键时刻，他明白我的确用了许多时间考虑他和他的困境。特别是当他陷入极其复杂的痛苦的精神危机时，他更是急于想了解这一点。我们两人之间的许多东西变得默契。对于我来说这也很突然，居然关心起一个比我小五岁的男人来了。在这几年的旅行生活中，他的命运由于我而发生了改变，我只有从他后来的所作所为中才理解到这一点。此刻他又变得非常快活，说一切都过去了。“刚才那种表情是什么意思？”我问。听到我问这个，他有些不安。他皱起了眉头。这实在太少见了，迪安也会皱眉。我们都感到有一种难以说清又无法把握的东西。这是一个美丽晴朗的日子，我们站在旧金山的山丘上，影子投射在路边。在卡米尔家隔壁的房子外，十一个希腊人站在洒满阳光的小路上排成一队，另有一个人走到狭窄的街道对面，手里举着照相机，微笑地看着他们。我们目瞪口呆地望着这古老民族的人们，他们正在为其中一位的女儿举行婚礼。也许在这个充满阳光的早晨，正有成千上万的人在微笑，他们全都穿戴整齐，但是他们都彼此陌生。我和迪安恍若正在塞浦路斯经历这一切，海鸥在我们头顶的晴空中展翅翱翔。

“哎，”迪安用一种腼腆而动人的声调说，“我们走吧？”

“好吧，”我说，“我们到意大利去。”于是我们把行李装好，他用那条没受伤的胳膊拎着箱子，我拿着其他的行李，踉踉跄跄地向汽车站走去。在西部沉沉的夜色中，两个衣冠不整的英雄迈着晃晃悠悠的步子沿着山丘的道路向山下迈进。

3

我们首先到市场街的一家酒吧，把事情确定下来——我们将同甘共苦，生死与共。迪安静静地坐在那里，目不转睛地盯着酒吧里的一个老醉鬼，这使他想起了他的父亲。“我想他一定在丹佛——这次我们绝对必须要找到他。他一定在州立监狱里，也可能是在拉里默街。这次一定会找到他的，你说对吗？”

是的，我同意。我们将要去做所有我们从前没有做过或者不屑于做的事。我们答应自己，出发前在旧金山痛痛快快地玩两天，然后搭乘旅行社能均摊汽油费的车走，尽可能多省点钱。迪安宣称他不再需要玛丽露了，尽管他仍然爱她。我们都认为他将在纽约生活。

迪安把他那件千疮百孔的外套套在一件运动衫外面。我们花了十美分把行李存放在灰狗巴士站的储物柜里，然后去见罗伊·约翰逊，他是我们的司机，这两天将带着我们在旧金山狂欢。罗伊已经在电话里答应了。过了一会儿，他开车来到市场街和3街的转角接我们。罗伊现在住在旧金山，找了一份职员的工作。他同一位叫多萝西的漂亮的金发姑娘结了婚。迪安认为她的鼻子很长——不知出于什么莫名其妙的理由，这是他议论她最主要的话题——但是她的鼻子并没有那么长。罗伊·约翰逊是个瘦瘦黑黑的漂亮小伙子，脸部轮廓分明，头发梳得整整齐齐，还不时地用手把头发从两侧向后捋着。他的脸上常常挂着微笑，很容易与人相处。显然，他的妻子多萝西为了他给我们当司机的事同他吵过了，但是，作为一个男子汉，既然已经答应了我们，他就不想出尔反尔，结果，他只得以沉默来应付这种进退两难的尴尬境地。他开车带着迪安和我，白天黑夜不歇气地在旧金山转着，一句话也不说，只是用不断闯红灯和急转弯来向我们暗示是我们让他进退维谷。一面是他的新婚妻子，另一面是过去丹佛混台球厅的哥们儿们的小头目，他处在两者之间不知所措。迪安高高兴兴地坐在车上，泰然自若。我们谁都没搭理罗伊，只管坐在车后瞎扯淡。

接下去我们来到米尔城，看看是否能找到雷米·邦克尔。我惊讶地发现，海湾里那艘弗里比海军上将号旧船不见了，雷米原先住在峡谷中一座破屋的倒数第二个隔间，现在自然也不在了。开门的是一位漂亮的黑人姑娘。迪安和我跟她谈了好久。罗伊·约翰逊等在车里，读起了欧仁·苏的《巴黎的秘密》。我最后看了一眼米尔城，知道追忆过去毫无意义，因此我们决定去看望加拉托·邓克尔，顺便解决住宿的问题。埃德又把她扔在了丹佛，并且警告她别再耍花招让他回来了。她在教会街租了一幢四个卧室的房子，盘腿坐在东方风格的地毯上，面前摆了一副纸牌，正在算命。她可真是个好姑娘。埃德·邓克尔在房子里留下了许多印迹，我能够看出埃德曾经一直住在这里，只是由于心情骚动和不耐寂寞又离开了。

“他会回来的。”加拉托说，“这个家伙离开我就照顾不了自己。”她幽怨地望了一眼迪安和罗伊·约翰逊。“这次是汤米·斯纳克把他拉走的。他来之前，埃德一直非常开心地工作着。我们经常出门旅行，过得很幸福。迪安，你一定明白，他们在卫生间一待就是几个小时。埃德坐在马桶上，斯纳克坐在凳子上，不停地聊呀聊呀，都是一些蠢话。”

迪安笑了起来，这几年他一直是那帮人的领袖，现在他们开始模仿他了。汤米·斯纳克满脸络腮胡子，一双忧郁碧蓝的大眼睛，他跑到旧金山来找埃德。在丹佛的时候，由于发生了一次意外（是真的，不是说谎），汤米的小手指被锯掉了，他因此而得到一笔钱。光天化日之下，他们给加拉托留了一张纸条，莫名其妙地决定到缅因州的波特兰去了。斯纳克有一个姑妈住在那里，他们现在要么正在穿过丹佛，要么已经到波特兰了。

“等汤米的钱用完了，埃德就会回来。”加拉托看着手中的牌说道，“这个该死的傻瓜，他什么也不知道，什么也不干。他应该知道我爱他。”

在阳光的照射下，加拉托坐在地毯上，看上去就像那群希腊人的女儿。她的长发拖到地板上，手里玩着预示命运的纸牌。我渐渐地喜欢上了她。我们甚至决定那天晚上一起出去听听爵士乐。迪安还要带一位一米八高的金发女郎，名叫玛丽，她就住在街对面。

那天晚上，加拉托、迪安和我去接玛丽，这个姑娘住在一间地下室公寓里，她有一个小女儿，还有一辆勉强能跑的旧车。迪安和我不得不把车推到路上，姑娘们则坐在车里乱叫。我们来到加拉托的家，围坐成一圈——玛丽和她的女儿、加拉托、罗伊·约翰逊和他的妻子多萝西——大家坐在堆满家具的房间里，闷声不响。我站在墙角，在旧金山我保持中立。迪安站在屋子中间，缠着绷带的拇指举在胸前。“真他妈的，”他笑着说，“我们的手指头都没了。哈哈哈！”

“迪安，你为什么要干这种蠢事？”加拉托说，“卡米尔打电话来说你抛弃了她。难道你没有想过你还有一个女儿吗？”

“他没有抛弃她，是她把他赶出来的！”我打破了中立叫道。听了我的话，他们对我露出了嫌恶的表情。迪安咧了咧嘴。“手指变成了这样，你们想想这个可怜的家伙还能干什么？”我又补充了一句。他们盯着我，尤其是多萝西·约翰逊，她用不怀好意的眼神蔑视地看着我。在他们眼里这就是一个肮脏的圈子，而迪安就是这个圈子里的罪魁祸首。也许，让迪安为这一切承担责任是错误的。我望着窗外晚风吹过的教会街，真想出去听听著名的旧金山爵士乐。要知道，我在这个城市里只能待两个晚上。

“我认为玛丽露离开你是非常非常明智的，迪安。”加拉托说，“你从来不对别人负责，现在仍然如此，你做过了太多可怕的事，我都不知道对你说什么好。”

他们围坐在那里，用一种鄙夷和怨恨的目光狠狠地盯着迪安。他站在他们中间的地毯上咯咯地笑着。他只是咯咯地笑，甚至还手舞足蹈起来，他手上的绷带已经越来越脏，甚至开始松动下滑。我突然意识到，他所有那些不同凡俗的行为举止使他变得那么天真、无知和神圣。

“除了你自己和你那该死的寻欢作乐，你根本不考虑其他任何人。你所想的只是两腿之间挂着的那个东西，以及能从别人那里得到多少钱和快乐，然后就把他们抛到一边。不仅如此，你还愚蠢之极。你从来没想过生活是严肃的，每个人一定要干点什么才能打发时间。”

这就是迪安，**一个神圣的傻瓜**。

“今天晚上卡米尔的心都要哭碎了，但是她一分钟也没有想过要你回去，她说她再也不想见到你，她说这是最后一次。但是你却站在这里，做出一副愚蠢的样子。我觉得你的内心什么都不会关心。”

这不是真的，我知道得很清楚，我可以把一切都告诉他们，但我并不想这么做，我真想走过去抱着他说，看看吧，你们这些人，要记住一件事，这个家伙也有他自己的烦恼，然而他从不抱怨。他带给你们这些人该死的快乐，他只想做他自己。如果你们觉得这样还不够的话，可以把他送到行刑队去，反正你们一直都想这么干……

实际上，这些人里只有加拉托·邓克尔一个人不怕迪安，她平静地坐在那里，皱着眉头，拉着脸，在大家面前指责着迪安。早些年，在丹佛，迪安会跟许多人一起坐在黑暗之中，与姑娘们聊呀聊呀，他的声音奇特而迷人，他所说的话也有一种纯粹的说服力，能够让姑娘们心悦诚服。要知道，当时他只有十五六岁呀。现在，他的门徒都已经结婚，门徒的妻子们正让他站在地毯中间，批评他教给门徒们的性爱和生活。我继续听着。

“现在你要和萨尔到东部了。”加拉托接着说，“你想过没有你这样做究竟是为了什么？现在你走了，卡米尔不得不在家里照顾孩子，她这样怎么能保住工作？但是她再也不想看见你了。我不责怪她。如果你看见埃德还在路上瞎逛，你一定要告诉他，让他回到我身边来，否则我会杀了他。”

话说的真是直截了当。这是一个让人透不过气来的夜晚。我仿佛是在噩梦中与许多奇怪的兄弟姐妹在一起。所有人都沉默下来。迪安曾经是说话滔滔不绝的人，现在却一言不发。他站在大家面前，在灯光的照射下，破衣烂衫的他显得疲惫又愚蠢。他那瘦瘦的面颊流满了汗水，而且微微有些颤抖。他一直在说：“是，是，是。”仿佛上帝强烈的启示正涌入他的大脑，我确信事实如此，其他人既如此猜疑又感到惊恐。他垮掉了，无上幸福的根基和灵魂垮掉了。他在想什么？他竭尽全力想告诉我他正在想的一切，其他人妒忌地望着我，他们妒忌我能在他身边，妒忌我能保护他，能同他一起喝酒，他们也曾经想这样做。他们看着我，我是谁，一个陌生人而已，在西海岸这个平和的夜里，我究竟在干什么？我实在不想再继续思考下去了。

“我们要去意大利。”我说。我想彻底改变一下话题。房间里有一种奇怪的气氛，姑娘们正像母亲看着她最宠爱、最淘气的孩子一样凝视着迪安，他知道这一点，他竖着可怜的手指，心里想着上帝的启示，正因如此，他才能在听得到时钟嘀嗒声的静默中一言不发地走出房间，在楼下等着我们定好时间。我们看见他像幽灵一般站在路边。我从窗户望出去，他的身影那么孤单，正凝视着街道，怨恨、指责、劝导、道德、悲伤都已在他身后，而在他前面的是单纯的活着的狂喜。

“快来，加拉托，玛丽，我们一起去爵士乐酒吧吧，忘了那些东西，迪安总有一天会死的，那时你会对他说什么呢？”

“他死得越快越好。”加拉托一本正经地对房间里的其他人说。

“好吧，好吧。”我说，“但是现在他还活着，我敢打赌你想知道他接下来要干什么，因为他有许多秘密我们都无法发现，除非把他的头劈开。如果他发疯，你其实也不必担心，那不是你的错，是上帝的错。”

他们不同意，他们说我一点儿也不了解迪安，他们说他是世界上最糟糕的无赖，我总有一天会后悔的。我津津有味地听着他们这么抗议。罗伊·约翰逊出来对女士们说，他比任何人都要了解迪安，迪安只不过是一个非常有趣的甚至可以说是逗人开心的家伙。我出去找到迪安，简单地跟他聊了聊刚才发生的一切。

“啊，伙计，别去管那些，一切都会好起来的。”他两手摸了摸肚子，舔了舔嘴唇。

4

姑娘们下来了，我们又要度过一个喧闹的夜晚。我们把车推到路上准备出发。“哈哈！我们走吧！”迪安叫道。我们跳到了后座，汽车咣咣作响地向福尔瑟姆街的小哈莱姆区进发。

跳下车，走进这个温暖、躁动的夜晚，我们听到次中音萨克斯手狂野的吹奏声从街道对面的酒吧中传来，“咿——呀！咿——呀！咿——呀！”同时还有人有节奏地拍着手，叫着：“继续！继续！”迪安带着他那受伤的拇指第一个穿过街道，嘴里还喊着：“吹呀，伙计，吹呀！”一群穿着周六盛装的黑人在喝彩。这是一家满是尘烟的小酒吧，里面有一个小小的舞台，乐手们帽子也不摘，挤在上面，在人们的头顶上方吹奏，真是个疯狂的地方。许多放荡不羁的姑娘穿着睡衣懒洋洋地四处游荡，酒吧的过道里堆满了空酒瓶。酒吧后厅地面积水的厕所外有一条黑暗的过道，几十个男男女女挤在里面，靠墙站着，一边聊天一边喝着葡萄酒兑威士忌调成的斯波迪欧迪。戴着帽子的萨克斯手尽情演奏着，从高到低自如地切换，从“咿咿呀呀！”变成疯狂的“咿得勒呀！”，一个脖子粗大、戴着项链的高大黑人敲着一个满是补丁的鼓，他沉浸在自己的敲击中，似乎忘记了周边的一切。他使劲地敲击着那只破鼓，砰，嗒嘀嘭，砰。音乐回荡在空中，萨克斯手在忘情地吹奏，所有人都意识到他与音乐融为了一体。迪安两只手紧紧抱着自己的头，酒吧里的所有人都已经处于疯狂的状态。他们围在萨克斯手身边，眼睛一刻不离地盯着他，疯狂地嘶叫着。他手拿着萨克斯管忽而弯下腰，忽而又直起身子，萨克斯管在空中画出一道弧线，乐声嘹亮压倒了喧嚣。一个一米八高的瘦瘦的黑人姑娘在一旁跳着舞，萨克斯手也在用音乐迎合着她，“咿！咿！咿！”

所有人都在摇着叫着。加拉托和玛丽手里端着啤酒，站在椅子边，随着音乐的节奏在摇晃。一群黑人从街对面跌跌撞撞走了过来，互相搀扶着进了酒吧。“坚持住，伙计！”一个男人大声喊叫着，他的声音如低音管一般发出巨大的回响，你就算在萨克拉门托也能听得清清楚楚，哈哈！“哇哦！”迪安一边大叫着，一边用手抓着自己的胸和腰带，满脸流着汗。嘭，鼓手卖力敲击，仿佛要把鼓敲到地窖里去，而滚滚的节奏声又在这杀气腾腾的击打中爬上了楼，嘭！一个高大肥胖的男人跳到了舞台上，舞台的地板发出吱吱呀呀的响声，凹陷了下去，他叫了一声“啊哦！”在那个了不起的萨克斯手准备新一轮吹奏的间隙，钢琴师开始弹奏，他的手指如雄鹰一般掠过琴键，弹出一个又一个和弦——这是一段中国乐曲，那架钢琴的每一块木头、每一个缝隙、每一根琴弦都震得嗡嗡作响。萨克斯手从舞台上跳了下来，来到了人群中间，不停地吹着。他的帽子几乎盖到了眼睛上，旁边有人帮他推了上去。他边吹边后退，并用脚敲击着节奏，乐曲忽而低沉嘶哑，忽而高亢有力，他调整着呼吸，吹出了一段悠扬而宽广的曲调，在空气中回荡。迪安就在萨克斯手的面前，他把脸凑到萨克斯管的喇叭口，使劲拍着巴掌，脸上的汗甩到了萨克斯管的按键上。萨克斯手被逗乐了，忍不住狂笑起来，笑声通过萨克斯传了出来，引得所有人都笑了起来，大家一边笑，一边不停地摇摆。萨克斯手低下头，按着乐管最高处的键，吹出了一个高音C调，他的气息之长、曲调之高，引发了全场一片欢呼，人群高声尖叫着，音量之高，我觉得会把附近辖区的警察招来。迪安神情恍惚，萨克斯手的眼睛直勾勾地盯着他。他终于遇到了一个跟他一样疯狂的人，不仅理解他的音乐，而且在乎他，并且想要更多了解他。他们之间开始用音乐交流。萨克斯管中流出的不再仅仅是和弦，而是呼喊，从“啰”降低到“哔”，又升高到“咿”，又再次降低。他试图让周围的一切都跟着他一起升高又降低，从最低的地平线，升高到三十度、四十度，最后他摔倒在周围人的怀里，扔掉了萨克斯管，而周围的所有人都互相推搡着、叫喊着：“好呀！好呀！他吹得太棒了！”迪安用手帕擦着头上的汗。

萨克斯手慢慢走上舞台，让乐队奏出一个缓慢的节奏，脸上流露出忧伤的表情，他的目光越过周围人的头顶，从敞开的大门向外望去，开始演唱《闭上你的眼睛》，整个酒吧慢慢安静了下来。萨克斯手穿着一件破旧的仿麂皮夹克，紫色的衬衫，鞋已经有些开裂，裤子也是皱皱巴巴的，但是他好像并不在意。他看上去很像黑人哈斯尔，棕色的大眼睛里写满了惆怅与同情。他的歌声缓慢而悠长，中间穿插着若有所思的停顿。但是唱到第二遍副歌时，他兴奋地抓着麦克风跳下了舞台，弯着腰唱了起来。每唱一句他都先弯腰，额头几乎触到脚尖，然后再直起身子卖力演唱。他唱得如此投入，以至于全身都开始颤抖。直到唱下一个舒缓的长音时，他才逐渐恢复。"音——音——音乐演——演——演奏起来！"他向后仰着，脸冲着天花板，摇摆着，晃动着，对着麦克风唱着，脸几乎贴在了麦克风上。"梦——梦中——幻想——着跳——舞——"他看着外面的街道，轻蔑地撇撇嘴，做出一个比莉·霍利德式冷嘲热讽的表情。"我们去寻——找罗曼——蒂克，"他摇摆着身体唱到，"爱——爱——爱的假期——假期。"他晃着头，对这个世界一脸嫌恶和厌倦。"将让它显得——"将让它显得什么？听众们都在期待着答案，他低沉地唱道："还不错。"钢琴弹出了一个和弦。"来吧宝贝，闭——上你美丽的眼睛。"他的嘴微微颤抖着，一直盯着迪安和我，他的表情似乎在说，嗨，我们在这个悲哀的灰色世界里做什么？他的演唱就要结束，但在这之前他做了漫长的铺垫，这个过程漫长到你可以在全世界把信送给加西亚十二次，可这些东西对我们又有什么用呢。因为我们不得不面对可怕世界里的悲惨生活，所以他可以叙述着这一切，吟唱着这一切："闭上——你的——"他的歌声在天花板上回响，一直回荡在天际，"你的——眼睛——眼睛——"他蹒跚走下舞台，一直走到台下拥挤的听众里。然后坐在角落里，他的身边簇拥着一群男孩，但是他对他们毫不在意，他低着头，眼里噙满泪水。他是最棒的！

迪安和我走过去跟他聊天，邀请他出来坐到车上。上了车以后他忽然大叫起来："是的！我最喜欢刺激的事！我们现在去哪？"迪安跳上了车，咯咯地傻笑着。"待会儿！待会儿！"萨克斯手又喊了起来，"我要叫一个哥们，让他带我们去詹姆逊角落酒吧。我要去唱歌，伙计，我喜欢唱歌。我要连续唱两个星期的《闭上你的眼睛》。别的我什么都不想唱。伙计。你们有什么想法？"我们告诉他，我们两天以后就要去纽约了。"上帝呀，我还从来没去过那里，他们告诉我，那是真正的活力之城，但是我们这里也不差呀。而且，你们知道吗？我结婚了。"

"哦，这样呀？"迪安打开了车灯，"那个亲爱的今晚在哪呀？"

"你什么意思？"萨克斯手斜视着迪安说，"我跟你说了，我已经和她结婚了，你没听明白吗？"

"哦，当然，当然，"迪安说道，"我只是问问。也许她有朋友或者姐妹呢？你知道，我的意思是想找个姑娘玩玩。"

"哦，那事有什么好的，生活太艰难了，以至于不能成天想那些。"萨克斯手说着，眼睛望向了街道。"他妈的。"他说，"我一分钱也没有，我才不在乎今晚去哪呢。"

我们又回到酒吧。姑娘们讨厌我和迪安四处乱跑，便离开了这里，步行去詹姆逊角落酒吧，反正那车也开不动了。我们在酒吧看到了奇怪的一幕：一个白人同性恋穿着夏威夷衫，问鼓手说他是否能加入。乐队的人疑惑地望着他："你演奏过吗？"同性恋装模作样地说会。乐队面面相觑，说："好吧，好吧，是人都可以，他妈的！"同性恋坐在了架子鼓旁边，乐队演奏出一系列欢快的音符，他开始轻轻用鼓刷刷过鼓面，跟着节奏摇头晃脑，陷入了威廉·赖希所分析过的那种迷狂之中，这种状态毫无意义，不过是因为服用了大麻和可卡因所致，想扮酷而已。他跟着节奏无力地演奏着，虽然大家都觉得奇怪，但这个同性恋却毫不在意，一边冲着观众点头微笑，一边继续轻轻地刷着，其他乐手没有理会他，咯咯笑着演奏起一曲节奏强烈的布鲁斯。粗脖子的高大黑人鼓手等到乐曲告一段落便吼道："这个家伙在干什么？他是在玩音乐吗？"他愤愤地说道："滚开吧，真是狗屎！"鼓手嫌恶地不想直视他。

萨克斯手的哥们儿来了，这是个小个子的黑人，却开了一辆巨大的凯迪拉克。我们都跳了上去。他轰了一脚油门，猛地把车启动起来，嗖地一下就冲了出去，一下子就开到了每小时七十英里的速度，在旧金山横冲直撞，遇到十字路口也不减速，甚至没人注意到他闯红灯。他真是太棒了！迪安开始手舞足蹈起来："看看这个家伙，伙计！他坐在那里开车，一动不动。他开着车，我们可以聊天，他绝对不会打扰我们聊一晚上，哦，伙计，上路吧，我们快上路吧——我真希望这样——哦，酷，我们快走吧，别停，现在就上路，酷！"这个小子猛地把车拐到了一个街角，正好在詹姆逊角落酒吧门前停了下来。旁边开过来了一辆出租车，从上面下来一位枯瘦的小个子黑人牧师，他扔了一块钱给出租车司机，嚷了一声："吹呀！"然后冲了进来，他猛奔穿过楼下的酒吧，嘴里还嚷着："吹呀！吹呀！吹呀！"他跌跌撞撞地爬上二楼，使劲推开门，一头栽进爵士乐演出场。他想伸手支撑一下身体，却正好撞到兰姆谢德身上，那段时间他在詹姆逊角落酒吧里当服务员。酒吧里的音乐震耳欲聋，黑人牧师吃惊地站在门口，尖叫着："给我吹呀，伙计，快吹呀！"旁边一个矮小的黑人手里拿着一个中音萨克斯，迪安说他明显是和祖母住在一起，看上去就像汤米·斯纳克一样，白天一直睡，晚上一直吹。他做的所有事就是不停地吹，吹一百首曲子。

"这就是卡洛·马克斯！"迪安暴躁地喊道。

的确如此，这个祖母的小男孩，手里拿着缠着胶带的中音萨克斯，两只眼睛闪烁着珍珠般的光彩。他的脚比常人的要小，而且有些弯曲，两条腿细细长长。他的眼睛一直盯着观众（这些观众在高声谈笑着，房间大概有三十英尺见方，摆满了桌子，天花板很低），他一刻不停地晃动着。他的想法很简单，就是喜欢一种新的变化的和弦。他重复演奏着这样的节奏："嗒——嗒噗——嗒嘚——啦啦……嗒——嗒噗——嗒嘚——啦啦……"他微笑着，吹着，"嗒——嗒噗——咿——嗒——嘚——嘚——啦——啦噗！嗒——嗒噗——咿——嗒——嘚——嘚——啦——啦噗！"这是一个欢笑的时刻，所有听到他音乐的人都对他报以理解的笑容。中音萨克斯的声音带着一种金属的质感，嘹亮而纯粹，从两英尺开外直接吹到了我们的脸上。迪安站在他面前，完全陶醉在他的音乐中，甚至忘记了周围的一切。他一边摇头晃脑，一边两只手同时握成拳头互相击打着。他的汗水浸透了不停扭动的身体，不仅湿了衣领，还在脚下积起一摊。加拉托和玛丽也在这个酒吧，我们过了足足五分钟才发现。哦，旧金山的夜晚，这里是大陆的尽头，也是困惑的终点，所有沉闷无聊的疑惑和愚蠢的事都再见吧。兰姆谢德举着啤酒托盘在人群中穿梭而过，他做的所有事都带着节奏，他会跟着鼓点向女服务员打招呼："嗨，现在，宝贝，让开，让开，兰姆谢德要来了。"女服务员使劲把他推开，他举着啤酒趔趔趄趄地一直从厨房门口冲了进去，在厨房里跟厨师跳了几支舞之后，他又满头大汗地回到吧台。一个乐手面无表情地坐在角落的一张桌子旁，面前摆着一杯没动过的酒，他那来自异国的眼神茫然地望着空中，他的手耷拉在身体两边，几乎要碰到地板，他的脚懒懒地伸着，就像吐出的舌头，他的身体疲倦地缩成一团，仿佛是一个狭窄的入口，通向他思想的深处：他每天傍晚都要把自己击倒，等到夜里让别人给他彻底的解脱。周围的一切像一团云雾笼罩着他。而那个祖母的小男孩，也就是那个中音萨克斯手"卡洛·马克斯"，两脚轮流交替不停地跳着，边跳边吹着奇妙的中音萨克斯，一口气吹了两百多支布鲁斯，每支都比上一支更加疯狂，没有间歇，没有停顿，似乎要把一天的精力全都在这一刻发泄出来，整个房间都充满了疯狂的音乐。

一小时后，我和旧金山的一个中音萨克斯手埃德·福尼尔一起在第四大街和福尔瑟姆街的交叉路口等迪安，他在酒吧里给罗伊·约翰逊打电话，让他来接我们。一切都照常进行着，我们正在聊着天，但是突然之间，我们看到一个奇怪而疯狂的景象。迪安经常会这么发疯。他想告诉罗伊·约翰逊酒吧的地址，于是他让罗伊·约翰逊举着电话等一分钟，然后自己跑出去去看门牌号。为此，他冲了出去，穿过吧台边吵吵嚷嚷的穿着白衬衫的酒鬼，来到街道中间，查看路标。像格劳乔·马克斯一样弯着腰，他飞快地从酒吧蹿了出来，像一个幽灵，他的大拇指在夜色中高高地翘着，如旋风一样停在了道路中间，抬着头四处寻找着门牌号。在夜色中，没人看到他的这些举动，他在路上四处张望着，大拇指举得高高的，虽然一声不吭，脸上却挂着抓狂和急迫的表情。这个情景真有点滑稽：一个满头乱发的男人，举着包扎着的大拇指，像只天上飞过的大鹅，在黑暗中不停地转来转去，另外一只手却烦躁地插在裤兜里。埃德·福尼尔正在说话："无论我在哪，都会吹奏甜蜜的曲调，如果人们不喜欢，我也无可奈何。我说，伙计，你的那位同伴就像是只发狂的小猫，你看他在那边干吗呢。"我们向迪安那里望去。周围一片沉寂，迪安忽然看到了门牌号，立即转身冲回了酒吧，有几个人正好走出酒吧，迪安就像从他们腿边爬了过去。因为他跑得太快，酒吧里的人都惊讶地望着他。过了几分钟，罗伊·约翰逊出现了，速度同样令人惊叹。迪安倏忽一下，无声无息地穿过街道上了车。我们又一次上路了。

"现在，罗伊，我知道你对你老婆宠爱有加，但是我们必须立即在三分钟之内赶到46街和吉里大街的路口，否则一切都完了。老天呀，明天一早萨尔和我就要动身去纽约，这绝对是我们最后一晚上寻欢作乐的机会，我知道你不会介意的。”

当然，罗伊·约翰逊不会介意，他只会开车闯红灯，蠢头蠢脑地把我们送到下一个酒吧。一直到第二天早上，他才回家睡觉。迪安和我在酒吧认识了一个名叫沃尔特的黑人。这家伙在酒吧里要了许多酒，让服务员一排一排端上来，喊道：“快来喝斯波迪欧迪酒！”这是一种特殊的鸡尾酒，用一点葡萄酒，加上一点威士忌，再加上一点葡萄酒。“这种做法把那些劣质威士忌都变成上好的葡萄酒了！”他大叫着说道。

他邀请我们到他家继续喝杯啤酒。他住在霍华德大街后面的一套公寓里。我们走进房间的时候他的妻子已经睡了。房间里唯一一只灯泡在她睡觉的床上方，我们不得不拖过一把椅子，站上去把灯泡拧下来。他的妻子躺在那里，脸上挂着微笑。迪安去开灯时，她一直躺在那里，眼睛不停地眨着。她大概比沃尔特大十五岁，是世界上最温柔的女人。我们接着又从她的床头拉过电源线，她只是在咯咯地笑。她从来不问沃尔特去哪儿啦，什么时候回来诸如此类的事情。最后我们把灯接到了厨房，围坐在一张破桌子周围，一边喝啤酒，一边聊天。清晨，我们该走了，于是又把灯接回到卧室。在我们一再重复这些奇怪的事情时，沃尔特的妻子始终一句话也没说，只是淡淡地微笑着。

来到清晨的大街上，迪安说：“你瞧，伙计，这才是真正适合你的女人。不挑剔，不抱怨，那么温柔。她的男人可以在晚上任何时间，和任何人回家来，在厨房里聊天，喝啤酒，然后随便什么时候离开都行。这才是男人想要的家，这里是他的城堡。”他指着这套公寓。我们醉醺醺地走了。这个令人兴奋的夜晚就这样结束了。一辆警车可疑地跟在我们后面，一直走了几个街区。我们在3街的一家面包房里买了几个刚炸出来的面饼圈，就站在灰蒙蒙、脏兮兮的街上吃了起来。一个衣着讲究、戴副眼镜的高个子家伙同一个戴着卡车司机帽的黑人蹒跚着走了过来。他们真是奇怪的一对儿，一辆卡车从他们身边经过，那个黑人兴奋地指指点点说着什么，高个子白人则偷偷摸摸地一边四处张望，一边数着手里的钱。“这不就是老布尔·李吗！”迪安咯咯地笑着说，“不停地数钱，对什么都提心吊胆。那个男孩只想聊聊卡车，还有其他他熟悉的事情。”我们跟着他们走了好一会儿。

神圣的花朵飘在空气中，那是爵士年代美国破晓时的一张张倦容。

我们困得直想睡觉，到加拉托·邓克尔那里已经不可能了。迪安认识一个叫欧内斯特·伯克的火车制动员，同他父亲一起住在第三大街的一家旅馆。迪安原先同他们父子很熟，但是后来疏远了。我必须去说服他们让我们睡在地板上，这个任务太让我为难了。我从早餐店打了一个电话，是伯克的父亲接的。他一开始在电话里有点疑惑，但很快就想起了我，因为听他儿子说起过我。出乎意料的是，他居然走出大堂接我们进去。这是旧金山一个破旧的小旅馆。我们上了楼，老人很客气地把整张床都让给我们。“我也该起床了。”他说着，哈欠连天地走进狭小的厨房去煮咖啡。然后，他开始讲起他在铁路上的那些事。他让我想起了我的父亲。我坐在那里，倾听着他的故事。迪安一点儿也没听，他一直在刷牙，一边忙来忙去，一边敷衍着说:“是的，确实是这样。”对所有的故事他都这么回答。最后我们都睡着了。上午，欧内斯特跑完西区线路回来了。迪安和我正好起床，他便倒头睡在了床上。老伯克先生已经把自己打扮得漂漂亮亮，准备去跟他那位中年甜心约会。他穿了一件绿色的花呢西装，帽子也是绿色花呢的，西装翻领上还别了一朵鲜花。

“这些风流的旧金山老铁路工人个个穷得叮当响，但仍然对自己的生活充满渴望。”我在卫生间对迪安说，“他真是太好了，让我们在这里睡上一觉。”

“那当然。”他心不在焉地说，然后急急忙忙地跑到旅行社去找可以搭的顺路车。我的任务是赶到加拉托·邓克尔那里去取我们的包。她正坐在地板上，用纸牌算命。

“再见，加拉托，希望你万事如意。”

“等埃德回来后，我每天晚上都要带他上詹姆逊角落酒吧，让他在那里把疯劲发完。你说这么做管用吗，萨尔？我真不知道怎么做。”

“纸牌里是怎么说的？”

“那张黑桃 A 离他很远，红桃总在他周围，红桃皇后就在旁边，看到这张黑桃 J 了吗？那是迪安，他总在附近。”

“无论如何，我们一小时后就要动身到纽约了。”

“迪安总有一天会这样上路旅行然后一去不回的。”

她让我洗了个澡，刮了胡子。我跟她道了声再见，然后拿着包下楼，叫了一辆出租车。这是一辆普通的公共出租车，你随便在哪儿都能叫到，花上十五美分，就能到你想去的地方。在这种车里，你会像在巴士上一样，跟其他乘客挤在一起，但是可以像在私人汽车里一样聊天、说笑话。旧金山教会街这几天就像个大工地，许多项目正在开工建设，孩子们在路边玩耍，下班回家的黑人大呼小叫着，满面灰尘，兴致勃勃。到处都充满了活力，这才是美国真正令人激动的城市。头顶上碧蓝的天空和雾气氤氲的大海，一到晚上就会令人产生无穷的欲望和兴奋的热情。我真不想离开。我在这里只停留了六十多个小时，我和疯疯癫癫的迪安到处乱跑，也没顾得上仔细看看这里。下午，我们的车开始驶向萨克拉门托，向东部进发。

5

开车的是一个又高又瘦的同性恋，他戴着一副墨镜，开起车来小心翼翼的。他开车回堪萨斯的家。迪安称这辆车是“娘炮的普利茅斯”，它开起来慢吞吞的，有气无力。“这车像个柔弱的女人！”迪安在我耳边悄悄说。车里还有两位乘客，是一对夫妻，典型的半路游客，无论到什么地方都想停下来睡觉。我们的第一站是萨克拉门托，这应该是前往丹佛的旅程中的一个大站了。我和迪安坐在后座，旁若无人地聊了起来。“嗨，伙计，昨晚那个小个子的中音萨克斯手抓住了‘它’，他一找到就一直握着，我还从来没见过哪个家伙能握这么长时间。”我疑惑地问，他说的‘它’是什么？“哈哈，好吧”迪安大笑了起来，“你现在问我的是一个无法估量的事物，啊哈！这个家伙和其他所有人都在那里，对吧？他可以把人们脑子里想的东西都记录下来。他开始吹出第一个和弦，然后逐渐将自己的想法理顺，大家都在叫着、跳着，但是都理解他的意思。他抬起头，听从命运的召唤，吹出了那些命中注定的音符。突然之间，在和弦中间的某个地方，他吹出了那段曲子，所有人都看着他，渐渐明白，他们听到了，他找到了那段宿命般的曲子，然后一直吹着。时间仿佛停止了。空气中充满了我们生命的内容，充满了内心深处的忏悔，充满了胡思乱想的回忆，还有一些过去曲调的重复。他一直吹着，越过无数桥梁，又重新回到这里，他是带着无限的精神去探索灵魂深处那个时代之音，所有人都知道，那不仅仅是一连串音符，而是'它'。"迪安说不下去了，他一边滔滔不绝地说着，一边汗如雨下。

接着迪安的话，我开始讲述我自己的故事。我还从来没有这么详细地向别人讲述过我的生活。我告诉迪安在我还是一个孩子的时候，常常幻想自己手里拿着一把大镰刀坐在车里，把路边的所有树木和电线杆都砍断，甚至要削平每一座山峰。"真棒！真棒！"迪安叫道，"我过去也常常想这么做，只是用的刀不一样。告诉你这是为什么，要跨越西部辽阔的土地，我需要长得多的刀，它必须能够切断山脉，削平山峰，从一座山翻越到另一座山，同时把路边所有的电线杆都砍掉，把所有星星点点的村落都排列整齐。就为了这个原因——哦，伙计，我得告诉你，就在现在，我已经拥有'**它**'了——我还要告诉你的是，在大萧条中期的那段时间，我和我爸连同另外一个笨蛋流浪汉曾从拉里默街坐车到内布拉斯加卖苍蝇拍。你知道我们是怎么做苍蝇拍的吗？我们买来普通的旧窗纱和一堆铁丝，然后把铁丝对折，再用花花绿绿的布把边包起来，这在廉价小商店卖几分钱。我们一共做了几千把，然后堆到流浪汉的破车上，拿到内布拉斯加的每一户农场工人家里去卖，只要五分钱一把。许多人出于怜悯就花几个硬币买一把。两个老流浪汉和一个小孩为此四处奔波。那些日子里，我老爸总是唱着：'哈利路亚，我是一个流浪汉，又变成了流浪汉。'伙计，现在我只要一听到这首歌，就会想起那些可怕而又简陋的苍蝇拍，想起难以想象的艰难困苦、四处奔波，以及大热天里的紧催慢赶，整整两个星期以后，为了如何分钱他们发生了争吵，在路边打作一团。于是为了补偿，他们决定去买酒喝。他们一刻不停地喝了五天五夜，我则哭着在地上缩成一团。等他们花光了最后一分钱，我们又回到了当初来的地方，拉里默街。不久，我家老头子被抓走了，我不得不到法庭上作证，让他回来，因为他是我爸爸，而我又没有妈妈。萨尔，我八岁的时候就在那些唯利是图的律师面前发表了一场激情澎湃的演说……"我们浑身燥热。我们正一路向东飞驰，兴奋异常。

"让我再跟你说一些我的事吧。"我说，"只是作为你所说的事情的插曲，也是我最新的一些想法的总结。我当时还是一个小孩，躺在我爸汽车的后座上，我的眼前就会出现这样一幅情景：我骑在一匹白马上跨越所有障碍，躲过电线杆，绕过房屋，有时来不及了就越过去，翻过山岭，用不可思议的方式躲过拥挤的交通……"

"对！对！对！"迪安兴奋地喘着气，"我与你只有一点不同，那就是我是自己在跑，没有马。你是一个东部孩子，当然会梦到马，我们都不会去想象我们知道的东西，它们都是一堆废料和虚幻的想法。但是在我可能精神分裂了的脑子里，我的确是跟着汽车，用不可思议的速度在跑，有时是以每小时九十英里的速度拼命地跑，穿过每一片灌木丛、每一堵围墙、每一座房屋，有时候又会飞也似的翻过山坡，然后又立即返回来……”

我们不停地聊着，浑身上下都被汗水湿透了，完全忘记了前面的人。他们一定在疑惑，后座上的这两个人是不是有问题？这时，司机说话了："看在上帝的分上，你们别在后座上乱摇了。”的确，迪安和我在有节奏地晃动，车身也随着我们的摇摆而左右晃动。我们聊得很开心，充满了兴奋和喜悦，勾起了我们生命中潜藏在灵魂深处的无数天使般缤纷的细节，一直聊得如醉如痴才结束。

“哦，伙计！伙计！”迪安感慨地说，“这还不算是所有一切的开始，现在，我们终于要一起去东部了。我们从未一起去过东部。萨尔，想想吧，我们要一起去看看丹佛，一起去看看人们都在干什么，虽然这些对我们没什么影响，关键在于我们终于知道了‘**它**’是什么，我们终于了解了‘**时间**’，我们终于明白了什么是真正的‘**好**’。”然后，他一边擦着汗，一边拽着我的衣袖，对我低声说："你看前面这些人，他们一直都在担心，算计着跑了多少路、今晚在哪里睡觉、油钱是多少、天气怎么样、最后怎样才能到达等等——你知道，他们一直都在担心，但是他们需要这种担心，他们用急迫而虚伪的方式背叛了时间，另一方面，他们的灵魂带着纯粹的焦虑和哀鸣，除非他们能抓住一个确定无疑的担心，否则他们的灵魂一刻也不会平静。一旦他们发现了需要担心的事，脸上的表情才会放松下来，兴高采烈地跟它在一起。你知道，这可不是什么让人高兴的事。所有的时间他们都像是无头苍蝇一样四处乱飞，他们完全知道这一点，却仍然没完没了地担心。听着！快听着！他们常常会这样说：‘好吧，’他模仿着，‘我不知道……可能我们不应该到那个加油站里买汽油。最近我从《国家石油报》上读到，这种汽油中含有大量的辛烷，有人告诉我，半官方消息说它很容易发生爆炸。我不懂，但无论如何我不喜欢这种汽油……’伙计，你会理解这些的！”他使劲捅着我的肋骨想让我理解，我只得尽最大努力去理解。我们俩在后座上又叫又闹，前排的人吓得要命，愁眉苦脸，真希望当时在旅行社的时候没有带上我们。但这还仅仅是开始。

到了萨克拉门托，那个开车的同性恋偷偷摸摸地在旅馆里订了一个房间，邀请迪安和我进去喝一杯。那对夫妻借住在亲戚家。到了旅馆房间，迪安想尽办法试图从那个同性恋手里弄到点儿钱，这似乎有些不太可能。那个同性恋说他很高兴我们能跟他一起赶路，因为他喜欢像我们这样的年轻人，他不喜欢姑娘。这一点我们确实看出来了。最近，他在旧金山还跟一个男人发生了关系，他扮演男人的角色，那个男人则扮演女人的角色。迪安不时问几个冠冕堂皇的问题，然后热切地点着头。那个同性恋说他很想知道迪安怎么看这种事，迪安告诉他，他年轻的时候是一个小混混，然后问他有多少钱。我走进了盥洗室。那个同性恋有点不高兴了。我猜他在怀疑迪安居心不良，他不提钱的事，说等到了丹佛再说。他一遍遍地数着钱，不停地翻钱包。迪安只好作罢。“你知道，伙计，咱们别费心机了。你要是满足了他们隐秘的愿望，他们立刻就会惊慌失措，这很正常。”虽然如此，但他已经完全征服了普利茅斯车的主人，不费吹灰之力就把车给接了过来。现在我们才是真正在旅行。

清晨，我们离开了萨克拉门托。中午时分开始穿越内华达沙漠，汽车沿着锯齿状的山峰盘旋奔驰，那个同性恋和那对夫妻坐在后座上互相挤成一团。我们则坐在前面开着车，迪安又兴奋起来，他所需要的就是这种亲手把握方向盘和四个轮子的感觉。他说起老布尔·李是个多么糟糕的司机：“无论什么时候出现了一辆大卡车，都已经快到跟前了，布尔还是要用很长时间才能看清楚。因为他看不见。伙计，他什么也看不见。”迪安模仿他的样子，使劲揉了揉眼睛。“当我说：‘喂，快瞧，布尔，一辆卡车。’他却说：‘嗯？你说什么，迪安？’‘卡车！卡车！’直到最后要撞上卡车的一瞬间他才能看到，就像这样。”他驾驶着普利茅斯车迎着对面的卡车开去，卡车司机吓得灰白的脸渐渐逼近我们眼前，后座上的人们恐惧得大气也不敢出，直到即将相撞的一刹那他才往旁边一让。“就像这样。你明白了吧，确实跟这一样，他可真是糟透了。”我一点儿也没有惊慌。我了解迪安。后座上的人什么话也没说，其实他们不敢抱怨。他们一定在想，如果他们抱怨的话，天知道这个迪安会干出什么来。他就这样开着车飞一样地穿过了沙漠。一路上，他不断谈论着什么样的路不能开车；他父亲过去怎样驾驶那辆旧车；司机开车走出的曲线多么漂亮；那些开始时慢吞吞，到了弯道又不停抢道的司机有多糟糕等等。这是一个晴朗炎热的下午，在穿越内华达的路上，我们经过了一个又一个城镇，里诺、巴特尔山、埃尔科……傍晚时分，我们来到了盐湖大平原。在这里，我们能看到一百多英里外盐湖城的点点灯火，在大平原上仿佛海市蜃楼一般，地平线将这一景色切割成上下两半，一半明亮，一半昏暗。我告诉迪安，世界上把我们所有人联系在一起的东西都是看不见的。为了证明这一点，我指着一根又一根的电线杆，它们沿着连绵百里的盐沼延伸，在某个拐弯处消失了。迪安大拇指上的绷带已经脏兮兮的了，在空中不停地甩来甩去。但是他的脸上却放着光。“哦，伙计，你说得对！老天爷，对呀！太对了！”他突然停下了车，身子倒在座位上。我转过身，看到他蜷缩在座位的一角，已经睡着了，他的脸压在那只好手上，那只缠着绷带的手不自觉地举在空中。

坐在后座的人们松了一口气。我听见他们在小声嘀咕：“我们无论如何不能再让他开车了。他绝对是个疯子，一定是从疯人院里或者其他什么地方逃出来的。”

我抬起头为迪安辩护，转身对他们说：“他不是疯子，他很正常。不必担心他的驾车技术，他是世界上最棒的。”

“我受不了啦。”那位妻子有点歇斯底里地低声叫道。我静静地坐在那里，欣赏着沙漠的夜色，等待着可怜的天使迪安睡醒过来。我们正好在一座小山上，可以远眺盐湖城里明亮的灯光。他睁开了眼睛，在这个光怪陆离的世界上搜寻着他出生的地方，那里几年前还是个破旧无名的地方。

“萨尔，萨尔，瞧，这里就是我出生的地方。真想它呀！这里的人都完全不一样了。随着时光流逝，这里已经物是人非了。嗨，快瞧！”他激动的心情也感染了我，我也跟着乱叫起来。不知道这条路会把我们带向何处？两位游客坚持要自己开车走完剩下一段到丹佛的路。好吧。我们也乐得轻松，便坐在后座上聊了起来。但是到了早上，他们都疲惫不堪。迪安在东科罗拉多沙漠的克雷格重新接过方向盘，因为要小心翼翼地穿行犹他州的斯特罗伯里山口，我们浪费了许多时间。他们都睡了，迪安掌控着方向盘冲向一百英里外的伯绍德山口，它如同耸立在世界屋脊上的直布罗陀巨岩，笼罩在云雾之中。迪安像一只六月虫一样穿过伯绍德山口——就好像当初穿过蒂哈查皮那样。他狂热地驾驶着汽车，像在水里游泳一样，不断从人们身边穿过，永远不会停歇自己的脚步，无论是什么样的山峰也阻止不了他，直到我们再次看到辽阔而炎热的丹佛平原——这里就是迪安的家。

在 27 街和费德勒街的转角，我们下了车，车上的人都长长松了一口气。我们的破行李又堆在了路边，前面还有很长的路要走，但是没关系，生活本身就是一条永无尽头的道路。

6

这次，我们在丹佛遇到了一系列新问题，这里的人与 1947 年相比发生了很大的变化。我们原本要马上再到旅行社找一辆可搭的车，但最终还是决定在这里住上几天，玩一玩，然后寻找迪安的父亲。

我们两个都蓬头垢面，但却情绪高昂。在一家餐馆的卫生间里，我正在小便，挡住了去洗手池的迪安。我小便还没完，就先忍住换了一个小便池，然后对迪安说："瞧瞧这个小把戏。"

"哈，伙计。"他在洗手池里洗着手说，"这个把戏确实不错，但对你的肾可不好，你正在一点点变老，现在如果你经常这么做，等你老了就麻烦了。等你坐在公园里时，可怕的肾病就会让你生不如死。"

我听了很生气："谁年纪大了！我并不比你更老！"

"我说的不是这个意思，伙计！"

"嗯哼，"我说，"你总是取笑我的年纪，我可不是像那个同性恋一样的老家伙，你不必提醒我的肾。"我们回到餐厅座位，女服务员端来了刚烘好的烤牛肉三明治——要在往常，迪安总是立刻狼吞虎咽起来——为了掩饰我的不快，我说："我不想再提这件事了。"突然，迪安的眼里噙满了泪水。他站起身，离开餐桌，走到餐厅外面，我猜他可能是想像以前一样一走了之，我没搭理他。我真是气得要命，还在生迪安的气，但是他不吃饭的情景，比这几年来遇到的任何事情都让我伤心。我不得不说……他是那么喜欢大快朵颐……从来不会像现在这样扔下食物就走……真是见鬼，他一定是在耍脾气。

迪安在餐厅外面站了足有五分钟，然后走进来坐在桌旁。"哎，"我说，"你握着拳头在外面干什么呢？是在诅咒我，还是在给我的肾找些新的笑料？"

迪安默默地摇了摇头。"不，兄弟，不，兄弟。你完全错了，如果你想知道的话，那么……"

"继续说，跟我说说你怎么了。"我说话时，一直在低头吃饭，像条饿狼一样。

"我在哭。"迪安说。

"哦，天呀，你从来不哭。"

"你说什么呢？为什么你会认为我从来不哭？"

"你还没有脆弱到哭的地步。"我说的每一句话都像刀子一样刺痛着我自己，许多我以前在心里想到的伤害我这位兄弟的话都蹦了出来，我突然发现在内心深处我是多么丑陋和肮脏。

迪安摇着头说："不，兄弟，我在哭。"

"继续说下去。我敢打赌你是知道自己在发疯所以才走开。"

“相信我，萨尔，一定要相信我，如果你以前曾经相信过我的话。”我知道他说的是真话。而且我也不想歪曲事实。当我抬起头来看他时，我想我的确有些荒唐，我的内心有太多的纠结和神经过敏。我知道我错了。

“嗨，兄弟，迪安，我很抱歉，以前我从来没有像这样对待过你。好了，现在你理解我了。你知道我再也不会同其他人有这样亲密的关系了——我不知道该说些什么。我现在心里一团乱麻，理不出个头绪，让我们忘了这些不愉快的事吧。”这个可气的家伙开始吃饭。“这不是我的错！这不是我的错！”我告诉他，“在这个讨厌的世界上我没有错，你不明白吗？我不想这样，也不能这样，将来也不会这样。”

“当然，兄弟，当然，但是还是要请你相信我。”

“我当然会相信你，我会的。”这就是那天下午令人伤感的故事。到了晚上，当我和迪安住到一户流动雇农家里去时，又碰上了一些更大更复杂的麻烦。

两个星期前我孤独地住在丹佛时，这些人就曾是我的邻居。我们住的那户人家，主妇是一个热情、善良的女人，时常穿着一条牛仔裤，冬天开着运煤车在群山中穿梭，养活她的四个孩子。她丈夫在几年前就离开了她。他们在一起的时候曾经有过许多美好的时光，他们开着带活动房的车周游全国，从印第安纳一直到洛杉矶，每天都在痛痛快快地玩。一个星期天的下午，他们在街角的一家酒吧里狂饮了一通，欢歌笑语，到了晚上，他们又弹起了吉他，然而，那个高大而笨拙的年轻人却忽然走进黑暗的旷野，再也没有回来。她的孩子个个都很精神，最大的是个男孩。我们去的那个夏天他不在，正在山区里参加夏令营。老二是个可爱的十三岁女孩，喜欢写诗和在田野里摘花。她最大的愿望是快快长大，可以去好莱坞当一名演员，她的名字叫珍妮特。接下来是两个小的。小吉米一到晚上就坐在炉边，哭着喊着要吃还没烤熟的馅饼。小露茜最喜欢那些在地上慢慢爬行的小虫子、蟾蜍和甲虫，并且给它们起了名字，安排了住的地方。他们家还养了四条狗。他们住在新区的道路边，房间里有些凌乱，但很舒适。住在新区道路边的邻居们时常对他们不大尊重，因为这个可怜女人的丈夫抛弃了她，而且他们家的院子总是乱七八糟。到了晚上，整个丹佛灯火辉煌，就像一列在旷野中蜿蜒行进的车队。在群山环绕的西部，房子一般都建在山脚下，起伏的山峰逐渐向平原倾斜。在远古时代，这里一定曾经被海水轻柔的波浪冲刷，才形成了如大海一般的密西西比河，以及形状各异的如小岛一般的山峰，像埃文斯岛、皮克岛和长岛。迪安一到这里，便陶醉在这美丽的景色中。他很喜欢珍妮特，但是我警告他别去碰她，也许这个提醒并无必要。这是个离不开男人的女人，马上就黏上了迪安。但是她和他都有些忸怩，她说迪安令她想起她那跑了的丈夫。“他跟他一模一样——哦，我告诉你，他也是个疯子。”

那天晚上我们在凌乱的卧室里又叫又闹地喝起啤酒，晚饭的时候到处都是吵吵嚷嚷的声音，收音机里大声播放着独行侠电台。这时，麻烦事像乌云一样出现了：那个女人——弗朗姬，所有人都这么称呼她——终于决定要买一部破车。这几年她一直嚷嚷着要买，最近才总算积攒了一点儿钱。迪安立刻跳出来主动帮助选车以及确定买车的价格，他这么热心，当然是因为他自己想开这部车。那样的话，他就可以像从前一样，下午开着车，捎上读高中的姑娘们到山上去兜风了。可怜的弗朗姬既单纯又无知，对什么事情都表示赞同。但是当他们带着买车的钱来到车行，站在推销员面前时，她又心疼起她的钱来。迪安一屁股坐在灰尘密布的阿拉梅达大道上，用拳头打着头说："只花一百块钱你不可能买到比这再好的车了！"他发誓再也不跟她说话了，他的脸气得发紫，他恨不能立即跳上车开着到处跑。"哦，这些愚蠢的、愚蠢的、愚蠢的流动雇农，他们永远也不会改变，真是十足的笨蛋，永远也不能相信他们。一到该行动的时候，他们就茫然无措、惊恐万分、歇斯底里，自己吓唬自己——就像我爸，完全就像我爸！"

那天晚上，由于在酒吧里遇见了他的表兄山姆·布雷迪，迪安的情绪又激动起来。他那天穿了一件干净的T恤衫，整个人看上去十分精神。"听着，萨尔，我要给你讲讲山姆——他是我的表兄。"

"哎，我说，你找过你爸吗？"

"伙计，今天下午我去了吉格斯自助餐厅。过去他常常在那里喝生啤，喝得不省人事，被老板大骂一通，只好连滚带爬地跑出餐厅。那里没有，于是我又去了温莎大道隔壁的那家旧理发店。不，也不在那里。那里的小伙子告诉我他认为——只是想当然而已——他正在一个铁路季节流动工经常去的工地干活，或者是在新英格兰的波士顿缅因铁路公司里打工。但是我不相信他，他们为了一点小费常常会编造出几个听起来像真的一样的故事来。现在听我说，在我童年的时候，我亲爱的表兄山姆·布雷迪是我最崇拜的英雄，那时候他常常从山区里非法贩运威士忌。有一次他跟他的兄弟在院子里打了起来，一直打了两个多小时，女人们吓得尖叫不已。我们经常睡在一起。在家里只有他关心我。今天晚上我要去看看他，我已经七年没见他了，最近他刚从密苏里回来。”

“有什么要让他办的吗？”

“什么都没有。伙计，我只想知道家里最近怎么样了——记住，我是有家的——最主要的，萨尔，我想让他给我讲讲童年时候的事，我已经都忘了。我想记起这些，非常想！”我从来没见过迪安这么兴高采烈。我们在酒吧里等他表兄的时候，他与混在市区的小流氓和皮条客聊了起来，了解他们都在干些什么。他向他们问起了玛丽露的情况，因为最近她一直住在丹佛。“萨尔，我小时候常从这个街角的报亭里偷零钱去买熟牛肉。你看到外边那个凶神恶煞的家伙了吗？他只是在那里站着，内心一定是个杀手，心里一直在琢磨怎么和别人大打一场。我甚至还记得他脸上的伤疤。他就这样年复一年地站在街角，时光软化了他，也粗暴地惩罚了他。现在他已经完全变了，对每个人都亲切、和蔼、有耐心，像尊雕像一样站在街角。你瞧，我们的世界不正是如此吗？”

不久，山姆来了。他三十五岁，身材修长，满头卷发，手上布满老茧。迪安神情敬畏地站在他的面前。“不，”山姆·布雷迪说，“我不再喝酒了。”

“瞧瞧？瞧瞧？”迪安在我的耳旁低声说道，“他竟然说他不再喝酒了！过去他可是镇上的威士忌大王。现在他信教了，这是他在电话里告诉我的。瞧瞧他，看看一个人身上的变化吧——他曾经是我心目中的英雄，现在竟然变得如此陌生！”山姆·布雷迪对他的表弟也同样充满了疑虑。他开着吱嘎作响的破车带我们出去兜了一圈，很快他就明白该怎样对待迪安了。

“嗨，迪安，我不再相信你了，也不再相信你打算告诉我的任何事情。今天晚上我来看你，因为家里有一份文件想让你签字。我们不要再提你父亲了，我们不想跟他有任何关系。而且，我很抱歉地说，也不想跟你再有任何关系了。”我看着迪安，他的脸阴沉下来。

“好吧，好吧。”迪安说道。他的表兄继续开车带我们兜圈，甚至还买了冰淇淋给我们吃。尽管如此，迪安还是问了他无数关于过去的事，表兄都一一回答。有一阵子，迪安几乎又兴奋得满脸是汗。哦，那天晚上他衣衫褴褛的父亲会在什么地方？表兄把我们送到费德勒尔的阿拉梅达大道，街上狂欢节的灯光也显得有些悲哀，我和迪安下了车。表兄和迪安约好，第二天下午把需要签署的文件送来，然后便开车走了。我告诉迪安我很难过，现在世界上再也没有人相信他了。

“记住，我相信你，我非常抱歉昨天下午为了无聊的事情跟你生气。”

“得了，兄弟，那件事已经过去啦。”迪安说道。我们一起观看着狂欢的人群。大街上到处都洋溢着欢乐的气氛，花车、摩天轮、爆米花、轮盘赌，几百个穿着牛仔裤的丹佛年轻小伙子四处闲逛。天上尘土飞扬，地上却显得有些凄凉。迪安穿着洗白了的李维斯牛仔裤和T恤衫，猛一看像是个真正的丹佛人了。一群小伙子骑着摩托车飞驶而过，他们戴着头盔，留着小胡子，身上的夹克缀着铆钉。后座上，坐着穿着衬衫和李维斯牛仔裤的漂亮姑娘。有几位墨西哥姑娘走过，其中一个矮个姑娘令人印象深刻，她不到一米，就是一个侏儒，但却有着一张世界上最美丽温柔的脸蛋。她转过身对同伴说：“姑娘们，我们打电话去叫戈麦斯出来吧。”迪安停下脚步，死死地盯着她，就像从黑暗中飞来一把锋利的匕首刺中了他。“伙计，我爱她，哦，我爱她……”我们一直跟着她走了很久，最后她穿过公路。在一家汽车旅馆打了一个电话。迪安装作翻电话号码簿，实际上一直在偷看她。我试图跟这个尤物的朋友交谈，但是她们根本不搭理我们。戈麦斯开着一辆破车吭哧吭哧地过来了，把姑娘们都带走了。迪安站在路上，抓着胸口的衣襟，喃喃地说：“哦，伙计，我快要死了……”

“你他妈的为什么不跟她说话？”

“我不能，当时我不能……”我们决定买些啤酒回弗朗姬家，听一会儿音响。我们吃力地提着一大包啤酒罐在路上跌跌撞撞地走着。小珍妮特，弗朗姬十三岁的女儿，真是世界上最可爱的姑娘，她长大以后一定是个绝色佳人。她那颀长、灵活、柔软的手指最为迷人，她说话的时候，就像尼罗河畔的克利奥帕特拉[1]。迪安坐在房间最偏僻的角落，眯起眼睛注视着她，嘴里嘀咕着：“真棒！真棒！”珍妮特似乎明白了迪安的意思，她转身看着我，希望我能保护她。那个夏天的前几个月，我同她在一起度过了许多时光，我们一起谈论着书和她喜欢的事情。

[1] Cleopatra（前69年—前30年），世称“埃及艳后”，古埃及托勒密王朝末代女王。她才貌出众，声音动人，她的故事在文学、绘画、戏剧、电影等不同形式的艺术作品中反复出现。

7

那天晚上什么事情也没有，我们都睡觉了。然而到了第二天，所有的事情都爆发了。下午，我和迪安到丹佛的市中心去找些零工，顺便看看旅行社是否有去纽约的车可搭。傍晚，在回弗朗姬家的路上，迪安忽然走进百老汇街的一家体育用品商店，不声不响地从柜台上拿起一个垒球，然后一边在手里抛着玩，一边走了出去。没有人注意，这类事一般也不会有人去注意的。这是一个炎热的、令人昏昏欲睡的下午，我们一路走一路玩着。“明天我们一定能在旅行社找到车。”

一位女性朋友曾经送给我一夸脱老祖父牌波本威士忌，我们开始在弗朗姬家喝了起来。弗朗姬家屋后有一片玉米地，对面住着一个漂亮的女孩。迪安来了以后就一直试图跟她接近，麻烦事就是从这里引起的。他不断向她的窗户扔小石子，女孩吓坏了。我们在凌乱的起居室里喝着波本威士忌，屋子里有几条狗，还有一堆玩具，我们一边喝酒一边聊天。迪安不停地从厨房后门出去，再穿过玉米地去扔小石子和吹口哨。过了一会儿，珍妮特也跑过去偷看。忽然，迪安脸色灰白地回来了。“麻烦了，伙计，那个姑娘的母亲端了一把猎枪追我来了，她还叫了一帮高中生准备顺路狠狠打我一顿。”

“怎么回事？他们在哪儿？”

“就在玉米地那边，伙计。”迪安喝醉了，一点也不在乎。我们一起走了出去，在月光下穿过玉米地，我看见尘土飞扬的路上正站着一群人。

“他们在这里。”我听见有人在叫。

“等等，”我说，“请问出了什么事？”

那位母亲站在众人身后，挎着一把大猎枪。“你的那个该死的朋友不停地招惹我们，我可不是那种只会依靠法律的人。如果他敢再来，我就毫不犹豫地杀了他。”一群高中生个个怒目而视，拳头紧握。我有点喝多了，也不大在乎，但还是安慰了他们一番。

我说：“他不会再这么干了。我一定会看着他的，他是我兄弟，会听我的话的。请你把枪放下，别再另外出点什么事。”

“仅此一次，下不为例！”黑暗中传来她坚定而冷酷的声音，“我丈夫回来以后，我要让他来找你们。”

“你不必那么做了，他不会再去打扰你们了，请放心。现在他已经冷静下来，一切都过去了。”迪安站在我身后，咬牙切齿地喘着气。那位姑娘从卧室的窗户里窥视着这一切。我从前就认识这些人，他们还算相信我，一会儿就安静下来。我拉着迪安的胳膊，穿过月光下的玉米地走了回来。

“哇——哦！”他叫道，“今晚我一定要痛饮一番。”我们回到弗朗姬和孩子们这里。小珍妮特正在放一张唱片，迪安一听就像发了疯一样猛地把唱片抢过来在膝头折坏。这是一张乡村音乐唱片，是迪兹·吉莱斯皮[1]早期的作品，名叫《刚果布鲁斯》，伴奏鼓手是麦克斯·韦斯特，迪安也很喜欢这张唱片。我前段时间把它给了珍妮特。眼看她就要哭出来了，我便跟她说，用唱片去砸迪安的头。她照做了。迪安目瞪口呆，然后清醒过来。我们都大笑起来。一切都过去了。这时，弗朗姬想出去到街上的酒吧里喝啤酒。“我们一起去！”迪安叫道，“他妈的，如果你买了那辆我周二给你看的车，我们现在就不用步行了。”

“我不喜欢那辆该死的车！”弗朗姬也嚷起来。几个小孩子开始又哭又闹。黯淡的壁纸、粉色的灯光和兴奋的面孔使混乱的棕色客厅笼罩着了骇人的气氛。小吉米吓坏了，我把他抱到床上去睡觉，又把狗拴在他旁边。已经有点醉醺醺的弗朗姬叫来了一辆出租车。就在我们等车的时候，送我酒的那个女孩打电话来找我。她告诉我，她有一位中年表哥对我恨之入骨。事情的经过是这样的：有一天中午，我给正在墨西哥城的老布尔·李写了一封信，告诉他迪安和我的经历，以及我们住在丹佛的一些情况，我在信中写了“我有一位女性朋友，她常常送威士忌和钱给我们，还不时地请我们去吃饭。”

[1] Dizzy Gillespie（1917—1993），美国著名爵士小号手、乐队领袖、作曲家。他曾先后在多支乐队中效力，是推动波普爵士乐发展的重要人物之一。

那天晚上刚吃了一顿炸鸡，我晕头晕脑地把信交给了她表哥，请他帮我投寄。他打开信看了以后，马上又拿给她看，向她证明我是个骗子。现在她打电话给我，一把鼻涕一把泪地说她永远也不想再看见我了。接着，那个得意扬扬的表哥接过电话，骂我是杂种。外面，出租车的喇叭不停地响，狗在叫，孩子也在闹，迪安和弗朗姬却跳起了舞。我对着电话，用所有我能想得起来的和临时编的话咒骂着，趁着酒劲，让电话那头的所有人都见鬼去吧，然后扔下电话，出去继续喝酒。

到了一家山脚下的老土小酒吧门口，我们一个接一个踉踉跄跄地跳下出租车。我们走了进去，点了啤酒，刚才的一切统统被抛在脑后。不可思议的是，酒吧里有个家伙更不正常，他兴奋得浑身痉挛，用手臂搂着迪安，对着迪安的脸胡言乱语。迪安一下子又满头大汗地兴奋起来，他接下来的举动似乎是想制造更多难以忍受的混乱，他跑出门去，过了一会儿，从路边偷了一辆车，到丹佛的闹市区逛了一圈，回来时又换了一部更新、更漂亮的车。突然，我从酒吧里看见路边有群人正站在一辆巡逻警车前面，描述着被窃的车。“有人刚才偷了一辆车，然后扔在这里了！”警察说道。迪安正站在他身后，便随口回答道:“是的，是有人偷车。”那群人四处搜查去了。迪安和那个不正常的家伙东倒西歪地走进酒吧，那个家伙当天刚刚结婚，他的新娘此时正在什么地方等他，他却在这里狂饮滥喝。“哦，伙计，这个家伙真是世界上最了不起的人！”迪安大声嚷着，“萨尔，弗朗姬，我这次要出去搞一辆真正的好车，然后我们就走，带着托尼一起走（那个精神不正常的家伙名叫托尼）。到山上好好开车兜兜风。”说完，他便跑了出去。几乎就在同时，有一个警察冲进来说，路边停了一辆从丹佛闹市区偷来的汽车。人们对这些怪事议论纷纷。我从玻璃窗里看见迪安钻进旁边的一辆车，悄无声息地开走了，谁也没注意他。几分钟以后，他开着一辆完全不同的车回来了，是一辆新款的敞篷车。“这辆车真酷！”他轻声在我耳边说，“刚才那辆噪音太大。我把它扔在路口啦，这辆车就停在一户农舍的门前。逛丹佛去呀！来呀，伙计们，我们一起兜风去。”他在丹佛的全部生活就是疯狂折腾，像一把利剑把社会规矩刺得千疮百孔。现在的他面孔通红，汗水淋淋，脸上浮现着坏笑。

“不，我不想跟偷来的车有什么联系。”

“哦，别闹了，伙计！托尼跟我一起走，你不去？这可是可爱的令人惊奇的托尼呀。”这个托尼瘦瘦的，黑头发，一双眼睛看上去纯洁无瑕，他不停地呻吟着，嘴角堆着白沫，一副失魂落魄的样子靠在迪安身上，嘴里不停地嘟嘟囔囔。突然，他自己觉得有些不舒服，加上某种莫名其妙的理由，他忽然对迪安变得有些恐惧，便举着双手，面露惊慌地离开了。迪安冲他点了点头，再一次满脸是汗。迪安冲出了酒吧，开着车一溜烟走了。弗朗姬和我在路边看到了一辆出租车，便决定直接回家。出租车带着我们在昏暗的阿拉梅达大街上行驶着，在夏天的前几个月，我曾经在无数个失落的夜晚走过这条路，那段时间，我经常在星光下哼着小曲，自言自语，饥肠辘辘，心里流出的血一滴一滴洒在这条滚烫的柏油路上。突然，迪安驾驶着那辆偷来的敞篷车跟在我们后面，一边拼命按着喇叭，一边狂叫着把我们的车挤向路边。出租车司机的脸都吓白了。

“这是我的一个朋友。”我对司机说。迪安对我们有点不耐烦了，他突然以每小时九十英里的速度冲到我们前面，扬起了阵阵灰尘。然后他拐上去弗朗姬家的路，把车停在门口。等我们从出租车里下来，付完车钱，他又突然发动汽车，拐了个U形大弯向城里开去。过了一会儿，当我们在昏暗的院子里焦急地等待时，他又换了一部车回来了，一部旧的小轿车。他在屋前停下，车尾扬起尘土。然后他吃力地爬下车，径直走进卧室，烂醉如泥地倒在床上，那辆偷来的车正好停在门口的路边。

我不得不叫醒他，我无法启动这辆车，以便把它扔到什么地方。他跌跌撞撞地下了床，只穿了一条短裤。我们一起上了车，孩子们从窗户看到后咯咯直笑。我们直接开过道路尽头坚硬的苜蓿田垄，直到一个老旧磨坊边的白杨树下才停了下来。“不能再开了。”迪安简单地说了一句，然后下了车，在月光下穿着短裤步行回家。我们走了大约半英里路。一回到家，迪安就倒在床上睡着了。一切都变得乱七八糟，我的那位女性朋友、汽车、孩子们、可怜的弗朗姬，还有客厅里横七竖八的啤酒与罐头。我想着要好好睡一觉，但有只蟋蟀叫得我辗转难眠。这里的西部星光点点，和我以前在怀俄明看到的一样。这些星星又大又亮，就像是烟火筒射出的烟花，却也像达摩王子一样孤独，他失去了祖先的林地，于是在北斗七星勺柄位置的星空下游历寻觅，试图重新再找回那片祖先的林地。夜晚，他们驾着车在缓缓前行，在真正日出之前，红色的霞光从遥远的地平线上照亮了西堪萨斯荒芜的土地，鸟儿在丹佛上空鸣啭。

8

一大早宿醉未醒，强烈的恶心感还纠缠着我们。迪安起来以后，第一件事就是穿过玉米地，出去看看是否有车带我们去东部。我告诉他不会有的，但他执意要去。不一会儿，他脸色煞白地回来了。“伙计，昨晚开的那辆车是一个警探的。自从那年我偷了五百辆车以后，城里的每个辖区都有我的指纹。你懂的，我只是想开开车，伙计！我一定要走！听着，如果我们不马上离开这里，随时都可能被抓进监狱。”

“该死的，你说得对！”我说。我们开始收拾行李，胡乱穿好衣服，匆匆忙忙告别了这个可爱的小家庭，顺着一条比较安全的公路蹑手蹑脚地走了，这条路上没有人会认识我们。小珍妮特正好在哭，也许是因为看到我们要走，或者说看到了我，无论如何，我们该走了。弗朗姬彬彬有礼，我吻了吻她，并向她说了声对不起。

“他真的是一个疯子。”她说，“我记得我丈夫也是这么跑的，跟这家伙一模一样。但愿我的小米宝长大以后别再走这条路。现在的人全都是这样。”

我对小露西说了声“再见”，她手里正抓着她的宠物甲虫。小吉米还在睡觉，所有这一切都发生在一个可爱的星期天的清晨，发生在几分钟的时间里。我们赶紧拎着又脏又破的行李溜走了，每一分钟我们都想象着一辆警车从周围的田野里出现，把我们抓获归案。

“如果被上次端着猎枪的那个女人看到了，我们肯定就被一勺烩了。”迪安说，“我们必须叫一辆出租，那样就安全了。”我们想叫醒一户人家，用一下他们的电话，但是院子里狂吠的狗把我们吓跑了。时间拖得越久越危险，那辆扔在路上的轿车很快就会被一位早起的农民发现。最后，一位可爱的老妇人同意我们使用她的电话，我们叫了一辆丹佛城里的出租车，但车迟迟不来，我们只得躲躲闪闪地重新上路。清晨的路上，车辆渐渐增多，每一辆看上去都像是警车。突然，我们看到后面追来一辆警车，我感到我的生活将要就此结束。我明白这一点，我明白将要开始一种新的可怕的囚徒的铁窗生活。但那不是警车，而是我们叫的出租车，于是，我们开始向东部飞驰。

到了旅行社，那里有个绝好的机会，有人需要把一辆47年款的豪华凯迪拉克车开到芝加哥去。这辆车的车主同全家一起从墨西哥来，开车开得太累了，他们决定换乘火车走。车主没别的要求，只是想看一下身份证，为的是保证我们能够把车送到目的地。我的证件让他放下心来。我对他说不必担心，又转过身对迪安说：“可别把这辆车也骗走了。”一看到车，迪安就高兴地跳了起来。不过，我们不得不耐心地等一个小时，于是便在附近一所教堂的草坪上躺了一会儿。1947 年，我常常在送丽塔·贝当古回家以后，在这儿同几个以乞讨为生的流浪汉待一会儿。大概恐惧耗尽了我的精力，我躺在草坪上睡着了，午后的小鸟在我的脸旁飞来飞去。不知哪里传来风琴音乐。迪安在市里到处乱转，在某家快餐店，他认识了一个女服务员，两人聊了起来，并且约定下午开凯迪拉克车来带她兜风，然后他兴冲冲地跑回来叫醒我，把这件事告诉了我。我现在感觉好了些，起身准备迎接新麻烦。

凯迪拉克车开回来了，迪安一下子跳了上去，说是去加油，然后就把车开跑了。旅行社的人看着我问："他什么时候回来，乘客都已经准备好要走了。"他指给我看两个从东部教会学校来的爱尔兰男孩，他们正等在旁边，箱子都放在长凳上。

"他只是去加油，很快就会回来的。"我回了他们一句。然后在街角看到迪安正坐在没熄火的车里等那个女服务员，她正在旅馆房间里换衣服。其实从我站的地方就能够看见她。她站在穿衣镜前，精心地化着妆，然后套上长筒丝袜。我真希望我能跟他们一起去玩。过了一会儿，她从房间里跑了出来，跳上了凯迪拉克。我慢腾腾地走回来，再次让旅行社老板和乘客们放心。我站在门口，看到凯迪拉克的影子猛然闪过，迪安穿着 T 恤衫，兴奋地驾驶着汽车穿过克利夫兰广场，他弓着身子趴在方向盘上，手舞足蹈地跟那姑娘聊着。她则温柔而骄傲地依偎在他身旁。他们大摇大摆地把车停在了一个停车场的砖墙背后（迪安曾经在这里工作过），迪安说他在那里跟她发生了关系，就在很短的时间里，不仅如此，他还说服她星期五一拿到薪水就坐巴士到东部，去纽约莱克星敦大街伊恩·麦克阿瑟的公寓里找我们。她答应一定去，她的名字叫贝弗莉。半小时以后，迪安开着车晃晃悠悠地回来了。他在旅馆里同她告别，他们不停地接吻，山盟海誓，然后才开车回到旅行社来接乘客。

“这都什么时间啦！”百老汇山姆旅行社的老板暴跳如雷，“我以为你开着凯迪拉克车跑了呢！”

“这都怪我，”我说，“别担心。”话是那么说，但迪安这么明显的疯狂举动，难免让人怀疑他有些不正常。迪安忽然一本正经起来，坚持帮这两个教会学校的男孩把行李搬上车。行李占了很大的地方，这使他们几乎无法入座，我也无法挥手向丹佛告别。汽车轰鸣着，像离弦之箭一般飞驰。离开丹佛还不到两英里，车速表就坏了，因为迪安把车速加到了超过每小时一百一十英里。

“见鬼，没有车速表，我怎么知道车跑多快。好吧，只好尽力而为，按照约定时间到芝加哥了。”我们的速度似乎不超过每小时七十英里，但是在笔直的高速公路上，所有汽车都像死苍蝇一样远远落在我们后面。汽车向格里利方向行驶。“知道我们为什么要朝东北方向开吗，萨尔？因为我们必须拜访一下埃德·沃尔在斯特灵的牧场，你一定要去看看他，看看他的牧场。这辆车跑得这么快，肯定能在那个家伙的火车之前赶到芝加哥，不会有问题的。”好吧，我也正想这么做。开始下雨了，但是迪安丝毫没有放慢速度。这是一辆现在仍然流行的漂亮的老牌豪华车，黑色的车体，加长的车身，白色的轮毂，车窗玻璃可能全是防弹的。两个圣博纳文图拉教会学校的男孩坐在后座上，兴高采烈地欣赏着路上的景色。我们无论把车开多快他们都没意见，他们很想跟我们聊聊天，但迪安一言不发。他脱了T恤衫，赤裸着上身在开车。“哦，那个贝弗莉可真是个妙不可言的小妞。她要到纽约来找我。我一拿到同卡米尔的离婚证我们就结婚，一切都会如愿以偿的。萨尔，我们终于可以远走高飞了，太棒了！”我们越快离开丹佛，我就越放心，我们现在正飞速地远离那里。天黑时分，我们在一个交叉路口下了高速公路，拐上了一条泥泞的小路，它可以带我们穿过阴沉沉的东科罗拉多平原，穿过郊狼出没的荒野，到达埃德·沃尔的牧场。天上仍然下着雨，道路越来越滑。迪安把车速降到每小时七十英里，但我让他再慢点，否则会翻车的，他却说：“不用担心，伙计，你知道我的开车技术。”

“这次不行。”我说，“你开得实在太快了。”但是他根本听不进去，仍旧在光滑的泥泞小路上把车开得飞快。就在我说话的当口，前面出现了一个急转弯，迪安使劲控制着方向盘，但车身还是剧烈晃动着滑到了路旁。

“小心！”迪安大叫一声，决心奋力一拼，但我们的车屁股还是陷到了沟里，只有车头还在路上。周围狂风吼叫，暴雨如注，我们正处在无边无际的草原中部。前方四分之一英里的路旁有一户农家。我忍不住开始骂骂咧咧起来。我也有点疯了，真有点讨厌迪安。他什么也没说，披上一件外衣，跳下车，冒着雨向那户人家走去，看看他们能不能帮我们一下。

“他是你兄弟吗？”后座上的男孩问，“他开起车来像个魔鬼，不是吗？按照他所说的，他是正在跟一个女人发生感情纠葛吧？”

“他疯了。”我说，“是的，他是我兄弟。”迪安和一个农民开着一辆拖拉机回来了。他们将链条拴在我们的车上，然后用拖拉机把车从沟里拉了出来。车身上沾满了泥浆，一块挡泥板也撞坏了。那位农民要了我们五块钱。他的女儿站在雨中看着这一切。她非常漂亮，也非常害羞，远远地躲在后面看着。她绝对是迪安和我在生活里见过的最漂亮的姑娘。她大概只有十六岁，身上带着大平原的气质，仿佛是一朵野玫瑰。她有一双碧蓝的眼睛和一头美丽的秀发，像一头野羚羊那么温柔机灵。她站在那里，不时怯生生地瞟我们一眼。从萨斯喀彻温[1]来的狂风吹起她那有些卷曲的头发，凌乱地在她脸边飞舞，她有些窘，脸色越发红了。

我们和农民一起处理完了一切，最后又看了一眼那位草原上的天使，然后开着车离开了那里。现在车开得慢了，就这样一直开到夜幕降临。迪安说埃德·沃尔的牧场就在前面。“哦，那个小姑娘真让我难以忘怀，”我说，“我情愿放弃一切来获得她的垂青。如果她不理我，我就毫无牵挂地远走高飞，一直走

[1] Saskatchewan，加拿大南部的一个省，与蒙大拿州和北达科他州接壤。

到天涯海角。”教会学校的男孩哈哈大笑，他们说起话来充满了粗野的嘲弄和东部的学生腔，他们的眼界非常狭隘，只有一些对阿奎纳[1]哲学的肤浅理解，以便能够说几句刻薄话。我和迪安一点儿也不把他们放在眼里。在我们穿过泥泞的平原时，迪安给我们讲起了他当牛仔时候的往事。在不断延伸的道路两边，他指给我们看，哪里是他曾经骑了一上午马的地方；哪里是我们一进入沃尔家的辽阔农场就会看到的他修补过的栅栏；还说起埃德的爸爸老沃尔常常在这里开车追赶母牛，他总是一边追一边吆喝:“过来，过来，你这该死的畜生！”“他每六个月就要换一部新车。”迪安说，“他一点儿也不在乎。每当有牲畜迷路了，离开了牛群，他就一定要开车一直追，追到附近的小镇，然后下车继续步行追，一定要找到那只迷路的牲畜。他常常把赚来的每一分钱都藏到一个罐里。真是一个怪老头。我要给你们看看牲口棚旁边他扔掉的一些破车。看，这就是我蹲过的一所教养院，我最后一次被抓住，就是关在这里。我在里面给查德·金写了许多信，那些信你都看过。”我们下了高速，拐上了一条小路，在萧条的草场中穿行。突然，一大群白色的母牛哞哞叫着闯入了我们的视线。“他们在那儿！这是沃尔的牛！这下我们过不去了。一定要冲出去，把它们轰走。嗨——嗨——嗨！”然而这么做并没有效果。我们只好驾着车跟在它们后面

[1] Thomas Aquinas（1225—1274），欧洲中世纪经院派哲学家和神学家。他是自然神学最早的提倡者之一，对后世的基督教神学有着极大的影响。《神学大全》是他最重要的著作。

一点一点往前挪。它们慢吞吞地走着，像海水一样把汽车团团围住，有时还会轻轻擦到我们的车。不一会儿，我们看见了埃德·沃尔家的灯光，在那孤独灯光的周围是方圆百里的平原。

对于一个东部人来说，草原上的漆黑实在难以想象，没有星星，没有月亮，除了沃尔太太厨房的灯光外没有一丝亮光。小院的影子在黑暗中一直向远方延伸，只有到了清晨你才能看清它的轮廓。我们敲了敲门，在黑暗中叫着埃德·沃尔的名字，他正在牲口棚里喂牛。我小心翼翼地摸黑走了二十几步，就不敢再往前走了。我隐约听到了狼的嚎叫声，沃尔说可能是他父亲的一匹野马在远处哀鸣。埃德·沃尔跟我年纪相仿，又瘦又高，牙齿参差不齐，说起话来简洁明了，他和迪安过去经常喜欢站在柯蒂斯大街的街角，对着姑娘们吹口哨。他热情地把我们领到他那间阴暗的、不常使用的客厅里，四处摸索着点亮了灯，然后问迪安："你那该死的手指是怎么回事？"

"我狠狠揍了玛丽露一顿，就成了这样，医生不得不把指头的上面一截切掉。"

"该死的，你看看你都干了什么？为什么要那么干？"我看得出，他过去一直是迪安的兄长。他摇了摇头，牛奶桶仍然放在脚边。"你什么时候都是个狗娘养的疯子。"

这时，他年轻的妻子在宽敞的牧场厨房里准备了一顿丰盛的菜肴，她指着桃子冰淇淋抱歉地说："这不是什么真正的冰淇淋，只是把奶油和桃子冷冻在一起。"这肯定是我有生以来吃过的唯一真正的冰淇淋。开始她只端来一点，后来端来一大盘。

在我们吃饭的时候，餐桌上又出了一件事。埃德的妻子是个身材迷人的金发女郎，但是就像所有生活在旷野中的女人一样，她抱怨这种生活有些无聊。一到晚上，她总是靠收听无线电广播来打发时光。埃德·沃尔只是坐在那里盯着自己的手。迪安狼吞虎咽地吃着，他想让我跟他一起编故事，说那辆凯迪拉克是我的，我是一个富翁，他则是我的朋友和司机。埃德·沃尔没怎么在意，每次牲口棚里有什么响动，他才抬起头来听听。

“哦，我希望你们这些小伙子们能够把它开到纽约。”与其说他相信这辆凯迪拉克是我的，还不如说他更相信这辆车是迪安偷的。我们在牧场坐了大约一个小时，埃德·沃尔已经像山姆·布雷迪那样对迪安失去了信任。埃德每次看向迪安时，眼神里总会流露出某种警惕。过去他们曾经一起身无分文，手挽着手在怀俄明州的拉勒米街头醉得跌跌撞撞，过着狂放不羁的日子，但是所有这一切现在都一去不复返了。

迪安神经质地在椅子里扭来扭去。“好了，好了，我想我们最好还是动身吧，因为我们明天晚上一定要赶到芝加哥。我们已经耽误好几个钟头了。”两个学生对沃尔的热情招待表示了感谢，然后我们又出发了。我回过头去，看到厨房的灯光依然在夜色中亮着。然后，我又望向了前方。

9

我们匆匆驶上了高速公路。那天晚上，整个内布拉斯加州在我眼前闪过。汽车以每小时一百一十英里的速度在笔直的公路上风驰电掣。城市在沉睡，路上没有其他车。月光下，联合太平洋公司的高速列车被我们甩在了后面。那天晚上，我没有丝毫的担心，这里开到每小时一百一十英里是合法的。内布拉斯加的所有城市——奥加拉拉、戈森堡、卡尼、格兰德艾兰、哥伦布——都一闪而过。我们飞也似的开着车，同时还在聊着天。这辆车真是太棒了，它能稳稳地在路上飞驰，就像船稳稳地在水面上行进一样。“啊，伙计，这辆车真像是梦之船！”迪安感慨道，“猜猜看，如果你我有了这样一辆车，我们会开着它去干什么？你知道有一条从墨西哥一直到巴拿马的路吗？没准一直通到南美洲的最南端。听说那里有两米多高的印第安人，他们住在山上，每天都吃可卡因。是的！你和我，萨尔，我们要开着这样的车周游整个世界，兄弟，这条路一定可以通向全世界，这样的车什么地方不能去？哦，我们就要去逛逛老芝加哥了。想想吧，萨尔，我这一辈子还从来没去过芝加哥，永远不要停下来。”

“我们将像一伙暴徒那样开着这辆凯迪拉克闯进去。”

“当然！还有那些小妞！我们一定要把所有小妞都搞到手，萨尔，我已经想好了，我们一定要加速赶到那里，这样我们就有一整夜的时间干这些事。你现在休息一会儿，我可以一直开下去。”

“好吧，你现在开得有多快？”

“我估计是每小时一百一十英里——你不用考虑这个。明天白天我们可以穿过艾奥瓦，然后还要把伊利诺伊剩下的路跑完。”两个学生已经睡着了，我们聊了一晚上。

有意思的是，迪安无论怎么发疯，他的灵魂都可以突然平静理智起来，仿佛什么都不曾发生——我一直觉得一辆飞驰的汽车，一处令人向往的海岸，或者道路尽头的一个女人都可以成为他灵魂的栖所。“我现在每次到丹佛都会搞成这样——或许那个城市不再适合我了。疯癫又邋遢，迪安好可怕。向前冲呀！”我告诉他，在 1947 年以前，我曾经多次从这条路穿越内布拉斯加。他竟然也有过这样的经历。“萨尔，1944 年，我篡改了自己的年龄，在洛杉矶的新时代洗衣店工作。我曾经去印第安纳波利斯赛车场[1]，

[1] Indianapolis Speedway，世界上历史最悠久的赛车场之一，建成于 1909 年，最初是用三百多万块砖头砌成，因此也被称作“砖场”。1950 到 1960 年之间，这里举办过十一次 F1 大赛。它是美国国家史迹名录和美国国家历史名胜中唯一和赛车历史有关的地标。

为了看看阵亡将士纪念日[1]的比赛。为了节省时间，我白天招手搭车，晚上去偷车来开。我在洛杉矶有一辆二十块钱买下的别克轿车，那是我的第一辆车，但是这辆车没有通过刹车和灯光检验，我决定去弄一个外州牌照，这样开车才不会被抓，所以就跑到这里来弄牌照。当时我的衣服里藏了好几个车牌，搭车经过某个小镇时，一个爱管闲事的警长大概是觉得我年纪太小，不像搭车出行的人，便拦下询问，结果发现我藏的车牌，于是把我关进了一个有两间囚室的监狱。另一个被关的是个当地人，他本应该自生活不能自理后（警长夫人一直在喂他）就进养老院的，但只是日复一日地坐在那里淌口水。经过几番调查，问了许多陈芝麻烂谷子的事，先是和颜悦色又用各种手段来吓唬我，甚至比较了我的笔迹等等。之后我发表了人生中最棒的一次演讲来摆脱困境，最终以忏悔做为结束，承认在过去偷车这件事上撒了谎，我只是想来寻找我在附近农场工作的爸爸。于是警长把我放了。当然，我错过了比赛。第二年秋天，我做了同样的事，去印第安纳州南本德看了圣母大学对阵加州大学的棒球赛。这一次没遇到任何麻烦。而且，我刚好有了门票钱，但一分钱也不多，来回路上没法买任何吃的东西，只得去跟路上遇到的形形色色的疯家伙去讨食，同时还泡妞。在美利坚合众国为了看一场棒球赛这么大费周章的只有我了。”

[1] Memorial Day，最初是纪念南北战争中死亡的将士，“一战”结束后，逐渐演变为悼念在各战争中阵亡军人。1971 年前时间大致在 5 月 30 日，不同历史时期、不同州略有差异。1971 年后，美国政府将纪念日统一定为每年 5 月的最后一个周一。

我问起他 1944 年在洛杉矶时的情况。“当时我被关在亚利桑那的监狱里，那是我住过的最糟糕的监狱。我不得不逃跑，那绝对是我一生中最精彩的一次逃亡，我人生中各种各样的逃亡都算在内。你知道的，要穿过树林，爬过沼泽——就在北面那片山区。随时有可能被抓回去，那么我就要面对拷打、苦役，或所谓的意外死亡，我只能沿着山脊在树林里穿行，不能走山路、小路或大路。我脱掉囚服，悄悄换上从弗拉格斯塔夫镇外的一个加油站偷来的衬衫和裤子，然后顺着小路往前跑。两天后，我穿着加油站工人的衣服来到洛杉矶，在我碰到的第一个加油站里找了一份工作，用化名李·布雷租了间房子，痛痛快快地在洛杉矶住了一年。在那里我结识了一帮新朋友和几个真正不错的小妞。年底的一天晚上，我们开着车在好莱坞大道上奔驰。我要跟身边的姑娘接吻，让我的小兄弟看着前面的车——你知道，我手里还握着方向盘——他居然没有听见我的话，结果我们的车撞上了路边的电线杆，虽然速度只有每小时二十英里，我的鼻子也撞断了。你看到过我以前的鼻子吧——这里有点儿弯的希腊人那样的鼻子。那以后，我在春天时去了丹佛，在一家冷饮店里遇到了玛丽露。哦，伙计，她当时只有十五岁，穿着牛仔裤，好像在等什么人把她带走似的。我们在埃斯旅馆三楼东南角上一间令人难忘的房间里聊了三天三夜——她那时是多么甜美，多么年轻呀！嘿，你往那边看，快看，夜空下有一群老流浪汉正围着铁轨旁的篝火呢，他妈的。”他放慢了车速。“你知道，我永远也搞不清我爸是否也在这里。”

铁轨旁有人在火堆周围晃来晃去。“我不知道要不要问一下，他随时都可能在什么地方出现。”我们的车继续往前开着。也许在这无边的夜幕下，在我们的前方或后方，他的父亲正醉卧在灌木丛中——真有这种可能——口角沾着唾沫，裤子上都是湿渍，耳朵里是黏黏的污垢，鼻子上结着痂，头发上或许还沾了血，月光轻柔地洒在他的身上。

我碰了碰迪安的胳膊：“哎，伙计，我们这次真的要回家啦。”纽约就要第一次成为他永久的居住地了。一想到此，他就急不可待又激动不已。

“想想看，萨尔，我们到了宾州，就能从收音机里听到东部美妙的波普音乐啦，啊哈！快跑吧！老船，快跑！”这辆神奇的汽车风驰电掣地飞奔着，大平原像一幅画卷般逐渐延伸，滚烫的柏油路被抛到它身后。它仿佛是一艘帝国之舟。我睁开眼睛看到破晓的晨光，我们飞速地扑向它的怀抱。迪安瘦骨嶙峋的脸颊在仪表盘灯光映照中，显现出一种坚定的自我意志。

“你在想什么？波普音乐？”

“哈哈，哈哈，还不是在想那件事，你知道的——妞，妞，妞！”

我睡了一觉，醒来时已经进入艾奥瓦。现在是七月一个周日的早晨，空气干燥而炎热。迪安依然在不停地开着车，一点儿没有放慢速度的意思。在艾奥瓦弯弯曲曲的公路上，他的车速有每小时八十英里，到了直路上仍是每小时一百一十英里，除非双向的车流，逼得他只能以悲惨的每小时六十英里的速度爬行。大多数时间，只要一有机会，他就会箭一般超过其他车，将它们甩在车后的尘雾中。有一个开着新款别克车的家伙在路上看到了这一切，准备跟我们较量一番。当迪安正准备超几辆车时，那家伙毫无征兆地从我们旁边呼啸而过。他又是狂叫又是乱按喇叭，还挑衅似的不停闪烁着尾灯。我们像一只大鸟一样紧紧跟在他后面。“现在，等着瞧，”迪安大笑着说，“我要逗逗这个狗娘养的，先让他跑十几英里。瞧着吧。”他让别克车在前面开着，然后突然加速，一下子逼近了他。那个疯子司机没料到这一手，拼命把车速提高到每小时一百英里。我们也有机会看到了他的模样。他看上去像是芝加哥的小混混，旁边坐着一个女人。那个女人年纪很大，几乎是——也许的确是——他母亲了。天知道她是否在抱怨，只是那家伙还想比试比试，他身穿一件运动衫，满头的黑发乱糟糟地披在脑后，像是芝加哥的意大利人。他可能以为我们是从洛杉矶新闯入芝加哥的一伙黑帮，是米基·科恩[1]的手下，因为这样的豪华轿车在当地非常少见，而且汽车的牌照是加利福尼亚的。更主要的是这么相互追逐也算是在路上行驶时的一点乐趣。他拼命想赶到我们前面，在弯道连续超车，这时一辆卡车突然从对面出现，它庞大的身影迎面扑来，那个疯子只好勉强退回原来的车道。我们就这样在艾奥瓦开了八十英里，这场比赛太有趣了，我几乎没时间去害怕。那个疯子司机忽然放弃了，拐进一家加油站，可能是那位老太太给他下了命令。他还欢快地冲着我们的车挥了挥手。

[1] Mickey Cohen，洛杉矶黑帮犹太黑手党首脑，活跃于 1930 至 1960 年代。

开车的时候，迪安一直光着身子，我的脚搭在仪表盘上，两个学生则在后座睡觉。当附近镇上的教堂钟声响起来时，我们停下车在一家快餐厅吃了一点早饭。一个白发老太太给我们端上来满满一大份土豆。吃完后，我们又重新上路。

“迪安，白天别开这么快。”

“别担心，伙计，我知道我在干什么。”我开始觉得有些担心。迪安开车在车流里时，就像是一个恐怖天使，只要一看到两车之间有缝隙，就会直穿过去，插入队列。他贴着前车的保险杠，一会儿加速，一会儿又减速，还不停地伸出头去看看前方的弯道，然后立即冲出去超过前车，到了千钧一发的时候才回到我们自己的车道上来。我吓得瑟瑟发抖，却又无可奈何。在艾奥瓦，很难看到一条像在内布拉斯加那样笔直的公路，当我们又开上了这样的公路，迪安就把速度提到了每小时一百一十英里。窗外一闪而过的景象令我想起了 1947 年——我和埃迪曾经在这条长长的公路上游荡了两个小时。所有走过的路现在都令人眼花缭乱地逐渐重现。生活仿佛被倒了个个儿，一切都变得混乱一团。在噩梦般的白昼里，我的眼睛有些酸痛。

“啊，该死，迪安，我要坐到后座去了。我的眼睛受不了了，不能再看了。”

“呵呵呵！”迪安得意地笑了起来。他在一座路面狭窄的桥上也不安生地想要超车，在飞扬的尘土中转弯、疾驰。我跳到后座，蜷起身子想睡一觉。一个男孩则兴致勃勃地跑到前排。一种今天早上我们将要撞车的巨大恐惧时时萦绕在我心头。我几乎滑到了地板上，闭上双眼，想打个盹。我过去做水手的时候常常会想象船下翻滚的海浪以及大海无底的深渊。现在，当我坐在疯子亚哈[1]开的车上，以令人难以置信的速度在这片呻吟着的大陆上飞驰时，我能感觉到身下二十多英寸的路面在延伸。我闭上眼睛，就仿佛看见道路向我迎面扑来；一睁开眼睛，只能看见车外迅速后退的大树投射在车厢里的阴影。我无处可逃，只好听天由命。迪安仍然开着车，他想等我们开到了芝加哥之后再睡觉。下午，我们又一次穿过老得梅因城，这里的交通糟糕得让人难以忍受。我们不得不放慢了速度。我又回到了前座。这时，一场令人哭笑不得的事故发生了。一个胖胖的黑人开车行驶在我们前面，车上坐着的应该是他的家人。车后面的保险杠上，挂着一个沙漠旅行者用的帆布水囊。这个黑人司机突然踩下刹车。迪安正同后座上的男孩说话，没有留神撞上了水囊，我们的车速其实并不快，只有每小时五英里。水囊一下子爆裂开来，像一个被挤破的脓疮，水四散飞溅。除了保险杠弯了，再无损伤。迪安和我赶忙下车跟那位黑人司机打招呼，后来我们交换了地址并聊了起来。迪安的眼睛一刻也未离开那位司机漂亮的妻子，她只穿了一件棉布衬衣，棕色的乳房若隐若现。“好呀，好呀！”我们把芝加哥那位富商的地址告诉了他，于是继续前进。

---

[1] Ahab，古代中东国家北以色列的第八任君主，一惯一意孤行、贪心。他不听以利亚先知从上帝那里领受的信息，导致以色列经历了三年旱灾，发生饥荒。

到了得梅因城的另一头时，一辆警车鸣着警笛呼啸着从我们后面追了上来，命令我们停车。“怎么回事？”

一个警察跳了出来：“你们刚才有一起交通肇事吗？”

“肇事？我们只是在路口撞破了一个家伙的水囊。”

“他说他被一伙人撞了，然后这些人坐着偷来的汽车一溜烟跑了。”迪安和我很少遇到这样行为举止像个老傻瓜的黑人，我们真是又好气又好笑。我们不得不来到警察局，坐在草地上等了一个小时。他们打电话到芝加哥，找到了那辆凯迪拉克车的车主，证实了我们的确是受雇的司机。警察后来告诉我们，当时那个富商说：“是的，车是我的车，但是对于那几个家伙的所做所为我一概不负责任。”

“在得梅因这只是桩小事。”

“是的，你们已经告诉我了。我的意思是，我不能为他们过去可能做过的任何事情负责。”

事情解决啦，我们又重新上路。艾奥瓦州的牛顿市，1947年，我经常清晨在这里散步。下午，我们又一次穿过了令人昏昏欲睡的老达文波特，穿过密西西比河，低洼的河床上到处是锯木屑。很快我们到了罗克艾兰，在路上堵了几分钟。太阳开始变得昏黄，忽然发现这里的景色真的很迷人，几条清澈的河流在美国中部伊利诺伊的绿树和草地之间静静地流淌。从现在开始，我们可以再一次看到温柔甜美的东部了。广袤而干燥的西部渐渐遥远，被我们甩在了身后。迪安以恒定的速度在笔直的道路上奔驰，连续几个小时，伊利诺伊州辽阔的景象在我眼前延伸。迪安已经很疲劳了，但是他超起车来比刚才有过之而无不及。前方小河上架着一座狭窄的小桥，他驾着车在几乎不可能通过的情况下飞速冲了过去，却被困住了。当时我们前面有两辆汽车正缓慢地从桥上驶过，桥对面不远处开来一辆带挂车的卡车，司机估算着两辆慢车从桥上通过所需要的时间，计划自己到桥头时两辆汽车正好驶过。桥上绝对不可能同时通过卡车以及其他车辆。而且，在卡车后面，还有许多小汽车在寻找时机超过它。在那两辆慢车的前面，还有其他缓慢前行的车辆。道路非常拥挤，每辆车都在寻找机会突出重围。迪安依然以时速一百一十英里开过来，没有丝毫的犹豫。他从旁边绕过了我们前面那两辆汽车，几乎撞上小桥左侧的栏杆，然后迎着卡车驶去，快撞到卡车时，他猛然向右一转，从卡车左前轮边倏忽冲了过去，几乎撞到前面开得慢吞吞的汽车，他又一晃，想从对面车道超过这辆车，但没曾想，卡车后面突然出现一辆伺机钻空的车，他又迅速将车开回到我们自己的车道。这一切几乎只有两秒钟的时间，我们的车一闪而过，在路上扬起尘土，而非造成殃及一群慢吞吞的小汽车和一辆体形庞大的卡车的连环车祸。如果跟那辆大卡车相撞，那会是一场灾难性的车祸，伊利诺伊州梦幻般的田野那天下午就会被鲜血染红。我的脑子里一遍遍闪过车祸的景象，而且，一位著名的单簧管演奏家前不久就在伊利诺伊州的一场车祸中丧生，当时的情节可能与今天相差无几。我赶紧又跑到后排的座位上。

两个男孩现在也坐到了后排。迪安想赶在黑夜降临之前，一口气开到芝加哥。在一个公路和铁路的交会处，我们搭上了两个流浪汉。他们凑了五十美分油钱。前一个瞬间他们还坐在铁路枕木上，喝完了最后一滴酒，现在居然已经坐在一辆溅满污泥却依然令人羡慕的凯迪拉克豪华轿车里，这辆车正在风驰电掣般向芝加哥驶去。坐在迪安旁边的那个流浪汉眼睛一直盯着公路，嘴里念念有词地祷告着"啊，"他们说道，"我们从来没有想过能够这么快就到芝加哥。"一路上，我们经过了许多沉闷无聊的伊利诺伊州城镇，这里的人们对于开着豪华轿车每天经过的芝加哥黑帮已经习以为常了，我们这些人一定会令他们感到奇怪：个个蓬头垢面，光着膀子的司机、两个流浪汉，我则坐在后座，系着安全带，头枕在后座的靠垫上，用傲慢的目光扫视着田野——就像一伙加州的流氓来同芝加哥的黑帮一争高下，又像是一伙在月光下从犹他州监狱暴动中逃出来的亡命之徒。当我们停在一个小镇加油站，准备买几罐可乐，给汽车加点油时，当地人纷纷跑出来围着我们看，但都沉默不语。我觉得他们一定是在暗暗记下我们的一些特征，比如相貌和身高，以备不时之需。迪安把T恤衫像围巾那样搭在肩上，态度还是跟平时一样粗鲁无礼，三言两语打发了加油站的女孩。我们重新上车，继续赶路。红色的天空变成了美丽的紫色，河面上波光粼粼，渐渐隐没，芝加哥上空的云雾在远方若隐若现。我们从丹佛经过埃德·沃尔的牧场再到芝加哥，全程一千一百八十英里，用了将近十七个小时，不包括掉在沟里的两个小时、在牧场的三个小时和在艾奥瓦的牛顿市警察局的两个小时，每小时平均要跑七十英里，而且只有一个司机，这可真是一项令人咋舌的纪录。

10

五彩缤纷的芝加哥出现在我们面前，我们突然置身于麦迪逊大街的流浪汉之中，他们中的许多人在人行道上漫无目的地蹒跚前行。酒吧和大街小巷人来人往、熙熙攘攘。“喂！喂！仔细在那里找找老迪安·莫里亚蒂，今年他也可能碰巧在芝加哥。”我们穿过这条街上的一群群流浪汉，径直向芝加哥市中心驶去。尖声怪叫的电车、报童和姑娘们从我们的车旁一闪而过，空气中弥漫着油炸食品和啤酒的味道，五颜六色的霓虹灯炫目照人。“我们终于到大城市了，萨尔，哈！”我们要做的第一件事情就是找个僻静隐蔽的地方，把凯迪拉克停好，然后梳洗打扮一番，精神焕发地享受这里的夜晚。基督教青年会的街对面，我们在几幢大楼中间找到了一条红砖小巷，便把凯迪拉克藏在这里，车头对着街道，以便随时出发。然后跟着那两个学生来到青年会。他们在那里开了一个房间，允许我们使用一个小时。在卫生间，迪安和我刮了刮脸，洗了个澡。我的钱包掉在了客厅，迪安发现了，正想把它藏到T恤里，又忽然意识到那原是我们自己的时，显得非常失望。我们告别了两个学生，他们因能够与我们同行而感到兴奋，一路上觉得非常刺激。接着，我们来到一个小饭馆里吃饭。昏暗的老芝加哥弥漫着一种奇怪的气氛，它一半是东部的，一半是西部的。迪安走进饭馆，摸着肚子，周围的一切他都看在眼里。他想走过去同一个陌生的中年黑人妇女搭讪。她走进饭馆，说她没有钱，但是有几个小面包，希望店里的人给她一点黄油。她扭着屁股走进来，被店里人拒绝后，又扭着走了出去。"嘿嘿！"迪安说，"我们跟着她到街上，然后把她弄上小巷里的凯迪拉克上，这样我们就可以尽情享乐一番了。"但是我们很快就忘了这事，直接把车开到北克拉克街。在芝加哥的市区转了一圈之后，我们看到一家喧闹的酒吧，听到里面传出波普音乐。这个夜晚真是太迷人了！"啊，伙计。"我们站在酒吧门前，迪安对我说，"好好体验一下街头生活吧，这么多中国人在芝加哥来来往往。多么不可思议的城市呀！哈哈，你看，那边有个女人正站在窗边，她低着头，一双大眼睛在四处张望，睡袍下面的两个大奶子一颤一颤的。喂，萨尔，我们该走了，要到达目的地才能停下来。"

"我们要去哪儿，伙计？"

"我也不知道，但是我们必须出发了。"一群年轻的波普爵士乐乐手提着他们的乐器从车里走了出来，走进一家酒吧。我们也跟了进去。他们落座后就演奏起来。我们真是来对了地方！乐队领奏是一位次中音萨克斯手，他一头卷发，身材瘦削，嘴唇肥厚，看起来有点颓丧，上身穿了件松松垮垮的运动衫，在这个炎热的夜晚显出几分清凉，他的眼睛里流露出自我陶醉的神情。他手里拿着萨克斯管，皱着眉头，吹出一段精妙复杂的冷爵士乐，同时优雅地踏着拍子，思绪起伏，忽而弯下腰好像要躲开什么，而后对其他人说了一句："吹。"于是，乐队其他的小伙子们便逐一开始演奏。接下来是"总统"[1]，一个结实英俊的金发小伙，满脸雀斑，像个拳击手，穿了一件高级的雪克斯金细呢格子西装，敞着衬衣领，故作随意地系了一根领带，他吹着萨克斯管，身体扭动着，头上开始冒汗。他吹奏的声音仿佛莱斯特·杨。"你看，伙计，这个'总统'有着急于赚钱的乐手们常有的那种技巧上的忧虑，只有他衣着考究，瞧瞧，一吹错就紧张，而那个领奏却是个很酷的家伙，告诉他不要慌，只管不停地吹就好。他关心的只是声音和音乐的活力，他是个真正的艺术家。他在教这位拳击手一样的'总统'。再听听其他人吧。"第三位中音萨克斯手是个十八岁的黑人高中生，就像年轻版的查利·帕克，总是在思考着什么。他的嘴很宽，看上去比其他所有人都高，脸色凝重。他举起萨克斯管，吹出了一段平静又若有所思的乐曲，然后是一段查利·帕克式的乐句，同时又有着迈尔斯·戴维斯的精妙结构。那些伟大的波普音乐创新者终于有了接班人。

[1] 美国爵士乐大师莱斯特·杨（Lester Young）绰号"总统"，是爵士史中承上启下的风云人物。这里用"总统"代指这个小伙子，表达他的演奏风格很像莱斯特·杨。

路易斯·阿姆斯特朗[1]曾经在泥泞的新奥尔良吹起他美妙的小号。在他之前，还有些疯狂的音乐家在节日游行时把索萨[2]进行曲吹成散拍的雷格泰姆[3]。然后，摇摆乐时代开始，罗伊·埃尔德里奇[4]横空出世，他刚健有力，无论何时何地，他的小号吹得高亢激昂，曲调结构严谨精妙——演奏时他的眼里闪着光，脸上带着笑，奏出的乐曲令整个爵士乐世界震惊。接下来，查利·帕克登场了。他来自堪萨斯城，是一个在母亲的柴房里长大的孩子，无论刮风下雨，他都会在木柴间练习吹奏他缠着胶带的萨克斯，有时他也会去听听贝西伯爵[5]和本尼·莫顿[6]领衔的老牌摇摆乐队，里面还有“热唇”佩奇和其他成员。后来查利·帕克离开家，来到了纽约的哈莱姆，认识

[1] Louis Armstrong（1901—1971），爵士乐史上最杰出的小号演奏家之一，擅长即兴演奏，也是有名的歌唱家。

[2] John Philip Sousa（1854—1932），美国作曲家、指挥家，创作了大量的军旅及爱国题材进行曲，也因此享有盛名，被称为“进行曲之王”。

[3] Ragtime，美国流行音乐形式之一，产生于十九世纪末的圣路易斯与新奥尔良，盛行于“一战”前美国经济繁荣时期，影响了新奥尔良传统爵士乐的独奏与即兴演奏风格。

[4] Roy Eldridge（1911—1989），美国爵士乐小号手，被称为“摇摆爵士”。他的演奏有着强力而精妙的声波和强劲的表现力。

[5] “Count” Basie（1904—1984），美国爵士乐钢琴家、作曲家。1929 年加入本尼·莫顿的乐队，直到 1935 年莫顿去世，他组建了自己的乐队，并领导该乐队将近五十年，推动了爵士乐的发展创新。

[6] Benny Moten（1894—1935），美国爵士乐钢琴家，二十世纪二三十年代活跃的堪萨斯爵士乐代表人物。

了疯狂的塞隆尼斯·孟克[1]，以及比他更疯狂的吉莱斯皮——早期的查利·帕克活力四射，每次演出都会边吹边绕圈。他跟莱斯特·杨一样，都是来自堪萨斯城，只是他更年轻一些，这个阴郁、神圣的呆瓜代表了爵士乐的历史。当他高高地举起萨克斯管，微微上扬便会吹出最棒的乐曲。他的头发逐渐变长，人也日渐懒散，萨克斯管举的高度先是降低一半，最后完全低垂，如今他穿着那双厚底鞋，已经感受不到真实的街头生活时，他便把萨克斯管无力地撑在胸前，冷淡地吹着乏味的曲调。而这个夜晚属于波普爵士乐的孩子们。

还有个奇特的家伙——当吹中音萨克斯的黑人小伙在高处演奏沉思般的乐调时，一个瘦高的金发小伙静静等待着。他来自丹佛的柯蒂斯大街，穿着牛仔裤，系着饰有铆钉的腰带，他吮着萨克斯管的吹嘴，等待着其他人奏完。其他人一结束，他的表演就开始了。此时你一定会环顾四周，想找找独奏来自何处，你会发现天使般微笑的嘴唇正吹奏出温柔甜美、仿佛童话一般的乐曲。如美国一样孤独的、令人心碎的声音在夜晚回荡。

其他乐手的演奏如何？乐队精瘦的贝斯手眼神狂野，一头红发又直又硬，他每奏一个音符胯部就顶一下琴，当演奏到高潮时刻，他惊讶地张大了嘴。“伙计，这家伙一定能弄爽他的小妞！”忧郁的白人鼓手，就像旧金山福尔瑟姆街酒吧里的颓废

---

[1] Thelonius Monk（1917—1982），美国爵士乐钢琴家、作曲家，擅长即兴演奏，他的音乐里充满了所谓“不和谐的和声”，加上非传统的弹奏手法，极富冲击感。他也是历史上爵士乐作曲数排名第二的作曲家，仅次于艾灵顿公爵。

派，神情恍惚，直勾勾盯着天空，嚼着口香糖，摇头晃脑，一脸痴迷。乐队的钢琴手是个子高大、结实的意大利男孩，看上去像是开货车的，他有一双肥厚的手，弹出深沉直率的曲调。他们演奏了一个小时，但没人在听。北克拉克街的几个老流浪汉懒洋洋地坐在酒吧里，妓女们发出愤怒的尖叫。几个神秘的中国人从一旁走过。还时不时传来情色舞蹈表演的噪音。乐队没管这些，继续演奏。街边隐约出现一个十六岁男孩的身影，拿着装长号的箱子，他仿佛佝偻病患者般瘦弱，但脸上却有种不羁的神情，他想加入乐队，跟他们一起演奏。他们认识他，但不想搭理他。他蹑手蹑脚地打开长号箱，拿起长号放在了嘴边，没有演奏。没人看他。乐队表演结束后，乐手们整理着东西，准备离开去下一个酒吧。这个瘦瘦的芝加哥男孩实在想表演一番，便随意戴上墨镜，举起长号，在酒吧里独自吹了起来，吹了一会儿之后，他冲出酒吧去追乐队。乐队还是不想带他一起去演出，就像职业橄榄球队员看不上业余的那样。“这些家伙一定是跟祖母在一起生活的，就像汤米·斯纳克和那个像卡洛·马克斯的中音萨克斯手。”迪安说。我们也跟着去追那些乐队的人。他们来到安妮塔·奥戴[1]驻场的酒吧，拿出乐器，一直演奏到第二天早上九点。迪安和我一直在那里喝啤酒。

在表演的间隙，我们跑出酒吧到了凯迪拉克上，试图在芝加哥找几个女孩。但是她们都不敢坐我们那辆体格庞大又遍体

[1] Anita O'Day（1919—2006），美国著名女爵士歌手，以节奏和律动感著称。

鳞伤的豪华车。混乱中，迪安倒车撞上了消防栓，还疯狂窃笑。到了早上九点，这辆车损坏得更加严重了：刹车几乎已经失灵，挡泥板被撞破，换挡杆也开始嘎嘎作响。遇到红灯，迪安也不停车，在路上横冲直撞。这部车已经为这个夜晚付出了巨大的代价。它就像沾满泥的破靴子，不再是一辆闪闪发光的豪车了。“哟！”小伙子们在尼兹酒吧里继续吹奏着。

突然，迪安的眼睛死死地盯着舞台旁边一个黑暗的角落，说：“萨尔，上帝来啦。”

我一看，是乔治·谢林！他像往常一样，用苍白的手支着头，他眼睛看不见，耳朵却仿佛大象一般竖着，倾听着美国的声音，竭力想记住它们，好在他自己的英国夏夜里演奏。乐手们狂热地让他起来弹一曲，他便答应了。他弹奏着，一串串惊人的和弦从他的钢琴中飞出，曲调越来越高，汗水从他脸上滑落到了钢琴上。所有的人都敬畏地听着他的弹奏。一个小时之后，大家才扶着他从钢琴边站立起来，然后神一样的老谢林又回到了那个黑暗的角落。了不起的老谢林！小伙子们都在感叹：“这之后什么都不值一听了。”

那个瘦削的领奏皱着眉头说：“无论如何我们继续吹奏吧。”还会有什么新东西出现的，并且越来越丰富——音乐没有尽头。在谢林演奏之后，他们寻找着新的曲调。他们扭动着、挣扎着、不断尝试着，不时出现一个清亮的合声赋予整首乐曲以新意，总有一天，它将成为世界上独一无二的乐曲，带着人类的灵魂向着喜乐而去。他们找到了它，又失去了，费尽心机，终于再一次重新找到了它。他们在狂笑，他们在呻吟。迪安坐在桌边，激动地告诉他们继续，继续。到了上午九点，所有的人——乐手们、无精打采的姑娘们、酒吧服务员们、闷闷不乐的瘦小长号手——全都蹒跚地走出酒吧，走进芝加哥喧闹的白天去睡觉，直到晚上狂野的波普爵士乐重新响起。

我和迪安在城市的喧嚣中打了个寒战。现在该把凯迪拉克还给车主了，他住在湖滨路一幢优雅的公寓里。楼下有一个超大车库，由几个浑身油渍的黑人机修师看管。我们把满是泥污的车开进车位，他们没认出那是凯迪拉克。我们把合约交给其中一人，趁他正拿着看时，赶紧溜了出来。一切都结束了。我们乘巴士回到了芝加哥市中心。富翁车主其实有我们的地址，而且他显然也可以因车况而投诉我们，但是，他没这么做，我们后来再没听到一句关于那辆车的话。

11

又该继续赶路了。我们要搭乘巴士到底特律，现在钱已所剩不多了。我们提着破破烂烂的行李来到车站。迪安拇指上的绷带已经像煤一样黑，而且几乎完全松开了。我们两人的样子都惨到了极点，任何跟我们有同样经历的人，都免不了会一样狼狈。巴士经过密歇根州时，筋疲力尽的迪安就在摇摇晃晃的车里睡着了。我同一位美丽的乡下姑娘聊了起来。她穿了一件低领的宽松棉布衬衣，露出迷人的古铜色胸脯。她有点无精打采，跟我讲起夜晚在家乡院子里爆爆米花的事。这件事原本能让我感到乐趣无穷，然而由于她的心中没有喜悦，所以当她讲述这一切时，让我觉得只是在说某人做过这件事，其他什么也没有。“你还做过其他什么有趣的事吗？”我试图提起有关男朋友和性的话题。她那大而乌黑的双眼漠然地望着我，流露出一种世代流淌在血液里的苦闷，因为渴望又未去做的事——无论它是什么，实际上每个人都知道它是什么。“你想从生活中得到什么？”我想迫使她去思索，但是她好像根本没想过需要什么。

她嘟囔着工作、电影、夏天去看祖母，以及她希望能够到纽约去罗克西影院看电影，会穿怎样的衣服去——就像去年复活节她穿的那种：白色的装饰着玫瑰花的帽子，玫瑰色的浅口皮鞋，淡紫色的华达呢大衣。“周日下午你都干什么呢？”我问。她会坐在门廊上，骑自行车的男孩子们不断经过，他们会停下来和她聊几句。有时她会斜躺在吊床上，读些有趣的报纸。“在一个炎热的夏夜你又会干些什么呢？”她会坐在门廊上，望着路上来往的车辆，同母亲一起爆爆米花。“你父亲在夏夜会干什么呢？”他要上班，他在锅炉厂上夜班，他的一生都在养活一个女人和几个孩子，没荣誉也没有赞赏。“你兄弟在夏夜干什么呢？”他会骑着自行车到处乱转，时常在冷饮店门口徘徊。“他渴望干什么？我们大家都渴望干些什么？我们又想要什么？”她不知道。她打起了哈欠，有点困了。问题太多了，没有人能够回答，没有人愿意回答。顺其自然吧。更何况她只有十八岁，又那么可爱，那么惘然无知。

到了底特律，我和迪安踉踉跄跄地从巴士上下来，衣衫褴褛，满面灰尘，仿佛一直生活在垃圾桶里一般。我们决定到贫民区看一场通宵电影。现在在公园里过夜实在太冷了。哈斯尔来过底特律的贫民区，每一个注射毒品的地方、通宵电影院、喧嚣的酒吧都逃不过他那双黑眼睛。他的灵魂追随着我们，但是我们从来也没有在时代广场找到过他。我们甚至以为在这里或许能够碰巧遇到老迪安·莫里亚蒂——但是他不在这里。我们每人花了三十五美分走进一家年久失修的电影院，占了楼上的包厢，直到早上被赶下楼来。在通宵影院里过夜的都是走投无路的人。他们中有潦倒的黑人，听凭传言从亚拉巴马州来这里的汽车制造厂工作；有白人老流浪汉；有披着长发的年轻小混混，他们常常跑到街头去喝酒；还有妓女，普通夫妇，以及一些无事可做、无地可去、无人可信的家庭主妇。如果你用钢丝网篮将所有底特律人都筛一遍，也无法如此集中地看到这么多落魄的人。电影演的是牛仔歌手埃迪·迪安和他那匹勇敢的白马布洛普的故事，这是第一部电影。第二部是上下两集，由乔治·拉夫特、西德尼·格林斯特雷特和彼得·罗出演的关于伊斯坦布尔的电影。这个晚上，我们把这两部电影看了六遍。我们醒来睁开眼睛就看到他们，闭上眼睛就听到他们，梦里也会感觉到他们，当清晨来临时，我们已经被奇特的西部灰色神话和诡异的东方黑暗神话所浸透。从那以后，我所有行为举止都不知不觉地被这些可怕的经验所影响，它在潜意识中支配着我。我仿佛一百次地听见大个子格林斯特雷特的冷笑，听见彼得·罗阴险的引诱，我同乔治·拉夫特一起陷入他那偏执狂般的恐惧中，我和埃迪·迪安一起骑马、唱歌，并且无数次向盗马贼射击。在黑暗的电影院里，无聊的人们喝着酒，四处张望，看看哪里有什么事可以干，有什么人可以聊。每个人都像犯了罪似的沉默着，没有人说话。当朦胧的晨雾像幽灵一般拍打着电影院的窗户，拥抱着屋檐时，我靠在座位的木扶手上睡着了。六个影院清洁工开始清扫杂物，在我身边堆起一大堆垃圾。我低头打着鼾，垃圾堆差点高到我的鼻尖——他们险些连我也一块儿给扫走了。这是后来迪安告诉我的，他在后面第十排看到了这一切。所有的烟头、酒瓶、火柴盒都被扫到这堆垃圾里。如果他们把我也扫走，那么迪安就再也见不到我了。那时，他就不得不跑遍整个美国，从东海岸到西海岸查看每一只垃圾桶，他会发现我像胚胎一样蜷缩在一堆垃圾上，这堆垃圾就是我的生活，就是他的生活，就是所有相关和不相关者的生活。我会在我的垃圾桶里对他说什么呢？“别来打扰我，伙计，我在这里很快活。1949 年 8 月的一个晚上你在底特律把我给丢了，为什么还要到这个污秽的地方来打扰我的美梦呢？”1942 年，我曾经在一出令人作呕的闹剧里成了主角。那时我是个水手，在波士顿斯科雷广场的帝国咖啡馆里喝酒，我一气喝了六十杯啤酒，然后疲惫不堪地去上厕所。由于喝得太多，我竟然抱着坐便睡着了。那天晚上，至少有一百个水手和各种各样的人兴味盎然地跑进来在我身上撒尿，直到我污秽不堪，变得面目全非。但是那又有什么关系呢？在尘世中默默无闻要比在天堂里声名显赫好得多。什么是天堂？什么是尘世？全是些虚无缥缈的想象。

清晨，我和迪安骂骂咧咧地从这个可怕的地方钻了出来，想走到旅行社去找车。我们先在一家黑人酒吧里喝了酒，跟几个姑娘调了调情，听着自动唱机里播放的爵士乐，痛痛快快地过了一个上午。然后，我们拖着乱七八糟的行李，搭巴士走了五英里，来到可以载我们的车主家，每人付给他四块钱，他载我们去纽约。他是个一头金发的中年人，戴着眼镜，有妻子和孩子，一个温暖的家。我们在院子里等着，他正在做出发的准备。他那可爱的妻子穿着棉布围裙给我们端来了咖啡，但我们只顾忙着聊天。这时，迪安欣喜若狂，每件事都出乎意料地让他感到高兴。他又陷入一种宗教般的狂热了，不断地冒汗。等我们坐上崭新的克莱斯勒汽车向纽约出发时，那个可怜的家伙才意识到他答应搭载的是两个疯子。但是他还是尽心尽力地开着车。事实上，当我们经过布里格斯体育场，谈论着明年底特律老虎队的棒球比赛时，他已经完全适应我们了。

雾气沉沉的夜里，我们经过了托莱多[1]，然后一直向前穿过了老俄亥俄州。我觉得我就像是个常年在外奔波的推销员，一次又一次地穿过美国的大小城镇，破破烂烂的旅行包里面塞满了各种卖不出去的东西，包的最底下还有一些发霉的豆子，没有一个人想要购买。快到宾夕法尼亚时，那个家伙累了，于是迪安接过方向盘，驶完了剩下一段到纽约的路。收音机里正播放着希德[2]主持的节目，介绍的都是最新的波普爵士乐。现在，我们正在驶入美国最后的大城市。一大早，我们就到了这里。时代广场上车来人往，纽约永远不会有片刻的安静，当我们驶过广场时，又不自觉地在寻找哈斯尔。

一小时以后，我和迪安来到姑妈在长岛的新居。她本人正忙于对付那些油漆工，他们是亲戚帮着找来的。当我们从旧金山回来，摇摇晃晃地踏上楼梯时，她正在同他们讨价还价。“萨

[1] Toledo，俄亥俄州北部城市，位于伊利湖西岸，靠近俄亥俄州和密歇根州的边界。

[2] Sid Torin（1909—1984），美国著名爵士乐电台节目主持人，以“交响乐”希德（Symphony Sid）的名号为人所知。很多评论家都认为是他将波普爵士乐介绍给了大众。

尔，”我姑妈说，“迪安可以在这儿住几天，但以后他得走，你明白我的话吗？”旅行终于结束了。那天晚上，我和迪安在长岛的储气罐、铁路桥周围，在薄雾笼罩的点点灯火中一起散步。我记得他曾在一盏街灯下站着。

“我们走过那盏街灯时，我正要告诉你一件事，萨尔，可是现在我又在继续思考一个新的想法，等我们走到下一盏灯下，我再重新回到原来的话题，行吗？”我当然同意。我们已经习惯于旅行，我们可以走遍整个长岛。但是前方再也没有陆地了，只剩下浩瀚的大西洋，我们只能走这么远，我们的手紧紧握在一起，答应永远是朋友。

五天以后，我们去参加在纽约举行的一个派对。我遇见了一个名叫伊内兹的姑娘，我告诉她我有一个朋友跟我一起来的，什么时候她可以见见。我喝多了，告诉她他是个牛仔。“哦，我一直想见见牛仔。”

“迪安在哪儿？”我大声喊着，声音穿过了整个派对。来的人包括诗人安杰尔·卢斯·加西亚、沃尔特·埃文斯、委内瑞拉诗人维克多·比利亚努埃瓦、我的旧情人吉妮·琼斯，以及卡洛·马克斯、吉恩·德克斯特，还有其他数不清的人。“到这儿来，伙计。”迪安忸忸怩怩地走了过来。一小时以后，在遍地醉汉和觥筹交错的派对上（当然，是以夏天就要结束的名义），他跪在地上，脸颊贴着伊内兹的腹部，对她说他会答应她的一切要求，跟她缠绵。伊内兹是个高大、性感、深褐发色的女孩——正如加西亚说的，她就像直接从德加的画里走出来一般，一看就是爱卖弄风骚的巴黎女孩。以后几天，他们给在旧金山的卡米尔打去长途电话，为了一张必要的离婚证好说歹说，因为只有离了婚，迪安和伊内兹才能结婚。但是，再过几个月，卡米尔就要生下迪安的第二个孩子了，这是年初几个晚上亲热的结果。然而，同样再过几个月，伊尼兹也将生下一个孩子，连同在西部某地的一个私生子，迪安一共有四个孩子，却没有一分钱。他还像从前一样四处惹事，及时行乐，来去无踪。我们去意大利的计划也彻底泡汤了。

第四部

1

我的书卖出以后赚了一笔钱，于是付清了姑妈到年底的房租。每当纽约进入春天，我总无法抗拒河对岸新泽西吹来的暗示，我一定要走了。于是我走了。这是我平生第一次在纽约同迪安告别，把他留在那里。如今他在麦迪逊街和40街拐角的一个停车场工作。他还跟从前一样，到处乱跑。脚上穿着那双开了胶的鞋，上身一件T恤衫，裤子松松垮垮地挂在腰间，一到中午，就要穿梭不停地将停车场里往来不断的车都停好。

平常我总是在黄昏时分去看望他，那个时候一般比较空闲。他站在棚屋里数着票据，不时摸摸肚子。收音机总是开着。“伙计，你听过疯子马蒂·格利克曼解说的篮球比赛吗？越过中场，运球，假动作，定点，投篮，嗖，两分。他绝对是我听过的最棒的解说员。”他真是变了，就连这样一些微不足道的事情也能让他感到快乐。他现在同伊内兹一起住在东八十几街一间只供冷水的公寓里，晚上回到家，总要脱下衣服，换上一件长过臀部的中国丝绸衬衫，坐在扶手椅上，抽装有大麻的水烟筒。他还喜欢摆弄一副印着色情图片的纸牌。这些就是他回到家的消遣。“最近我一直在注意这个方块二，你注意过她的另一只手在哪里吗？我敢打赌你说不出来。你盯着仔细看。”他把方块二递给我，上面画着一个高大的垂头丧气的男人和一个淫荡的、愁容满面的妓女，在床上以某种姿势做爱。“试试吧，伙计，这个动作我已经用过许多次了。”伊内兹正在厨房里做饭，苦笑着向屋里瞟了一眼，她现在对这些都习以为常了。“看清她了吗？看清她了吗，伙计？那就是伊内兹。瞧，她总是这样，探出头来微微一笑。哦，我和她谈过了，一切都愉快地谈妥了。今年夏天我们准备住到宾夕法尼亚的一个农场里去。我可以弄一辆旅行车不时回纽约找点乐子。过几年我们就会有一幢漂亮的大房子，有许多孩子，啊哈！哈哈哈！天晓得！”他从椅子里跳起来，放起威利·杰克逊[1]的唱片《鳄鱼尾巴》。他站在唱机前，一边拍着巴掌，一边跟着节拍在扭动，“啊！这个狗娘养的！我第一次听他唱歌时，还以为他第二天晚上一定要死了，但是他现在还活着。”

这完全就是他跟卡米尔在旧金山所做的一切在大陆另一端的翻版。那只历经磨难的行李箱就放在床下，随时准备好要远走高飞。伊内兹经常和卡米尔打电话长谈，据迪安所说，她们甚至还聊起他的那东西，通信交换迪安的各种怪癖。当然，迪安每个月都不得不把薪水的一部分作为抚养费寄给卡米尔，否则他就会被关六个月。为了补回损失的钱，他常常在停车场要

[1] Willis Jackson（1932—1987），美国次中音萨克斯手。

一些小花招。有一次我亲眼看见他在祝福一个有钱人圣诞快乐时，将一张五块的钞票当成二十块给了对方而没被发现。我们把多赚的钱花在了一家名叫鸟园的爵士乐酒吧。莱斯特·杨会在台上演出，眼睛里闪烁着永恒的光芒。

一天晚上，我们在47街和麦迪逊街的拐角一直聊到凌晨三点。“萨尔，他妈的，我希望你不要走，真的，这是我第一次不跟我的老伙伴一起在纽约。”他接着说，“我不会一直在纽约的，旧金山才是我的家。虽然我曾经在这里生活，但这里除了伊内兹，我没有别的姑娘了——只有在纽约才会碰上这种事。该死的！但是又想到要重新穿过可怕的大陆。萨尔，我们很久没有好好聊一次了。”在纽约，我们总是同一群朋友出入于各种喝得烂醉的派对，迪安似乎并不适应这样的生活，他更喜欢在细雨蒙蒙的夜里一个人静静地伫立在麦迪逊街上。“伊内兹爱我，她告诉我并且答应我可以想干什么就干什么，什么也不用担心。你瞧，伙计，你越老，麻烦就越多。总有一天我们会在黄昏的时候走进一条小巷，一起翻垃圾桶。”

“你是说我们最后会成为老流浪汉吗？”

“为什么不会呢，兄弟？当然，只要我们愿意就会这样。这样结束也没有什么不好。你可以不必理会别人的想法，无论是政客的还是富翁的。没有人会打扰你，你可以尽兴走你自己想要走的路。”我同意他的话。他正在用最简单和直接的方式接近他所谓的道家思想。“你的路是什么呢？伙计？圣徒之路，疯子之路，彩虹之路，浪子之路，任何路。总之是一条存在于任何地方，任何人可以以任何方式走的路。那是在什么地方？什么人走的？怎么走的？”我们在雨中谈得十分投机。“该死的，你得照顾好你的哥们儿，如果他不欢蹦乱跳就不是人了——医生就是这么说的。我告诉你，萨尔，直说吧，无论我住在哪里，我的箱子总是放在床底下，随时准备离开，或被赶出去。我已经决定马上把现有的一切都抛开。你知道我一直在倾尽全力，一定要走出去。你别担心，我们都了解时间——如何让它慢下来，慢慢地走走看看，找点老式的乐子，这儿还有其他什么乐子吗？我们都明白。”我们在雨中叹息着。那天晚上，哈得孙河谷大雨倾盆。河面像大海一般宽阔，雨打湿了两岸的堤坝，打湿了波基普西[1]的汽船栈桥，打湿了古老的裂石湖，也打湿了范德威克山。

“所以，”迪安说，“生活一直在引导着我，但我现在正在把生活弄得四分五裂。你知道，我最近给我关在西雅图监狱里的老爸写了封信，有一天，我竟然收到了他的回信，这是几年来他给我写的第一封信。”

“真的吗？”

“是真的。他说等他到了旧金山，他就来看看“宝宝”，这个单词他也拼错了，多了一个“b”。我在东 40 街找到一间只供冷水的公寓，一个月十三块钱。如果我能给他一点钱，他就可以住到纽约来——如果他愿意来的话。我从来没告诉过你我妹妹的事，但是你知道我有一个可爱的小妹妹，我真希望能把她

[1] Poughkeepsie，纽约州西南部城市，位于哈得孙河河畔。

接来也和我住在一起。”

“她现在在哪儿？”

“哦，问题就在这里。我不知道，他想试着去找她，这个老家伙，但是你知道他干了什么？”

“他去了西雅图？”

“他直接进了肮脏的监狱。”

“他以前在哪儿？”

“得克萨斯，得克萨斯——所以你明白了吧，伙计，我的灵魂，各种事情，以及我的处境。你一定注意到我近来平静多了吧。”

“是的，的确如此。”迪安在纽约逐渐平静了下来，他只想找人聊天。我们站在寒冷的雨夜里，冻得要死。我们约定了一个日子，我走之前在我姑妈家再见一次面。

之后一周的星期天下午，他来了。我家里有一台电视机。我们在电视上看了一场棒球赛，还在收音机里听了另一场，还不时调到第三场比赛，随时了解新战况。“记住萨尔，布鲁克林的比赛里，霍奇斯[1]在二垒上，等费城人队的后援投手出场，我们就调到巨人队和波士顿队的比赛，同时还要注意电视里，迪马乔[2]已经有三球入账，投手正在往手上抹松香粉，赶紧换到巨

[1] Gil Hodges（1924—1972），美国职业棒球运动员。1943 年至 1961 年效力于布鲁克林道奇队。

[2] Joseph Paul DiMaggio（1914—1999），美国职业棒球运动员。大联盟生涯一直效力于纽约洋基队，曾三度获选年度最有价值球员，十三次入选明星赛，被誉为“如画一般完美的球员”。

人队的比赛，听听巴比·汤姆森[1]怎么样了，三十秒前有人上了三垒。没错！”

那天下午，我们来到了长岛铁路调车场旁一块都是煤渣的球场，跟一群孩子一起玩棒球。之后我们又跟一群更小的孩子疯狂地玩起了篮球。他们一边跟我们玩，一边嚷道：“放松一点，你们不必那么拼命。”他们在我们身边传球起跳，轻而易举就打败了我们。迪安和我跑得满头大汗，迪安还在水泥球场上摔了个嘴啃泥。我们气喘吁吁地猛扑过去，想把球从小孩子们手里夺过来，他们却灵活地把球传给其他人，轻松地从我们头上投到篮里。我们带着球发疯似的扑到篮下，他们也及时赶到，一把从我们汗津津的手中抢了过去，然后带着球跑了。我们就像是痴迷美国小巷里热烈音乐的业余萨克斯手，想跟斯坦·盖茨[2]和酷查利一较高下。这些孩子一定认为我们都是不正常的人。迪安和我在回家的路上，走在人行道的两边，一边走一边玩传球游戏。我们试着用一些有难度的方法接球，有时会扑入灌木丛中，差点撞上电线杆。当一辆汽车驶来时，我沿着街边跑边把球传给迪安，球正好擦着正在减速的汽车飞过，他一跃而起，接住了球，顺势倒在草地上，然后把球向我扔了过来，这一次正打在一辆停在路边的面包车上。我捡起球马上扔了回去，迪安不得不急忙转过身去接，由于站得不稳，他仰面倒在路边的

[1] Bobby Thomson（1923—2010），美国职业棒球运动员。1946 年至 1953 年效力于纽约巨人队。

[2] Stan Getz（1927—1991），美国爵士作曲家，次中音萨克斯手。

树篱中。回到姑妈家以后，迪安掏出钱包，一边嘟囔着，一边把上次我们在华盛顿因超速被罚的十五块钱还给了我姑妈。她喜出望外，乐得合不拢嘴。我们享用了一顿丰盛的晚餐。“嗨，迪安，”姑妈说，“我希望你能好好照顾你即将出生的孩子，这次维持好婚姻。”

“当然，当然。”

“你不能再像以前那样周游全国到处有孩子了。那些可怜的小生命会无依无靠的，你必须让他们以后的生活有安全感。”他盯着脚尖，点了点头。在阴沉昏黄的傍晚，我们站在横跨高速公路的天桥上互相道别。

“我希望当我回来时你还在纽约。”我对他说，“迪安，我一直希望将来有一天我们两家能够住在一条街上，我们一起成为老家伙。”

“太好啦，兄弟，你知道，我也如此希望，我知道所有那些我们曾经遇到和即将遇到的麻烦，就像你姑妈提醒我的那样。我并不想要孩子，但伊内兹坚持要。我们还吵了一架。你知道吗，玛丽露在旧金山同一个经营二手车的商人结了婚，她还怀了孩子。”

“是的，现在我们都陷在里面啦。”我本应该说那不过如颠倒又虚无的湖上泛起的涟漪。世界是建立在金子之上的，它颠倒了过来。他拿出一张照片，是卡米尔和刚生下来的女儿在旧金山一条洒满阳光的小路上拍的，某个男人两条长裤腿的影子投在孩子身上。“那是谁？”

“除了埃德·邓克尔还能是谁。他回到了加拉托身边，现在他们去了丹佛，花了一天的时间拍照。”

埃德·邓克尔，没想到他竟然有着圣徒一样的同情心。迪安又拿出其他照片。我忽然想到，有一天当我们的孩子惊奇地看到这些照片时，一定会认为他们的父母生活在平静的、秩序井然的、像照片上一样稳定的生活中，早上起床以后，无忧无虑地在大街上散步，永远也不会想到我们真实的生活是那么混乱、疯狂和放荡，我们曾度过怎样地狱般的夜晚，走过怎样无意义的、噩梦般的路。照片中潜藏着的无始无终的空虚，都遗憾地被忽略了。“再见，再见。”迪安慢慢地走进黄昏之中，隆隆的火车冒着烟从他身旁驶过，他的影子跟着他，模仿着他的步伐、思想和存在。他转过身，害羞地挥了挥手，有一点不好意思。他向我做了一个铁路工表示放行的手势，不停地上下跳跃着，嘴里还在嚷嚷着什么，我根本听不见他在说什么。他绕圈跑了起来，跑到铁路天桥混凝土桥墩附近，向我最后做了一个手势。我向他挥了挥手。突然他转过身加快了脚步，消失在我的视野中，他回到自己的生活中去了。我凝视着自己未来惨淡的日子，我也有一条漫长而可怕的路要走。

2

接下来的夜半时分，我哼唱这首小曲：

家在米苏拉，
家在特拉基，
家在奥珀卢瑟斯，
这些地方都没有我的家。
家在老梅多拉，
家在翁第德尼，
家在奥加拉拉，
我永远回不去的家。

我坐上了去华盛顿的巴士，然后花了一点时间到城里转了转，绕道去看了看蓝岭山脉[1]，听了听雪伦多亚河谷[2]的鸟鸣，凭吊“石墙”杰克逊[3]的墓地。傍晚，我连咳带喘地站在卡诺瓦河边；晚上，在西弗吉尼亚查尔斯顿的乡间音乐中散步；半夜，到了肯塔基的阿什兰，一个形单影只的姑娘伫立在剧院散场后的遮檐下。接着穿过漆黑而神秘的俄亥俄以及黎明中的辛辛那提，然后又是印第安纳的田野，下午抵达长期笼罩在山谷浓密云团中的圣路易斯。泥泞的鹅卵石，蒙大拿的原木，破旧的汽船，古老的招牌，河边的草地以及绳索。这是首没有结尾的诗。夜晚我们经过密苏里，又来到堪萨斯广阔而神秘的原野，牛群在游荡，小镇上都是木板房，每一条街道都通向如大海宽广的天地。黎明时分我们到了阿比林。东堪萨斯的草地变成了西堪萨斯的山地，我们开始在夜色中爬过西部的山坡。

亨利·格拉斯跟我一起坐在巴士上，他是在印第安纳州的特雷霍特上的车，这时他对我说：“我告诉过你我讨厌身上穿的这套衣服，它太难看了——当然这不是全部原因。”他递给我一沓文件看。他刚从特雷霍特联邦监狱获释，入狱罪名是在辛辛

[1] Blue Ridge 美国东南部山脉，是阿帕拉契山系的东段。从宾夕法尼亚州南部起，经马里兰州、弗吉尼亚州和北卡罗来纳州到佐治亚州，自东北向西南延伸，沿线包含大雾山等较具代表性的山峰。

[2] Shenandoah Valley，位于美国弗吉尼亚州西部，从温切斯特一直延伸到斯丹顿，东部被蓝岭山脉约束，西部的边缘则是阿帕拉契高原和亚利加尼高原。

[3] Stonewall Jackson（1824—1863），南北战争时期著名的南方将领。绰号“石墙”，被认为是美国历史上最杰出的军事战术家之一。

那提盗卖汽车。他是一个头发卷曲的二十岁左右的年轻人。“我一到丹佛就把这套衣服卖到寄卖商店去，然后买一条牛仔裤。你知道他们在监狱里都对我干了什么吗？他们给了我一本《圣经》，把我单独关了起来。我把《圣经》垫在屁股下，坐在石头地上。他们见我这么干，就把那本《圣经》拿走，换了袖珍本给我，没法坐在上面了。于是，我读完了整本《圣经》。嘿嘿。”他捅了捅我，嘴里吃着糖果。他一直在吃糖，因为他的胃在监狱落了病，现在几乎不能吃其他东西。“你知道，那本《圣经》里有许多真正令人兴奋的东西。”他告诉我那就是“预示”。“每一个就要离开监狱的人谈起他被释放的日期，其实也是在预示其他人不得不继续留在这里。那时我们就会掐住他的脖子说：‘不要向我预示。’预示是件该死的事情——你听见我的话了吗？”

“我不会预示什么的，亨利。”

“每个人都在向我预示，我经常为此气得要杀人。你知道我为什么会一直坐牢吗？全是因为我十三岁的时候一时生气，情绪失控。当时，我和一个家伙在看电影，他开了一句关于我妈的玩笑——你知道那句脏话——我拔出小刀就向他喉咙割去。如果不是他们拉住了我，我非杀了他不可。法官问我：‘当你扑向你的朋友时，你知道你在做什么吗？’‘是的，尊敬的法官大人，我当然知道。我想杀了那狗娘养的，现在仍然想这么做。’所以我就无法获得假释，被送进了监狱。单独监禁时坐得太久，我长了痔疮。那地方太糟了，千万别进联邦监狱。他妈的，那里面的事我可以说上整整一个晚上，我已经太久没和人说过话了。你很难想象现在走在外面对我来说是一件多么开心的事。我上车的时候，你正坐在车上，当时车正驶过特雷霍特，你在想什么？”

“我只是在飞驰的车里坐着。”

“可是我呢，我却在唱歌。我坐到了你旁边是因为我害怕坐到其他姑娘旁边，我怕我会发疯，把手伸到她们的衣服里面，我得缓一段时间才行。”

“那样你就会再次被关进监狱，再次告别外面的生活。所以从现在起你最好还是悠着点儿。”

“我也这么想，麻烦的是我一激动就无法控制自己。”

他要去跟他的兄嫂一起生活，他们给他在科罗拉多找了一份工作，他的车票是联邦政府出钱给买的，送他到假释地。这是一个很像过去的迪安的年轻人，他的血液仿佛沸腾一般，让他难以承受。他非常敏感，但是却没有一个圣人把他从乖戾的命运中拯救出来。

“作为朋友，到丹佛以后看着我，别让我那么失控，行吗，萨尔？但愿我可以平安到我哥哥那里。”

我们到了丹佛以后，我带他来到拉里默街典当他的囚服。店里的老犹太人打开一半就知道是什么东西了。“我这里不收这种倒霉的东西，这种东西每天都有小伙子从卡农城[1]带来。”

---

[1] Canyon City，科罗拉多州中部城镇。有多座联邦和州立监狱设在这个镇上。

拉里默街随处可见试图卖掉囚服的人，亨利最后只得把那些东西装进纸袋夹在胳膊底下，穿着崭新的牛仔裤和运动衫四处游逛。我们来到格莱纳姆街上迪安常去的那家酒吧——亨利半路把那件囚服扔进了垃圾桶——我打电话给蒂姆·格雷。这时已经是傍晚了。

"是你呀？"蒂姆·格雷吃惊地说，"我马上来！"

十分钟后，他和斯坦·谢泼德大摇大摆地走进了酒吧。他们去了趟法国，回来后对丹佛的生活失望至极。他们很喜欢亨利，给他买了啤酒。亨利开始胡乱挥霍他从监狱得到的钱。我又一次回到了温柔、黑暗的丹佛之夜，回到了它那神圣的小巷和疯狂的酒吧。我们开始四处闲逛，去了城里的酒吧、西科尔法克斯大街边的小馆子、五点区[1]的黑人酒吧等等。

斯坦·谢泼德这几年一直期待着见见我。现在，我们终于有机会一起去冒险了。"萨尔，打我从法国回来以后就搞不清楚自己该干什么。你真的要去墨西哥吗？太他妈酷了，我能跟你一起去吗？我能弄到一百块钱，我一到那里就去墨西城大学注册，这样就能申请到一笔退伍军人教育津贴了。"

好吧，事情就这么定啦，斯坦将与我同行。他是一个头发凌乱、身材细长，略带羞涩的丹佛小伙子，脸上常常挂着和善

[1] Five Point，丹佛市北部一片充满活力的多元文化区域。有"西部的哈莱姆"之称，这里也是丹佛爵士乐酒吧的聚集地。

的微笑。他总是不慌不忙、性格随和，就像加里·库珀[1]。“真他妈的酷！”他两手叉着腰，悠闲地在街上走着，身体左右晃动。斯坦和祖父总是争论不休，之前祖父反对他去法国，现在，又反对他去墨西哥。由于与祖父吵得不可开交，斯坦常常像流浪汉一样在丹佛游荡。那天晚上，我们痛饮了一通，还成功阻止了亨利的一次情绪失控，随后斯坦在亨利位于格莱纳姆街的旅馆房间里挤着睡了一夜。“这么晚了我不能回家，否则我爷爷又要跟我对着干了，然后他还会冲我妈发脾气。实话告诉你，萨尔，我希望尽快离开丹佛，否则我真是要疯了。”

我住到了蒂姆·格雷家，后来，贝比·罗林斯为我租了一间整洁的小地下室。一个星期以来，我们每晚都在那里聚会。亨利去了他哥哥家，我们后来再没见过他，也不知道后来是否有人向他“预示”什么，是否他又在自由的夜里情绪失控，是否又被抓进了监狱里。

整整一个星期，蒂姆·格雷、斯坦、贝比和我每天下午都是在丹佛迷人的酒吧里度过的。那里的女服务员穿着宽松的衣服，一双带着羞涩与挑逗的眼睛四处放着电，她们绝不会拒人于千里之外，常与顾客一起陷入情网，来一段足够刺激的风流韵事，经历愤怒和痛苦，这样的故事在每一个酒吧你都能碰上。晚上，我们一直在五点区的黑人酒吧听爵士乐，喝得烂醉，然

[1] Gary Cooper（1901—1961），美国知名演员。他在银幕上重新定义了好莱坞的英雄形象，坚毅、果敢、言辞简约是他留在广大影迷心中的印象。1961 年获得奥斯卡终身成就奖。

后在我的地下室里一直聊到清晨五点。中午，我们常常躺在贝比家的后院，一群丹佛孩子在玩牛仔和印第安人的游戏，他们爬上开花的樱桃树，然后跳下来扑到我们身上。我在这里度过了一段难忘的时光，整个世界都呈现在我的眼前，我再没有乱七八糟的幻想。斯坦和我打算让蒂姆跟我们一起走，但是他无法从丹佛的生活中脱身。

一天晚上，我正在为去墨西哥做准备，多尔突然跑来找我说:“嗨，萨尔，猜猜谁要来丹佛。”我脑子里一片茫然。“他已经上路了，我是从一个可靠的渠道得到这个消息的。迪安买了一辆汽车，正要来见你。”一刹那间，我仿佛看见了迪安，一个激情澎湃、令人兴奋的恐怖天使正急急忙忙地赶着路，像云一样飞速向我靠近，又像平原上的尸衣行者追赶着我。我仿佛看见平原之上他那张疯狂、瘦削、坚毅的面孔和炯炯有神的双眼，看见了他的翅膀，看见了他那辆破车喷射着熊熊烈焰，看见了他的车一路留下的灼烧痕迹，看见他正开拓出一条自己的路，越过田野，穿过城市，毁灭桥梁，烧干河流，怒吼着奔向西部。我知道迪安又一次发疯了。如果他把银行里的所有积蓄都取出来买车的话，他的两个妻子哪一个都不会得到一分钱。一切都变得那么不可思议。在他身后，烧焦的废墟冒着青烟。他又一次越过可怕的、呻吟着的大陆，一路向西，很快就要抵达这里。我们手忙脚乱地为迪安的到来做准备，他将开车带我去墨西哥。

“你觉得他会带我一起去吗？”斯坦忐忑不安地问。

“我会跟他谈的。”我果断地说。事实上我们谁都无法预料。“他睡在哪里？吃什么？有没有女孩子和他一起？”就像高康大[1]的来临一样，不得不做好准备，扩大丹佛的贫民区，放宽法律条款，以适应他那巨大的身躯和狂喜的灵魂。

[1] Gargantua，拉伯雷《巨人传》中的人物，食量酒量奇大。故事鞭挞了法国十六世纪的封建社会，是新兴资产阶级对封建教会统治发出的呐喊，充分体现了人文主义者对人、人性和人的创造力的肯定。

3

迪安抵达这里的情景，就像一部老电影。一个阳光明媚的下午，我正在贝比家，房间里空荡荡的。她母亲到欧洲去旅游了，家里只有加里蒂阿姨陪伴贝比，她已经七十五岁高龄，却像年轻人一样灵活。罗林斯家族的成员遍布整个西部，她经常从一家跑到另一家，以显示自己还有点用。她曾经也有儿孙陪伴，如今都远走高飞，扔下她不管了。现在，她虽然已经老了，对我们的一举一动却仍然很感兴趣。当我们在卧室里喝威士忌时，她总是难过地摇摇头。“到外面去喝吧，年轻人。”楼上——这年夏天，整幢房子像个寄宿公寓——住着一个叫汤姆的家伙，他不可自拔地爱着贝比。据他们说，他来自佛蒙特州的一个富裕家庭，有大好的前程和生活在等着他，但是他却宁愿与贝比在一起，贝比去哪他就去哪。到了晚上，他常常坐在客厅里，兴奋的脸庞躲在报纸背后，我们每个人说的任何一句话，他都能听到，但却一声不吭，只要贝比开口说话，他就会变得兴奋异常。如果我们强迫他放下报纸看着我们，他就会露出非常尴尬和痛苦的表情。“嗯？哦，当然，我正想这么做。”他总是这么说。

加里蒂坐在角落里，手里做些针线活，用飞鸟一样的眼神盯着我们大家。她的任务是监护，所以她要盯着所有人不许说脏话。贝比坐在沙发上咯咯地笑，蒂姆·格雷、斯坦·谢泼德和我则横七竖八地倒在椅子里。可怜的汤姆忍受着痛苦，他站起身，叹了一口气说:“得了，又一天过去了，晚安了。”然后，便消失在楼上。贝比从来没把他当作情人，她爱蒂姆·格雷，但格雷却像条鳗鱼一样，让她总也抓不住。一个晴朗的下午，我们又这样围坐在一起。快吃晚饭的时候，迪安突然开着他那辆破车出现在门口。只见他穿了一套粗花呢西装，里面套着马甲，还配了一条表链。

“嗨！嗨！”我听见街上有人在喊。迪安和罗伊·约翰逊在一起，后者同他的妻子多萝茜刚从旧金山回来，现在就住在丹佛。邓克尔和妻子加拉托，还有汤米·斯纳克也在丹佛。所有的人又都来到了丹佛。我走出门廊，“嗨，我的伙计，”迪安说着，伸出他那双大手，“我看出来了，这里的一切都挺不错的。你好——你好——”他跟每个人打着招呼，“你好，蒂姆·格雷，斯坦·谢泼德，你们好！”我们把他介绍给加里蒂。“哦，你好呀！这是我的朋友罗伊·约翰逊，他能陪我一起真是太好了，啊哈！哟！咳！咳！胡普尔少校[1]，你好。”他说着，把手

[1] Major Hoople，以吉恩·埃亨为主创的漫画《我们的寄宿旅馆》（*Our Boarding House*）中的主要人物，性格傲慢，喜欢夸夸其谈。该漫画从 1921 年一直连载至 1984 年。

伸向汤姆，后者茫然地盯着他。“嗨，萨尔，老伙计，有什么故事吗？我们什么时候出发去墨西哥，明天下午？啊，太棒了！现在，萨尔，我要在十六分钟之内赶到埃德·邓克尔家，把我在铁路上工作时用的旧表找出来，赶在拉里默街的寄卖商店打烊前把它当掉。如果时间允许的话，我还要尽量迅速地看看我爸会不会在吉格斯餐厅，或者其他酒吧。我已经跟多尔推荐的理发师约好了，这么多年来我的发型都没改变过，一直是老样子。快！快！六点整。要准时呀，听见我说的话了吗？我想让你等在这里，我一会儿就过来接你，然后立即去罗伊·约翰逊家，听听吉莱斯皮和其他音乐，轻松一个小时。之后再去找你和蒂姆、斯坦、贝比，参加你们在我来之前原本计划好的活动。准确地说，我是在四十五分钟前到的，开着37年款的福特车，车就停在那里，你们都看见了。我还在堪萨斯城停了很长时间，看望了一下我的表兄，不是山姆·布雷迪，是另一个年纪小点的……”他一边唠叨着这一切，一边避开人们的视线，忙忙乱乱地在客厅的角落里脱下西装换上T恤，又从那只破旧的旅行箱里拿出一条裤子，把表塞了进去。

“伊内兹呢？”我问，“纽约出了什么事？”

“说正经的，萨尔，我这次来就是为了去墨西哥搞到一张离婚证，那儿比其他的地方都便宜快捷。我总算跟卡米尔谈妥了，一切都解决了，一切都安排好了，一切都很顺利。这下明白了吧，我们现在再也不用为任何事担心了，对吧，萨尔？”

好吧，我总是随时准备追随迪安，我们开始紧张地安排一系列新的计划，并且准备来一个狂欢之夜，一个令人难忘的夜晚。我们在埃德·邓克尔的兄弟家举办了一场派对。他的另外两个兄弟都是巴士司机，他们坐在那里目瞪口呆地望着眼前发生的一切，桌子上摆满了蛋糕和饮料。埃德·邓克尔脸上浮现着快乐而又满足的神色。“所以，你现在同加拉托和好了？”

“是的，先生。”埃德说，“确实如此。我计划去丹佛大学读书，我和罗伊一起。”

“你准备学什么呢？”

“哦，社会学之类的吧，你知道的。对了，迪安这些年似乎变得越来越疯狂了，是吗？”

“一点儿没错。”

加拉托·邓克尔也在这里，她想找人聊天，但迪安已经成为了整个房间的中心。我、谢泼德、蒂姆、贝比一个挨一个地坐在靠墙的餐椅上，看着迪安站在前面表演。埃德·邓克尔心神不宁地站在迪安身后，他那可怜的兄弟则被挤到了角落里。“嗨！嗨！”迪安叫着，拉了拉T恤衫，摸了摸肚子，在那里上蹿下跳，“酷！我们现在又聚集在一起了。虽然时光不停地流逝，但是你看我们谁都没变，这真的很奇妙，真是经久……嗯……耐用……其实这很容易证明，我这里有一副纸牌，我可以用它准确地说出每个人的命运。”他拿出来的还是那副印着色情图片纸牌。多萝茜·约翰逊和罗伊·约翰逊僵硬地坐在角落里。聚会变得令人伤感。迪安忽然安静下来，坐在斯坦和我之间的餐椅上，怅然若失地直视前方，谁也不理会。他只是暂时隐退一会儿，为的是积聚力量。只要你一碰他，他就会像立在悬崖边的石头那样摇晃起来，也许会直冲下来，或者只是左右摇摆。过了一会儿，仿佛石头里开出了花一样，他的脸上露出迷人的微笑，就像一个人刚刚清醒过来一样环顾着四周说：“啊哈，快来瞧瞧这些好人吧，他们同我一起坐在这里，真是太棒了，萨尔！你瞧，就像我之前和伊内兹说的，嗯，真的，啊，没错！”他站起身，穿过房间，向其中一个巴士司机伸出手，说道：“你好呀，我叫迪安·莫里亚蒂。是的，我一直记得你，一切都顺利吗？哦，哦，快来看看这些诱人的蛋糕，我能来几块吗？是给我的吗？是给可怜的我吗？”埃德的姐姐说就是给你的。“啊，太好了。这里的人太善良了！桌上摆满了蛋糕和其他诱人的东西，真让人高兴，太好了。棒极了！哦！”他摇摇晃晃地站在房子中间吃着蛋糕，用一种奇怪的眼光看着所有人。他转过身来扫视着身后，他所看到的一切都使他感到惊奇，人们三五成群地围在一起聊天。忽然他大叫起来：“这个太棒了！”墙上的一幅画引起了他的注意，他走过去凑近看着，然后退后几步，又歪着头，然后再跳起来，他是想从各个方向和角度欣赏这幅画。他扯着T恤衫，感叹道：“他妈的！”他不知道也不在乎别人怎么看他。所有人都开始注视迪安，脸上带着父母一般关切的神情。他最后成了天使，我知道他最后总会成为天使，但是像其他天使一样，他仍然会狂燥，会发怒。那天晚上我们结束聚会后，一帮人跌跌撞撞涌进了温莎酒吧，迪安又像恐怖天使一般疯狂地喝起酒来。

想当初，温莎酒吧在丹佛的淘金热时期鼎鼎有名，从许多方面来说这里都是一个有趣的地方——楼下大厅的墙上还留着弹孔——这里也曾是迪安的家，他和他父亲就住在这里楼上的一个房间里。现在，他可不是游客。他喝起酒来和他爸一样，像喝水一样灌着葡萄酒、啤酒和威士忌。他的脸涨得通红，满头大汗，在酒吧里乱吼乱叫。他踉跄地走过男男女女们随西部乡村音乐起舞的舞池，在钢琴上乱弹一通，又热情拥抱几个从监狱出来的人，和他们一起大叫。与此同时，我们一群参加聚会的人围坐在两张桌子拼成的大桌旁，有多尔、多萝茜和罗伊·约翰逊、多萝茜来自怀俄明布法罗的朋友，还有斯坦、蒂姆·格雷、贝比、我、埃德·邓克尔、汤米·斯纳克以及其他几个，一共十三人。多尔别出心裁，抱来一个花生米机放在桌子上，只要往里投几美分，就可以吃到去了壳的花生米。他还提议我们每人在明信片上写点什么，把它寄给在纽约的卡洛·马克斯。于是我们胡乱写了起来。夜晚的拉里默街传来阵阵小提琴声。“这不是很有趣吗？”多尔叫道。迪安和我去了厕所，想用拳头把门撞开，但它有一英寸厚，我的中指手骨被撞裂了，直到第二天才发现。我们喝酒已经喝得不顾一切了，桌子上一度同时摆着五十杯啤酒。我们绕着桌子跑，时不时拿起杯子随便喝一大口。几个从卡农城监狱放出来的人也和我们一起喝得烂醉，胡言乱语，酒精已经让他们神志不清了。酒吧外的门厅里，几个年老的淘金者拄着手杖呆坐在滴滴答答的老时钟下，幻想着什么。在他们的光辉岁月里，这样的喧嚣随处可见。一切都在疯狂地旋转，到处都在举行派对。我们听说附近有一个庄园也在举行派对，便全体驱车前往——除了迪安，他驾车到其他地方去了——我们围坐在大厅中一张巨大的桌子旁，尽情地大喊大叫，大厅外有游泳池和岩洞。我找到了这座庄园，那条举世无双的大蛇将从这里钻出。

到了后半夜，迪安和我、斯坦·谢泼德、蒂姆·格雷、埃德·邓克尔、汤米·斯纳克坐在汽车里，一切都在我们面前延伸。我们去了墨西哥区，又去了五点区，四处乱转。斯坦·谢泼德陷入迷狂，不停地喊："混账王八蛋！狗娘养的！太棒了！"他一边尖声高叫，一边不停拍着膝盖。迪安被他迷住了，斯坦喊一句他跟着也叫一声，还不时挥手擦擦脸上的汗。"萨尔，带上这个斯坦一块儿去墨西哥，我们有得乐了！"这是我们在丹佛的最后一夜，我们过得痛快而又疯狂。这一夜是在地下室的烛光中结束的，我们又喝了酒。加里蒂穿着睡袍打着手电筒在楼上蹑手蹑脚地来回走动。我们还带来了一个黑人，他自称戈麦斯，他在五点区游荡时，和我们碰上了。汤米·斯纳克看到了他，叫道："喂，你的名字叫约翰尼吗？"

戈麦斯退了回来，看向我们的车窗，然后说："你能再说一遍吗？"

"我是说，你是那个大家都叫他约翰尼的人吗？"

戈麦斯飘着走了过来："我看上去很像他吗？我倒是尽力想成为约翰尼，但可惜我不是。"

"嘿，伙计，到我们这儿来吧！"迪安叫道。戈麦斯跳上车，我们开车离开了这里。为了不影响邻居，我们在地下室兴奋地轻声聊着。到了早上九点，人们都走了，只剩下迪安和谢泼德，他们仍然像疯子一样叽叽喳喳没完。人们起来做早餐时，会听见地下传来奇怪的声音："酷！酷！"贝比做了一顿丰盛的早餐。我们该出发去墨西哥了。

迪安把车开到最近的修理店，检查好一切。这是一辆37年款的福特轿车，右门坏了，只能绑在车身上。副驾驶的座位也坏了，你一坐上去就会仰面朝天冲着破烂的车顶。"这就像是《拯女记》[1]里演得那样，"迪安说，"这辆破车会蹦蹦跳跳日夜兼程把我们带到墨西哥去。"我查看了一下地图，全程大约有一千多英里，大部分是在得克萨斯，一直到边境线上的拉雷多[2]，然后再开七百六十七英里，到达靠近裂谷地峡的墨西哥城和瓦哈卡高地。我几乎无法想象这次旅行，这是我所有旅行中最不可思议的一次。它不再是东西横贯，而是到充满魔力的南方。我们仿佛看到一个奇异的景象，穿过整个西半球不断延伸的带状岩脊直通火地岛[3]，我们沿着地球的弧线向下飞到不同的热带，甚至另一个世界。"伙计，这辆车最终会带你们找到它的。"迪安充满信心地说，他拍着我的手臂，"等着瞧吧，喔！哇！"

我同谢泼德一起去了结他在丹佛的一些事，正好遇上他可

[1] *Min and Bill*，1930年上映的美国电影。讲述经营海滨旅馆的Min收养女孩南希的故事。她们曾一起驾船欢乐出游。

[2] Laredo，得克萨斯州南部城市，与墨西哥的新拉雷多城隔格兰德河相望。

[3] Tierra del Fuego，南美洲最南端的岛屿群。

怜的祖父。他站在门口，叫着："斯坦——斯坦——斯坦。"

"怎么啦，爷爷？"

"不要走。"

"哦，这事已经定了，我现在必须走。你为什么要操这个心？"老人头发灰白，眼泡浮肿，头颈僵硬。

"斯坦，"他轻声说，"不要走，不要让你的爷爷伤心，不要再把我孤独地留下。"

"迪安，"老人用手指着我说，"不要把斯坦从我身边带走，从小我就带着他一起去公园，告诉他哪个是天鹅。他的妹妹掉进那个湖里淹死了，我不希望你带走我的孩子。"

"不要这样，"斯坦说，"我们现在要走了，再见。"他使劲控制住自己的情绪。

他的祖父拽住他的胳膊。"斯坦，斯坦，斯坦，不要走，不要走，不要走。"

我们低着头急急忙忙逃开了。老人仍然站在门口——那是一幢建在小街边的房子，门口挂着几串珠子，屋子里摆满了家具。他的脸色像白纸一般惨白，走起路来有气无力，嘴里还在叫着斯坦。他没有离开门口，一直站在那里，叫着"斯坦"和"不要走"，焦急地望着我们的汽车消失在街角。

"上帝呀，谢泼，我不知道该说什么。"

"别再去想它了！"斯坦长叹道，"他总是这样。"

我们和斯坦的母亲在银行里见面，她把钱递给他。她是个漂亮的白发女人，外表看上去仍然很年轻。她和她儿子站在银行的大理石地板上轻声地说着话，斯坦穿着一身李维斯，还有夹克，一看就知道是决心要到墨西哥去。他就要告别丹佛的生活，和又燥动起来的迪安一起到墨西哥去。迪安从街角冒了出来，准时回来跟我们会合。谢泼德夫人坚持要给我们每人买一杯咖啡。

“照顾好我的斯坦，”她说，“谁也说不准在那个国家会发生什么。”

“我们会互相照顾的。”我说。斯坦和他母亲走在前头，我和疯癫的迪安跟在后面，他正在给我讲东部和西部的厕所涂鸦。

“它们完全不同。在东部，他们常常写一些老套又污秽的笑话，配上恶心的图画。在西部，他们只是写上自己的名字，比如雷德·奥哈拉，蒙大拿州布拉夫顿，到此一游，接着再写上日期，非常一本正经，就好像埃德·邓克尔。原因就在于这里每个人都有着巨大的孤独感。你一渡过密西西比河，甚至连发型都有明显的不同。”我们的前面就走着一个孤独的人。谢泼德的母亲和蔼可亲，她不愿看到儿子离开，但她知道他一定要走。我知道他是想逃避他的祖父。我们三个人——迪安在找他的父亲，我的父亲过世了，斯坦想逃避他的老祖父——就要一起出发走进黑夜。在人来车往的17街，他吻了吻他的母亲，她坐上了一部出租车，向我们挥了挥手，再见，再见。

我们开车来到贝比家向她道别。蒂姆坐上我们的车要回到城外的家中。那天贝比很漂亮，一头金色的长发就像瑞典人一样。在阳光下，她脸上的雀斑变得清晰可见，看上去真像一个小女孩。她眼神迷蒙，也许之后会和蒂姆一起追上我们——但是她没有这么做。再见，再见。

我们颠簸着驶上公路。开到了蒂姆家位于城外平原上的院子，把他留在了那里。我回头望着蒂姆·格雷的身影在平原上渐渐隐去。这个奇怪的家伙站在那里足足有两分钟，注视着远去的我们，不知道他脑子里转着什么悲哀的念头。他渐渐变得越来越小，直到成为一道影子。他一只手在头上挥舞着，像站在船头的船长。我转过身子想再看看蒂姆·格雷，直到只剩下空空荡荡，我遥望着东部堪萨斯方向，一直往东走，就到了我在亚特兰蒂斯[1]的家。

现在，我们的破车正吭哧吭哧往南向科罗拉多州的罗克堡行进。夕阳开始变得昏黄，远看过去，西部山脉的岩石就像十一月雾霭中纽约布鲁克林的啤酒厂。在远处高高的山崖上，在岩石紫色的阴影中，仿佛有人在不停行走，但是我们看不清楚。可能是那个头发花白的老人，我曾经在山顶上预感到他在向我走来。萨卡特卡斯[2]的杰克。他离我越来越近了，或许曾经就在我身后。丹佛一点点退去，轻烟在空气中渐渐消散，最后在我们的视线中完全消失。

---

[1] Atlantis，传说中拥有高度发达文明的失落国度。

[2] Zacatecan，墨西哥中部的一个州，历史悠久，曾有许多古印第安部落建在此地。

4

五月，一个寻常的乡村午后，科罗拉多的农场里沟渠纵横，小山谷里绿树成荫——小孩子们常常在那里游泳——这里竟然出现了一种小虫子，不知道这样的小虫子怎么就会咬了斯坦·谢泼德？汽车行驶时，他把胳膊搭在坏了的车门上，开心地聊着天，突然一只小虫子飞了过来，狠狠地叮了他，毒刺扎进他的皮肉里，他大叫一声。一切就发生在美国一个普通的下午。他挥手使劲拍打手臂，拔出了刺。几分钟以后，他的手臂开始肿胀，并且钻心地痛起来。迪安和我搞不清这是怎么回事，只好等着看看是否会继续肿下去。我们离开可怜的童年故乡还不到三英里路，前面，陌生而辽阔的南方土地正等着我们，不知从哪个神秘腐臭之地飞来一只怪异狂燥的虫子，它把恐惧注入了我们心里。“怎么回事？”

“我从不知道这里会有一种虫子叮人以后会肿这么高。”

“他妈的！”这使这次旅行变得凶多吉少。我们继续向前开，斯坦的胳膊越来越糟。我们必须找到沿途的医院，给他打了一针青霉素。我们经过了罗克堡，黑夜降临时来到了科罗拉多斯普林斯市。派克峰[1]巨大的阴影出现在我们的右侧。我们的车平稳驶上了普韦布洛高速公路。“我曾经成千上万次在这条路上搭便车。”迪安说，“一天晚上，我突然感到一种莫名的恐惧，便躲到了那道铁丝网的后面。”

我们决定轮流来讲述自己过去的故事，斯坦第一个。“我们还有好长的路要走，”迪安直截了当地说，“所以你必须把你所能想到的每一件让你兴奋的事情的每一个细节都讲一遍——直到它再没什么可说的了。慢一点，放轻松。”他提醒准备开始的斯坦：“你一定要放松。”于是斯坦开始讲述他的故事。当我们在夜色中飞驰时，斯坦已经陷入对他生活往事的回忆中。一开始他讲述了在法国的经历，但是很快陷入不断出现的难题中，不得不回头讲起他在丹佛的童年。他和迪安一起回忆着每次看见对方骑车飞驰时的情形。“那次你一定忘了，我还记得——阿拉珀霍修车厂，还记得吗？我把球扔给在角落里的你，你用拳头打了回来，球掉到了阴沟里。小学时代的事。现在想起来了吗？”斯坦有些兴奋，脑子发昏，他想把一切都告诉迪安。迪安现在身兼数任：仲裁人、长辈、法官、听众、证明人和旁观者。“是的，是的，接着说，接着说。”我们已经开过了沃尔森堡，忽然想到，现在没准正路过特立尼达[2]，查德·金可能就在

[1] Pike’s Peak，落基山脉前岭山峰，位于科罗拉多州，是北美第二高峰。

[2] Trinidad，科罗拉多州西南部城市，靠近新墨西哥州。

前面的路上，同几个人类学家围着篝火，讲述他的生活故事。他绝对不会想到，此刻，我们正好也经过这里，向墨西哥飞驰，我们也在互相讲述着自己的故事。哦，这悲哀的美国之夜！不久，我们进入了新墨西哥州，经过拉顿的圆形石崖，然后停下来吃了一顿饭，我们狼吞虎咽地吃了许多汉堡，剩下几个用餐巾纸包好准备到了边境再吃。"我们前面还有整个得克萨斯，萨尔。"迪安说，"希望天亮前能够赶到。它太大了。不久我们就会进入得克萨斯，这样不歇气地一直开，也要开到明天这时候才能开出去，想象一下吧。"

我们继续行驶，在夜色中穿过广袤的平原，看到了第一个得克萨斯州城镇，达尔哈特。1947 年我曾经来过这里。大约五十英里外，明亮的城市在黑暗的大地上熠熠放光。旷野在月光的照射下显得荒凉落寞。月亮挂在地平线上，她正在变胖，变大，变成锈色。她缓缓地移动着，直到黎明晨星闪烁争辉，直到晨露吹进车窗。我们继续行驶着。开过了像空饼干盒一样的达尔哈特镇，早上到达了阿马里洛，车窗外阵阵疾风吹过狭长的草地，几年前这里只是散落着一些野牛皮帐篷，现在已经有了加油站，还有 1950 年的新款自动点唱机，装饰华丽，塞入十美分，可以放送一些难听的歌曲。从阿马里洛到柴尔德里斯的一路上，我和迪安把我们读过的所有小说的情节一个接一个地灌输给斯坦，他请求我们这样做，因为他想多了解一些故事。烈日当头，我们从柴尔德里斯向南驶上了一条高地小路，经过了一大片荒地，到了得克萨斯的帕迪尤卡、加斯里和阿比林。

现在，迪安困得不行了，我和斯坦便坐在前排开车。这部破车浑身发烫，开起来上下颠簸，左右摇晃。微风吹拂着巨大的云团在后面追逐着我们。斯坦一边开车，一边讲述他在蒙特卡洛[1]和滨海卡涅[2]的经历，他讲起在芒通[3]附近蔚蓝色的地方，那里面色黝黑的人们在雪白的围墙间款款而行。

得克萨斯真是无与伦比，我们缓缓地驶入阿比林，所有人都打起精神望向窗外。“想象一下在这个离大城市一千多英里的小镇上的生活吧。喔哦，喔哦，那条铁路边就是老阿比林镇。在那里，人们把牛赶上火车运走，有时喝红了眼会胡乱开枪招来警探。快瞧那里！”迪安对着窗外叫道，他歪着嘴，跟W.C. 菲尔兹一样，他不在乎这是得克萨斯还是其他什么地方，脸色暗红的得克萨斯人似乎对他也不感兴趣。他们行走在滚烫的人行道上，一闪而过。到了小镇南头，我们把车停在公路上吃点东西。夜幕覆盖了大地，我们重新上路向科尔曼和布拉迪驶去，感觉天黑前还有一百万英里要开——而目的地也不过是得克萨斯州的腹地。我们的车在一条土路上行驶，偶尔会在干涸的河沟附近看到几户人家。这段五十英里的弯路上尘土飞扬、热浪扑面。“离墨西哥的老土坯房还远着呢。”迪安睡眼惺忪地在后座上说：“让她跑起来呀，小伙子们，这样黎明前我们就可

[1] Monte Carlo，摩纳哥公国城市，位于地中海之滨，法国的东南方。

[2] Cagnes-sur-Mer，法国东南部阿尔卑斯省市镇，濒临地中海。

[3] Menton，法国东南部阿尔卑斯省的市镇，濒临地中海，与意大利接壤，是由意大利沿地中海进入法国后的第一座城市。

以吻到小妞了，这辆老福特很能跑，只要你会和她交流，会哄她。车尾要掉下来了，不过不用担心，她一定会把我们带到目的地的。”随后他便睡着了。

我驾驶着汽车，一直开到了弗雷德里克斯堡。我又一次开车经过了这个熟悉的地方。1949 年一个大雪的清晨，玛丽露和我手拉手从这里走过。现在玛丽露在哪里呢？“吹啊！”迪安在梦中大叫。我猜他一定是梦到了旧金山的爵士乐，可能还有即将听到的墨西哥的曼波舞曲。斯坦不停地唠叨着，仿佛前一天晚上迪安给他上好了发条一样，现在他再也不想停下来。这时他说起了英国，说起他在从伦敦到利物浦路上的冒险奇遇。那时他长发披肩，衣衫褴褛，陌生的英国卡车司机在欧洲的阴霾中让他搭车前行。老得克萨斯凛冽的寒风不断吹来，我们的眼睛被风吹得通红。我们心里有一块石头，尽管慢但必将到达。这部车跌跌撞撞地用每小时四十英里的速度向前行驶。从弗雷德里克斯堡起，我们逐渐开下辽阔的西部大高原，许多飞虫不断扑撞着我们的车窗玻璃。“我们开始进入炎热地区啦，小伙子们，我们可以看到沙漠鼠，尝到龙舌兰酒了！这是我第一次到得克萨斯南部来。”迪安兴奋地说道，“他妈的，这就是我爸冬季常来的地方，这个老流浪汉。”

我们开了五英里的山路，到达山脚下，突然感觉到确实如身处热带一般了。远处，老圣安东尼奥[1]的灯光隐约可见，你会

[1] San Antonio，得克萨斯州中南部大城市。它也是一个会集了印第安人传统文化、西班牙文化和墨西哥文化的多元城市。

有一种这里就是墨西哥的感觉。路边的房屋已不太一样了，加油站更破旧，路灯更少。迪安驾车兴奋地驶入了圣安东尼奥。我们来到城里，到处都是墨西哥人常住的东倒西歪的棚屋，没有地窖，门廊里放着几把结实的旧椅子。我们把车停在加油站，准备给车加点油。墨西哥人站在炽热的灯光下，头顶上方的灯泡周围是密密麻麻的峡谷飞虫。他们走到饮料柜前，拿出几瓶啤酒，把钱扔给服务员。这里常常可以看到当地一大家子人到处闲逛。棚屋遍布，树木低垂，空气中有一股肉桂的味道。几个疯狂的墨西哥少女跟着小伙子们走在街上。“哇！”迪安叫道，“Si！Mañana！”[1]各种各样的音乐从四面八方飘送而来。斯坦和我喝了几瓶啤酒，微微有些醉意。我们好像已经离开了美国，但实际上还在美国，在美国最疯狂的地方，美式破车在这里横冲直撞。圣安东尼奥，啊哈！

“现在，伙计们，听我说——我们可以在圣安东尼奥停留几个小时，我们可以去找一家医院看看斯坦的胳膊。萨尔，你和我一起去转转，好好看看这些街道——快看街对面的那些房子，你可以直接看进前面的房间里，那些漂亮的姑娘们正手捧《真爱》[2]杂志躺在那里。哈！来呀，我们走吧！”

我们漫无目的地走了一阵子，询问最近的诊所在什么地方。这里靠近市中心，许多东西看上去十分时髦，充满了美国的味

---

[1] 西班牙语，意为“是的！明天！”。

[2] *True Love*，知名黑人女性时尚杂志。

道。高楼大厦鳞次栉比，霓虹灯耀眼夺目，连锁杂货店遍布各处。黑暗中，汽车在城里横冲直撞，仿佛这里不存在交通法规。我们把车停在一家医院门口，我陪斯坦进去看医生，迪安留在车里。医院大厅里挤满了穷困的墨西哥妇女，有些人怀着孩子，有些人自己病了，有些人带着生病的孩子，这种情景真让人目不忍睹。我想起了可怜的特里，不知道她现在在干什么。斯坦等了足足有一个小时，才有一个实习医生走过来看了看他肿痛的手臂。他们说他是受了某种感染，但是我们都没记住那个名称。他们又给他打了一针青霉素。

然后，迪安和我一起在圣安东尼奥的墨西哥社区闲逛。这里的空气如此温柔——是我呼吸过的最柔软的空气——微风习习的夜晚充满了神秘的气氛。忽然，几个包着白色印花头巾的少女出现在喧嚣的夜里。迪安蹑手蹑脚地跟在后面，一句话也没说。“哦，她们真是美得让人难以置信。”他轻声对我说，“我们悄悄跟上去看看。快瞧！快瞧！一个疯狂的圣安东尼奥台球厅。”我们走了进去，十几个小伙子围着三张球台打球，他们都是墨西哥人。迪安和我要了可乐，把几枚硬币投入自动点唱机，听起了维诺尼·哈里斯[1]、莱昂内尔·汉普顿、拉齐·米林德[2]的唱片，在音乐的伴奏下我们跳了起来。迪安捅了捅我，让我

[1] Wynonie Harris（1915—1969），活跃于1940年代末至1950年代初的节奏布鲁斯歌手。他的脏布鲁斯（Dirty blues）代表曲目有《我喜欢我宝宝的布丁》（*I Like My Baby's Pudding*，1950）、《一直坐在上面》（*Sittin on It All the Time*，1950）。

[2] Lucky Millinder（1910—1966），美国节奏布鲁斯和摇摆乐乐队指挥。

看看周围。

“快看，现在，用你的眼角环视四周，一边听维诺尼唱着他宝宝的布丁，一边好好闻闻这里柔和的空气。看看一号球台那个瘸了的小子，酒吧里的人都在嘲笑他，你看，他一定一辈子都是别人的笑料。周围的家伙看似冷酷，但其实他们都爱他。”

那个瘸小子是个畸形的侏儒，有一张宽大而清秀的脸。他的脸太大了，上面一双水汪汪的褐色大眼睛闪烁着。“看见了吗，萨尔，他就是圣安东尼奥墨西哥人里的汤米·斯纳克。世界上真有同样的故事。瞧，他们是在用球杆戳他的屁股？哈哈哈哈，听他们在笑。你瞧，他想赢下这局，他赌了五十美分。快看！快看！”我们看到这个天使般的年轻侏儒打算用擦边打法击球，但是他失败了，其他人都哄笑起来。“哈哈，伙计。”迪安说道，“快看。”他们揪住这个小伙子的颈背，又抓又打地闹着玩，他尖叫起来，昂首走进夜色里，还羞涩地回头看了一眼，可爱的一瞥。“哈哈，伙计，我真想知道这个可爱的小家伙在想些什么，他有什么样的姑娘——喔，伙计，我真要在这空气中陶醉了！”我们走了出去，漫步在黑暗神秘的街头。无数的房屋掩映在青翠的树木中，院子里种满了灌木。我们看到姑娘们的身影，她们有的在房间里，有的在门廊里，还有的在灌木丛中和男孩子待在一起。“我从来不知道这个圣安东尼奥如此疯狂！想想墨西哥会怎样吧！我们赶紧走！赶紧走！”我们冲回医院，斯坦正等在那里，他说感觉好多了。我们拥抱着他，告诉他我们在这里看到的一切。

现在，我们已经准备就绪，再走一百五十英里就能到达奇妙的美墨边境了。我们钻进汽车重新上路。我感到筋疲力尽，从迪利到恩西纳尔，再到拉雷多的一路上我都在睡觉。直到凌晨两点，我们的车停在一个小餐厅门前我才醒了过来。“啊！”迪安感叹地说道，“这就是得克萨斯的尽头，这就是美国的尽头，再走过去会怎么样我们就两眼一抹黑了。”天气非常热，我们个个都汗流浃背。这里的夜不会产生露水，也没有一丝风，只有成千上万的飞虫在灯光下飞舞。闷热的夜里，炽热的河水散发出的腥臭味——这就是格兰德河，它从寒冷的落基山脉发源，以塑造出举世皆知的河谷而结束，它的热与密西西比河的泥沙一起汇入墨西哥湾。

那天清晨的拉雷多镇笼罩着阴郁的气氛。形形色色的出租汽车司机和边境鼠辈在这里游荡，寻找着机会，可机会并没有多少，太晚了。这里是美国的底部，糟粕都沉在这儿。穷凶极恶的坏蛋聚在这里，迷失方向的人不得不到这个特定地方来，以便趁人不备时溜进边境。走私者在黏稠污浊的空气中盘算着。警察板着通红的面孔，汗水直淌。女服务员衣冠邋遢，态度恶劣。仅一界之隔，你可以感知到整个墨西哥的存在，似乎在夜色中就可以嗅到墨西哥油煎玉米饼的味道。我们不知道真正的墨西哥到底什么样。又一次来到了大海的身边。我们想吃点东西，却根本无法下咽，我把它包在餐巾里留着以后路上吃。我们有些不舒服，又有些沮丧。我们的汽车穿过格兰德河上神秘的大桥，车轮正式驶上墨西哥的土地，尽管那只是边境检查站的通道，但一切都变了。我们好奇地东张西望，惊讶地发现，这就是墨西哥的样子。现在是凌晨三点，十几个戴着草帽、穿着白裤子的家伙正懒洋洋地靠在商店门口的土墙边。

“快——瞧——那——些——家——伙！”迪安轻声说，“哦，”他压低了嗓门，“等一等，等一等。”几个墨西哥警察笑嘻嘻地走了出来，请我们把行李拿出来。我们照办了，但是眼睛一直没有停止扫视街道，我们真希望能够自由自在地开车，迷失在这神奇的西班牙风格的街道上。虽然这里只是墨西哥的新拉雷多[1]，但对我们来说，就像是到了圣城拉萨。“伙计，这些家伙整夜都站在这里。”迪安轻声说。我们忙不迭地把证件递给警察，他们只是警告我们不要喝自来水，然后就放行了。墨西哥人只是漫不经心地检查了一下我们的行李，他们一点儿也不像警察，懒散又温和。迪安目不转睛地盯着他们。这时他转过头来对我说：“看到了吗，这个国家的警察居然这样，真让我难以置信。”他揉了揉眼睛。“我像是在做梦。”接着，我们去兑换钞票。我们看见桌子上放着一大堆比索，才知道一美元可兑换大约八比索。我们把身上的钱换了一大半，兴高采烈地塞满口袋。

[1] Nuevo Laredo，墨西哥东北边境城市，与得克萨斯州的拉雷多隔格兰德河相望。

5

夜色中，那十几个墨西哥佬正从他们的帽檐下偷偷窥视着我们，我们羞涩而好奇地把脸转向了墨西哥这边。通宵餐馆的阵阵音乐和烟雾飘到门外。“啊。”迪安轻轻地出了口气。

“就这样了！”一个墨西哥警察笑着说，“你们这些小伙子都没事了，继续走吧。欢迎你们到墨西哥来，祝你们玩得愉快。看好你们的钱，小心驾驶。我以个人的名义对你们说这些。我是雷德，大家都叫我雷德，有事情找雷德，祝你们吃得好。别担心，一切都会顺利，不会有什么麻烦的，好好在墨西哥玩吧。”

“耶！”迪安激动得颤抖起来。我们迈着轻松的脚步走进墨西哥的街道，车子留在停车场了，我们三个人并肩走在路灯昏黄沉闷的西班牙风格的街道上。夜幕中，老人们坐在椅子上，看上去就像东方抽大烟的人或圣人。似乎没有人盯着我们看，但是所有人都清楚我们所做的一切。我们向左拐进一家烟雾腾腾的餐厅，里面一台美国三十年代的自动点唱机正播放着南美草原吉他曲。几个穿着有袖衬衫的墨西哥出租车司机和另一些头戴草帽的时髦墨西哥人坐在凳子上，往嘴里塞着玉米饼、豆子和玉米薄饼卷等等。我们买了三瓶冰啤酒——这里管啤酒叫cerveza——每瓶大约三十墨西哥分，折合十美分，又买了几包墨西哥香烟，每包六美分。我们看着手中神奇的、似乎花不完的墨西哥比索，随心所欲地消费。我们四处张望，对每个人微笑。现在，整个美国都在我们身后，那是迪安和我早就熟悉的生活，包括曾经那些在路上的生活。而在路的尽头，我们终于发现了这片神奇的土地，我们从来没有梦见过这么神奇的地方。“想想吧，这些家伙整晚都待在这里。”迪安低声说，“再想想我们面前这片大陆，连同连绵起伏的马德雷山脉[1]，这一切我们只在电影里看到过。这里有着与我们国家一样广袤的丛林和沙漠高原，一直延伸到危地马拉，或者天知道的什么地方。哇！我们准备干吗？我们准备干吗？继续前行吧！”我们走出餐厅，回到车上，穿过格兰德河大桥上炎热的灯光，我们最后望见美国的灯火，然后掉转车头，向远离它的方向飞驰。

我们的车很快驶入了沙漠。五十英里的路上没有一盏灯，也没有一辆车，直到黎明降临墨西哥湾，我们才看清路两边幽灵般的丝兰仙人掌和灯台仙人掌。“这是个多么荒凉的国家呀！”我叫了起来。迪安和我此刻完全清醒了，之前在拉雷多时我们困得要死。斯坦以前常去国外，现在平静地在后座上睡

[1] Sierra Madre，墨西哥的主要山脉，位于墨西哥高原西缘，其名意为“西部母山脉”。从美墨边界开始，东、西马德雷山脉沿墨西哥东西两岸平行向南延伸，在瓦哈卡州与东西走向的南马德雷山相会，继续向南进入危地马拉境内。

着了，迪安和我拥有了面前整个的墨西哥。

“现在，萨尔，我们就要离开身后的世界，进入一个新的未知的世界中了。全部的时光、麻烦、刺激都属于过去了——现在就是眼前这样！所以我们什么都不用想，就这样昂首向前，去真正理解这个世界，你明白的。在我们以前，其他美国人还没这么干过。他们曾经来过这里，是吗？打过墨西哥战争。我们的前辈曾经带着大炮在这里纵横驰骋。”

“这条路，”我告诉他，“也是以前一些美国的亡命之徒越过边境去往老蒙特雷[1]的必经之路，所以，如果你在灰色的沙漠里眺望，想象从前那个来自老汤姆斯通[2]的歹徒正孤独地策马狂奔，去往未知的地方，那么你就会明白……”

“这才是世界！”迪安打断我说。“我的天呀！”他猛地拍了一下方向盘叫道，“这才是世界！如果有路，我们可以一直开到南美洲。想想吧！他妈的！太棒了！”我们的汽车飞驰着。天渐渐亮了，我们可以看清白色的沙子，偶尔还能看到几幢远离路边的小屋。迪安放慢了速度，仔仔细细地看着。“都是些破烂的小屋，伙计，你只能在死亡谷里找到的那种，或许比那还要糟。这里的人都不为表面的事费心。”从地图上看，前面我们将遇到的第一个小镇叫作萨维纳斯伊达尔戈，我们急切地

---

[1] Monterrey，墨西哥东北部新莱昂州首府，被认为是墨西哥最美国化的城市，丰富多彩的历史和文化是其最大的特色。

[2] Tombstone，亚利桑那州东南部城市，是美国旧西部最后开拓的边境城市之一，与墨西哥接壤。

期待着它的出现。“这里的道路看上去同美国几乎没有什么不同。”迪安叫道，“只有一件怪事，如果你注意了的话，就是这里的里程标是用千米计算的，标明了距墨西哥城的距离。你知道，那是这片土地上独一无二的城市，一切都以它为中心。”现在离那个大都市还有大约七百六十七英里，也就是还有一千多千米。“他妈的！我们就要到了！”迪安叫道。有一会儿，我感到筋疲力竭，便闭上了眼睛，听见迪安一边用拳头捶打着方向盘，一边不停地嚷嚷“他妈的！”“太刺激了！”“哦，瞧这片土地！”，还有“太棒了！”我们穿过沙漠，将近早上七点钟时赶到了萨维纳斯伊达尔戈。我们放慢了速度，叫醒了后座上的斯坦，坐在车里注视着这个小镇。大街上尘土飞扬，坑坑洼洼，两旁是又脏又破的土砖门面。驮着大包小包的驴子走在街上。打赤脚的妇女从黑洞洞的门口望着我们。新的一天开始了，街上挤满了乡下人，热闹非凡。留着八字胡的老人盯着我们。三个胡子拉碴、衣冠不整的美国年轻人闯进这里，引起了他们别样的兴趣，因为平日里的游客都衣着考究。我们以每小时十英里的速度在路上蜗行，把这一切都尽收眼中。一群姑娘在我们前面大摇大摆地走着，当我们经过她们身边时，她们中的一个说道:“你们要到哪儿，伙计？”

我惊讶地回头看了看迪安，说道:“你听见她说的话了吗？”

迪安也吃了一惊，他一边继续慢慢开着车，一边说:“是的，我听见她说的话了。我他妈的当然听见了。哦，天呀，我的天呀！我真不知道该怎么办才好，今天早上我太激动了，这个世界太可爱了，我们总算走进天堂了。这里既不冷清，也不奢华，这里不可能是其他地方，只能是天堂！”

“干脆，我们回去带上她们！”我说。

“好呀。”迪安回答，把车速降到每小时五英里。他有些不知所措，要是在美国他就这样干了。“路上还会有成千上万的姑娘！”他说。最后他还是绕了一个U形弯，重新开到姑娘们身边。她们是到前面田里去干活。她们微笑地望着我们，迪安则用挑逗的目光盯着她们。“他妈的，”他压低了声音说，“哦！这事太棒了，简直都不像是真的。小妞，小妞！特别是现在，在我目前所处的情境中，萨尔，当我们经过那些房子时，我看了看屋里的模样——可以透过大门看到里面，看到稻草铺的床，棕色皮肤的小孩在睡觉，他们刚醒过来的脸上满是茫然，意识在逐渐恢复。母亲们正在用铁锅做着早餐。透过百叶窗也可以看进去。老人们神情漠然，仿佛不会被任何事打扰。这里没有猜疑以及诸如此类的东西，每个人都那么酷，用褐色的眼睛直视着你，什么也不说，只是看着。那种目光中，仍然保留着人类温和、克制的本性。想想你读过的那些外国佬写墨西哥人的故事吧，全是一派胡言。这里的人是那么直爽、善良，从不胡说八道，这太让我吃惊了。”经过一夜的颠簸，迪安终于来到这个新世界，他要仔细看看这里。他趴在方向盘上，两只眼睛注视着前方的道路，慢慢地向前行驶着。我们来到萨维纳斯伊达尔戈镇的另一端给车加油。一群戴草帽、留八字胡的本地农民正站在破旧的加油机前说笑喧闹。一个老人拄着拐杖，赶着毛驴蹒跚走过远处的田野。明净的太阳渐渐升高，照耀着这里原始而单纯的生活。

现在，我们重新驶上了通向蒙特雷的大路。前面，出现了连绵不断的山峰，山顶上积雪皑皑，我们朝它飞驰而去。宽阔的豁口逐渐收拢成关隘，我们小心翼翼地开着车。不一会儿，我们就开出了灌木丛生的荒漠，在凉爽的空气中，沿着山路缓缓爬行。悬崖一侧建有石墙，另一侧的峭壁上刷着总统的名字——**阿莱曼**[1]！在这条高山之路上，我们一个人也没碰到。汽车在白云间穿行，一直把我们带到顶峰的大高原。穿过这高原，就到了制造业重镇蒙特雷。城市上空的烟雾，连同海湾飘来的云团，像羊毛一般覆盖在蓝天上。走进蒙特雷，就好像进了底特律，到处可见工厂高大的围墙。这里有所不同的是，围墙边有许多毛驴在晒太阳，而且旁边到处都是土坯小屋。奇装异服的年轻人在街上四处游荡，妓女把头探出窗口，商店里出售各种各样的奇怪商品，狭窄的街道上挤满了仿佛从香港来的人。“呦吼！”迪安大叫起来，“都是因为太阳。你注意到墨西哥的太阳了吗，萨尔？它会使你精神振奋。哇！我真想不停不停地开车走下去——这条路正在引导着我！”我们想在热闹的蒙特雷停一会儿，但是迪安想抓紧时间赶到墨西哥城。而且，他觉得路上会越来越有趣，尤其是在前面，乐趣总是在前面。他开

[1] Miguel Aleman Valdes（1900—1983），墨西哥政治家、革命制度党领导人。1946年至1952年间任墨西哥总统，任内致力于国家工业化的发展。

起车来就像一个魔鬼，从来不休息。斯坦和我都疲惫不堪，只好放弃停车的要求，倒头睡觉。到了蒙特雷城外，我抬起头向外看了一眼，看见了巨大而又奇特的双峰山，那里是亡命之徒经常出没的地方。

前面是蒙特莫雷洛斯。我们一路下坡，地势越来越低。气温越来越高，周围的景象也愈加奇特。迪安非要把我叫醒让我看看这里的景象。“快瞧，萨尔，你千万别错过。”我向外望去。我们正在穿越一片沼泽地。走过一段泥泞的道路之后，看见几个破衣烂衫的墨西哥人走在路上，腰上用绳子系着大砍刀，有些人正在砍灌木。我们的车经过时，他们都停了下来，面无表情地注视我们。透过灌木丛，偶尔可以看到一些非洲式的竹墙茅草屋。几个装束奇特年轻姑娘站在门口望着我们，那里种满了叫不上名字的绿色植物，月光下，这些姑娘看上去肤色黝黑。“天哪，伙计，我真想停下来抚摸抚摸这些可爱的姑娘。”迪安叫道，“但是你看老太太和老头子总是站在附近——常常是站在后面，有时离女孩一百码，在捡树枝和木头，或者在照料牲口。女孩们永远不会落单，在这个国家没有人会落单。你睡觉的时候，我一直观察着这条路和这个国家，可能的话，我真想告诉你我所想到的一切，伙计！”他浑身冒着汗，熬得红红的双眼流露出狂放又克制柔和的目光——他找到了跟他一样的人。我们以每小时四十五英里的速度平稳地在仿佛没有尽头的沼泽区行驶。“萨尔，我想这里的景色一时半会儿是不会变了，你来驾车吧，我想睡一会儿”。

我接过方向盘，独自浮想联翩地向前开。我们的车经过利纳雷斯，穿过炎热、辽阔的沼泽地，在伊达尔戈附近渡过奔流蒸腾的索托拉马里纳河，飞快地向前开着。一片辽阔的绿色河谷出现在我的眼前。山上是葱茏的热带植物，谷地里是碧波荡漾的田野。在一群男人的注视下，汽车驶过了一座狭窄老旧的桥梁，桥下炽热的河水汩汩奔流。我们向更高海拔进发，荒漠又开始出现。前面就要到格雷戈里亚。他们还在睡觉，我独自驾着车，在笔直的、没有尽头的道路上飞驰。在这里开车不像是穿过卡罗莱纳，或者得克萨斯，或者亚利桑那，或者伊利诺伊，而像是穿过整个世界，进入了一个可以在印第安人中间认清我们自己的地方，他们曾经伟大而今没落，那是人类基本的原始种族，围绕着赤道地带生活的哭号的人群，从马来半岛（如同中国的长指甲）到广阔的印度次大陆，到阿拉伯半岛、摩洛哥，到拥有完全相同的沙漠和雨林的墨西哥，到漂洋过海后的波利尼西亚，再到神秘的黄袍佛国暹罗，一圈又一圈，你可以听到和西班牙加的斯[1]倾圮的墙边一样的悲伤哭号，听到一万两千英里外地下深处的世界之都贝拿勒斯[2]的悲泣。这些墨西哥人显然是印第安人，但他们全然不像愚蠢的美国文明人心目中

[1] Cádiz，西班牙西南部滨海城市。最早由腓尼基人建立，被看作是西欧最古老的城市。

[2] Benares，印度历史古城。位于印度北方邦东南部，坐落在恒河中游新月形曲流段左岸。这里是印度教、佛教、耆那教的圣地。

的佩德罗和潘乔[1]——他们有着高高的颧骨、斜挑的眼睛、温和的举止，他们不是傻瓜，也不是小丑，他们是伟大而又勇敢的印第安人，他们是人类的起源，也是人类的祖先。海洋如果是中国人的，那么土地就是印第安人的。在“历史”的沙漠里，他们就像真实沙漠中的岩石一样基本。当我们这些自命不凡的、有钱的美国人叽叽喳喳地走过这里时，他们清楚地知道这一点。他们很清楚，对于人类这一地球上的古老生命而言，谁是父亲，谁又只是儿子，这是不需要讨论的。当“历史”的世界面临大毁灭时，古老民族的天启就会再度降临，正如以前多次出现的那样。到那时，生活在墨西哥山洞里的人将用和生活在巴厘岛山洞里的人一样的目光凝望。到那时，一切重新开始，亚当还在吃奶，将重新被施以教化。我开着车，思绪也在不断跳跃，驶入了被太阳烘烤着的格雷戈里亚城。

早先，在圣安东尼奥的时候，我曾经开玩笑地答应过迪安，我会给他找个姑娘，现在这变成了一项债务，也变成了一个挑战。当我开车来到阳光明媚的格雷戈里亚附近的加油站时，一个衣衫褴褛、光着脚的小伙子从马路对面走了过来，手里拿着一块很大的挡风玻璃遮阳板，问我我是否要买。“你要吗？六十比索。Habla Español？ Sesenta peso.[2] 我叫维克多。”

[1] Pedro 和 Pancho 都是墨西哥男性的常用名。

[2] 西班牙语，意为:“讲西班牙语吗？六十比索。”

“不，”我开玩笑地说，“我要买几个 señorita[1]。”

“可以，可以！”他兴奋地叫了起来，“我可以给你找几个小妞，什么时候都行。不过现在太热了，”他又补充道，“天太热没有好姑娘，等到今天晚上吧。你想要遮阳板吗？”

我不想要，只想要姑娘。我叫醒了迪安。“嗨，伙计，在得克萨斯我答应过给你找个姑娘。好了，坐起来醒醒，小伙子，我们找到了，姑娘们在等着我们。”

“什么？什么？”他急不可待地坐了起来叫道，“在哪儿？在哪儿？”

“这个小伙子叫维克多，他要带我们去瞧瞧。”

“太好了！我们走吧，我们走吧！”迪安跳下汽车，拉住了维克多的手。加油站附近站了一群无所事事的小伙子，他们都在笑，一半人光着脚，所有人都戴着草帽。“伙计，”迪安对我说，“这样度过一个下午不是很好吗？这里可比丹佛的台球厅酷多了。维克多，你能找到姑娘吗，在哪儿？ A donde？[2]”他用西班牙语嚷着，“看到了吧，萨尔，我在说西班牙语。”

“问问他我们是否能搞到大麻。嗨，小伙子，你能搞到大麻吗？”

这个小伙子严肃地点了点头，说道：“当然，什么时候都行，跟我来。”

---

[1] 西班牙语，意为“小姐”。

[2] 西班牙语，意为“在哪儿？”。

“嘿嘿！哈哈！”迪安叫道。他完全清醒了，在墨西哥尘土飞扬的街道上跳上跳下。“我们大家都去！”我把好彩牌香烟分发给其他的男孩们，他们都非常开心，兴致勃勃地看着我们，尤其是迪安。他们用手捂住嘴，相互窃窃低语，议论着我们这些疯狂的美国佬。“看看他们，萨尔，一定是在谈论我们。我的天呀，这个世界真有趣。”维克多上了我们的车，汽车颠簸着向前开去。斯坦·谢泼德刚才一直睡得很香，现在一下子在喧闹中醒了过来。

我们一直开到城市另一头的沙漠，驶上一条车辙纵横的土路，我们的车从未如此颠簸。维克多的家就在前面，在一片仙人掌的旁边，是幢饼干盒一样的土坯房，几棵树环绕在房子周围。几个人正懒洋洋地坐在院子里。“那是谁？”迪安兴奋地叫道。

“那是我的兄弟，我的母亲和姐姐也在那里。我的家人住在这里，我已经结婚了，住在地里。”

“你母亲是个怎样的人？”迪安有些担忧，“如果我们要大麻她会怎么说。”

“哦，她会帮我去拿，不会多说什么的。”于是我们等在车里。维克多下车走到房子附近，同一个老妇人说了几句话，她马上转身走到屋后的花园里去收集已经从植株上摘下的大麻叶，它们正被放在沙漠的太阳下晒干。维克多的兄弟们一直在树下微笑着，他们想过来跟我们打招呼，但起身走路也要花点时间。维克多回来了，脸上堆满笑意。

“伙计，”迪安说，“这个维克多是我这辈子见过的最可爱、最了不起、最有趣的小伙子。只要看看他，看看他冷静沉稳的步子就行了，在这里可不需要匆忙。”从沙漠上刮来的一阵微风吹进车里，这里的风都是热的。

“你觉得热吗？”维克多说着，指了指福特车滚烫的顶篷，他同迪安一起坐在车的前排。“你有了大麻，就不会再热了，等一会儿吧。”

“是的，”迪安说着，戴上了墨镜，“我等着。你说得对，维克多，我的兄弟。”

这时，维克多的一个兄弟手里捧着上面放着大麻的报纸缓缓走了过来，他把它放在维克多的膝盖上，便随意地靠在车门上，对我们笑着点了点头，说：“你们好。”迪安也对他微笑着点了点头。没有人再说话，空气中充满了平和。维克多卷了一支比平常所见大得多的烟（用的是褐色包装纸），就像科罗纳[1]雪茄那么大，又粗又长。迪安两眼圆睁地盯着这支烟。维克多漫不经心地把它点燃，递给我们大家。抽这种烟就像是抱着烟囱在抽。一股火辣辣的烟雾直冲你的喉咙。我们深深吸了一口，然后马上吐出烟雾。突然间，我们全都被大麻刺激得兴奋起来，额头上渗出层层汗水，我们仿佛不是在沙漠里，而是在阿卡普尔科[2]海滩。我从汽车的后窗望去，维克多另一个长得古怪的

[1] Corona，一种雪茄的尺寸，长约 140 毫米，环径 17 毫米。

[2] Acapulco，墨西哥西南部城市，太平洋沿岸最优良的港口之一。它也是墨西哥历史悠久的知名海滨度假胜地之一，1950 年代，许多好莱坞明星和富豪都在此度假。

兄弟——他斜佩着肩带，仿佛高个子的秘鲁印第安人——靠在柱子上冲我们笑，他非常羞怯，不敢过来跟我们握手。汽车似乎被维克多的兄弟们围了起来，又有一个出现在迪安身边。奇特的一幕出现了，每个人都兴奋起来，所有的拘束都消失得无影无踪，只专注于有趣的事。现在，美国人和墨西哥人一起在沙漠中狂欢。不仅如此，更奇特的是他们如此亲近，看得清另一个世界的人的面庞、皮肤的毛孔、手上的老茧和羞涩的颧骨。这些印第安兄弟们开始低声议论起我们来，对我们评头论足，还彼此交换意见，修正对我们的看法。“对，对。”迪安、斯坦和我也在用英语议论着他们。

“你们注意到后面那个古怪的兄弟了吗？他一直靠着柱子没有动。开心又羞涩的微笑也一直挂在脸上，丝毫没有减少。我左边这个年纪大点，自信但忧郁，看上去有些神经质，甚至有点像城里的流浪汉。维克多已经体面地结婚了——他是不是像埃及国王？你看，这些家伙真是有意思，从来没见过他们这样的人。他们一定也在议论、猜测我们，不是吗？就像我们一样，但用的是另一种他们自己的方式。他们可能好奇我们的穿着打扮——我们也是如此，真的——让他们感到惊奇的也许还有我们车里的东西、我们说笑的样子，甚至是我们的气味，我们跟他们有许多不同。我真想知道他们是怎么议论我们的。”迪安开始试着去了解。“嗨，维克多，伙计——你兄弟们都在说些什么？”

维克多睁开有些茫然的褐色双眼望着迪安。“是的，是的。”

“不，你没理解我的问题。这些小伙子在说些什么？”

“哦，”维克多局促不安地说，“你不喜欢这种大麻？”

“哦，当然喜欢！你们在聊些什么？”

“聊什么？哦，是的，我们是在聊天。你喜欢墨西哥吗？”没有一种共同的语言，这种交流的确太困难了。于是，大家渐渐安静下来，但是依然很兴奋。沙漠上吹来一阵宜人的微风，我们各自在思考着国家、种族和个人这些永恒的话题。

该去寻找姑娘了。维克多的兄弟们蹑手蹑脚地回到树下，他的母亲从洒满阳光的门口凝望着我们。我们一路慢慢颠簸着返回城里。

现在，颠簸不再是件痛苦的事。这是一次世界上最令人愉快、最舒适的颠簸旅行，好像是在蓝色的大海上航行一样。当迪安第一次向我们讲解汽车的减震弹簧之妙时，他的脸上出现了一种奇异的金色光芒。我们上下颠簸着，甚至维克多也明白了，哈哈大笑起来，然后他指着左侧，告诉我们哪条路是去找姑娘的路。迪安用难以形容的兴奋望着左侧，驶上了那条路。他手握方向盘，带着我们平稳地向目的地驶去。同时，听着维克多说的话，大声而又夸张地回答：“对，当然！我完全同意！毫无疑问，伙计！哦，的确如此！哦，你说的太对我胃口了！当然！继续往下说！”维克多用流利的西班牙语认真而兴奋地滔滔不绝地说着，某个疯狂的时刻，我真觉得迪安靠着他那异乎寻常的悟性和不可思议的灵光理解了维克多所说的一切。此时，他看上去真的就像富兰克林·德拉诺·罗斯福——那是我狂热的眼睛和恍惚的大脑里产生的幻影——我惊讶地看着他，从座位上直起身来。仿佛有成千上万道刺眼的光芒从迪安的身体里射出，我努力想看清他，而他就如上帝一般。在大麻的刺激下，我处于极度兴奋中，只好把头又靠在座位上。汽车的每一下颠簸都让那种迷醉的颤抖传遍全身。我想看看车窗外的墨西哥——我的脑海里仍想着它——但我又畏缩不前，如同要打开一个耀眼的珍宝箱，你害怕正视它，因为你的眼睛屈从于你的内心，无法把巨大的财富一下子统统尽收眼底。我大口大口吸着气。我看到一道金光划过天空，正好落在这辆破旧汽车的车顶，然后直射我的眼球深处，这金光变得无处不在。我看着窗外烈日当空的街道，一个妇女正站在门口，我想她一定是在倾听我们所说的每一句话，还暗自点着头——这些是吸食大麻后常会出现的视觉幻象，但是那道金光依然存在。很长一段时间里，我的脑子里几乎失去了意识，甚至忘记了我们在干什么。只有当我后来从灼热和沉默中抬起头时，才逐渐回过神来，就好像从沉睡回到现实，从虚空中回到梦境。他们告诉我，车已经到了维克多自己家的门口，他正抱着他的儿子站在车门前，想让我们看看。

“你们看到我的孩子了吗？他叫佩雷斯，已经六个月大了。”

“啊！”迪安的脸上露出极其喜悦和满是祝福的表情，“他是我见过的最漂亮的孩子，瞧瞧这双眼睛。现在，萨尔，斯坦，”他面对我们，极其认真而温柔地说，“我要你们仔——细——地看看这个墨西哥小男孩的眼睛，他是我们好朋友维克多的儿子，他将长大成人，你们要注意他特别的灵魂会从这双眼睛中显现出来，那是他的心灵之窗。这双如此漂亮的眼睛毫无疑问地预示着最最可爱的灵魂。”这是一段精彩的演说，那也的确是个漂亮的孩子。维克多慈爱地低头望着他的天使，我们也都希望自己能有一个这样的儿子。孩子似乎意识到了我们对他灵魂强烈的关注，皱着小脸哭了起来，那是一种不知名的悲伤，我们不知该如何安慰，或许要追溯到久远而神秘的过去。我们只能手忙脚乱地尝试各种方法。维克多紧紧抱着他，摇晃着他，迪安轻声哄着他，我则上去拍着他的小胳膊，可是他的哭声却越来越高。“唉，”迪安说，“我实在是太抱歉了，维克多，我们让他难过了。”

“孩子哭并不都是难过。”说话的是维克多娇小的妻子，她正赤脚站在门口，因为害羞而不愿过来。她急切地等着维克多把婴儿抱过去，放进她柔软的棕色手臂里。维克多给我们看过他的孩子后，便钻进汽车，骄傲地用手指了指右侧。

“好。”迪安说着，拐了一个弯驶入狭窄的阿尔及利亚大街，街的两边有许多人好奇地望着我们。我们来到妓院，这是一幢经过灰泥粉饰的建筑，在阳光下显得分外醒目。大街对面，两个警察正靠在妓院临街的窗台旁。他们穿着松松垮垮的制服，无精打采，当我们走进去的时候，他们也只是好奇地看了一眼。我们在里面整整待了三个小时，他们就一直在那里。黄昏时分，我们从他们的眼皮底下兴高采烈地走出来。按照维克多的吩咐，出于惯例，我们给了他们每人相当于二十四美分的比索。

在这里，我们终于找到了姑娘。她们中有些斜靠在舞池对面的沙发上，有些正在长长的吧台边痛饮。中间有一道拱门，通向后面的一个个简陋的小隔间，这些小隔间看起来就像是在公共海滩上换泳衣的地方，暴露在阳光之下。这里的老板是个年轻的家伙，正在吧台后面忙碌，我们告诉他想听曼波舞曲，他马上跑了出去抱回来一摞唱片，大多是佩雷斯·普拉多[1]的，然后播放了起来。一瞬间，整个格雷戈里亚城都能听到这间舞厅正享受着美好时光。喧闹的音乐充满了整个大厅——这才是听唱机的正确方式，它原本就该这样用——这让迪安、斯坦和我感到震惊，我们突然意识到我们从不敢把音乐旋到自己想听的音量，这才是我们想听的音量。强烈的音浪扑面而来。几分钟以后，附近一半的居民都跑到舞厅窗户边来，看着美国佬和妓女们跳舞。他们跟警察并排站在尘土飞扬的人行道上，随意又冷淡地张望着着。《再来点热情曼波》《查塔努加曼波》《曼波八号曲》——所有这些乐曲在这个明媚而神秘的下午回荡着，仿佛是在世界末日或基督再临时你渴望听到的音乐那样。小号吹彻云霄，即便沙漠里的人也能听得一清二楚，而沙漠也正是小号起源的地方。鼓声也很疯狂，曼波的节奏是康茄舞的节奏，它来自刚果河畔，那是非洲之河，也是世界之河，因此这个节奏也是属于全世界的。嗡—嗒，嗒—噗—嘭——嗡—嗒，嗒—噗—嘭。唱机里传出了钢琴弹奏的蒙图诺[2]乐曲，乐队领队的喊

---

[1] Pérez Prado（1916—1989），出生于古巴的音乐家，1940年代移居墨西哥。他是曼波舞曲形成和发展历程中至关重要的人物，有“曼波之王”的称号。

[2] Montunos，古巴音乐家 Arsenio Rodriguez 创造的一种重复式的钢琴主旋律节奏，在固定和弦里做即兴变化。

声听上去就像空中传来巨大的喘息。在热烈的《查塔努加曼波》的最后，小号的变奏混合着康茄鼓与邦戈鼓的节奏，乐曲被推向高潮，这也使迪安仿佛凝固了一般，过了好一会儿，他又开始晃动，不住冒汗。小号颤抖的回声敲击着沉闷的空气，如同发自空谷或洞窟，迪安的眼睛瞪得又大又圆，仿佛看见了恶魔，随即紧紧闭上。我觉得自己就像是个木偶一样被它敲击着。我能够听见小号声从光束上划过，我曾经见过这束光，这让我惊骇不已。

在欢快的《热情曼波》中，我们和姑娘们疯狂地跳着。海阔天空地瞎聊后，我们渐渐了解了她们不同的个性。她们都是些出色的姑娘，其中最狂野的那个是委内瑞拉人，她只有十八岁，一半印第安人血统，一半白人血统，看上去似乎家境不错。在墨西哥，像她这个年龄，有着漂亮的脸蛋，各方面条件都很好，为什么还要出来做妓女？真是天知道。她也许遇到了什么可怕的灾难。她疯狂地喝酒，看上去似乎不喝到烂醉不会停杯。她一杯接一杯地喝着，目的之一也是驱使我们尽可能多花钱买酒。在这个漫长的午后，她穿着薄透而宽松的便袍，搂着迪安的脖子，疯狂地跳着舞，而且一刻不停地要着一切。在曼波舞曲和姑娘之间，迪安忽然变得手足无措。过了一会儿，他们跑进了小隔间。我被一个乏味的胖姑娘缠住，她还牵了一条小狗。我表示不喜欢这条狗，因为它一直想咬我，她却因此而暴跳如雷，但最后还是妥协了，她答应把它牵到后面，但等她回来，我已经同另外一个姑娘搭上了。这个女孩儿很漂亮，但不是最漂亮的，她像个吸血鬼似的搂着我的脖子。我想脱身去找另外一个十六岁的黑人姑娘，她忧郁地坐在那里，低头看着短衫下露出的肚脐眼。可我实在挣脱不开。斯坦的身边是一个十五岁的姑娘，杏仁色的皮肤，衣服只扣了中间的纽扣。真是疯狂。二十几个男人靠在窗户上，津津有味地看着这一切。

黑人小姑娘——其实她不是黑人，只是皮肤黝黑——的母亲走了进来，面带忧伤地简单跟女孩说了几句话。我看到这一切，有些无地自容，不忍心再去找这位我真正想找的姑娘。我让那个吸血鬼女孩儿带我到后面的隔间。那里也有音乐，如梦似幻。伴着震耳欲聋的音乐和喧嚷。我们在床上玩了半个小时。这是一个方形的木板屋，没有屋顶，房间一角摆放着圣像，另一角有一个脸盆。姑娘们的声音从昏暗过道的各处传来，她们叫着："Agua，agua caliente！"[1]意思就是"热水"。斯坦和迪安也不知道到哪去了。我的这个姑娘要三十比索，大约折合三点五美元，她又额外要了十比索，为此还讲了一大堆理由。我对墨西哥币的价值没有太多概念，只知道我有数不清的比索。我把钱扔给她，又跑出来跳舞。一大群人站在街上看着，警察像往常一样无精打采。迪安那个漂亮的委内瑞拉姑娘拉着我走出门去，走进了另一家陌生的酒吧，显然也属于妓院。里面有一个年轻的酒保正一边倒酒，一边同一个留着八字胡的老头认真地谈论什么。这里也在放震耳欲聋的曼波舞曲。仿佛整个世界

---

[1] 西班牙语，意为"水，热水！"。

都打开了音乐。委内瑞拉姑娘搂着我的脖子，想要喝酒，酒保不给她，她求了又求，酒保这才给了她一杯，然而她却把酒洒了。这次她并不是故意的，因为我从她那双黯淡迷醉的眼睛里看到了懊悔。“放松一点，宝贝。”我对她说。我想把她扶到凳子上，她却总是往地下瘫。我从来没看见过一个女人喝得如此烂醉，而且还只有十八岁。她拉着我的裤子求我发发慈悲，我只得又给她买了一杯，她一饮而尽。我再也不忍心对她做什么了，我拥有的姑娘应该在三十岁左右，能够自己照顾好自己。委内瑞拉姑娘在我怀里痛苦地扭动着，我突然产生一种冲动，想把她带到后面，脱光她的衣服，但仅仅是聊聊天——我胡思乱想着。我发狂似的想要她和另外那个黑人小姑娘。

可怜的维克多一直背靠着吧台，站在搁脚的黄铜栏杆上，兴致勃勃地望着他的三个美国朋友寻欢作乐。我们给他买了酒。他的眼睛紧紧盯着一个女人，但出于对妻子的忠诚，他并不想做什么。迪安把钱塞给了他。在欢闹之中，我有机会观察一下迪安的所作所为，他已经有点神志不清了，当我凝视着他的脸时，他居然认不出来我是谁。“耶，耶！”他只会说这些。这场欢闹似乎永远不会结束，它仿佛一场光怪陆离的阿拉伯之梦，发生在另一种生活里的某个下午——阿里巴巴和小巷名妓。我又带着我的姑娘跑到她的房间，迪安和斯坦交换了女伴。我们一起消失了，外面那些看热闹的人都等着好戏继续。这个下午真是漫长而又疯狂。

神秘的夜幕降临在这古老而美丽的格雷戈里亚，曼波舞曲没有一刻停歇，疯狂的音乐就像丛林中没有终点的旅行。我无法把目光从黑人小姑娘身上挪开，她走起路来如女王一般，甚至在阴鸷的酒吧服务员强迫她去干些斟酒、洒扫后院之类的杂活时也是如此。所有姑娘中，她最需要钱，也许她的母亲是为了年幼的弟妹而经常来要钱。墨西哥人是贫穷的，但我从来没有想过要走过去给她一些钱，我有一种感觉，她会带着轻蔑的神情接过钱，她的轻蔑令我有些胆怯。我在奇妙的幻想中真的爱上了她，这种爱持续了几个小时。一种和从前一样的、确凿无疑的痛感滑过心头，还有和从前一样的叹息，一样的苦痛无力，一样的不愿和害怕接近一个人。奇怪的是迪安和斯坦也没能成功接近她。在这个放荡的妓院里，她那不可侵犯的尊严只能使她继续穷困，这一点显而易见。有一次，我看见迪安雕像一般木呆呆地向她走去，准备带她去玩玩，她却傲慢而又冷漠地瞥了他一眼。迪安脸上闪过了一丝困惑，他停下来摩挲着肚子，有点张口结舌，最后低下了头。她确实是一位女王。

突然，维克多紧张地跑过来，抓住我们的手，脸上露出惊慌的表情。

“出了什么事？”他连说带比画地想让我们明白，然后跑进吧台，从服务员手里抓过账单递给我们看。消费已经超过了三百比索，也就是三十六美元，这在任何妓院都已经是很大一笔钱了。但是我们还没有喝够，还不想离开，我们还想在这个奇异的阿拉伯仙境中同可爱的姑娘们再尽情享乐一番，毕竟这是我们在走过了无数艰险的道路之后才终于找到的地方。但是夜幕降临了，我们不得不暂告段落。我们走了出去。迪安凝视着这里，皱着眉头默默地沉思着。最后我果断提出无论如何我们该离开了：“前面还多着呢，伙计，没什么大不了的。”

“也对。”迪安叫道，目光呆滞地回头看了看他的委内瑞拉姑娘。她醉倒了，躺在一张长木椅上，雪白的大腿从丝裙中袒露出来。窗户边的那些人可以清楚地看到所有这一切。在他们身后，黄昏的暗影越拖越长。某处传来婴儿的哭声，忽然打破了此刻的宁静，也让我想起自己是身处墨西哥，而非身处天堂，做着大麻叶的春梦。

我们踉跄走出来，突然发现斯坦不见了，便又回去找他。他正在向一个刚来的晚班妓女献媚。斯坦想再从头痛痛快快地玩一次。他一喝醉就会瘫软如泥，赖在女人身上不走。而且女人们也都会像青藤一样缠着他。他坚持要留下，尝一尝新来的、异国风情的、经验老道的女人。迪安和我猛拍他的背，使劲把他拖了出来。他使劲挥着手向所有人告别——姑娘们、警察们，还有外面街上围观的人群和小孩，向热情的格雷戈里亚的各个方向送去飞吻。他跟跟跄跄地从人群中自豪地走过，不停地对他们说着什么，以此来表达他对这个快乐而可爱的下午的眷恋。周围的人们大笑着，拍着他的背。迪安跑到警察那里，给了他们四比索，同他们握了握手，微笑着点了点头。然后他跳上汽车。我们熟悉的每一个姑娘，包括那个被别人叫醒来同我们道别的委内瑞拉女孩儿都围在汽车旁，身上穿着薄透的衣服，不停地说着再见，亲吻着我们。那个委内瑞拉姑娘甚至开始哭泣——尽管我们知道这并不是为了我们，或者不完全为了我们，但也相当满足了，而且也觉得足够了。我那位皮肤黝黑的亲爱恋人消失在了房间的阴影里。一切都结束了。我们启动汽车，把一场花费超过几百比索的快乐狂欢留在了身后。这一天似乎并不坏，曼波舞曲仍然不绝于耳。一切都结束了。“再见，格雷戈里亚！”迪安大声喊着，抛出飞吻。

维克多为我们感到骄傲，也为他自己感到骄傲。“现在，你们想去洗个澡吗？”他问。当然，我们都想痛痛快快地洗个澡。

于是，他把我们带到了一个世界上最奇怪的地方：一个普通的美式浴室，坐落在离城一英里多的高速公路边。池子里挤满了孩子，淋浴间在一个石板砌成的屋子里，花几分钱就可以洗一次，你可以从服务员那里拿到香皂和毛巾。浴室的旁边，有一个破破烂烂的儿童公园，里面有一架秋千和一座坏掉的旋转木马，在夕阳的照射下，显得很奇特，也很美。斯坦和我拿着毛巾走进冰冷的淋浴室，洗得神清气爽。迪安没有洗，我们看见他在公园里，正同热情的维克多手挽手散步。他们兴致勃勃地聊着，有时迪安为了说明什么，会转向维克多，挥着拳头，随后又继续手挽手向前溜达。快该与维克多说再见了，所以迪安抓紧一切机会单独同他在一起。他们逛着小公园，交流着对一般事物的看法，迪安也想深入地了解他。只有迪安会这么做。

我们必须走了，维克多很伤心。“你们还会回格雷戈里亚来看我吗？”

“当然，伙计！”迪安说。他甚至答应带维克多到美国，如果他愿意的话。维克多说他一定会认真考虑的。

“我还有妻子和孩子，但是没有钱，我要想想。”当我们从车里向他挥手时，他站在夕阳下露出温和而礼貌的微笑。在他身后，是破破烂烂的公园和嬉闹的孩子们。

6

格雷戈里亚城外的道路都是下坡，路的两边林木丛生。在夜色中，我们可以听到树上成千上万只昆虫的嗡嗡声，听上去就像是连绵不断的尖叫。“哇！”迪安一边叫着，一边打开车前灯，但是灯却坏了。“怎么回事？该死的，怎么这个时候坏？”他怒气冲冲地敲着仪表板。“哦，我的天呀！我们要摸黑开过这片丛林，想想看这有多可怕。只有对面有车开过来时，我才能看见什么，而这里一辆车都没有！当然也没有路灯，是吗？哦，我们该怎么办？他妈的！”

“我们要接着往前开。也许我们应该原路返回？”

“不，绝不！绝不！我们要继续往前走。我隐约能看得见路。我们一定做得到。”现在，漆黑的夜里，我们在昆虫的轰鸣声中穿行，浓烈的腐臭味扑鼻而来。我们突然想起地图上标着格雷戈里亚一过就是北回归线。“我们进入新的热带了！难怪有这种气味，好好闻闻吧！”我把头伸出窗外，虫子迎面而来。我竖起耳朵听风声，那一刻听到响亮的尖啸声。我们的前车灯忽然又亮了，光束笔直地照射着孤独的大路，两边的树木枝杈浓密，如同密不透风的高墙，足有一百多英尺。

“婊子养的！”斯坦在后座猛地叫了起来，“真他妈的该死！”他还在劲头上。我们忽然意识到他仍处在兴奋之中，丛林和麻烦对他快乐的灵魂毫无影响。我们全都禁不住大笑起来。

“真是见了鬼！我们把自己扔进这该死的荒郊野外，今天晚上真的要在这里过夜了。快走！”迪安叫道，“老斯坦做得对，他什么都不在乎，被那些女人、大麻以及疯狂又了不起曼波舞曲弄得太兴奋了，音乐的声音如此之高，我的耳膜依然在震动。哇！他那么兴奋，他知道他在干什么！”我们脱下T恤衫，光着膀子在丛林中蜿蜒穿行。前面没有村镇，什么也没有，我们仿佛迷失在这丛林之中，一英里路又一英里路地向前走着，一路都是下坡，天气越来越闷热，昆虫的叫声越来越响，植被越来越高，热腾腾的难闻气味越来越浓，一直到我们开始习惯，甚至喜欢它。“我真想脱光了在丛林中不停地跑呀跑。”迪安说，“不，见鬼，伙计，我现在最想做的就是尽快找个好地方。”突然，莱蒙，一个丛林小镇出现在我们面前。星星点点昏暗的灯光，黑乎乎的影子，空阔的天空，一群人聚在杂乱的木棚屋前——这里就是热带的十字路口。

我们的车在难以想象的静谧中停了下来，天气热得仿佛是在六月的夜晚走进了新奥尔良一个面包师的烤箱。整条街道上，到处都有一家子人在昏暗中围坐闲聊，偶尔有几个姑娘走过，她们都很年轻，好奇地想知道我们到底是什么人。她们光着脚，蓬头垢面的。我们靠在一家破旧杂货店门口的木栏上，柜台上放着一袋面粉，旁边是一个开始腐烂的鲜菠萝，上面是飞来飞去的苍蝇。店里点了一盏油灯，街上有几盏昏黄的路灯，其他地方到处都是黑暗、黑暗、黑暗。我们几个都已经疲惫不堪，想立即睡上一觉，于是把车开到城边一条尘土飞扬的大路上，在离路口几码远的地方停了下来。天热得令人难以忍受，根本无法入睡。迪安拿了一条毯子，铺在路边松软、滚烫的沙地上，然后躺在上面。斯坦躺在福特车的前座上，两边的门都开着，好让空气流通，但是根本没有一丝风。我坐在后座上，汗水不停地流，只好跳下汽车，摇摇晃晃地站立在黑暗中。全城的人都已经进入了梦乡，只有狗时不时狂吠几声。我根本无法入睡。成千上万只蚊子叮着我们的胸脯、手臂和脚踝。我突然想到了一个好主意，我爬上了车顶，平躺在上面，虽然还是没有风，但金属车顶导热性很好，我背上的汗很快就干了。成群的死虫子一团团地粘到我身上。我意识到丛林在一点点使你融化，你也渐渐成了它的一部分。躺在车顶，面朝黑漆漆的天空，就像夏日的夜晚躺在密封的衣箱里。在我的生活里，空气第一次不再是一种接触我、抚摸我、使我挨冻或流汗的东西，而是变成了我自己，我与空气融为了一体。在我睡着的时候，点点小虫像柔软的细流一般落在我的脸上，令人愉快、舒畅。天上没有星星，显得深邃而遥远，就像一条天鹅绒窗帘盖在我身上，我可以面对天空就这样躺上一夜。死去的虫子混着我的血，活着的蚊子继续在我身上吸血。我感到一种莫名的兴奋，我的身上——从头发、脸到脚、脚趾——也开始散发出丛林所特有的腐臭、炎热气息，同时也觉得浑身被蚊虫叮咬得刺痛异常，从头发到脸，再到脚，甚至脚趾头都感到刺痛。当然，我一直光着脚。为了尽量少出汗，我穿上了那件沾满虫子的T恤衫，重新躺下。漆黑的路边有一团黑影，那是正在熟睡的迪安，我能听见他的鼾声。斯坦的鼾声也不绝于耳。

丛林小镇偶尔闪过一束模糊的光亮，那是治安官在巡逻。他手里拿着手电筒，在黑暗的丛林中一边走一边自言自语。过了一会儿，我看见他手里的亮光向我们缓缓靠近，我能够听到他踩在沙地和植被上的脚步声。他停下脚步，用手电筒照了照汽车，我坐起来看着他。他用有点颤抖又略带抱怨同时又极其温柔的声音说："Dormiendo？"一边说，一边用手指着路边的迪安。我知道他这句话的意思是"睡觉"。

"Si，dormiendo."[1]

"Bueno，bueno."[2]他自言自语地说了几句，有点勉强和忧愁地转过身，继续一个人向前走去。上帝从没有在美国创造一个这么可爱的警察，不怀疑，不制造混乱，不小题大做：他可真是这个沉睡小镇的忠实卫士。

我回到我的"钢铁之床"，四仰八叉地躺在上面。我已经分不清，我头顶上究竟是树枝还是辽阔的天空，不过好像也没有

---

[1] 西班牙语，意为："是，睡觉。"

[2] 西班牙语，意为："好，好。"

什么区别。我张大嘴，深深吸了几口丛林的气息。那并不是空气，绝对不是空气，明显是树木与沼泽散发出的活生生的味道。我一直醒着。远处传来公鸡打鸣的声音，黎明却似乎被绊在什么地方了。仍然没有空气，没有微风，没有露水，只有北回归线一成不变的天空把我们钉在大地上，我们属于这片土地。天空中仍然看不出黎明的迹象。忽然，我听见黑暗中传来狗的狂吠声，又隐约听见马蹄声。声音越来越近，这是哪个疯子在骑马夜行？不一会儿，我看到了一个奇异的鬼影：一匹野马疾驰而来，浑身雪白，仿佛幽灵一般，它顺着大路向迪安冲去。几条乱叫的狗在它后面厮打着。我看不清狗，那些都是肮脏衰老的丛林野狗，但那匹马却洁白如雪、高大挺拔，周身散发着光晕，一眼就能够看见。我没有为迪安感到担心。那匹马看到了他，从他的头边一跃而过，像艘巨轮一般从车旁掠过，然后轻声地嘶鸣着，继续穿城而过，在几条狗的追逐中，回到另一边的丛林。马蹄声渐行渐远。这匹马是怎么回事？是鬼魂还是圣灵？迪安醒了以后，我把刚才的一幕告诉了他，他认为我是在做梦，他说他似乎也隐约梦见了一匹白马。我告诉他这绝对不是梦。斯坦·谢泼德也懒洋洋地醒了过来。我们稍稍动了这么一下，又是满身大汗。天仍然黑沉沉的。“我们把车开起来，那样会有点风！”我叫道，“我快要热死啦！”

“好吧！”我们的车沿着疯狂的高速公路轰鸣着出了城，我们的头发被风吹得乱七八糟。在一片灰蒙蒙的雾气中，天一下子亮了。路两边是植被茂密的低洼沼泽地，一些枝蔓缠绕的树木高大而荒凉，枝条垂到了盘根错节的沼泽地上。我们的车顺着铁轨开了一阵，前方忽然出现了曼特城[1]奇怪的无线电天线，我们仿佛又置身于美国的内布拉斯加。我们找到一家加油站，准备给车加油。昨夜从林里的那些飞虫黑压压地扑向加油站的灯光，然后一团团地落在我们的脚下，不断蠕动着。有些虫子将近四英寸长，还有骇人的大蜻蜓，大得简直能吃掉一只鸟，以及成千上万只巨大的蚊子和各种叫不出名字来的如蜘蛛一般的昆虫。我站在小路上上蹿下跳地躲避着这些虫子，最后只好抱头鼠窜逃到车里，惊恐万状地看着地面，虫子密密麻麻地围在我们的车轮上。“快走！”我大叫着。迪安和斯坦却一点儿也未被虫子困扰，他们一边若无其事地喝着橘汁汽水，一边驱赶着水冷器旁的蚊虫。他们的衬衫和裤子都跟我一样被成千上万只死虫子的血浸透了，留下了密密麻麻的黑点。我们使劲闻了闻衣服上的气味。

“知道吗，我开始喜欢这个味道了。”斯坦说，“我再也闻不到自己原来的味道了。”

“这种味道奇怪而好闻。”迪安说，“我要到墨西哥城再换衬衫，我想沉浸其中，记住这味道。”于是我们重新上路，只有这样，热得几乎板结的脸上才会感到有些凉意。

前面隐约可见连绵的青山，翻过这些山峰之后，我们就可以再次驶入中央大高原，再往前走就是墨西哥城了。没多久，

[1] Mante，墨西哥东部城市。

我们驶过山口的迷雾，爬上了五千英尺的高峰，可以俯瞰一英里下热腾腾的黄色河流，这就是著名的莫克特苏马河。沿途开始出现奇奇怪怪的印第安人，他们自成民族——山地印第安人。他们几乎与世隔绝，只有通过泛美公路与外界联系。他们身材短粗，皮肤黝黑，牙齿参差不齐，经常背着各种重负。隔着郁郁葱葱的河谷，可以看到远处梯田里种着各种农作物，他们在梯田里上下奔忙着耕种庄稼。迪安把车速降到了每小时五英里，以便能够好好看看他们。“哦，我完全想不到还有这样的地方存在！”这里最高的山峰，同落基山脉一样雄伟，到处种植着香蕉。迪安跳下汽车，两手摸着肚子。我们站在悬崖边缘突出的岩石上，旁边是个小茅草屋。清晨金色的阳光照耀着雾气氤氲的莫克特苏马河，河面距我们不止一英里了。

在茅屋前的院子里，一个三岁的印第安小女孩儿站在那里，她吸吮着手指，一双棕色大眼睛望着我们。“在她从前的全部生活里，可能从来没看见过有人把车停在这里！”迪安感叹地说，“你好，小姑娘，你好吗？你喜欢我们吗？”小姑娘噘着嘴，不好意思地转过脸去望着别处。等我们自顾自聊了起来，她又开始一边含着手指，一边观察着我们。“嗨，我真希望能有点什么东西送给她！你看，她生在这里，长在这里，她对生活的全部了解就是这峭壁。她的父亲也许会顺着绳子下到山谷，从岩洞里取出菠萝，在倾斜八十度的陡坡上砍柴。她从来从来也没有离开过这里，对外面的世界一无所知。这也是一个民族。想想他们粗野的首领吧！翻过悬崖，住得离公路更远的人一定更野蛮奇怪，是的，因为泛美公路让这个民族的部分人得到文明教化。你们注意到她头上的汗水了吗？”迪安表情难过地指着那个姑娘说，“我们完全不会有这种汗。它像油一样一直停留在她头上，这里一年四季都这么热，她不知道没有汗水是什么滋味，她是带着汗水出生的，也要带着汗水死去。”她那小小额头上的汗水那么凝重，却不往下流，只是停在那里，像一滴橄榄油一样闪闪发光。“这对他们的灵魂必然有影响！他们所关心的东西、价值观，还有他们的愿望一定完全不同！”迪安以每小时十英里的速度开着车，他想仔细看看路上的每一个人，一路上他都敬畏得合不拢嘴。我们不断向上爬行，爬行。

越向山上爬行，空气越凉爽。路上的印第安姑娘用披肩裹着头和肩膀，她们拼命向我们打招呼。我们停下车来，她们便蜂拥而上，向我们兜售起小块的水晶石。她们瞪着天真的棕色大眼睛盯着我们，那种目光可以穿透灵魂，我们也望着她们，心里没有一丝邪念。尽管她们都很年轻，有些只有十一岁，看上去却像三十岁一样。“瞧瞧这些眼睛！”迪安感慨地说。她们的眼睛就像孩提时代的圣母马利亚，我们从中可以看到耶稣那温柔宽恕的目光。她们毫不畏缩地注视着我们。我们擦了擦自己激动的蓝眼睛，继续看着她们，她们将让人神魂颠倒的目光射向我们。她们一说话就变得粗野，甚至愚蠢了。只有在沉默中，她们才显露出自己的真实面目。“她们是在近些年才学会卖这些水晶石的，大概是在十年前高速公路建成以后。在这之前，这个民族一定是沉默不语的。”

姑娘们仍然围着汽车嚷着，其中一个幽灵般的女孩甚至抓到了迪安汗津津的胳膊。她不停地用印第安语嚷着。“哦，好的，好的。亲爱的。”迪安温柔地甚至有些可怜巴巴地说。他跳下车，打开这辆破汽车的后备厢，在他那只同样破烂的行李箱里翻出一块破手表。他把它给那个女孩儿看，她兴奋地叫了起来，其他人也惊奇地围过来。迪安在女孩手里翻找着那颗“她为我亲自从山上采来的最可爱、最纯净、最精巧的水晶石”。他选了一颗野草莓大小的水晶石，把手表递给了女孩。她们全都像唱诗班的孩子那样张大了嘴。那个幸运的小姑娘把表紧紧贴在胸前破破烂烂的衣服上。她们用手抚摸着迪安，向他表示感谢。他站在她们中间，用他那脏兮兮的脸仰望着天空，寻找着下一个也是最后的、最高的山口，他看上去仿佛先知降临到了她们中间。他回到了车上，她们很不情愿地看着我们渐渐离去。我们沿着山路往上开，她们就跟在我们后面，一边跑，一边挥手，跟了很长时间，我们的车拐了个弯，看不到她们了，而她们还在追。“哦，我的心都要碎了！”迪安捶打着胸口叫道，“她们竟然如此执着和好奇地跑了这么远！她们到底怎么了？如果我们开慢点，她们会不会跟在车后一直到墨西哥城？”

“会的。”我说，因为我明白这一点。

我们爬上了令人头晕目眩的东马德雷山脉。在雾中，可以看到一片片金黄的香蕉林。悬崖边的石墙外，浓雾笼罩。下面的莫克特苏马河就像绿色丛林中的一条金丝线。在这世界之巅上，我们的车经过了一个又一个奇异的小镇，在这些小镇上，有许多裹着披肩的印第安人从帽檐或披肩下望着我们。这里的生活是那么沉重、黑暗而又原始。他们的目光如鹰隼一般望着迪安，他正表情严肃但精神迷狂地驾驶着咆哮的汽车。他们的手一直伸着，这些从荒凉的山区或者更高的山上下来的人，伸出手想得到来自文明世界的恩赐，他们永远想不到文明造成的悲伤和心碎的幻灭。他们不知道有一种炸弹可以摧毁我们所有的桥梁和道路，将人抛入混乱之中，将来有一天我们也会像他们一样贫穷，同样要这样伸手乞讨。我们这辆在 1930 年代曾经流行美国，而今却即将散架的旧福特车，吭哧吭哧地从他们中间穿过，消失在尘土之中。

我们即将开到最后的高原。金色的太阳出来了，天空碧蓝如洗，在炎热的黄沙世界中，偶尔也会有溪流穿过，还会有如同圣经传说中的绿荫闪过。迪安睡着了，斯坦在开车。几个牧羊人出现了，他们穿着《旧约》里的长袍，女人们抱着几捆金色的亚麻，男人们拎着木杖。在茫茫沙漠中的大树下，牧羊人围坐在一起。羊群在太阳下东奔西跑，扬起阵阵尘烟。“快看，伙计。”我对迪安叫道，“醒来瞧瞧这些牧羊人，瞧瞧这个金色的世界，耶稣就是从这里走出来的，你亲眼看看就会明白！”

迪安从座位上抬起头，扫了一眼落日的余晖，然后就又倒下睡了。他醒来以后，向我详细描述着他看到的一切，说：“太好了，伙计，我很高兴你让我起来看，哦，天呀，我要干什么？我要到哪里去？”他两手摸着肚子，眼睛通红地望着天空，几乎要流下眼泪。

我们就要抵达这次旅行的终点了。无边的田野在我们两旁延伸。宜人的凉风吹过偶尔出现的树林和夕阳映照下变成橙色的古老教堂。巨大的云团向我们飘来，又升腾而去。“黄昏中的墨西哥城！”我们终于做到了。从丹佛那个午后的院子算起，经过一千九百英里的行程，我们终于来到世界上这片如圣经传说的广袤地区。现在，我们就要到达道路的终点了。

“我们要换掉这身沾满虫子的T恤吗？”

“不，我们就穿着它进城，去他妈的。”我们的车驶入了墨西哥城。

经过一个山口之后，我们忽然到了高地。在这里，我们可以俯视整个向着南部火山口伸展的墨西哥城，烟雾在城市上空缭绕，昏黄的灯光已经点亮。我们呼啸而下，从起义者大道一直开到了市中心的改革大道。一些小孩儿正在空旷而简陋的场地上踢足球，扬起阵阵尘土。出租车司机跟着我们，问我们是否想找姑娘。不，我们现在不想要姑娘。残落破败的贫民窟土屋一直向前延伸，昏暗的小巷中，游荡着几个孤独的人影。黑夜很快降临了，我们的车穿行在忽然变得喧嚣的城市里，经过了人流涌动的咖啡馆和剧院，报童向我们叫卖，拿着扳手和抹布的机修工人光着脚从街上懒洋洋地走过。光脚的印第安司机在我们车周围横冲直撞，拼命地按着喇叭，交通一塌糊涂。这喧闹声真是令人难以置信。在墨西哥，汽车从不安装排气管消音器，路上的喇叭声此起彼伏。“啊！”迪安叫道，“小心点！”他左拐右拐地在车流中穿行，想戏弄每个人。他现在开车就像印第安人一样。他开到改革大道上的一个环形路口，绕着转盘疾驰，四面八方的车向我们冲来。他兴高采烈地叫着："这就是我梦想中的交通！每个人都向前开！"一辆救护车风驰电掣地开了过来。美国的救护车要一边鸣笛一边在车流中穿梭，但在印第安人这里，宽大笨重的救护车会以每小时八十英里的速度在城区道路上疾驰，不会因为任何人、任何情况停下来，其他车辆只能躲开。我们看着它轻快地从市中心拥挤不堪的车流中驶过，消失在视野之外。这里的司机大部分都是印第安人。这里的巴士从来不会停稳，所有人，包括老太太，都要追着上车。墨西哥城里的年轻生意人相互打赌，成群结队地追赶巴士，运动员般矫健地跳上车。光脚的巴士司机穿着T恤衫坐在低矮的座位上，脸上写满疯狂和不屑，操纵着巨大的方向盘。圣像在他们头顶上方闪闪发光。巴士里昏黄的灯光透着一点绿色，映照出木椅上一排排黝黑的面孔。

墨西哥城的闹市区，无数嬉皮士戴着软塌塌的草帽，穿着大翻领的夹克，露着胸，在大街上闲荡。有些人在小巷里出售十字架和大麻；有些人跪在破旧的教堂中祈祷，旁边的小棚屋中正表演着墨西哥杂耍。有的巷子是用碎石子铺的，排水沟就明敞着。一扇扇小门通向那些土砖围成的只有储藏室大小的酒吧，你只有跳过排水沟才能喝到酒。这种排水沟的深处可能就是阿兹特克[1]的古老湖泊。要从酒吧出来你得背贴着墙，侧身慢

[1] Aztec，阿兹特克文明存在于十四至十六世纪，是美洲古代三大文明之一。

慢挪到街上。酒吧卖的咖啡里掺着朗姆酒和肉豆蔻，周围响着震耳欲聋的曼波舞曲。几百个妓女沿着黑暗狭窄的街道排成一排，哀伤的双眼在夜色中向我们投来挑逗的目光。我们仿佛漫步在一个迷离的梦境中。在一家装饰着彩色瓷砖的墨西哥餐厅，我们花四十八美分吃了一顿牛排大餐。马林巴琴师们有老有少，站在一架巨大的马林巴琴旁。几个吉他歌手四处走动，还有一个老人在角落里吹着小号。你凭着普奎酒的酸味就能找到酒吧，在那里花两美分就能买一大杯仙人掌汁。整个夜晚街道上都充满喧闹，没有片刻停歇。乞丐们裹着从墙上撕下的广告招贴入睡。有些人带着全家老小坐在街头，一边吹着长笛，一边打闹说笑。他们光着脚，一旁是昏暗的蜡烛。整个墨西哥就像是一座偌大的波希米亚营地。街角，一个老妇人正在切着煮熟的牛头肉，用玉米饼卷好，再抹上辣酱，用裁成小块的报纸包着出售。我们知道，这座伟大而狂野、如新生婴儿一般充满活力的城市就是我们所要寻找的道路的终点。迪安穿行在这座城市里，他张着嘴，眼睛发光，胳膊像僵尸一般耷拉在身体两边，他指引我们完成了一场艰苦的朝圣之旅，一直游荡到天亮。我们还遇到了一个戴草帽的家伙，他与我们谈笑，还想与我们玩接传球游戏，因为一切都还远没有结束。

后来，我开始发烧，精神恍惚，失去意识。我染上了痢疾。我从意识的黑色旋涡中挣扎出来，想起自己正躺在一张海拔八千英尺的床上，躺在世界屋脊之上，我知道我已经拖着这可怜的血肉躯壳生活了一辈子，还有其他可能的生活存在其中，我做了形形色色的梦。我看见迪安趴在厨房的桌子上。那是几个晚上之后的事了，他就要离开墨西哥城。“你在干什么，伙计？”我有气无力地问道。

“可怜的萨尔，可怜的萨尔，你病了，斯坦会照顾你的。现在，如果还撑得住的话，你好好听着：我在这里已经办好了同卡米尔离婚的手续。我今晚就回纽约到伊内兹那里去。但愿我的车能撑得住。”

“又重走一遍？”我叫道。

“又重走一遍，好兄弟。我要回到我的生活里去。我真希望能留下来陪你，但愿我还会回来。”我肚子里一阵阵剧痛，禁不住捂着呻吟起来。等我再次睁开眼，无所畏惧又潇洒不羁的迪安正拎着他那只破行李箱低头注视我。我几乎认不出他是谁了。他知道这一点，充满同情地拉起毯子盖住我的肩膀。“是的，是的，是的，我现在要走了。发烧的老萨尔，再见了。”于是他走了。我在痛苦的高烧中挣扎了十二小时之后，终于明白他确实已经走了。他正独自开着车，穿过种满香蕉的山岭。这次是在深夜。

我恢复过来以后，才意识到他是个多无耻的混蛋，但我转念想到了他生活中无法想象的复杂，理解了他为什么不得不把生病的我扔在那里，回去继续跟他的妻子们、跟麻烦事一起生活。“好吧，老迪安，我什么也不说了。”

第五部

迪安从墨西哥城开车回去，在格雷戈里亚又遇见了维克多，然后硬是一路把那辆破车开到了路易斯安那州的查尔斯湖，终于，车屁股如他所料地断在了路上。于是他让伊内兹给他汇了机票钱，这才走完了剩下的路程。他带着离婚证明来到纽约，立刻同伊内兹去纽瓦克办了结婚手续。那天晚上，他告诉她所有事情都安排好了，不必担心，一切顺理成章，却将无法估量的悲痛徒留在此，然后他像以前一样跳上一辆巴士，又一次呼啸着穿过可怕的大陆，来到旧金山，重新与卡米尔和两个宝贝女儿团聚。所以，到目前为止，他结了三次婚，离了两次，现在同第二任妻子生活在一起。

到了秋天，我独自一人从墨西哥城启程回家。一天晚上，我穿过拉雷多边境，到了得克萨斯州的迪利，我站在炎热的公路上，头顶有一盏弧光灯，夏虫不停地往灯上扑。这时，我听见黑暗中传来一阵脚步声，原来是个银发翻飞的高个子老头步履艰难地走了过来，他还背着一个包。走过我身边时，他望着我说："为人类哀叹吧。"然后就迈着沉重的脚步消失在黑暗中了。这难道意味着我最终应该徒步走在美国黑暗的公路上，继续朝圣的漫游？我挣扎着赶回了纽约。一天晚上，我站在曼哈顿一条昏暗的街道上，对着一扇公寓阁楼的窗户大喊，我以为我的朋友们正在里面聚会，但探出头的却是位漂亮姑娘。她问："什么？谁在那儿？"

"萨尔·帕拉迪塞。"我回答道，我听见我的名字在凄凉而空旷的街头回响。

"上来吧。"她叫道，"我在做热巧克力。"于是我走了上去，姑娘的家就在这里。她有一双纯洁、天真又温柔的眼睛，正是那种我一直在苦苦寻觅的姑娘。我们约定要疯狂地相爱。到了冬天，我们决定移居旧金山，准备买辆二手的小货车，把我们所有的破家具和其他旧物统统带上。我写了封信给迪安，把这事告诉了他。他给我回了一封长长的信，有一万八千字，讲的都是他早年在丹佛的经历。他说要来接我，要亲自为我挑一辆旧货车，然后开车带我们去旧金山。我们有六个星期的时间存钱买车，于是便开始拼命工作，精心算计每一分钱。然而迪安突然就来了，提前了五个半星期，我们谁都没有钱完成之前的计划。

那天是在午夜十分，我散了一会儿步，然后回到女友身边，告诉她我散步时所想到的一切。她站在昏暗的小公寓里，脸上挂着奇怪的笑容。我和她讲了好一会儿，突然注意到房间里异常安静。我环顾四周，发现收音机上放着一本破破烂烂的旧书，我知道这是迪安永恒的午后乐趣——普鲁斯特。恍惚中，我看到他穿着长袜，蹑手蹑脚地从昏暗的走廊里走了进来。他一句话也说不出来，又跳又笑，挥着手，结结巴巴地说:“啊……啊……你们一定要听我说。”我们都竖起耳朵听着，但是他却忘了想说什么。“是真的听着……嗯哼。你瞧，亲爱的萨尔……可爱的劳拉……我已经来了……我马上要走……可是等等……啊，是的。”他盯着自己的手，脸上露出不安的神情。“我说不下去了……你们一定能理解那是因为……或者也许是……可是听着！”我们都听着。他也在听着黑暗中的各种声响。“好吧！”他怯怯地低声说，“可是你们瞧……不需要再说什么了……再不需要了。”

“可是你为什么这么快就来了呢，迪安？”

“哦，”他说着，看了看我，仿佛头一次见到我，“这么快，是的。我们……我们都知道……我是说，我不知道为什么。我是凭铁路通行证坐火车来的……货运火车的最后一节……老式的硬座乘务车厢……得克萨斯……一路上吹着长笛和红薯状的木制小鹅笛。”他掏出他的新木笛，吹出一长串尖厉的音符，穿着长袜的双脚又蹦又跳。“看到了吗？”他说，“当然，萨尔，我讲话的速度可以和从前一样快事实上我有许多话要对你说它们都在我千头万绪的脑子里我在横穿全国的一路上一直在读书读这本令人着迷的普鲁斯特发觉了许多我绝不会再有时间告诉你的东西我们还没有谈过墨西哥和你发烧时的那次分别——但是不需要再说了。现在，绝对如此，对吗？”

“好吧，我们不说那个。”于是，他开始详细叙述他在洛杉矶的经历，讲他怎样拜访了一户人家，在那里吃饭，同这家的父亲、儿子、姐妹交谈——他们长什么样、他们吃些什么、他们家的陈设、他们的思想、他们的爱好、他们每个人的灵魂。他花了三个多小时详细讲述了这一切，最后他说：“嗯，但是你一定要明白我实际上想告诉你的是什么……后来的事……坐火车穿过阿肯色……吹着笛子……同一群小伙子玩扑克，还是我那副印着色情图片的扑克……赢钱，小鹅笛独奏……吹给水手们听。经历五天五夜可怕的漫长旅程只是为了来看望你，萨尔。”

“卡米尔怎么样了？”

“她当然同意了，会一直等着我。卡米尔和我之间的一切永远永远都不会再出问题了……”

“伊内兹呢？”

“我……我……我想让她跟我一起回旧金山，住在城市的另一头……你觉得如何？真不知道我为什么要来。”后来，他突然用一种诧异的口气说道：“说实在的，当然，我是想来看看你和你可爱的女朋友……真为你感到开心……还像从前一样喜欢你。”他在纽约住了三天，匆匆忙忙地准备带着他的铁路通行证再次坐火车回去，在乘务车厢满是灰尘的硬座上度过五天五夜，再一次横穿大陆。我们没钱买车，自然不能跟他一起走。他和伊内兹度过了一个晚上，解释，亲热，争吵，最后她把他赶了出来。一封写给他的信请我代为转交。我看了上面的内容，是卡米尔写来的。“当我看着你背包穿过铁路时，我的心都要碎了，我一遍一遍地祈祷你能平安归来……我真希望萨尔和他的朋友能来和我们住在一条街上……我知道你一定能平安归来，但是我还是有些担心。既然我们已经把一切都安排好了……亲爱的迪安，这个世纪已经过去一半了，我们用爱和无数的亲吻迎接你归来，与我们共度另一半。我们都等着你。（签名）卡米尔、艾米、小乔亚妮。”所以迪安还是跟他最稳定、最令他痛苦、最知他心意的妻子卡米尔生活在了一起，我为他而感谢上帝。

我最后一次见到他是在一种相当凄恻而奇特的境况里。雷米·邦克尔在乘船周游了几次世界之后回到了纽约，我想让他认识一下迪安。他们倒是见了面，但是迪安什么也说不出来，于是雷米兴味索然地走了。雷米弄到几张艾灵顿公爵[1]在大都会歌剧院的音乐会门票，非要让我和劳拉同他和他的女朋友一起去。雷米现在胖了，还有些郁郁寡欢，但仍然是那个兴致勃勃又一本正经的绅士。正如他自己所说，他做什么事都要用正确的方式，因此他请他的赛马经纪人开着凯迪拉克带我们去参加音乐会。这是一个寒冷的冬夜，凯迪拉克已经停在路边准备出发了。迪安拎着包站在车窗外，准备到宾夕法尼亚车站坐火车穿过大陆。

“再见，迪安。”我说，“我真希望我可以不去音乐会。”

“我能搭你们的车到40街吗？”他低声说，“真想多点时

---

[1] Duke Ellington（1899—1974），美国作曲家、钢琴家，爵士乐史上最有影响力的人物之一。他把“无意义的声音”引入爵士乐，同时还是首位将爵士乐元素、即兴演奏与传统音乐形式结合的作曲家。

间跟你在一起，我的老伙计，而且纽约这个时候真他妈冷得要命……”我轻声同雷米商量。不，他坚决不同意。他喜欢我，但不喜欢我这位白痴朋友。今天晚上我实在不想再破坏他的计划了，1947 年我同罗兰·梅杰在旧金山的阿尔弗雷德餐馆就曾经破坏过一次了。

“绝对不可能，萨尔！”可怜的雷米，为了今天晚上他特意订制了一条领带，上面印着音乐会门票的图案，还有萨尔、劳拉、雷米、薇姬（他的女朋友）几个名字，以及一些他喜欢说的俏皮话，比如“不要教老艺术家新曲子”。

因此，迪安不能同我们一起到上城去了，我唯一能做的就是坐在凯迪拉克的后座上向他挥手。那个司机也根本不想与迪安有什么联系。迪安穿着一件被虫蛀过的破大衣——这是他特意买来抵御东部寒冷气候的——孤独地走了。他拐过第七大街的转角，注视着前方的街道，那是我最后一眼看到他，他又踏上征途了。可怜的小劳拉，我的宝贝，我曾经把迪安的一切都告诉了她，这时她几乎要哭了。

“哦，我们不应该让他就这么走了，我们能做点什么呀？”

老迪安真的走了，我想。我大声地说：“他会一切顺利的。”接着我们去听了那场无聊又无奈的音乐会。我提不起一点兴趣，从头到尾一直都在想着迪安，想着他是怎么登上火车，走过三千英里横穿那可怕的大陆，搞不清楚为什么要来纽约——除了想来看看我。

就这样，在美国太阳西沉的时候，我坐在破败的河堤老码头上，遥望新泽西辽阔的天空，我感到似乎所有未经开垦的土地都不可思议地隆起，向西部海岸翻涌而去。而一望无垠的西部，也是所有的人梦想。我知道，此刻在艾奥瓦，一定有孩子在哭泣，因为那片土地使他们无法平静。今晚，星星将被隐去，你难道不知道上帝就是小熊吗？在黑夜完全降临大地之前，在它隐没河流，笼罩山峰，遮掩最后一处堤岸之前，夜晚的星辰一定会向大地洒下璀璨的点点萤光。除了无可奈何的衰老，没有谁，没有谁知道谁的遭遇。我想念迪安·莫里亚蒂，我甚至想念我们从未找到的老迪安·莫里亚蒂。我想念迪安·莫里亚蒂。

译后记

二十世纪五十年代初期的美国，在政治、文化，甚至日常生活领域都笼罩着一种压抑个性的气氛。战后几年，经济的高速发展使美国很快进入了大消费社会。与这种安定、富足的日常生活形成对照的是人们精神状态的极度紧张，战争已经结束，但是战争的阴影却没有消失。冷战的恐怖气氛也使得人人自危，对于国家安全的病态担忧夹杂着抽象的道德色彩，不仅毁掉了无数人的一生，也使人无法表达自己对公共生活的看法。人们被迫退回到舒适却单调的日常生活里，成为群体中的一分子，麻木、驯服、没有个性。许多有识之士为此大声疾呼："当今的时代是随大流和消沉的年代。人们没有勇气，不敢保持自己的个性，不敢用自己的声音说话。"他们把在这种环境下生活的人形象地比喻为"单向度人"(One-Dimension Man)。

到了五十年代后期，"垮掉的一代"率先从实践上冲破了当时的那种麻痹状态，他们是一群松散地结合在一起的年轻人，他们唯一的共同之处是对生活所持的态度，即与社会所公认的一切背道而驰。他们鄙夷那些循规蹈矩以获得社会承认的人，否认传统的社会道德和价值观念，追求无拘无束的自我实现和自我表达。《在路上》集中表达了“垮掉的一代”的精神和态度，因而成为这一潮流的代表作。

作为作家，凯鲁亚克的写作生涯可以追溯到1942年，但直到1950年他才出版了第一部长篇小说《镇与城》。遗憾的是这部小说没有受到当时批评界的重视。凯鲁亚克几次周游美国，还到过墨西哥。游历生活给他带来无数新鲜的刺激，也激发了他的创作灵感。1951年2月，他仅用了三个星期的时间，就在一卷打字纸上完成了《在路上》。1957年，《在路上》正式出版，立即引起震动。主人公迪安·莫里亚蒂对传统生活方式和道德观念的反叛在战后年轻一代中产生了深刻共鸣。批评界也一改往日的冷漠，称此书为“一部里程碑式的作品”“影响了整整一代人”。

《在路上》有一种向前直冲的速度感。阅读它就好像是驾驶着汽车在高速公路上疾驶，书中那种冲动的活力和狂放的激情不断为你加大阅读的油门，令人欲罢不能。它也展现了一种新的情感和新的生活态度，那就是对现实的背叛以及对实现自我与表达自我的肯定。这些人一次又一次地把自己投入在路上的生活，以此来表明他们决心逃避或者说退出代表社会的城市，但我们不能简单地把这种逃避或者退出看作是对现实社会的绝望或是对未来社会的希望，他们这样做是因为在社会所不屑一顾的地方找到了属于他们自己的真正有价值的生活。在他们看来，所谓“正常”的生活必须以牺牲个性为代价，政治则仿佛是一场荒诞派戏剧，而那些高雅文化与爵士乐相比简直索然无味。他们向往的是速度，是粗犷的西部，是爵士乐疯狂的节奏，是身与心在迷乱状态下所体验到的激情。指责他们代表了一种颓废的及时行乐是容易的，但是我们无法否认这未必不是一种积极的充满活力的人生态度。事实上，给他们冠以“颓废”一词是否准确也值得怀疑。首先，在当时那种压抑人性的氛围中，他们的出现本身就预示了一种新的文化精神：人们有权在此时此地获得属于自我的个性需求。其次，从某种意义上来说，这也是人道主义统传的一次回归。每个人都应该拥有属于自己的生活，只有这样，人性的潜能才能得到合理的释放。如果我们愿意进一步思考的话，这种行为的背后还包含着一个极为浅显却常常为人所忽略的社会意义：完美的社会正义应当与合理的个人追求相一致。

这部作品对于生活的思考和感受，无疑代表了当时年轻一代共同的精神状态。这种精神状态我们不妨借用这部作品的名字“在路上”加以概括。“在路上”往往给人一种纵横交错、飘忽不定的感觉，这正是书中所描写的那代人的状态，他们经历了战争与精神上的动乱，抛弃了旧有的社会道德和价值标准，迫切希望用自己的眼光重新认识生活。然而，在菁芜庞杂的社会思潮面前，他们又显得茫然无措。我们将会看到，爵士乐与东方神秘哲学、毒品与存在主义、对个性自由的追求与对现代科技成果的崇拜，这些彼此无关甚至矛盾的东西在某些角色身上奇妙地融合。这种思想上的不确定性常常使他们在行为上表现出虚幻与骚动不安。然而，“在路上”，同时也体现了一种对生活的理解，在这无始无终、变幻莫测的漫漫路途上，你永远无法知道前面等待你的是什么。在他们狂放无羁的举止背后，我们不难体味到一丝悲哀，这是一种人在无法把握社会与自身时所必然产生的悲哀，这种悲哀使书中人物通过性爱、毒品、爵士乐所得到的喜悦中包含了更为深刻的含义。“在路上”无疑也表现了一种生活的勇气，书中的那些流浪汉们正是在路上建立了温暖的联系，共同逃避城市生活以及它所代表的社会文明的压力。他们不留恋过去，也不幻想将来，只是实实在在地生活在当下的每一个瞬间，从中体会着生活永恒的价值。所有这一切使他们成为美国六十年代嬉皮士运动的先驱。

《在路上》于我而言也是一段不可磨灭的青春记忆。1988年4月的一天，当时已经读研二的我，在图书馆阅览室翻阅外文书时，偶然发现了*On the Road*，作为英美文学专业的研究生，我当然知道这本书的价值和影响，能找到它实在太不容易了，于是赶紧借回宿舍。读了几天之后，就被书里佶屈聱牙的英文吓住了，想着能不能把中文翻译版也借来一起对照着读，结果找来找去，只在《西方现代派文学作品选》中发现一些译文片段。忽然之间，我脑子里闪过一个念头，我可以把它给翻译出来呀！

八十年代的大学里，学习气氛非常浓厚，每个人都以发表学术成果为骄傲。当时也有许多年龄较大的学生在入学之前就已经颇有成就，我们这些学弟学妹很是羡慕。我有一个同学，王璞，就是他们中的佼佼者。在入学之前，她就已经发表了许多文学作品。于是我便请教她，是否有出版社可以接受我们来翻译这部书。王璞爽快地答应帮我问问。很快，她便给我回了话，告诉我漓江社的著名编辑沈东子非常喜欢这本书，但要先试译。哈哈！太棒了！试译稿寄出后，焦急地等待了十几天，而后接到了沈东子老师的回信：你们翻译吧！

正好暑假开始了，我与师姐何小丽做了一个分工，她负责第一章，大概占全书的三分之一，我来翻第二三四五章，基本上是三分之二。我回到洛阳的家中，在炎热的夏天里绞尽脑汁一句一句、一段一段、一页一页地翻着。于我当时的英文水平而言，这样的翻译工作并不轻松，但书中那种与我当时年纪正好契合的躁动又强烈的青春激情始终鼓舞着我。那时的我跟凯鲁亚克一样，年轻，充满激情，又体验过抑郁与沉寂，我身上充满了战胜任何困难的勇气。前几年，有种说法，说我们翻译的是简本或言洁本。要强调的是，我们这个译本当然是全译本！大家或许以为《在路上》这部作品里一定有许多难以翻译的内容，但实际上，当时美国的出版社在出版这部书时，就对书的内容进行了严格的审查，并且对一些可能引起法律问题的描写进行了删改。因此，这部书并没有一些人想象的那些细节。我们翻译的，就是原书全部的内容。何况，以我当时的性格，也根本不会特别去避讳什么。

1988 年底，我们将译稿寄到了广西漓江出版社。接下来，写毕业论文、找工作，逐渐成了我研三的核心内容。只是偶尔会写信过去问问情况，回信总说还在编辑中，后来也就渐渐淡忘了。一直到1990年底，我忽然接到了东子老师的信，说书出版了！那个时候我已经在机关工作，赶紧通知了小丽，我俩一起开心了一下，然后也就悄无声息了。因为在机关，你出书并不是一件值得夸耀的事，反而会让人觉得你不安心工作。特别是，当我看到书的封面时，吓了一跳。原本是严肃的文学作品，却被加了一个如此香艳媚俗的封面，估计很多人都会觉得这不过是一本浅薄的通俗文学作品而已。这样封面的作品，如果被我们单位的人知道是我翻译的，肯定也会对我另眼相看。看到封面后不开心的，还有我的师姐何小丽。因为她的名字被印成了“何晓丽”，至于究竟为何会搞错，现在已经难以考证了。好在小丽后来去了美国，在一所大学负责数据库维护，跟文学完全没有了关系，所以也不在乎了。

由于版权的原因，这个译本在印刷了三次之后，就从市场上消失了。当时中国没有加入国际版权组织，我们的版权意识也不强，拿到一本书就开始翻译。随着社会的发展，版权渐渐越来越重要，后来出版的几个版本的《在路上》，应该都经过了版权方的确认。不过，我们翻译的这个版本，还是在许多读者心目中有着重要的位置。

2018年我去英国旅游，坐车来到了老特拉福德体育场附近一个叫 Tabley Superior 的地方。车停在高速公路的服务区后，我到服务区的杂货店闲逛，远远的，竟然看到了书架上赫然放着一本熟悉的书——《在路上》！三十年前，我翻译完这本书后便远离了文学，三十年后，在旅途中再次与之相遇，仿佛是冥冥之中的一个召唤！回到家，我买了一幅美国地图钉在墙上。是的，我要跟着凯鲁亚克一起，再一次横跨美国大陆！我拿出了从前的译稿重新开始校译。

当年这本书的出版，对我最大的影响，来自于稿费。当时我正准备辞职到南方去，但苦于手头没钱，机关的收入实在太低了，根本无法让我去实现下海的梦想。1991 年 2 月，传达室的同志走进我们办公室，神秘兮兮地对我说，给你一台彩电！然后朝我扔过来一张纸。我有点摸不着头脑，拿起一看，是稿费，竟然有三千六百元！对于当时每月只有一百零四元工资的我来说，这简直就是一笔巨款！我和小丽平分了稿费。然后，我带着一千五百元，辞了职，坐上了南下的飞机。

一直到今天，我都常常会觉得翻译《在路上》仿佛是冥冥之中的一个巧合，因为就是从那时候开始，我的生活就如宿命一般，一次次不断在各种道路上奔波。

我与《在路上》的故事，从此又要打开新的一页。

陶跃庆

2020 年春节于北京

杰克·凯鲁亚克年谱

1922年3月12日，出生于美国马萨诸塞州洛厄尔城。他的父亲莱奥－阿尔西德·凯鲁亚克（Léo-Alcide Kéroack）和母亲加布丽埃勒－安热·莱韦克（Gabrielle-Ange Lévesque）都是来自加拿大法语区的移民。父亲经营一家小印刷厂。杰克排行老三，哥哥吉拉德（Gerard）比他大五岁，姐姐卡罗琳（Caroline）比他大三岁。

1926年，吉拉德去世。哥哥的早夭对凯鲁亚克产生了极深刻的影响。他在《吉拉德的幻象》（*Visions of Gerard*，1963）中，把对童年场景的回忆与想象融合在一起，记叙了哥哥生前身后的往事。

1929年，进入公立学校读书。

1936年，洪水侵袭美国新英格兰地区，凯鲁亚克父亲的印刷厂被冲毁，家境一落千丈。

1939年，从洛厄尔中学（Lowell High School）毕业，由于在橄榄球队表现出色，获得哥伦比亚大学橄榄球奖学金，但需要在贺拉斯·曼学院（Horace Mann School）读一年预科。

1940年，正式进入哥伦比亚大学，不幸在新生赛季摔断了一条腿。

1941年，全家搬到了纽约长岛。9月，由于与球队教练发生争执，凯鲁亚克暂时离开了哥大。他在康涅狄格州的哈特福德租了一间公寓，开始进行文学创作。年底，成为洛厄尔《太阳报》体育栏目的撰稿人，他的父亲也在洛厄尔找到一份工作，一家人重返家乡。但不久凯鲁亚克就从《太阳报》辞职了。

1942年初，在商船上找了一份工作，创作《大海是我的兄弟》（*The Sea is My Brother*，2011）。10月，回到哥大继续读书，但不到期末又返回了洛厄尔，等待应征入伍。

1943年3月，进入纽波特海军新兵训练中心，由于无法忍受纪律的约束，被送往贝塞斯达海军医院精神科，很快便被从军中除名。他的父母再次搬到纽约生活。夏季，他在开往利物浦的货船上当水手。回到纽约后，结识了艾伦·金斯堡（Allen Ginsberg）、威廉·巴勒斯（William S. Burroughs）、吕西安·卡尔（Lucien Carr）等"垮掉的一代"的主要成员，他们常常在凯鲁亚克女友埃迪·帕克（Edie Parker）位于曼哈顿的公寓聚会。

巴勒斯在几个朋友中年纪较长，出身名门，毕业于哈佛大学，热衷文学和人类学。他青年时代便染上毒瘾，曾在许多国家漫游。《在路上》中的老布尔·李、《孤独天使》中的布尔·休巴德都以其为原型。金斯堡则是《在路上》中卡洛·马克斯的原型。

1944 年 8 月，吕西安·卡尔在一场争执中杀死了对他进行骚扰的大卫·卡默尔（David Kammerer），凯鲁亚克和威廉·巴勒斯因被控犯包庇罪而被捕。埃迪·帕克为凯鲁亚克支付了保释金，同年两人结婚。

1945 年，开始创作《镇与城》（*The Town and the City*，1950），讲述自己的青少年时光。

1946 年，因血栓性静脉炎住院。5 月，凯鲁亚克的父亲去世。9 月，与埃迪·帕克分手。12 月，尼尔·卡萨迪（Neal Cassady）带着 16 岁的妻子露安娜·亨德森（LuAnne Henderson）来到纽约，与杰克相识。尼尔即迪安的原型。

1947 年，凯鲁亚克与尼尔一直保持着通信联系。夏天，他第一次到了丹佛。

1948 年，凯鲁亚克计划开始创作《在路上》。他与作家约翰·克列农·霍尔姆斯（John Clellon Holmes）相识，提出“Beat Generation”（垮掉的一代）。他在日记中写道：“俄国人见鬼去吧，美国人见鬼去吧，他们都见鬼去吧。我要照我自己‘懒散没出息’的方式生活，这就是我做人的态度。”

1949 年初，离开旧金山回到母亲位于纽约的家中。夏天，凯鲁亚克再次来到丹佛并又一次前往旧金山。8 月底，与尼尔一起从旧金山返回纽约。

1950 年，凯鲁亚克的第一部小说《镇与城》出版，尽管收获一些好评但销量并不理想。夏天，他又来到丹佛，而后与尼尔一起去墨西哥旅行。10 月，回到纽约定居，开始为二十世纪福克斯公司创作电影脚本。11 月，与第二任妻子琼·哈弗蒂（Joan Haverty）结婚，六个月后，两人分手。

1951 年 2 月，尼尔·卡萨迪寄给凯鲁亚克一封长信，他在信中讲述了自己复杂的性爱关系。受到这种即兴激情的启发，凯鲁亚克花了三个星期的时间，在一卷三十多米长的打字纸上完成了《在路上》的原始稿，全文一气呵成，没有分段，书中角色皆使用了其原型的真实名字。同年，开始创作《皮克》（*Pic*，1971）和《科迪的幻象》（*Visions of Cody*，1960）。

1952 年 5 月，来到墨西哥城，开始创作《萨克斯医生》（*Doctor Sax*，1959）。夏天，回到加州，与尼尔一家一起生活。10 月，进入南太平洋运输公司工作。

1953 年，多数时间定居纽约，与非裔美国姑娘艾琳·李（Alene Lee）相恋，并以其为原型创作《地下人》（*The Subterraneans*，1958），讲述跨种族的恋爱故事。

1954 年初，回到旧金山。在圣何塞图书馆读到了德怀特·戈达德（Dwight Goddard）所译的佛经，开始进行深入研究。创作诗歌《旧金山布鲁斯》（*San Francisco Blues*，1991）。10 月，重访故里洛厄尔。

1955 年夏天，来到墨西哥城，创作诗歌《墨西哥城布鲁斯》（*Mexico City Blues*，1959）。10 月，回到旧金山。同月艾伦·金斯堡受邀参加了六画廊举办的诗歌朗诵会（Six Gallery Reading），首次公开朗诵长诗《嚎叫》（*Howl*），引起轰动。在这一年中凯鲁亚克还完成了一部释迦牟尼传记（*Wake Up: A Life of the*

Buddha，2008）、一部包括短篇小说、散文等不同类型作品的文集（*Good Blonde & Others*，1993），并开始创作小说《特丽丝苔莎》（*Tristessa*，1960），讲述他与墨西哥女孩特丽丝苔莎之间的爱情故事。

1956 年，凯鲁亚克在加利福尼亚的米尔谷郊外与加里·斯奈德（Gary Snyder）同住了一段时间，计划写一本名叫《加里的幻象》（*Visions of Gary*）的小说，即后来的《达摩流浪者》（*Dharma Bums*，1958），加里·斯奈德即其中主人公贾菲的原型。夏天，凯鲁亚克成为华盛顿州孤独峰（Desolation Peak）的山火瞭望员，独自住在山里，他基于这段经历创作了小说《孤独天使》（*Desolation Angels*，1965）。这一年中他写完了小说《吉拉德的幻象》，佛教相关的的文集《金色永恒之书》（*The Scripture of the Golden Eternity*，1960），以及从 1953 年就开始陆续写下的佛学笔记《达摩如是说》（*Some of the Dharrma*，1997）。凯鲁亚克曾写信告诉金斯堡他正在整理自己佛教学习的笔记，说："我已经越过了苦难之海，最终找到了出路。"

1957 年，《在路上》几经修改最终由维京出版社（Viking Press）出版。《纽约时报》发表著名书评人吉尔伯特·米尔斯坦（Gilbert Millstei）的书评，他认为《在路上》可以被视为"垮掉的一代"的宣言。

1960 年，《地下人》被改编成为电影。旅行主题相关文章的合集《孤独旅者》（*Lonesome Traveler*，1960）出版

1962 年，《大瑟尔》（*Big Sur*，1962）出版。小说的主人公

杜洛兹是一位知名作家，也是“垮掉的一代”所崇拜的偶像。他前往加利福利亚的海滨胜地大瑟尔度假，希望通过投入自然而逃离那些狂热的崇拜者，最终却事与愿违。

1965 年，小说《巴黎之悟》（*Satori in Paris*，1965）出版，讲述主人公去巴黎和布列塔尼探寻家族历史的十日之旅。

1966 年，与女友斯特拉·桑帕斯（Stella Sampas）结婚，并搬回到洛厄尔生活。

1968 年 2 月，尼尔·卡萨迪在墨西哥去世。凯鲁亚克完成了自己最后一本半自传体小说《杜洛兹的虚荣》（*Vanity of Duluoz*，1968），描绘了杜洛兹 1935 年到 1946 年间在洛厄尔和纽约等地的种种经历。

1969 年 10 月 21 日，因肝硬化在佛罗里达圣彼得堡去世，享年 47 岁。

文
景

Horizon

社科新知　文艺新潮

在路上

[美] 杰克・凯鲁亚克 著
陶跃庆　何小丽 译

出 品 人：姚映然
责任编辑：张　晨
营销编辑：杨　朗
封扉设计：王志弘
美术编辑：安克晨

出　　品：北京世纪文景文化传播有限责任公司
(北京朝阳区东土城路8号林达大厦A座4A　100013)
出版发行：上海人民出版社
印　　刷：北京盛通印刷股份有限公司
制　　版：北京大观世纪文化传媒有限公司

开 本：787mm × 1092mm　1 / 32
印 张：14.5　　字 数：230,000
2020年4月第1版　　2020年4月第1次印刷
定 价：49.00元
ISBN：978-7-208-16198-6 / I.1864

图书在版编目（CIP）数据

在路上 /（美）杰克・凯鲁亚克（Jack Kerouac）著；陶跃庆，何小丽译．—上海：上海人民出版社，2020
书名原文：On The Road
ISBN 978-7-208-16198-6

I.①在… II.①杰… ②陶… ③何… III.①长篇小说-美国-现代 IV.①I712.45

中国版本图书馆CIP数据核字（2019）第272529号

本书如有印装错误，请致电本社更换 010-52187586